读一页书 舔一口蜜

保姆大人

须一瓜 著

浙江出版联合集团
浙江文艺出版社

北京读蜜文化传媒有限公司
策划

第一章

一

每到傍晚,茂华小区的休憩中心、儿童乐园和湖边,都会出现许多保姆。单独的、三三两两的、带小孩的、老乡聊天的、购物邂逅的、陪老人散步的。家政服务,成为许多家庭生活不可或缺的一部分。这个门内的保姆,家外的人,和东家的关系,永远微妙奇特。而不同的东家与不同的保姆相遇,交叉演绎着不同的家庭故事。

不过,不管双方磕碰出多少万紫千红,这万花筒的后面,最根本的原则,双方是能够达成一致意见的。换句话说,在彼此内心深处,都心知肚明保姆宝典的最高秘密。

茂华C区,蒲教授家客厅。外公在看报。一阵风过,吹卷着外公手上的报纸。在沙发上削水果的外婆,注意到少年朝雨从妈妈房间里出来,肚子像塞了东西,鬼鬼祟祟地进了保姆姐姐天晴的房间,随手把门带上了。外婆狐疑。

天晴的床上,摊的都是朝雨妈妈的衣物:灰色长裤、浅色墨镜、米色真丝衬衫、丝巾、牛皮小坤包。天晴把朝雨刚偷拿进来的黑色风衣穿上,摆了个模特造型给少年看。

朝雨:唔,好像还是不太像。

天晴又把头发盘起来,再摆一个造型。少年摇头:我妈很少盘头发。

天晴有点烦:菜场里,我看见很多妇女都这样!

我妈是访问学者！可不是菜场里的妇女。

天晴一把把头发揪下：叫别人去冒充好了！我一个破保姆，冒充什么出国访问学者？！

朝雨：哎呀！姐姐！你是最有气质的保姆啦！一千年才一出。要不你洗个头？洗个头，气质就出来了。噢，对了！这个。

朝雨摸出一瓶银粉色指甲油：这是我妈会见重要客人时用的。

天晴挥手，涂个屁呀！就这保姆手，再涂也装不成教授！

朝雨说，你不是都有戴手套吗？我看很好啦，姐姐的手很漂亮了！

天晴：拉倒拉倒！哪有保姆涂指甲的！

朝雨正色地一拍床铺：我提醒你，天晴同学！你绝对是一千年一出的保姆！你是马上就要拿到大学文凭的知识女性！天晴不失得意但保持冷峻地看着他，少年口气忽然无比哀怨：姐呃，求你了！来吧，我帮你涂。

天晴还是不愿涂：天天在油盐酱醋洗洁精里泡，粗剌剌毛剌剌的指头，涂了就是教授的手？你的新老师难道是菜猪？

朝雨说，就是菜猪啊！要不我那点事，惊动家长干吗？

你真的就那点事？

哎呀，就只在"万人签名争当文明市民"的红布上，写了"不要浪费布"。就五个字。就那点事。

天晴说，这也不至于砍头，为什么你不叫真家长去？

嗐，你又不是不知道，老妈才去美国。老爸又最烦老师告状，搞不好扣我一个月零花钱。再说，那菜猪又怀疑我早恋——你别瞪眼睛，我绝对没有！

嘿嘿，我就知道案情没那么简单！

哼，我看得上的丫头，还没有出世呢！再说，我有苗头，瞒得过姐姐你的火眼金睛吗？

天晴笑了。朝雨说，我就知道你是聪明人。再说，姐姐啊，上次你把我爸重要的论文删了，还不是我仗义顶罪？

天晴：我就知道你要连本带利一起收回！

唯一不在茂华小区的保姆是暖灶的妹妹，暖被。但是，这个小保姆和茂华小区的关系非同一般。可以说，没有暖被，茂华小区的保姆们，不可能一夜成名。

四年来，暖被都在小白象湾小区，照顾着一个二十多岁的单身母亲和一个四岁多的小男孩恺恺。

阳台的木条摇椅上，摞着三本厚厚的时装杂志。年轻貌美的单身妈妈，在和四岁的儿子恺恺抢电视看，两人厮打着、尖叫着。电话响了，正在擦拭桌子的保姆暖被接了，把电话拿给厮打中的女主人，说是林律师。

女主人猛推小男孩一把，拿过电话。小男孩立刻抢过遥控器转换频道。

林律师：刚接到内部消息，我们败诉了。

小旖霍地站起来：败诉？不可能！

林律师：是确实的，我也很难过。周二就要宣判了。

小旖声音陡然变大：你不是说很有希望？！

是啊，我现在也没有失去希望，律师说，我始终认为有胜诉把握。

小旖停了好一会儿，说，如果这样，我们就是得不到恺恺父亲的遗产了？

一审是的。但是我们可以上诉二审。你要有胜诉信心！

小旖说，要不要再交钱？

林律师：二审当然……

还要？——浑蛋！小旖爆发，我几乎花掉了全部积蓄！你当时不是说肯定可以赢吗？！你不是说，拿回一两百万是小菜一碟吗？！

主要是亲子鉴定做不了，林律师说，要不然非常简单，这法律关系很单纯的。真的，另外，一审法官对这个事实的法律理解和我们有所不同……

二审竟然还要我的钱哪！小旖怒骂，全是花言巧语、胡说八道！你简直是骗子！你让我倾家荡产了知道不知道！早这样我打什么官司？

冷小姐，你别冲动……

小旖摔了电话，走出客厅，一屁股重重坐在阳台摇椅上。保姆暖被轻轻过去，她说，官司……真的输了吗？

小旖黑着脸，不睬。

暖被：怎么会这样呢？成先生就是恽恽的父亲呀。我都证明了呀。虽然是偷偷来，有时一个月来一趟，可是经常一来好几天呀！每次一来就要吃鱼香茄子……

小旖：行了！！闭嘴！烦死我啦！

暖被感到难堪，她默然转身。小旖突然走进客厅，抄起遥控器就把电视关掉。正看得津津有味的恽恽一愣，旋即，他端着茶几上的冲锋水枪，对准电视机就横射。一下子，屋子里水花四起。暖被惊叫。小旖顺手抓起沙发上的橄榄形的小吸尘器，使劲砸向儿子。暖被身子挡了过去。吸尘器砸到她的颧骨。暖被顿时捂脸弯腰，痛得眼泪直冒。

恽恽掉转水枪，直射妈妈。小旖扭脸大叫，她向恽恽扑过去，忽然，一阵剧烈的腹痛，她蹲了下去。恽恽也蹲了过去：哈哈，你中弹啦！暖被过去把恽恽提开，想要扶起小旖。

小旖狠狠推开她：都给我滚！

恾恾发现了暖被脸部的肿包：姐姐！你的脸肿了个大青包！啊，妈妈！快看！姐姐成了魔鬼脸了！恾恾伸手要摸，暖被扭开脸。

茂华小区 B 区花圃。保姆暖灶和毛豆走在下午的阳光中。暖灶注重仪表，但从幼儿园一出来，毛豆把背的小书包、拿的水壶，还有替换衣服，全都塞到了暖灶身上，影响了她的轩昂器宇。一进 B 区，毛豆宣布：我今天不洗澡，以后我也不刷牙了。

暖灶说，那好，你的草莓澡巾我就当抹布；你的牙刷，我就拿来刷马桶！

小家伙尖叫的时候，暖灶口袋里电话响了。暖灶听出妹妹声音异样，嘘住毛豆，说，出了什么事？

暖被说，旖姐官司输了！大发脾气！打孩子，乱摔东西……

暖灶兴奋：输了？二百万的官司输了？那小二奶一分钱也讨不来了？

暖被说，我不知道。反正脾气更坏了，我都不想待了……

我早就叫你走！那个男人一被汽车撞死，我就叫你走！这种靠男人吃饭的女人，个个脾气坏得像条宠物狗，她以为全天下的人都会宠着她，只有你这个傻瓜忍得了她！——咦，她打你了是不是？你今天声音这么奇怪。

暖被说：也没有。她用吸尘器砸小孩，我挡了一下，碰到脸。

吸尘器砸小孩？真是疯啦！

她都是摸到什么砸什么，上次还用刀砍成先生呢。

暖灶说，难怪人家不敢给她名分，这不是找个杀人犯回家吗？我们炒了她！天晴上次说的那家教授，我等下就去联系！不干了！

姐……其实，我的脸现在也没那么痛了……

暖灶恼怒道：贱骨头！少啰唆了！我要找钥匙开门了，回头我打给你!

门开了,里面富丽堂皇。暖灶立刻直奔厨房。这是惯例,毛豆回来要吃一些点心。暖灶一般是下午就做好,回来热一下,就可以给孩子吃。

毛豆开了电视,暖灶一手喂毛豆吃炖罐点心,一手拿茶几上的电话。她给天晴打电话。毛豆看动画片入神,嘴里含着东西不吞。

二

蒲家茶几上电话响了,外婆过去接。

外婆:喂,找天晴?你是哪位呀?老乡?找她什么事?

暖灶在电话里喊:急事!很急的事!

外婆不悦:什么事呢?我是这里的东家!

暖灶:噢,你好。我妹妹被打了。请她快接电话!

你妹妹?外婆还想问,被外公拉住。外公觉得外婆过分了,摇头让她去叫天晴。外婆只好放了电话。外婆蹑手蹑脚到天晴房间,侧耳听了听,里面没有声音,外婆突然推门,叫天晴接电话。

天晴和朝雨都跳起来。床上地上,像个化妆间,狼藉一片。

天晴正张着十指,在晾吹刚刚涂好的指甲。外婆狐疑。天晴赶紧出来。朝雨也把外婆哄拉出来。

天晴拿起电话。电话里,暖灶声音很大:暖被挨打啦!上周你说的那个吴教授家还要不要保姆了?我妹不想在小二奶家干了!

天晴:真被打了?那女的敢打人哪?!

暖灶:这种女人什么不敢?只有暖被那个贱骨头总是忍气吞声的。今天不是打得痛,肯定不会主动打我电话,说不想干了。我们赶紧趁热打铁。你赶紧帮我联系吧!

天晴:暖被自己说的要走?以前你都动员不了。

暖灶:这次可不是我拖她走,是她自己受不了啦!再说,那小二奶官司也输了,坐吃山空还请什么保姆?我看她也请不起保姆啦!

天晴:你说她东家官司败诉了?是一审吧?

管它几审!反正我妹不想再伺候她啦。

天晴:那你等等,我去问问蒲老师。

暖灶说,好。她一手喂毛豆点心,一手拿电话。毛豆嘴巴鼓得像球,就是不吞,眼睛盯着电视看。暖灶用调羹磨她小嘴,示意她快吞。毛豆扭开脸,暖灶调羹又跟过来要塞。毛豆脖子一伸,呕的一声,全部吐了出来。暖灶急忙挂了电话,跳起来拿抹布。

暖灶:难怪没人爱喂你!喂鸡、喂狗、喂猪都比喂你强!

毛豆大怒:妈妈说,你要用自己的电话打电话!

暖灶:都是你磨蹭,我一下忘记了。磨蹭鬼!

毛豆:小气鬼!你是小气鬼!

蒲教授在大书桌前,书桌上书籍资料杂乱放着,电脑开着。天晴站在他旁边。

蒲教授打着手机:好,好的。让她明天就去。不谢不谢。

蒲教授放下电话,说,吴教授要你老乡明天去见个面。她一直没有看到满意的,每次找,都把保姆跟你比,那怎么找?我说你永远找不到。我们家也是和她有一段保姆缘,以后她一定不是保姆。

天晴嘿嘿笑,憋不住地得意:嘻,和暖被比,我是先进工作者,她就是天使哪!

蒲教授笑着。这个跟了他们家七八年的小保姆,一天天长大成熟。懂幽默会自嘲,成天生机勃勃的。

暖被是在厨房炸鸡翅时接到天晴电话的。她赶紧关了火。屋内，小旖躺在床上，恽恽一个人在看电视。暖被小声小气地接起来，一听明天就去见工，她吃惊地叫起来：哦，不行的……

天晴：怎么不行？人家是东家！他们说了算！再说见个面也不要太多时间。

暖被推辞：我的脸有点肿……

天晴：去当保姆，又不是选美。

暖被：不也是教授家庭吗？不行不行，太丑了……

恽恽溜到暖被身后，偷偷拿了个刚炸好的鸡翅，又溜出去看电视。

天晴：你挨打了是不是？

暖被：没有。不是打我。真的！是碰到我了。反正明天我肯定不行。我不去。我是随便跟暖灶叨了几句。

你神经啊！那我跟人家怎么说？！天晴有点急。

暖被：唉，真是……要不，后天中午吧？

你真是保姆大牌啊。东家还要听你的！——那我先去说一声吧！

朝雨从天晴房间出来，把她房间锁死了。外公叫住了他：鬼鬼祟祟的你忙什么啊？朝雨一笑，回了自己房间。外婆从洗手间出来，看天晴在厨房忙碌，就溜过去开天晴的房门，发现被锁死。外婆很不高兴。

天晴在淘米。

外婆走进来，看着天晴，天晴侧脸对她傻笑了一下。外婆说，我们来这里一周了，天晴啊，你的电话真是多啊。

天晴说，外婆，她们还不习惯我的新手机，我都把号码告诉她们了。慢慢就不会打家里电话了。不好意思哦。

嗨！你一个小保姆，你还买手机！多浪费啊。对了，我刚才找报纸,你干吗把房间锁了?防我们啊?

　　天晴:没锁啊!可能不小心碰上了。我帮你去开。

　　外婆:不用不用,不过,一家人还是别锁门,大白天的……

　　天晴背着她,做了个厌恶的掀鼻孔鬼脸。

　　洗完碗后,暖灶在大擦油烟机,清理厨房。辛太太进来,满脸不高兴。

　　辛太太:跟你说阳台风大,风大!衣服要夹!好了,一条真丝内裤又飞走了。那是出口日本的柞麻丝制品!扣钱!你自己记一下,扣三十块!

　　哎呀,暖灶哭丧着脸,都是那个小二奶害的!她官司输了,成家一分钱也不给,她就打儿子、打我妹妹。我一听不是着急上火嘛,一急,就忘了夹夹子。自从辛大哥那条毛巾飞下去以后,你说要夹,我什么都夹得牢牢的,后来是不是一根线都没有吹走过?

　　辛太太完全被暖灶的话拐走,她十分好奇:你是说,那个小二奶官司输了?成家一分钱都不给?

　　暖灶:那还不是!小二奶拿出成董和她还有她儿子合影的照片,人家对方律师说,这样的照片多了,这不能证明成董就是孩子的父亲。除非亲子鉴定。可是,人都死了快一年了,怎么鉴定?那官司当然就输喽!

　　辛太太:不是都说那孩子是成家的吗?怎么官司还打不赢?

　　暖灶:呸,小二奶有什么本事,就是窝里横!外面是什么世界她都搞不清楚。成家那边肯定找了好律师,说不定法官也能买通了嘛。

　　辛太太:原来听你说,那小二奶好像是想去继承几百万遗产?

　　暖灶:是呀!那个死掉的男人家族是房地产大亨。现在,一分钱没捞到!打官司还倒贴了十几万。哈哈,小二奶算是完了。已经欠了我妹妹一个月工资！居然还敢打人！我今天让暖被走人！

辛太太诧异：真的连工资都发不出了？

暖灶：打官司打光了嘛。以后肯定是雇不起保姆了。没有工作，坐吃山空。上个月我妹妹就靠我资助啦。这个月你又要扣我三十块……

辛太太：好啦好啦，每次扣钱你就拐着弯哭穷鬼叫。奖励的时候屁都不放。打五折扣十五！再低就破坏规章制度了。

小旖臭着脸在看电视，她不断地换频道。恷恷睡了。暖被在熨烫小旖的裙子。她的半边脸还是青肿的，有点胀痛。

小旖：明天你给我把化验报告单拿回来。

暖被抬起头来，有点犹豫，但什么也没有说。

小旖扭头喊：喂！你听到没有？明天去帮我拿化验单！

暖被：恷恷总是黏着我，医院又挺脏的……

小旖：一拿就走，有什么脏的？

暖被：万一医生要问什么，我也不懂啊……

小旖：有什么好问的，就是月经不调！就是被成家那个女流氓气的！查来查去，医院还不是想骗黑心钱！你以为我真有病啊！但是，既然花了几百块，我自然要把单子拿回来。不用跟他们多啰唆，你给我拿了单子就走！

暖被没有吭气。

小白象湾的东家是个坏脾气的女人。这么多年来，保姆暖被看惯了她的暴烈，但和小区其他保姆的东家对比，她也感到了这个年轻东家从不斤斤计较的随意和宽松。可能是淡漠，可能是信任，也可能是一向无所谓，反正，在这个家里，无论是日常经济开支，还是小孩大人的照顾方法，基本都是小保姆自主安排。

所以，小保姆暖被感受的自在，也不是一般保姆能领会到的。

三

　　丁医生站在取单处的电脑旁，跟一个年老的护士说着什么。暖被带着恺恺，一头汗水地过来，要求领单。打单的小姐看着单子，说，冷小什么？奇吗？暖被没有注意。打单小姐把单子拍到窗台上：喂，冷什么呀？！
　　丁医生拿起单子：旖旎的旖。丁医生帮她敲击键盘。冷小旖的报告单出来了。丁医生顺手接过，看了，他仔细看着，走出来找暖被。
　　丁医生：这是你的谁？
　　暖被指着恺恺：他妈妈。我是她家阿姨。
　　丁医生：明天叫她丈夫一起陪着来找我。
　　暖被：她只有一个人。她也不喜欢来医院的。
　　丁医生有点不耐烦：她必须立刻来！暖被迟疑地接过单子看，她看不明白。
　　丁医生说，怀疑是子宫内膜癌，我们要病人配合确诊！
　　暖被害怕得发呆。有人大叫丁医生，丁医生应声大步而去。恺恺看着丁医生，感觉白大褂衣袂飘飘的，很神气，学走了几步。暖被如梦初醒，赶紧去追小孩。六神无主地从医院出来，暖被决定打天晴的电话，但是，天晴的电话很奇怪地一直被掐掉。暖被边走边打。

　　暖灶蹲在地上擦地板。辛太太在吃瓜子。暖灶口袋里电话响了。暖灶掏出电话：什么？癌？不会吧，那小二奶没这么倒霉吧，刚输了官司……

暖灶拿眼睛看辛太太，一手指着自己电话，表示内容惊爆。

辛太太已经被电话的内容所吸引，赶紧把电视声音关小了，凑过来听。

暖被：那个医生的脸很严肃，看来情况真的不好了，这可怎么办啊？

暖灶：什么怎么办，正好去吴教授家呀！这是老天让你走！

暖被：现在走，她和孩子怎么办……

暖灶：你是她妈，还是她爸？别脑子进水！这样下去，谁开你工资啊？！赶紧！明天去见工！暖被把电话挂了。暖灶气得瞪眼看辛太太。

辛太太急切地问：到底怎么回事了？！

暖灶：癌！子宫癌！完啦！小二奶算是彻底完蛋了！她绝对请不起保姆啦！算是家破人亡啦！

辛太太：她才多大啊？

暖灶：二十四五吧。嘿，我看那个狐狸脸，就知道她不是什么好命的人！

辛太太：那你训你妹干什么？

暖灶：不是让她辞工嘛。这个白痴现在反而不想走啦！

一袭黑色风衣、戴着浅棕色墨镜的天晴，风度翩翩地坐在杨睿老师的办公桌边。朝雨的新班主任杨睿老师是个年轻的小伙子，他对天晴一口一个您。天晴不摘墨镜，故作老成。她包里的电话不停在响，她不断地把它摁掉。

杨睿老师：早就听说朝雨同学父母都是教授，没想到这么年轻啊！

天晴干咳了两声：哪里哪里。表面风光内心沧桑啊。

您在教育心理方面的文章,我在网上拜读过。非常有见地啊!

天晴:呵呵。谢谢。

杨睿老师:带头破坏签名布这事,如果被区文明办知道,我们学校的文明单位就难保了。他还认识不到这个问题,拒不写检讨。几个同案同学也起哄不写,还要给报社投稿。校领导非常生气。

天晴:放心,回去我们一定会教育孩子,我会让他懂得珍惜集体荣誉。不过,恕我直言,我个人也觉得形式主义搞过了头不好。

天晴包里的手机又响了。还是暖被的。她赶紧把它摁掉。

说实在的,杨睿老师说,我也心疼那些布。但我们不能跟学生这么说。对吧?

天晴的电话又响了。天晴把它按掉,对老师说不好意思。

杨睿非常感动:哪里哪里,您日理万机还这么配合学校,我们真是很……

两人相谈甚欢。年轻的杨睿老师,在办公室长廊上,目送天晴翩然穿过学校的红色塑胶跑道,感慨地摇头:太年轻了。

而一跳上校门口的公交车的天晴,立刻就回拨暖被的电话。

暖被声音大,而且语无伦次:我快到家了!旖姐得绝症了!明天要去医院,马上要手术。我还不知道怎么和她说,怎么办啊?!昨天官司又输了,她大发脾气,今天这……

别颠三倒四的,谁癌症?小二奶吗?

暖被大声说,是呀!

天哪!天晴也傻眼了:吴教授那边见工,可是你自己约的时间啊!

暖被急叫:那至少要等确诊后吧。哎,我进小区了。先跟那家人说我不去了,回头我打你电话!

天晴还没收起电话,暖灶的电话就进来了,声音震耳朵。

喂喂！干吗死不接电话！小二奶恐怕活不长啦！我妹妹也没什么奔头了，幸好我们先联系了吴教授。还有，修小灯马上要到了，我们一起去茂华门口接她吧。不准备一下，怕她对付不了那个恶名在外的谭家。这么多大事，偏死不接电话，你今天搞什么鬼名堂！急死人！

我在忙大事！天晴说，你接小灯吧。我不能去。家里来的两个老家伙很厉害，像便衣警察。我现在还没到家呢，已经迟了。转告小灯，那家人凶悍，不行别勉强，马上到年底，到处都是求找保姆的东家。现在是卖方市场。

四

一个丰满玲珑的年轻乡下姑娘，双肩滑稽地背着一个本该手提的长款旅行包，从小马路对面过来。等候在茂华小区大门口的暖灶，一眼认出了修小灯，猛烈地跳脚招手。小灯笑嘻嘻地飞奔过来，差点和一辆的士撞上。的士司机伸头大骂。小灯笑嘻嘻地跟司机飞媚眼。

小灯兴致勃勃地站在暖灶面前，歪着脑袋得意地等她评审。暖灶一抬手就把她鲜红的嘴唇给擦了。小灯吃惊地捂嘴巴。暖灶一指她留着长指甲的手：咬掉！立刻，马上！

小灯不解。

暖灶：臭美什么？你是来做保姆的，你以为你是谁？头发赶紧扎起来，不要披肩发。口红彻底擦干净。你有毛病啊，这个样子人家还以为你来相亲呢！

小灯：不是你叫我打扮干净整齐吗！

暖灶：你以为干净就是骚包啊！告诉你，天下所有的东家，最讨厌的就是保姆涂口红、留指甲。你要去的这家人，工资高是高，可是，那个死老太婆是出了名的会打保姆的，看你这土鳖狐狸精的欠抽样子，扒你一层皮再打出门去也很有可能！

小灯哭丧着脸：那我不想去了。

暖灶：干吗不去？哪一家带个小孩就有一千二？住别墅单间，有空调。不用干粗活。再说，我和天晴也都住在这个小区，有什么事都可以互相照应，你怕什么？——小拇指指甲也咬掉！一个不留！

小灯：你原来说的凶，是打人啊！那他们打我怎么办？

传说是这样啦，反正保姆公司的保姆，一听谭家招人，个个都不去。名声很臭。那家还有个保姆头，也是刁得要死！要不他家怎么会在小区自己贴广告，而且价钱这么高——不是跟你肝胆，我都想叫我妹暖被来接。条件太好了！

小灯：暖被为什么不来呢？

暖灶：你是猪啊，不是说先考虑你了？不是你哭兮兮地说工厂从早上干到晚上十一点，洗头的时间都没有，一个月才六七百块，不是你更水深火热吗？！

小灯做了个鬼脸：好了嘛，那谢谢姐姐啦。

暖灶和小灯边走边说。小灯对这个漂亮的小区，发出阵阵惊喜。

暖灶轻蔑地笑着：快点快点！乡巴佬！以后你有得看。你给我专心点。我现在讲的，都是保姆宝典。你都要牢牢记下来。一、未经东家同意，别用他们的电话，领了工资，第一个月就买个小灵通。不然，全家人的电话费都要你出。而你有了电话，再偷用他们的，东家就不会知道。二、不可私自把亲戚、朋友、老乡带到东家家里去玩，东西丢了，他们一定赖你偷。三、家里的电器不会用不要装会，搞坏了赔起来很贵。四、万一要你煮东西献手艺，记住，两多！——油多味精多，一般一次就可以把东家镇住。五、洗东西省力又干净的秘密就是,两舍得——洗洁精要舍得放,洗衣粉要舍得放,城里不是农村,这点东西,谁家都出得起!给我死劲儿放!

小灯捣蒜一样点头。

小灯:会问我带小孩有没有经验吗?我没带过呀。

暖灶:反正你记住,不管问什么,你都要说会!没问题!带小孩更简单。你记住:小孩大哭大闹,不要喂吃的;不要把带壳子的食物、刀剪、尖锐的东西给他;还有,不要让他碰开水、插座等危险品;还有,主人不同意,别带小孩出去玩,千万别把孩子交给老乡熟人看管,他们可能会把孩子卖掉!

修小灯没有想到,谭家是这样的富丽堂皇,又这么令人羡慕和恐惧。

根据保姆宝典,东家讨厌多见保姆朋友。所以,暖灶令小灯自己进去面试。她们在A区别墅路口分手了。外面还不是很暗,谭家别墅里已经是灯光辉煌。小灯再次看了看自己咬得光秃秃的手指甲,整理了头发。她怯怯地过去按了院子铁门上的门铃。叮咚一声,一个高挑的、目光冷峻的姑娘出来了。她穿过院子,一直审视地看着小灯,并不问她是谁,就把门开了。

跟我来。她说。穿过院子,她示意小灯在大门的扇形楼梯前站住,随手不知在哪里弄出个蓝色塑料团。

姑娘:套上!小灯不得要领。姑娘夺过,迅速打开,原来像个浴帽。

姑娘:这个简单,套鞋底就是!进来!

小灯怯怯地跟了进去。两只新鞋子被套在塑料浴帽里,她小心走在光洁晃眼的打蜡木地板上的样子像只小鸭子。

挑高大厅的中间,一盏花枝状水晶大吊灯,下面是三面豪华大沙发。谭老太、谭老三、三太太坐在那里,他们都看着小灯。小灯好像怕滑倒一样，小心翼翼地走过来。

客厅右面是喇叭形口子的木楼梯。引小灯进来的、目光冷峻的姑娘就站在那里打量小灯。小灯手足无措地站在他们前面。没有人叫她坐下。她把自己的行李，放在脚边。想想又放到右边，又觉得地板太干净了，小灯连忙又把包提了起来。

谭老太看了她好一会儿，说，带过孩子吗？

小灯摇头，又连忙点头：带过！我弟弟妹妹小时候都是我带的。

目光冷峻的姑娘在楼梯那边讥笑道：农村人的孩子，也算带？

谭老太：春子，你给我看看她的手。

目光发冷的姑娘就过来，要小灯拿出手：包你放下啊，没人稀罕你的包。放下！把两只手伸直！小灯把手伸直。春子看了，对老太太摇头。

谭老太的儿子谭老三很是纳闷：看手相？

春子答：看会不会干活。

三太太问小灯：你头发是染的还是天生营养不良的黄？

小灯结结巴巴：以前……在工厂的时候染过……

三太太：你嘴上的口红进门前擦掉的吧？

小灯连忙摇头否认：我没有涂……

三太太：我一眼就看出了！哼，跟啃了猪脚似的！我告诉你，带孩子可不需要化妆的保姆。小灯低下脑袋。

谭老三：喂，你读过书吗？

小灯：读到……初中。

春子拿过一张报纸，递给小灯，说，你念念这篇文章，红线圈起来的这篇。

小灯迟迟疑疑地念道：

无良保姆竟然狠心喂宝宝吃安眠药

本报讯：小保姆为了出门玩，竟然多次喂一岁宝宝安眠药。昨天，一名伤心欲绝的白领，致电本报热线，控诉了自己小保姆的无良恶行。据——

小灯：据——

春子大声：据悉，念西，西！

小灯：是西呀，我知道，这字模糊……

谭老太：好了，你跟我说说，这事你怎么看？

小灯：这对宝宝不好呀，她哪里来的药啊！

春子：如果家里有这个药，你又想去玩，宝宝一直不睡或者一直哭，你会怎么样？

小灯：我没问题。肯定要让他睡了没事了，我才能去玩。

三太太：那你会给他吃药吗？！

小灯：才不敢哪，药不能乱吃呀！

三太太：我看你敢！我一看你就是个贪玩的、不知轻重的人。

谭老太：来，我告诉你我的想法，报纸上那事，换成我，我一棍子打死那个保姆。这是为民除害！

小灯脸上明显是不安的表情。春子过来把报纸抽走。

春子不屑地：我看你小学都没有毕业！还笨！

小灯既委屈又愤怒，不由眼泪哗哗，她弯下腰，捡起自己的包准备走人。

楼梯口，即将离职的前保姆抱着刚睡醒的一岁半的堂堂，在二楼看热闹。孩子看到下面客厅里人多，咿咿呀呀地手舞足蹈扭着小身子，要下来。一下楼梯，那孩子挣脱保姆，摇摇摆摆地往沙发这边走来。前保姆想抱，三太太摇摇手。全家人都乐呵呵地看着他。

三太太以为堂堂要到她身边来，正倾身张臂等待着，小家伙却歪歪倒倒地直奔修小灯，口水亮亮地流了一下巴。

到小灯面前，小家伙仰着小脑袋，使劲对小灯"打打打打"地说什么，仰得小身子都要后翻过去了，小灯赶紧蹲下护住他的后背，小家伙趁势扑进小灯怀里，一边把满是口水的小下巴，使劲往小灯下颌、衣领、肩窝上蹭。修小灯有点想哭，整个谭家，只有这个孩子喜欢她。

谭老太乐了：人和人就是有缘分的，我们千挑万选都不如宝宝自己找。就这样了！先试用一个月。

三太太和春子互相看了一眼，三太太说，还是等下一个面试完再定。

但是，谭老太挥手拒绝。

三太太冷着脸看小灯。

五

天晴还没进门，就听到三楼外婆外公在厨房里的斗嘴声，一个说放姜，一个说不能放姜！天晴悄悄掏钥匙开了防盗门，想趁乱溜进门去。不料，一开门，外婆和外公就站在客厅。

大门口，风度翩翩、卓尔不群的天晴，令他们瞠目结舌。天晴被他们的表情，吓得简直拔不下钥匙。外婆以为自己眼花，眨了眨眼，走近了几步。

外公由衷赞赏：呵呵，天晴啊，简直像个白领哪！

天晴嘿嘿嘿嘿干笑着，溜进自己房间，飞快地换下衣服。门轻轻开了，外婆跟了进来。你不是去见老乡吗？怎么打扮得像去相亲呢？

天晴：比相亲还重要！事关一个人的前途命运！

外婆伸手摸天晴脱下的风衣，又凑近看里面的高档米色衬衫。她忍不住又摸了一把：这……好像是我们女儿的衣服。她送你啦？

天晴：没呢，外婆，今天是朝雨让我穿的，今天的老乡吧，很重要！所以，我就借穿一下，我马上就洗了收好……

外婆面露不悦之色：其实，小雨妈妈不穿也是浪费。不过，我们这次来了还不到半个月，你可能还习惯把我们当客人，以后啊，借穿什么的，还是和我们主人说一声比较好，是不是啊，天晴？

天晴：呵呵，好的。外婆，下次我一定注意。你先出去，我换下衣服就来。

外婆一转身，天晴就左右开弓，使劲做了个拳击动作。

外婆出来。外公在沙发上看报纸。外婆推了他一把，说，还好我们来，要不女儿不在，这里全凭她当家做主了。

外公不解，说，什么？天晴换了自己的衣服出来，直奔厨房。

外公叹息一声：难怪说佛要金装、人要衣装。你看看，刚才天晴就是写字楼白领，那个翩翩风度呵！外婆狠狠白了外公一眼。外公没有发现，继续看报，想想又抬头。

外公大声地：天晴啊，听小雨父亲说，你今年自考又通过了两门，是不是啊？

天晴在厨房里漫声应道：是啊，今年运气好。

外公大声地：好像是学那个什么的？

天晴：法律专业。

外公：以后想考律师是吗？了不起，了不起！人嘛，就要心比天高——哎，你踢我干吗？

外婆：谁踢你了，你自己缺钙抽筋吧！

十点多，朝雨晚自习回来了，一脸夸张的难看和疲惫。外婆赶紧接过他的大书包。天晴给他端上猪肚莲子汤，见少年臭脸沮丧万分，悄悄问：哪里穿帮了？

朝雨：不是穿帮！是你表演得太好啦。放学的时候，他让我转告你，和你谈话，很受启迪。他一定找个时间来专门拜访。好像还有论文要你指点！

天晴大惊失色。

半年后，杨睿老师真的上门讨教，不过那时，这个胆大包天的冒牌家长，已经因为别的事件，被警车带走了。家访的年轻老师，屁股还没坐热，就立刻投入保姆大营救中。

从医院回来的暖被，不知怎么和东家说。没想到，一进门，律师在家。恺恺嘿——地冲进去跃上客厅沙发。和林律师谈话的小旖，被他冲撞掉了手上的书。

小旖暴喝一声：小疯狗！看不见人哪！

恺恺：我要冰激凌！我要纸包里的那个有气的干冰！

小旖：去你死老爸那里吃吧！闪开！没看到大人在做事吗！

暖被给林律师送了茶，顺便把恺恺牵开。恺恺说，我要牛奶柠檬的那种冰激凌。我很想吃了。

暖被：那个冰激凌在菲律宾。以前是你爸爸叫人从那里空运来的。

恺恺：可是我渴啦，我渴死啦！你去菲律宾买一盒！

暖被笑起来：那是外国！你会飞吗？暖被哄恺恺喝了一小碗冰蜜水。

恺恺回到客厅，啪地打开电视，律师一愣。小旖起身把电视关了。恺恺又开。小旖拧起眉头：小声点！

小旖：林律师，你说老实话，我上诉的把握到底有多大？

林律师：这么跟你说吧，我的同学就在中级人民法院做民事庭负责人。

小旖：那就是说，二审我们会赢？

林律师：我不喜欢说满话。只能说，肯定比一审法官要方便沟通一点，毕竟同窗那么多年……

小旖：没有把握的事我不做！这一审，我已经十多万下去了，你真有把握，我可以把汽车卖了。但二审你一定要让我赢！不赢我咽不下这口恶气！我至少要拿回我的二百万！

林律师：应该的。可是，打官司就是打证据战。你再回忆一下，当时成董和你就没有一点协议性的文字？你不是说，儿子一出生，他说过要带回家吗？

小旖：是啊，他自己没有儿子。可是，他就突然死了。什么协议都没有！别提协议，他到我这里都是偷偷摸摸的，怕影响不好。

林律师：我们需要有力的证据。我会尽力的。但你要配合。

林律师一出门，小旖又拿起打官司的书。恺恺立刻把电视声音调大了。小旖烦躁，跳起，一下把电视关了。

恺恺惊异地：你神经病啊！

小旖：吵死！你一进门我就烦！去，滚去自己房间！

厨房里，暖被忧心忡忡地忙碌着，不断伸头看着外面客厅母子的动静。她想晚饭后告诉东家比较好。她把饭盛好，又回到厨房拌海蜇头。没想到，外面，恺恺啃着鸭腿，突然对小旖说，你长了个癌。

小旖还在看打官司的书，她抬起头，突然，一巴掌打在恺恺头上。

恺恺大叫：你就是长了个癌！在肚子里！

厨房里，暖被准备盛海蜇头的盘子掉在地上。盘子当啷碎了。暖被再拿一个盘子，胡乱盛好，赶紧出来。小旖瞪着围裙还没解的暖被。

暖被几乎不敢看她。

小旖向暖被伸出手。暖被知道她讨报告单，赶紧把口袋里的报告单给她。

小旖看了看，把报告单狠狠揉成一团，扔了。暖被连忙过去捡起来。

暖被：只是怀疑……医生让你明天去医院，他们要再做个……手术确诊……

小旖脸色灰白，久久盯着暖被小心展开的报告单，泥雕木塑般呆了很久。

暖被不敢吭气。忽然，小旖对暖被怒目而视，语调里却有笑的意思：医生说我是癌，你回来还照样煮饭做菜一声不吭？然后再照吃照睡？！

暖被：没有确定……也想让你安心吃饭……

小旖：没有确定？又安心吃饭？你什么意思？

暖被越急越说不清。小旖：天都塌了，还要我安心吃饭！你是白痴啊，还不如忪忪一个小孩子！人都快死了，我还在这里研究什么打官司！

小旖把饭桌铺布一把掀了，又把手上的《怎样打官司》使劲往墙上摔去。

忪忪一看咸水鸭掉到地上，恼火了：你就是长了个癌！医生说的，我自己听到了！你长癌啦！为什么扔我的鸭子？！

小旖像小兽一样，放声哭号。暖被心里既乱又烦。

这一夜，小旖失眠了。暖被偷偷打天晴电话，说自己心里很乱。天晴说，乱什么呢，反正你要走了。吴教授肯定喜欢你。不过，我看你还是先提出来辞工。要不然，真的确诊是癌症，你还不太好意思马上走了。

她的病可能真的不好。她内裤有时有血……不是月经……我很害怕……

天晴无语。

暖被说：如果是真的，你说……她是不是很可怜？

天晴：是啊。但是，你一个小保姆还能操多大的心呢？后天你来之前打我电话。打我手机！吴教授家就在我们 C 区 5 号楼 302 室。

第二章

一

暖灶打开小高压锅,里面煮了三个小土鸡蛋,暖灶剥了一个,咬到土鸡蛋金黄的蛋黄,她陶醉地摇头。客厅突然传来开门声,暖灶飞快地把蛋全部咽下,结果堵住了喉咙,痛苦异常,不得动弹。穿睡衣的辛先生过来,咳嗽着,找水喝。辛先生见暖灶怪异:你怎么了?暖灶艰难摇头,她着急而痛苦地等候鸡蛋缓慢滑下食道。

辛先生:你……哪里不舒服?辛太太走进来,目光犀利地打量暖灶。

暖灶勉强干笑,齿缝间的蛋黄暴露无遗。

辛太太怒:偷吃毛豆的土鸡蛋?!

暖灶连忙摇头,有气无力地:绝对没有!

辛太太:还没有?漱口!吐你自己碗里看。

鸡蛋总算滑下去了,暖灶声音大起来:你怎么就是不信任人呢!

太太:漱口!马上!!

辛先生:好了好了,你们两个!我的果汁呢?

暖灶暗暗清理口腔说,打好了。在那儿!

辛太太:金暖灶——我要你漱口!

暖灶只好漱口,一吐,碗里全是蛋黄粉质。

辛太太斜视暖灶:你要我怎么信任你?唵?!

暖灶腼腆憨厚地笑笑:我不好意思说,这个蛋有点黏壳发臭,怕毛豆吃了不好,丢了又可惜……我家乡的蛋,都这么香,舍不得丢,我就……

辛太太：你就偷吃！鬼才相信你偷吃的是个坏蛋！

辛先生：暖灶，要吃你就说一声。

辛先生转而对太太：一个蛋也没有多少钱，赶紧吃饭吧。

辛太太怒道：你以为是饲料蛋啊！一个一块三！扣五块！记账！

冷家到处窗明几净，纤尘不染。餐桌上，摆着稀饭、玉米、肉松、皮蛋，还有牛奶和面包。暖被蹲在角落，擦一棵芋叶植物的叶子。看墙上的钟，已经八点半了，暖被去小卧室叫醒悾悾。悾悾翻了个身，又睡了过去。暖被把嘴放在悾悾的大耳朵上说话。

暖被：今天我们要带妈妈去医院，快起来。

悾悾睁开眼睛：有没有甜玉米棒子？

暖被：有。两根。很甜很甜！

悾悾：妈妈起来了吗？

暖被：你去叫。

悾悾坐起来了，学着闹钟的机械声音：快起床快起床！快起床快起床！

悾悾一路学着闹钟叫，去敲妈妈的门。里面没有动静。

悾悾飞腿踢了一脚，暖被连忙把他抱开。

暖被：嘘——妈妈累了，我们先吃吧。

墙上的挂钟已经十点多了，暖被很焦急。小旖的卧室门还是紧闭不开。暖被轻轻敲门，没有动静。暖被忽然害怕，用力敲门。

里面传来怒吼：我还没死！暖被赶紧退开。

悾悾过去对着门缝喊：快起来！我们带你去医院打针！

暖被慌忙捂悾悾的嘴。悾悾小声地：长癌不要打针吗？

暖被：不许再说这个字。不然我不理你！

忪忪更加小声：那你说她要不要打针？

门砰地开了，小旖披头散发地出来了，眼睛红肿。她直奔卫生间。一会儿，卫生间传出声音：下午去。

在丁医生对面的小旖，时尚漂亮但表情冷淡麻木。暖被和忪忪站在一侧，暖被很紧张。

丁医生：月经来肚子痛的现象有多久了？

小旖：记不住，很久了。

暖被小心插话：我记得有半年多了，以前她没有痛经的，现在有时候痛得下不了床。给她买过止痛药。

小旖白了暖被一眼：我是被人欺负，气不顺才开始肚子痛的！姓魏的不要流氓，我肚子从来不痛。算她厉害！

丁医生困惑地：你应该早点来看的……

小旖：你直说吧，我还有多少时间？

丁医生：什么多少时间？都还没确诊呢。

小旖：这辈子输给那个丑八怪女流氓，我死不瞑目！

丁医生：跟谁结怨这么怄气啊？

小旖：早知今日，当初就该心狠手辣，让她滚！我就闹着要结婚，看那个女流氓让不让位！丁医生看小旖沉浸在自己的情绪里，便转移目光看暖被。暖被低下头不敢说话。

丁医生在开单子。

小旖：我十有八九是长了不好的东西对不对？

丁医生写着字，正在选择着合适的话回答。小旖隔着桌角，粗暴地推了他一把。小旖：你回答我！说呀！我没有亲人，这儿只有我一个人。你给我直说！

丁医生弯腰捡起她推掉的病历本，平静地：冷小姐，手术一做，我就能准确回答你了！现在还不行。

  冷小旖冷着脸开车，汽车在医院和家之间奔驰。小保姆暖被上下里外奔忙，办理着小东家住院的诸多事宜。她没有想到，她就这么跑进了一个难以自拔的沼泽地。不仅如此，她的姐姐、天晴、小灯，她的保姆朋友，甚至各家保姆的东家们，最终一个个都卷了进来。暖被今天如果不是这样在医院、冷家之间忙碌奔走，而是去一个新东家家见工，也许之后的一切都不会发生。最后回想时，她觉得，这一天，就是命运转折的开始。

二

  远离麻烦，对这个问题，暖灶比谁都清醒。所以，她对妹妹优柔寡断的姿态，非常恼火。住院刚刚安置停当，暖灶的电话就过来了。已经换上病号服的小旖，躺在床上，眼睛直瞪着天花板。她的床位靠窗，窗外就是阳台。靠门的病床上是一个妇女，一直在叫"难受，我难受"。悾悾像医生一样，挤在最前面看着那个呻吟不止的妇女。
  暖被躲到外走廊去接姐姐电话。暖灶劈头就问，你是不是不想去吴教授家了？！
  暖被：那怎么也要把眼前的急事忙完啊。
  电话里的声音：你是不是怕她？还是她不放你走？
  暖被：现在谁好意思说不干啊！马上要手术，我很担心……
  这和你有什么关系？已经多干一个月没拿钱了，有什么不好意思？是她欠我们的，不是我们欠她的！
  暖被：姐，等等看吧，就这几天。也许开刀进去，什么也没有。那我马上就跟她说另外找人……

那开进去就是癌呢？你走不走？

暖被：你别这样啊！

你不要自己骗自己好不好？离开你她死不了！我告诉你，知识分子家庭错过就没有啦。你看天晴东家多好！我这个当官的东家，除了家里油水多，根本就是没素质！我告诉你，这机遇可遇不可求！

暖被：好了，姐，知道了。对了，姐你晚上过来的时候，能不能帮我买点大包的消毒湿纸巾？旖姐要的，我忘了，我实在累坏了，也走不开。

暖灶"切"了一声，就挂了电话。暖被还想再打回去，迎面丁医生走过来。暖被恭敬地对丁医生笑了笑。丁医生想起什么，转回来。19床的吧？马上要手术了。如果病人丈夫不在，就要叫她父母来，手术要有家属签字。

暖被：她父母在外地……

丁医生：赶紧打电话。我跟她说了，好像她没有听进去。这不是闹着玩的，这是在救命！暖被看着丁医生欲言又止。还有，丁医生说，手术后也要有帮手，你带一个这么小的孩子，怎么陪床照顾病人？赶紧和她家人联系！

暖灶急着要去找暖被，火急火燎地喂毛豆吃饭。毛豆还是含着饭。

暖灶：小美女！小天使！姐姐还要去医院呢！快点啦快点啦！求求你啦！

辛太太从厨房出来，说，我来喂吧。

哼，我敢肯定，暖灶说，是那小二奶不放我妹走！

辛太太：但是你妹现在走了，她怎么办？不是要开刀吗？

暖灶正在飞快地换衣服、涂口红：叫她父母来呀！这我们保姆可管不了。

辛太太鄙夷地：别打扮了，不就是去医院吗？又不是约会相亲，那么光鲜，不是去刺激病人哪！

暖灶：咳，走出去，小区里的人都知道，金暖灶是辛家的人。我光鲜漂亮一点，还不是给你家上形象？要不人家看保姆一脸菜色，破衣烂衫，肯定就猜她被东家虐待了。

辛太太：好啦好啦！骚包去吧！——喂！记住！回来进家之前，一定要找个地方小便，公厕也行。绝不能把晦气带回来！给我记住！

暖灶：放心啦！我办事你放心！毛豆说，她肯定会骗你。

门口，暖灶回身瞪起牛眼。毛豆咯咯直笑。

医院住院部大厦，暖灶才出电梯，就看到暖被在过道里，牵着一个小男孩。暖被也看到了她，迎了过来。暖灶没好气地掏出电话卡：先给你，一百块啊！你看清楚！

暖被接过看：东家又奖你啦？湿纸巾呢？

暖灶：急什么啊！还没买呢。

暖被：那你来干吗？旖姐看到医院这么脏，恶心得都想吐。她等着要用这个擦很多东西！

暖灶：湿纸巾比干纸巾贵太多了！算谁的钱？

暖被：你去看了？看了还不买！真是！反正不会要你出钱！

暖灶：那你出？都死到临头了，还臭讲究！

悾悾瞪着暖灶，用指头指她：屁！你这人是屁！

暖被打下他的手：不礼貌。不可以的！

暖灶：我就是来帮你辞工的！小二奶在哪一间？

暖被吃惊地：我急等湿纸巾，你来说这个！——你走你走！

暖灶火了：你这个二百五！你不好意思说我不怕呀，我们上个月的工钱也不要了，就送她看病去。走，带我去！

暖被用力推她走，暖灶反推了暖被一把。悾悾蹿过来，抓起暖灶的胳膊就咬。

暖灶尖叫着甩开，一把把他提起来。暖被赶紧抱下悾悾。悾悾张牙舞爪。

暖灶：这种野孩子，只有你带得有来有去！走，带我去看看她什么时候死！你要我去问护士吗！

四人一间的大病房里，靠里的小旖依然仰天躺着，瞪视着天花板一动不动。暖灶进来的时候，悾悾突然袭击了她的背，暖灶火冒三丈地推他，复仇失利的悾悾一屁股跌地，哇哇大哭。

暖被狠狠推开姐姐，抱起悾悾。这样的哭喊喧闹，床上的小旖置若罔闻，依然一动不动。暖被抱着悾悾，到床头柜那儿检查保温壶里的汤热不热。

暖被：还没吃啊，你再不吃都凉了。旖姐，吃一点吧。

悾悾突然兴奋地：嘿！虫！姐姐！虫！是蜻蜓宝宝！妈妈！飞你那边啦！

小旖无动于衷。

暖灶：人是铁饭是钢，不吃怎么有力气做手术呢？你还是要吃。

暖被看了姐姐一眼，心里感激暖灶没有发火。

悾悾大叫：我要抓住那只虫！我要！暖灶用报纸一拍，那只细瘦的小蜻蜓打了下来。悾悾非常高兴。他们算是和好了。

小旖突然肩头一抖，哇——地失声痛哭。哭声十分凄凉无助。

暖被不知所措，紧挨在她床边，什么也没有说，眼泪却默默滑落。

悾悾捏着小蜻蜓翅膀，也站到妈妈身边：这个送给你，别哭了妈妈。

暖灶鼻子一酸，泪水也快下来了。她用力深呼吸了几下，镇定地说：冷小姐，我们东家说，就是子宫癌，存活率也很高。她们美容院就有个这样的顾客，现在好好的，还到处旅游，都好多年了……

小旖泣不成声：你们小保姆懂什么？没有子宫、卵巢，女人就不是女人了。马上我就丑死了，没有头发，满脸皱纹，我这样活着干什么啊？我宁愿死也不愿丑！我决不手术！我要子宫！我要卵巢！

暖被、暖灶两姐妹互相看着，不知说什么好。

三

辛家客厅已熄灯了，暖灶轻轻开门进去。墙上的钟指向十点半。暖灶脱了鞋，火速奔向洗手间洗手。水声哗哗地，突然，一只手伸过来把水龙头关小了。暖灶抬头，是辛太太。

怎么这么迟？！不是说去去就回？

暖灶：哎呀，慢慢告诉你。害我去了三十块，都没钱打的了。

辛太太轻蔑地：你舍得！你是不是小便了再进家门的？

暖灶：是啦。拉两次啦。一点晦气都没有才进来的！

辛太太：我警告你，如果毛豆有什么不舒服，肯定就是你带回了不吉利的东西！

暖灶：哎呀，你就放心吧。我马上洗澡。

辛太太：那小二奶怎么样了？

暖灶：还没有变成秃头。还是很漂亮。我今天觉得她特别漂亮……有点楚楚可怜……

辛太太：好了好了，回头再说。今天宽限你十五分钟熄灯。明天起，医生要我喝豆浆，把豆浆机找出来洗洗。黄豆黑豆各一半，坏的要拣掉。老辛还是榨苹果胡萝卜汁，不变。

暖灶：我时间不够哪……

辛太太：准时关灯！辛太太把卧室门关上。

墙上的钟已经十点三十五了。暖灶利用最后的十来分钟光亮，飞快地找出豆浆机，刷洗干净。再飞快地找出黄豆、黑豆，各一半，洗好，浸上。等她拿好睡衣到卫生间时，所有的灯都熄灭了。

黑暗中，暖灶只好在卫生间胡乱冲洗，再胡乱刷牙，再摸回自己阳台改建的小卧室。突然，暖灶叫了一声，抱住自己的腿。她一拐一拐地走到她的小阳台卧室摸到手电，对准脚指头一照，趾甲都翘起来了。因为黑，她的大脚趾被桌子角重重撞了一下。暖灶痛得抱着脚，倒吸冷气。暖灶低声咒骂：可恶的小气鬼，看我明天怎么收拾你！

微光照进北面小阳台。紧紧挤着一张钢丝小床。暖灶还在睡梦中。这个封闭的小阳台里，一台旧洗衣机就是桌子，内筒就是暖灶的储藏柜。洗衣机上面放了小闹钟。

五点四十五分，闹钟响了，暖灶从被窝里抬手把它摁了。

暖灶咬牙切齿地坐了起来，使劲揉眼睛。刚下床，昨晚碰翘的趾甲，一不小心又碰到金属门口了，痛得她歪起半张脸。

暖灶：可恶！实在可恶！！

窗外已经十分明亮了，鸟语声轻轻传来。暖灶在厨房忙碌。豆浆和果汁都打好了，她左右看看，噗地，一口口水吐进刚打好的豆浆中。她举起来看看，很不错，豆浆里都是可爱的泡沫。随后，她把果汁杯拿起来看了看，终于点点头放下：老辛昨天表现基本还可以，赦免他。

天晴买菜回来，提进厨房，开始飞快地收拾客厅，准备看书。

和外公在阳台晨练的外婆进了厨房。随后,外婆喊:天晴啊,你过来一下。天晴赶紧起身进厨房。

外婆:这剥好的毛豆多少钱一斤?

天晴:四块。

外婆:我告诉你,以后不要买剥好的,他们什么坏的烂的都给你了,又贵!自己剥最多才两块。时间又不是钱,我们自己剥。

天晴假装虚心乖巧地:好的!好的!

天晴转身想走。外婆说,等等,以后,葱就不要买了,我都是买了菜跟他们要两根。

天晴:他们不一定给我。

外婆:你不要他们当然不会主动给你。还有!以后买的菜,统统记账。

天晴:原来都有记。后来宋老师、蒲老师都不看,就没有记了。

外婆:还是记了比较清楚。我们是信任你的,但手续清楚心里不是更踏实?

天晴:好吧。我现在就去记吧。

丁医生到小旖床前。他说,睡得还好吗?

小旖漠然看着窗外。她说,半夜有人大哭,你这里死人太多了。

丁医生:呵呵,也天天有人笑,新生命开始了。对了,你的手术要家属来签字。

小旖:我没有家属!

丁医生:这是规定。

小旖:那我就不手术。

暖被牵着怔怔进来了。她小心地告诉小旖,给她母亲打了电话,她母亲明天赶到。

小旖扭过头来怒视：我让你打电话了吗？

暖被：可是医生……

小旖咆哮：你跟我这么多年，她和她丈夫是什么东西，你还不清楚？来也是白来！你看她后不后悔！

丁医生有点诧异，看了暖被一眼出了病房。暖被也跟了出去，一直跟进丁医生值班室。丁医生说：这一家人怎么了？

暖被摇头：他们平时不来往的，春节都不来往。

丁医生：她丈夫呢？

暖被：车祸死了。现在她只有儿子和我。

丁医生：那……那天她骂的女流氓是谁？说害她肚子痛的。

暖被：那个……

暖被有点迟疑，说，旖姐的男人是另外有家的，就那个女人。暖被停了一下，看医生不明白，就说，上半年，他突然车祸死了，什么都没有交代就死了。现在，那边家里不承认旖姐和成先生的孩子，旖姐就带悾悾和我去成家要抚养费，结果，被成家人打了。律师说可以打官司讨遗产，可是，前两天又说官司输了。钱可能被律师骗走了。

丁医生：你在她家多久了？

暖被：四年多，旖姐大肚子的时候，我就去了。

丁医生：那男的，都和你们在一起吗？

暖被：没有。他一个多月、两个月来几天。悾悾出生以后，他很喜欢来，不过也是偷偷地晚上来。他都不让我们跟邻居说话。好像是他老婆很厉害，旖姐正好也不想结婚，所以，就这样了。

丁医生说，她的病程很长了，手术越快越好。

四

谭家院子里和二楼的大阳台上,都是雇人种的花草瓜果,上上下下绿意葱茏。二楼平台的绿荫下,谭老三在带有遮阳顶的木制摇椅上看杂志。

修小灯在平台水池里洗堂堂的衣物。低头搓洗的时候,谭老三能看到小灯漂亮丰满的胸部。小灯知道并且得意,随后,她借口衣架夹子弹簧坏了,过去要谭老三修。谭老三懒洋洋地修着。

小灯:你嘴里吃什么呀?

谭老三:VC。安利的VC。

小灯:噢,我知道。卖安利可赚钱啦!

谭老三:这你也懂?你感兴趣?

小灯:我可能也卖不好啦。但我知道那赚大钱。

谭老三逗她:我有个朋友,正在卖一种新开发的离子饮水机,说是非常保健,治病养颜。卖一台至少回扣一千,那更是赚大钱哪!

小灯:哇!卖一台就我一个月工资啊!哇!我想卖啊!

卧室里传来堂堂的哭声。谭老三站起来:我去。很快,谭老三把儿子抱了出来,对小灯说,你看看是不是要换纸尿裤。

小灯去接,谭老三趁机在小灯胸口上摸了一把。小灯娇羞又得意地撇撇嘴巴。

三太太挥着一件宝宝连衣裤冲上阳台,她没有看到谭老三的轻浮动作,却迎面看到小灯撇嘴的轻浪模样。因此,手里的衣服,几乎打到小灯脸上。三太太:闻闻!你自己闻闻!全部是奶味!怎么洗的衣服!

小灯闻了闻,说:很香啊。

三太太:香你个鬼!香!肯定是水里泡泡就捞起来晒了!给我

重洗去!

小灯：人家洗得很干净呀。

三太太：还死辩？重洗去！再不干净，扣钱！小灯闷闷地把衣服接了去。

楼下，谭老太在书橱前的躺椅上，膝上抱着白色的小狗旺财。春子在她对面的一张单人沙发上为她读《书剑恩仇录》。虽然是文盲，但谭老太的书房有个大书橱，里面陈列着《金庸全集》和古龙的武侠小说，还有一摞摞《读者文摘》《知音》等杂志，还有一个大报夹，夹着多份报纸。

谭老太痴迷武侠人生，保姆春子每天的一部分工作就是读当天报纸、读武侠小说，所以，谭老太是不承认自己没有文化的。相反，谭老太信奉"侠之大者，为国为民"，正是这种自认随时路见不平、拔刀相助的侠风义骨，使她成为五个保姆案件中涉案最深的东家。

春子在给老太太读武侠，小灯和堂堂在客厅玩。电话响了。小灯殷勤甜蜜地：春子姐姐，你电话！

春子对谭老太说，我马上就回来。

春子合上书，一脸冷淡傲慢地站起来，并不搭理小灯，径直走向客厅电话。一接电话，春子脸色大变。对方是她老乡，一个家政搬运工，姓周。

周老乡：你家百顺就在这里，根本没有失踪。

春子困惑：他不在深圳？他在这儿多久了？

老乡：听说两三年都一直在这儿混，根本没去深圳。

春子：你给我他的电话！

老乡：百顺说过，谁把电话告诉你就杀了谁。

春子：那你什么意思？跟我说又不给号码？

老乡：就是觉得他过分嘛。看不过去。

春子：看不过去，还不给我，好吗？我们最好能见面聊聊。

老乡：是啊，人家都说你变成城里人了，根本不跟我们老乡玩了，可是，我们毕竟是一个村一个组的乡亲嘛。

春子沉着脸，放下电话。她倒了一杯水进了老太太书房，准备继续念。

谭老太：这么久？谁的电话？

春子脸上已经恢复平静，她说，一个老乡无聊。

春子拿起小说：……周仲英站在一旁，见众人义气深重，不禁暗暗佩服，心想，红花会名闻江湖，会中人物确是非同小可。见骆冰神色有异，走近她身边，说道，文四奶奶，你宽心。咱们且听天宏说说看……

谭老太还是起了疑心，说，你那个木匠丈夫，出来打工两三年，怎么生不见人死不见尸？会不会跟人跑了？

春子：他敢！当年他娶到我，整个乡里的人都说他们家烧了高香！

谭老太：那怎么孩子病死的时候，他也不回家？

春子：天知道。在乡下，怎么也通知不到他，他说在深圳。再说，我公婆都觉得，死个女孩，和死个猫狗差不多。

谭老太：到底是自己孩子。你说，他会不会出什么事了？这么多年，音信全无。

春子：哼。出事也是他活该！

五

人流涌动的火车站。小旖母亲小心翼翼地护着一篮土鸡蛋，走出人流。她一路问路，好容易步行走到了小旖所在的医院。

抱着土鸡蛋的小旖母亲，一身疲惫地进了小旖病房。一见到多年未见的女儿，母亲眼圈立刻红了。小旖看了母亲一眼，竟然翻身朝里面睡了。暖被跟她打了招呼，牵过忪忪：快叫外婆！忪忪充满敌意，紧紧闭着小嘴。小旖母亲想摸他的脑袋，忪忪一转身避开了。

小旖母亲走近女儿床边，说，你什么时候手术啊？

小旖并不转身：来干吗？你不是和你丈夫站在一边吗？我不用你来送葬。

母亲：孩子，都这样了你……

小旖：都怎样了？都快死了是不是？

母亲：小旖，你父亲同意我来的。

小旖：他居然同意你来？你看到我了，你可以去告诉他我还没死，但快了。

母亲：小旖，你父亲也在住院，胃都切除了。

小旖一怔，旋即大声地：活该！哼，我们俩都没有好报！

母亲：你……

小旖：我也不是你们的孩子！你丈夫说得对，我根本就是医院抱错的孩子。我就是自甘堕落！我就是下贱！就是恶坏子！我根本不是你们的孩子！

母亲：唉，你们两个脾气一个样……

小旖：还有，回去告诉他，我的左耳聋了六年了，他那一巴掌真了不起。你再告诉他，我终于也快死了，他可以彻底省心了！

小旖母亲掩面而泣。暖被倒了一杯水递给她。母亲接水的手，在微微颤抖。暖被看着很可怜。帮小旖母亲洗衣服的时候，暖被忍不住问：旖姐父亲病得很重吗？

母亲点头：胃癌。

暖被吓了一跳：那家里有谁照顾他呢？

母亲：我大小姑子。就是他自己的姐姐妹妹。

暖被：旖姐不是有个哥哥吗？

母亲看了好一会儿暖被：她没有告诉你吗？

暖被不解，摇头。母亲不再说话。暖被也不敢再问。两人低头搓洗衣服。晾晒衣服的时候，小旖母亲自己开了口：小旖的哥哥比她大五岁。非常机灵，但小时候得了病，高烧给烧傻了。所以，她父亲把全部希望都寄托在小旖身上。他是我们小县城里最有名的数学老师，非常要强，死要面子，可是，他就是培养不好自己的孩子。

暖被：每年春节，旖姐都不回家啊。

母亲：因为他们俩脾气都太坏了。小旖从小就不爱读书，爱结交社会上的朋友。父亲就打，结果越打越远，最后她离家出走。跑了这么远，还成了二奶。她父亲觉得失望透顶也丢尽了脸面，坚决和她断绝关系。小旖更倔，所以再也没有回去。如果不是我不时问问，关系早就断了。

丁医生和小旖母亲在办公室谈话。

丁医生：发现得比较迟了。如果发现得早，应该还是好控制的。你们要有思想准备。这种病，一般到腹痛，都比较晚了。

小旖母亲：那……最糟糕会怎么样呢？

丁医生：有人可以拖一年，有人三个月就不行了。因人而异，跟用药也有关。

小旖母亲：医疗费用是不是很高？——我的意思是，我女儿应该有钱。我希望能不惜代价救她。

丁医生：经济条件好那就更好了。进口的药，纯度高，副作用小，疗效也高些。比如表阿霉素，国产进口差价七八百块。若经济条件差，普通国产药大家也在用。

医生，我们不指望她的钱，只求你用最好的办法救她，多关照她一点。这孩子很固执，你不要看她高高的个子，很漂亮，像个大人，其实，她幼稚得像个小孩……我和她父亲，同她已隔阂多年……母亲哭泣起来，说，她父亲也是癌。他也不许我告诉女儿。算命的说，他们父女相克，看来是真的。

丁医生：这什么话！这样吧，不管怎样，我想提醒你们，这个手术比较大，看护啊、营养啊，你们一定要跟上，光靠那个小保姆，绝对不行。

小旖母亲叹了一口气：我知道哦，上半年，我和大小姑子轮流在医院照顾我丈夫，三四个人都累坏了。但我这次来，会尽量陪她，我们也就这一个孩子了……

六

卫生间水箱哗的一声水响，天晴出来了。厨房里，外婆很是心疼：哎，天晴，怎么不用拖地板的水冲呢！哗地，一大箱好水啊！

天晴：该死！我又忘了！

外婆痛心疾首地：坏习惯！真是坏习惯啊！农村的孩子就这个不好，以为天下的水都不要钱……

外婆正说着，外公从客厅走进了卫生间。外婆神情很是不安，果然，紧跟着，哗的一声水响。一看走出来的是外公，外婆勃然大怒了。

外婆：哗！哗！哗！哗！正在说节水呢，你又在里面大冲？！

外公莫名其妙：我才上厕所……

外婆：一吨两块八！两块八呀我的天！说起来比米还贵！怎么

就没有人知道心疼水啊!

天晴干笑:外婆,我从现在起一定注意,高度注意!

外婆:你到马桶边好好看看水,往心里看!虽然是别人家花钱,可是那么清、那么亮的水,照着你的眼睛,你还不心疼?再不心疼,简直就是铁石心肠,简直就是坏蛋、是罪犯了呀!

天晴不高兴了。厕所里一按水箱,就成了罪犯,这还有没有天理?她转身回自己房间,一路做泄愤的怪脸。身后,两个老人还在拌嘴。

外公:哎哟,不就是冲马桶的一点水吗?

外婆:一点吗?!那叫一点吗?起码一大桶!

天晴不胜其烦,到蒲教授书房上网。外婆进来了。虽然不懂电脑,但外婆很狐疑,说,你在这儿干什么?今天不读书了?

天晴:我在查别人的节水办法。我要一个大可乐空瓶。

天晴站了起来,外婆跟出去。天晴把装满水的可乐瓶放进水箱中,水箱开始进水。外婆还是不明白。外公明白了。外公:啊,这样,水箱的空间小了,冲进马桶的水也就少啦!好!这个办法好!

外婆拍手:我明白啦!太好啦!太好啦!再放一个瓶子!

外公:再放水量太小,什么都冲不走了!

外婆:那再放一个小瓶子!我去找!

暖灶进了派出所。她东张西望到了值班窗口,说,白警官在吗?

值班室里的几名警察一看到暖灶就乐了。一警察起身到院子里喊:小白,那个维权的保姆又来找你啦!

里面传来一个声音:说我不在!昨天夜班!

值班室内的警察笑,说,不是电话,她人来了!

暖灶对里面大喊:喂,你躲我是不是?

一会儿,白警官气急败坏地出来了。

暖灶一把拖住他：你是我们养的，怎么不替我们办事？

白警官：养谁啦你？说话请放尊重点！

暖灶：你难道不是我们纳税人养活的？

白警官：嘿呀厉害呀你，我问你，你上过一分钱税没有？一个小保姆！再说，就是你纳了税，你这样说也是不对的！

暖灶：我努力挣钱，还不是想养你们吗？可是，你根本不替我伸张正义！该我的钱，我都拿不到，我拿什么纳税、拿什么养活你呀！

值班室里的警察笑得不行。

一个所长模样的人出来了，问是怎么回事。暖灶说，去年初，在这个警官的辖区，一个胖子每天雇我去做中饭、搞卫生。半年不到，里面那个三陪小姐跑了，胖子也跑了。三千多块钱，一分钱也没付。我只好报案。可是这个白警官，根本不为我追钱。

白警官：我不是替你找到房东了吗？！

暖灶：可是房东根本不理我。我又不是警察！马上就要过中秋了，我这滴滴血汗钱……

白警官：房东不是不理你，她说她手机丢了，联系不上胖子了。我有什么办法！你别缠我，我都快被你这小保姆折磨死了！

暖灶：我也快被你这警察折磨死了，三千块，白干半年啊！你们领导让你白干半年试试？

里面的几个警察又笑得捂嘴弯腰。

所长严肃地说：你带她立刻去找那个房东！搞不定你别回来！

白警官：我昨晚出警十三次，我的天哪，还要不要人活啊……

白警官怒气冲冲地骑着摩托车，在车流中流星闪电一样快速穿行。暖灶坐他后面，身子偏来偏去，心惊胆战。大声喊，喂，你闯红灯啦呀！你是知法犯法呀！

白警官：我是执行公务！

　　暖灶：还是慢点啊！三千块事小，金钱诚可贵，生命价更高啊！

　　白警官：现在又事小啦！事小你三番五次去吵什么吵！我昨天夜班，一夜没睡你知不知道！

　　暖灶：我经常睡不好，纳税人也没闲着呀！

　　白警官：你再说一次你是纳税人，这事就拉倒！

　　天啊，是不是经常有纳税人欺负你啊！你怎么这么敏感啊！

　　白警官：给我闭嘴！

　　到了地方，白警官把头盔重重砸在店铺柜台上。女店主半是吃惊半是玩笑的夸张表情，摸着被砸的桌面：该死啊！谁让白大警官这么生气啊！

　　白警官再次砸他的头盔。暖灶把白警官借她的头盔，也狐假虎威地砸在柜台上。女店主的脸一下就拉长了。

　　白警官：一周之内，你把欠她钱的那个胖子，给我找出来！

　　女店主：不是说啦，手机丢了嘛！我上哪儿找去！

　　白警官：我告诉你！下周她再找我，我就直接过来，给你挂"不安全出租户"的黄牌！你的生意就彻底黄了！

　　女店主：哟！她是你什么人啊！

　　白警官恶狠狠地：养我的纳税人！

　　暖灶得意地抖晃着脖子，一脸快活。

　　女店主：嘿哟，我还以为是你干妈呢！

　　暖灶大怒：你喷粪哪你！

　　白警官也不高兴：是我干祖宗！——下周！最后期限！

第三章

一

门铃响了,天晴去开门。一个年轻高大、长发触肩的小伙子站在门口。他戴着眼镜,光着脚丫,有点不好意思:呃,对不起,我姓杨,才搬来的,住五楼。家里两个小孩淘气,把鞋子统统扔进你们的露台了。

外婆热情地:进来进来!哦,你也没有鞋可脱了。

小伙子十分尴尬:对不起,那我脱掉袜子……

外公:没关系没关系!进来吧。

几个人一到露台,都傻了眼。我的天啊,外公点着指头在数:旅游鞋、皮靴、拖鞋、跑步鞋,小孩的四只小旅游鞋,肥皂盒,晾衣叉,羽毛球……

外婆惊呼:这乱七八糟横七竖八的!

小伙子连声说,对不起!他跳着脚,过去收拾鞋子。天晴也过去帮忙。

比蒲家三楼大露台再高两层的斜对角,一个五楼阳台里,两个五六岁、耳边各垂两条长马尾巴的、长相一致的小女孩,正在对着蒲家阳台上捡鞋的大人,疯狂地扭着小屁股,张牙舞爪做夸张的鬼脸。

天晴:她们为什么扔呀?!

小伙子说:比赛……上面的小双胞胎在吹尖厉的口哨。他对上面做着威胁的手势。外婆找来两个大购物袋。天晴帮小伙子一起装。正捡着,突然,砰砰砰,好几个西红柿、鸡蛋飞下来。要不是小伙子拉了天晴一把,天晴一定中弹。一个西红柿啪地打在小伙子耳朵上,他顿时看上去血流如注。外婆惊呼起来。两双胞胎兴奋地用水桶猛烈敲击栏杆。

小伙子大喝一声:谢天!谢地!谁再丢一个,就不准玩游戏机!

小伙子接过天晴拿来的纸巾,一边擦脸,一边连声说对不起。

外婆:小伙子,你才多大呀?

小伙子:二十二了。

外婆:我的天啊,比天晴还小一岁啊!你怎么有这么大的孩子了?!

小伙子尴尬:不是我的,是我以前同事的孩子。今天她们父母有事。我经常带她们的。

天晴帮他把所有的鞋子等,提上五楼。外婆也好奇地跟了上来。小伙子住的是两室一厅的小房子。屋子四壁都是漫画,还有一幅小伙子想象自己衰老的漫画图,很逼真,但挺逗。天晴看了直发笑。一间卧室门上,整面都是一个战斗美少女,非常美丽。双胞胎看到一干人上来,立马噤声。

小伙子把鞋子都搬到阳台,她们才知小伙子家的鞋柜设在阳台。

双胞胎看到大人并没有责骂她们的意思,渐渐恢复活跃,光着脚丫,开始在满地都是杂志、书籍、光碟和比萨饼空盒、可乐纸杯的地上蹦跶。

外婆摇头:小伙子啊,你这家简直就是猪圈哪!这怎么下得了脚哇!你看这到处乱的!哎呀,猪圈也比这儿清爽!

小伙子:嘿嘿,不好意思。

外婆:天晴啊,远亲不如近邻,我看你顺便就帮他收拾一下。

天晴还没答应,小伙子连声说:太好啦!谢谢姐姐!谢谢外婆!

天晴有点不高兴,东家凭什么可以把保姆送出去做人情?自己的读书时间并不多。但是，她也不得不承认，这个叫杨隽的邻居是不讨人厌的。

很快，杨隽的房间整洁亮堂起来。天晴开始晒杨隽床上乱糟糟的被子，整理床下，擦草席。小伙子好奇地看着天晴：你真的十五岁就到蒲教授家了？

天晴：是啊。那年中考我考全县第二，可家里没钱了。我哭了一场就跟村里的远房婶婶出来打工了。

杨隽：可惜了。

天晴：我不想打工，在等别人给我假身份证期间，我陪我婶婶到家政公司。蒲教授夫妇一眼看中我，通过家政公司，一直恳求我去。我不去。家政公司的经理，也替他们求我，当时我脱口而出：让我读书我就去！没想到他们一口就答应了。

杨隽看着天晴忙碌的样子，目不转睛，后来拿出铅笔，开始素描。

杨隽：他们真让你读？

天晴点头：他们家里全都是书！只要我干完活，随便我看。他们也推荐我看好书。呵呵。我一本接一本地看，简直像到了图书馆。那几年太开心了！朝雨从小就很好玩。不过，明年我拿到大专文凭后准备去考律师或公务员，我就再也不做保姆了！你在画什么？！

杨隽：真没想到，家务活也可以被人做得这么优美好看！

二

妇科病房。小旖躺在床上，眼神空洞木然。

一个年轻的女化验师轻轻推门进来，看了一圈病人，径直走向小旖，她深情看着小旖，说，你是冷小旖吧……

小旖看了她一眼，没有点头也没有摇头。

天啊，化验师难过地叹息，你比我想象的还要年轻漂亮！我特意拐来看看你……实在是叫人……难以接受。

小旖很诧异地坐了起来。

你躺着你躺着！化验师说，我就是想来看看你。看到你化验单上的年龄，才二十四岁啊！我读大学前，我小姑姑和你得的是一样的癌，内膜间质肿瘤，这是最凶的一种恶性肿瘤。你让我想起了我小姑。她比你大几岁。

化验师真诚的泪光闪动着。小旖睁大了自己的眼睛。

这个信息如五雷轰顶。冷小旖原来以为自己还没有最后确诊，还存有一线希望。因为丁医生一直说，手术才能最后确诊。现在，这个带着对小姑姑感伤怀念的年轻化验师，把这个最残酷的消息，真诚地带来了。她得的是癌，而且是最凶的一种癌！

小旖渐渐回过神来，说，你小姑姑死了吗？

化验师点头：从发病到去世，三个月。死的那天，她过二十六岁生日。我们那里地方落后，医疗水平低。你现在不一样了。丁医生是一流的医生，很多外地病人都请他去。现在医疗设备、药物，都比过去水平高。所以，只要手术彻底，你肯定有希望康复的。

小旖：彻底的手术就是把子宫、卵巢都切掉吗？

化验师：对，越彻底越安全。

小旖：那我就没有任何雌性激素了？

化验师：生命不是比激素更重要吗？我多么希望我的小姑姑还活着。我太想念她了！我冒昧来看望你，就是想为你加油！

小旖：那就是说，我很快就会皮肤暗淡、毛孔粗大。我会很丑，对不对？我在家上网查过了。

化验师：那只是外表！重要的是，年轻美好的你——还活着！

小旑的脸色异常苍白，说，年轻美好？没有品尝过美丽漂亮滋味的人，根本不知道女人的外表有多重要！没有外表，女人根本就没有快乐！你不知道什么叫幸福！

　　化验师摇头，你怎么净想这个……

　　小旑号叫起来，以手捶床：就是这样啊——

　　小旑母亲提着给女儿的饭，暖被拿着小旑爱吃的芒果、提子。两人一路走一路说话。

　　小旑母亲：……那时候，她五岁多。当时有个相机不容易。我记得在水库那边。小旑从小就爱美，她非要在水库边的桃花下面拍一张。她父亲为了取景一直退一直退，一下子跌进了身后的水库。相机没了。她父亲湿淋淋的，爬上来就打得小旑牙齿出血。小旑完全吓傻了，半天哭不出来了。父亲还是暴怒，把那棵桃花树连根拔起了。因为那是一个新相机。

　　暖被害怕地：这么坏的脾气啊！

　　小旑母亲：她爷爷的脾气也很坏。她奶奶，也就是我婆婆说，他是被一只苍蝇气死的。因为一直打不到，他就在屋子里追着打，拼命要打死它，结果脑溢血了。

　　暖被：难怪啊。有一次旑姐用菜刀要劈成先生，不知道什么事。成先生缴了她的刀，后来她哭了……

　　小旑母亲：我知道，冷家有种的。所以她离家也好。要不然，他们父女谁杀了谁，都有可能呢。

　　拿着点心水果的小旑母亲和暖被，下了公交车，折进医院大门。

　　小旑母亲：我们经济条件不好，我下岗了，她父亲一个县城中学老师，也没几个钱，家里还有一个傻儿子。她父亲胃癌手术的时候，我想找小旑要钱，她那个清高父亲打死也不肯，还嫌女儿的钱丢人。

暖被很意外，说：旖姐也没有什么钱了。前几年，成先生在的时候，抽屉里每月的买菜钱，都有一千多。现在不一样了，官司把旖姐的积蓄都花光了。

小旖母亲：不可能吧？那成老板不是很有钱？我女儿还给他生了儿子……

暖被：成先生是有钱，可是，旖姐这个家是地下的，没有人承认的呀。

小旖母亲：就算不公开，没有名分，那这么些年，他那么有钱，给我女儿一两百万说得过去吧。

暖被：我不知道，反正姐姐以前花钱大手大脚，应该不会存什么钱的。要不她跟律师说卖车干吗？

小旖母亲轻蔑地：我不相信！

暖被：我上个月的工资还欠着呢。

小旖母亲：我更不相信了！你说她没有钱了？你说她上个月就欠你的工资？

暖被不解：是这样啊。

小旖母亲狡黠地：那你为什么还不走？！

暖被停住脚步，表情复杂地看着小旖母亲。

三

小旖失踪的消息，传到茂华小区是中午一点多，天晴在洗碗。

蒲家门铃响时，外婆通过猫眼一看，紧急召唤外公，以为来了个讨饭婆。外公一看来人还背着孩子，急呼天晴来看。正在厨房洗碗的天晴一看，大惊：啊！暖被！

门一开,暖被颓然倒入。暖被头发纷乱,汗流浃背,脸上还带着孩子的小牙印血痕。暖被一进屋就瘫在玄关,眼泪也淌了下来。

孩子大声报告:我妈妈跑掉啦!我妈妈找不到啦!

暖被疲倦不堪,说,今天她第二床手术,可是她,一大早就失踪了。

天晴:你们不是都在医院吗?

暖被:卫生间出来,她说到公共阳台上透透气,结果就再没回来。随身的小包不见了,电话也关机。大家到处找,怕她寻短见。她妈妈人生地不熟,也在到处找⋯⋯

外公外婆一脸困惑,天晴赶紧做了介绍。外公外婆听明白,赶紧让水让座。悾悾说,奶奶我还没有吃饭⋯⋯我饿死了⋯⋯

天晴不便做主地看着外婆。外婆说,哦,哦,奶奶有饭!有有有!

饭和方便面都来了,暖被却一点也吃不下。她看着天晴,眼圈阵阵发红。天晴过去抱住她的肩膀,暖被的泪水掉了下来,她小声地说:我感觉不好,她可能已经⋯⋯

几个大人互相看着。外公拿起电话报了警。天晴想想又给小灯打电话:小灯!暖被的东家失踪了,可能寻短见了!你不是说谭家人都对你不错吗?你就借个车吧,这样找人好找!

真是病急乱投医,脑子一贯聪明清爽的小保姆天晴,也违反了保姆宝典禁条:不能擅用东家贵重物品。而新保姆小灯,虽然面有难色,但自我感觉良好、好大喜功的个性,使她还是勇于冒险。她将为她的虚荣付出代价。

她说,那我去问问阿仔吧。我自己是不能去找人的,我要带堂堂。

天晴:没让你找。快点快点!

谭家司机阿仔满手泥土地在侍弄花草。穿着睡衣的小灯过来:阿仔哥,你没午睡啊?

阿仔：我翻一下土，昨天搞了一半。

小灯：阿仔哥，求你帮个忙。快帮我去救人吧，有个朋友在寻死！

阿仔吃惊地：寻死？在哪儿？

小灯：不知道呀。所以想请你帮忙去找。开车去。

阿仔：开车？你以为我是东家啊！我可不敢！

小灯：你见死不救啊。我还以为你最仗义了！

阿仔：三老板同意也行，他自己也有车啊，你去问问。他还在外面！

小灯：真的？你电话给我。

小灯在电话里惊惊乍乍、娇滴滴地跟谭老三说了一通，很快就把电话骄傲地递给阿仔：你接！知道三老板同意了，小灯感到很有面子，很满足。阿仔琢磨而慎重的眼光，也证明了她对三老板的特殊影响力。

小旖就在海西跨海大桥的出租车里。行至桥顶，小旖要下车。的哥告诉她，大桥上不得停车，也不能步行。小旖说：停不停？不停我就跳！说着她拉开车门。的哥吓得只好停了下来。

小旖扔给司机一百元，摔上车门，慢慢往桥边走去。桥上风很大，小旖米色的风衣飞舞起来，的哥能看见她里面穿的条纹病号服。的哥喊：嗨，找你钱！

小旖置若罔闻。的哥怕监控探头，不敢久停，车慢慢开下了桥。有人上车，的士缓缓离远，但这个的哥到底不放心，还是打电话报了警。

四

在海西晨报附近，渔夫酱油水海鲜店。夏星光和几个好友正在吃中饭，桌上两瓶啤酒。夏星光手机响了。

夏星光：哪里？跨海大桥？夏星光站了起来，一个女的。好的。线索人电话发我手机。我这就过去！

夏星光大步跑出，奔向一辆破吉普。

穿着风衣的小旖，站在桥中白色的粗钢索边。海风吹起她纷乱的长发，风衣里面臃肿的病号服也不时醒目地露出来。

夏星光把车子停在跨海大桥的紧急停车带上，向小旖走去。出现场经验丰富的记者夏星光，借着身上的酒气，还没走近小旖，就递了块口香糖给她。小旖不理睬。

夏星光：我没喝多，我只是想吹吹风。你喝多了吗？

小旖虽然没有理他，但显然放松了。

夏星光：这个桥，交警是不允许我们站的，他们吓唬我们说，掉下去，海浪下面全是尖尖的礁石，会碎尸万段。夏星光夸张地打了个酒嗝：我经常在这儿——摄影大师知道吗——就这个位置，呃，我拍过很多照片。噢，这桥造得不稳，我有点想吐。

小旖厌恶地转身，但对夏星光已经完全不设防。夏星光突然拍了她一张。她正要发火。夏星光却低头看着自己的镜头向她走近。太美啦！噢，真了不起。可惜我朋友要来了，不然我能帮你多拍几张……呃！

小旖冷漠地看了看镜头里的自己。

夏星光：我要走了。你真是个天生的模特，你看那眼睛，内涵多么丰富——

小旖：删掉！

什么……夏星光把一片绿箭塞她手上。

小旖接了，翻转着把玩了一会儿，突然间抛出，一片绿箭飘摇地落向海浪水雾深处。面对桥下大海出神的小旖，不知道自己的身后，警察、保安、大桥管理人员等正在紧张地、悄悄地向他们靠近。大家很节制、不惊动她地小步靠近。有些敏感的过往车子在明显减速。

小旖忽然觉察到了，在扭头看的同时，她猛地抬腿攀爬，瞬间身子就翻出挂在桥栏之外，风衣海鸥般飞展。所有人的心都提到了嗓子眼。但几乎同时，夏星光一个侧抱，狠狠地搂住了小旖的肩，随后是腰。救助人群这才一起发出激烈的惊呼。

小旖疯狂挣脱，夏星光死死抱着她。小旖在他的小臂上狠狠咬了下去，夏星光惨叫着不敢松手。好在后面的人，也蜂拥扑了上来。

小旖绝望地踢打众人。星光退出拍了几张照片。众人看到，他外衣卷起袖子的手臂上，被咬伤的地方，有血迹泅开。这一口咬得颇深。

一保安眼尖：是第一医院的病人！看她里面的病号服！

几名警察和大桥管理人员，把小旖半扶半拖地带进警车，小旖在疯狂而徒劳地挣扎。

众人七嘴八舌：这么年轻漂亮啊！看上去是有钱小姐啊……

一警察问夏星光：你是她什么人？

我是记者，夏星光说，海西晨报的。

警察：多亏了你。那个，你要去打狂犬针，跟我们去医院。

五

成功指派汽车的修小灯，很满足地带着堂堂睡了。她不知道，一场风暴正在酝酿。

春子搀着谭老太出来。打扮时尚漂亮的三太太已经在客厅了，一见她们就说，奇怪，阿仔到哪里去了？车也不在车库。

谭老太说，洗车去了吧？给他打个电话。

三太太在打电话。春子扶谭老太坐下，说，每周出去护理头发也麻烦，还是我替你洗吧。小灯也学过洗头呢。

谭老太：是啊，但卡里的钱至少要用完啊。我们还买了一大套进口的洗发护发用品在店里——怎么搞的？平时我们用车，阿仔都是把车弄得干干净净地等我们。

谭家女人说话的工夫，她们的车，已经载着暖被、天晴快到跨海大桥了。去年小旖和成先生吵架的时候，就说要跳这个跨海大桥。这时，阿仔手机响了。一看电话来电显示，阿仔大惊失色：完蛋！是三太太！

暖被纳闷地问：……小灯不是说，东家同意的吗？

阿仔：你们不懂……老三在家……唉。阿仔速度慢下来，迟疑着接了电话。

三太太已经咆哮了：怎么回事？你到底还想不想干？

阿仔把车子靠边接电话，神情慌张尴尬。暖被、天晴则万分着急，前面的大桥咫尺天涯。

阿仔：……我们正在跨海大桥，修小灯的朋友的东家，正在寻短见啊！要救人不是……

三太太愣了半天，气得要喷血：开我家的车，去救保姆的朋友？！

阿仔连忙强调：不是我自己要来的！是她跟三老板说好的……

三太太对谭老太厉声尖叫：小灯派阿仔的车去救她朋友了！

谭老太暴怒：有没有搞错啊，这小贱骨头！

春子沉着脸，三步两步冲向楼梯。

跨海大桥，两个兴奋的保安正步行准备下桥。经过谭家汽车边，天晴叫住了他们：喂，请问刚才警车过去在忙什么？

一保安：自杀！美女自杀。就差一点点！

暖被跳下车急问：人呢！现在人呢？！

保安说已经被送回医院啦。

阿仔一听，就说，你们自己打的去医院吧，我不能送了。家里出大麻烦了！

谭家里面，真的出了大麻烦。奔上二楼的春子，啪地把保姆房门推开。床上，小灯搂着堂堂，正在呼呼大睡。春子一巴掌打在修小灯浑圆的屁股上。小灯身子一跳：啊……哟……谁啊！

春子：睡得比猪还自在啊！

小灯完全被打醒了：干吗呀……人家才睡的……

春子：还干吗？！还不给我滚下去！！

小灯：吵死了，堂堂一直不肯睡，人家才……

小灯嘀咕着，一副逆来顺受的懵懂表情，还准备再躺下。春子一把揪起她，死命推了一把。小灯摔在床上，差点压到堂堂。三太太出现在门口。

三太太：真有本事！才来几天，连东家的车都敢派啦！阿仔也乖乖听你的了！这家我看就是你的了！

小灯一个激灵跳起来，一听这话，知道坏了，吓得一时语无伦次：噢，是我……不是我！那个，车子是……

三太太：滚下去说！我倒要看看这土骚狐狸怎么跟老太太诡辩去！

春子拖着小灯出了房间，砰砰地冲下楼梯。楼上隔壁，刚入睡不久的谭老三被吵醒了。他皱起眉头，翻了个身，准备再睡。

小灯被春子趔趔趄趄往楼梯底下拖，小灯心虚，步伐畏缩。三太太恼恨，在旁边使劲推她一把。小灯一脚踩空，一声尖叫，滚下楼梯。旺财顿时汪汪大叫。一下子谭家人叫狗吠得上下沸腾。

谭老三皱着眉头爬起来，穿着睡衣站在二楼楼梯扶栏边，看着楼底下大厅里四个女人。

滚下几级楼梯的小灯刚想哭叫，一眼就看到，客厅中央，谭老太盛怒而立，手持拐杖。小灯慌忙一骨碌爬起来，目光难免畏缩起来：不是我，是老三派的……

三太太一掌推打在她背上：老三！嚄，老三！老三也是你一个小保姆叫的？

小灯连忙改口：不是不是！是三老板，我是说是三老板安排的，那个车不是我的……不是我叫阿仔去的！真的不是，阿仔知道的！

春子脸上是不冷不热的笑。三太太说，哟，看起来跟你毫无关系啊！

小灯：我只是……我……

谭老三在二楼护栏边喊：好啦好啦！吵死人啦！是我叫阿仔去的。我不知道你们要用车，再说，人家是救命，你们打的去就是了嘛，回头可以叫阿仔去接嘛。

客厅里的人都抬头看他。三太太：嘿哟，你说什么！打的？我们都几年没有打的了？我们自家有车，你要我们老妈坐那么脏的的士？

修小灯见谭老三撑腰，嘀咕说，救人一命不是胜造七级那个嘛，本来谭先生还想亲自去的啊……小灯的嘀咕，话音未落，谭老太一拐杖抡过来，把小灯打得身子转了半圈。小灯痛得哭叫起来。

三太太冲着二楼喊：不是这个土骚狐狸要车，你会好好的叫阿仔出车？！你怎么不亲自去啊？！

春子在拉三太太衣角，示意她别伤及无辜。她知道老太太一向最疼老三。

老三已经穿了外衣，晃荡着车钥匙，走下楼梯。谭老三：好啦，不要闹了。都是我的错。听说那边有人要自杀，我就叫阿仔去帮忙找了。人不能见死不救嘛。好啦，我送你们去吧。

谭老三去搂谭老太，轻推老太太出门。谭老太嗔怒地打他的手：你别嬉皮笑脸，这事没完！这是内部管理问题！

谭老三：是是是，我们走吧。

老太太这么容易就被谭老三哄出去，那岂不是放过了小灯？三太太恨恨地瞪着春子，春子意犹未尽地斜着小灯。她俩都不想走，好戏才刚开始，但看老太太已经到了院子，最终，只好各自剜了小灯一眼，追随而出。

一拨女人被老三哄出了门。眼泪还挂在脸上的小灯，看着他们的背影，忽然自我感觉良好地嘻嘻发笑：老三，嘿，老三！

第四章

一

　　米色的风衣搭在椅背上。穿着病号服的小旖，死气沉沉地坐在医生位子上。丁医生神色肃穆，他从书橱里拿出两本医学杂志，翻给小旖看。

　　丁医生：你们行外人士，怎么会比我们一线医生更敏感、更清楚医疗技术日新月异的变化？治疗手段的更新换代谁比我们更了解？你看看吧——

　　小旖拨开杂志：你直说吧，我死早了，对医院的损失是不是很大？我告诉你，我没钱了，你也不用费尽心思，骗我治病交钱。

　　丁医生笑：真是骗钱，这么大个医院，我们不缺你这个病人。

　　小旖：化验医生的姑姑和我一样的病，不是三个月就死了？！

　　丁医生：那是什么时候、什么地方？现在是什么时候、什么地方？医学进步的速度，你一个外人是想象不到的。比如说，一种胶囊内窥镜，就胶囊那么大，像个小机器人，病人吞服后，它在消化道中，一边游走一边拍照，不断把清晰的照片发出来，医生就可以看到病人内部的准确情况。这些，你能想象得到吗？

　　小旖：那我这个癌，有什么先进药物和技术？

　　丁医生：如果确定了，自然有新的治疗方法，包括手术技术。化验师的姑姑，换现在，可能还活着。只要你配合好，我会全力以赴地救你。

　　小旖：可是，什么都切光了活下来，那是很丑的。

丁医生：你又外行了。完全切除子宫卵巢，是影响了你的雌性激素。但是，只要你病情稳定了，现在有很好的进口药物来补充你，比如利维爱。在国外，很多更年期妇女，依靠这类药，很好地保持了青春。很多健康人，为了美丽，都在适量服用这类激素类药物。

小旖眼睛一亮：你是说，切除它们，我不会变成男人、丑八怪？

丁医生：当然！关键是你要有好的心态。只要你心态好，我保证你会比现在更漂亮。

小旖：骗人吧？

丁医生：骗你有什么好处——只有麻烦和责任！

小旖的眼神，已经显示有些信赖这个医生了。

病房中。小旖疲惫不堪的母亲坐在阳台门边，擦着一头汗水和眼泪：唉，这个城市太大了，简直跑得腿都要断了。那么多车，我根本不认路……没有零钱，也被人赶下车，你还不能上错车门……

一护士带着记者夏星光推门进来。夏星光打了针，包扎好小臂。他呵呵笑着来道别，却发现被救的自杀者小旖不在。暖被一见夏星光，连忙站起来，对小旖母亲说：就是这位夏记者！

小旖母亲拉着星光的手：谢谢谢谢，恩人哪！

医生办公室，小旖微微有了笑的模样。她说，只要胸部没小，没有孩子更好！一个我就烦死了。正说着，护士、夏星光、小旖母亲等一拨人进来。暖被站在门口。

夏星光对小旖问候：没事了吧？

小旖隐约有点不好意思，但神态还是很倨傲淡漠的样子。

丁医生：主要是我们工作没做好，她有点误会。现在好了。明天手术。多亏了你，夏记者，谢谢你救了我们的病人！

呵呵，夏星光说，没事就好，谁都有看不开的时候。呵呵，我走啦。这是我的名片。他给丁医生、小旖一人一张。有需要请打我电话，全天开机。

丁医生指着他的伤手，说，没大问题吧？

夏星光笑：没想到被人咬了，也要打狂犬针！警察非要我去打。再见了，哦，冷小姐，手术顺利！多多保重！

小旖母亲：恩人哪！让我送送你！

小旖母亲从下电梯一路送夏星光，穿过医院花园到医院停车场。两人聊得很不错。

二

一大早，天晴买了豆浆、包子、馒头、海蛎煎回来。

外婆说，咦，我不是说我和外公要煮泡饭吗？你买这些干吗？

天晴：哎呀，忘了！买习惯啦。

外公怕天晴难堪，打圆场说，你外婆离开稀饭、咸菜受不了。

外婆：天晴啊，我问你，你每天都喝一盒牛奶吗？

天晴不好意思地点点头。

外婆：那你们一个月要买几箱啊？！

天晴底气不足：完了就买了。

外婆露出吃惊痛惜的表情。天晴灰溜溜地到厨房处理早餐。

门铃响了。杨隽手上提了一大只网兜进来，里面有五六个大柚子。外婆赶紧让他进屋。杨隽笑：来谢谢外婆外公，谢谢姐姐！

杨隽说，我想请姐姐定期帮我搞卫生，一周两次，一个月四百块，行吗？

外婆：怎么不行？楼上楼下这么近，我看行！——天晴啊！

天晴并不想接，由于外公外婆两个警察的监督，她觉得自己的读书时间已经变少了。但是，外婆很积极，一方面是杨隽讨她喜欢，另一方面杨隽出价很高。所以，她劝天晴，远亲不如近邻啊天晴，以后啊，我们家的事我多帮你一点。你多挣的钱，请我们吃海蛎煎去！

天晴犹豫。外公问，小伙子，你在哪儿上班啊？

杨隽：就在家。我有个动漫工作室，替人画漫画。

外公奇怪了：那你是无业人员呀！哎你不上班，一个人还要请人搞卫生？太浪费了吧。我们天晴，她真是忙，家务之外要读书，读书之外还写作——天晴，你把你发表的文章都给小杨看看。

天晴：也没什么，报纸上的小文章啦。

杨隽：哇，让我拜读一下吧！

丁医生进了办公室，开始更衣。外间，一个拿着报纸的护士进来：快看！今天要手术的那个19床病人见报了，还有照片呢，就昨天来打针的那个记者写的！

丁医生怔了怔，把衣服挂好。外面护士读报的声音传来：官司败诉，又接癌症宣判——未婚妈妈投海寻死为警民所救……

丁医生连忙出去，拿过护士手里的《海西晨报》。丁医生一看完，脸黑了下来。丁医生：快！你们分头招呼一下，绝对不许和19床谈报道一事。告诉19床家属，绝对不许和病人谈报纸。一字不谈！就当没这回事！要稳住病人情绪！

三个护士，一看丁医生的脸，连忙答应着跑了出去。

丁医生摸到白大褂里的夏星光名片，他掏出来一看，就扔到废纸篓中。但想了想，他又到废纸篓边，掏出手机，把他的号码记了下来。

术前工作都准备好的小旖，被推到手术室等候间，随后又被推进了里面一层门。暖被和悾悾及母亲在外间等候。悾悾开始很新鲜，到处乱摸乱动，反复开灯关灯。护士制止，他就乱开鞋柜。

一护士：要好几个小时呢。你们不要全部守在这里。还是谁带孩子出去走走吧。

小旖母亲看着暖被说，我去一下。护士叫我们不要和小旖谈报纸，不知道那个记者写了什么不好的东西。我去医院门口买一份。

恺恺：我也会买报纸！

小旖母亲和恺恺很快就回来了，母亲的脸上布满汗水和怒气。恺恺被一个等候的女孩手上的游戏机吸引，紧紧挨在她身边。小旖母亲把报纸塞给暖被。暖被接过，看了，一脸困惑。

小旖母亲：你看到了什么？！

暖被不安地：那记者怎么知道这么多呀？

小旖母亲：昨天送他的时候，他问了几句，我就随便答了几句，怎么这就是在采访人呀！记者简直是小偷啊！

暖被：他怎么"二奶"的字眼都用上了呢？这些都过去了。旖姐很讨厌人家说她这个，有一次，楼下邻居嫌恺恺吵，上来骂我们，骂二奶什么的。旖姐把我拖地板的水，全部倒下去，把他家的被絮全部淋湿弄脏了，人家报了警。

小旖母亲脸色发白：我只是有说，过去她父亲这样骂她丢冷家的脸。我哪里会这么说自己女儿？再说，我根本不知道他会写出来！

暖被：阿姨，你这报纸千万别被旖姐看到！我实在害怕她发脾气，我们家的电视已经砸爆了两台了，现在她身体这么差……

小旖母亲：要不你说，是你跟记者说的吧？我跟我女儿关系本来就紧张……

暖被轻声叫起来：你……你是她妈妈……

小旖母亲：所以我更不想让她生气。她没有问就算了，万一知道，你就说是你不小心说漏嘴的。千万！

暖被：可是她知道我，这么多年，我从来不这么说……

小旑母亲：没事！最多她觉得人心叵测，反正你一个小保姆……

暖被又惊又怒：阿姨！

小旑母亲：她已经对父母很失望了，所以，我不能再招惹她。就这样了，这样大家都好。

暖被着急地站起来：我……这样背后伤她，她会……你……

可你是保姆啊！谁能跟一个保姆计较？算阿姨求你了！

暖被眼圈里闪出了眼泪。

三

春子一个人来到和美家政公司，找到了那个密报她丈夫百顺情况的搬运工老乡。老乡几个在公司搬家大汽车旁打牌。两人到一边说话。

老乡：我真没有他的电话，但是我知道他经常待的地方，你可以去那里找他。

春子：我忙得很，怎么可能到处瞎找？把他电话给我吧。

老乡：真的没有。就是能弄到，我也不敢给你呀。你三年找不到他，是他躲着你。现在你家百顺可不是过去的乡巴佬了，木工手艺有一搭没一搭，坑蒙拐骗了很多城里人，所以，他做贼心虚，也害怕人家知道他电话。

春子：我不相信。他没那个胆子！

老乡：唉，你真是不了解你男人哪！用他自己的话说，黑道白道，没有他玩不转的。

春子轻蔑地：我呸！——号码到底给不给我？

老乡吞吞吐吐：是这样的，春子，我老婆也想到别墅人家做保姆,因为她已经不习惯那些拿工资的小户人家了。从台湾人那里出来,就一直找不到合适的。所以,她想请你帮个忙。你现在接触的都是有钱人……

春子:只做别墅?她要什么条件?

老乡:也没什么大条件,只要是别墅,家里雇两个以上保姆的人家就行。

春子:好,这忙我可以帮,但你必须给我百顺电话。

老乡:我去弄,弄到就给你。真的。

暖灶送了毛豆去幼儿园回来,辛太太已经走了。餐桌上留下字条:洗冰箱!干煎两条赤棕鱼。煲花蛤排骨汤,不要放盐。花旗参海参煲(注意火候)!

在暖灶看来,海参属于天下不好吃的东西之一。可是,辛先生因为太太爱吃,有人送总是来者不拒。暖灶不高兴。老辛说,你不懂。你们女人吃了最养颜美容。

辛太太说,又没人要你吃!不过,你暖灶好歹也是个人精,怎么这么久了,烧海参的水平一点也没有提高?看人家店里,无论红烧、做煲、做汤都非常好吃。

暖灶说,我哪有那么多应酬腐败的机会啊!我没有见识呀!

辛太太:没吃过猪肉还没见过猪跑啊?再说,你自己凭良心说,打包回来的山珍海味你吃了多少?老辛总怕你没营养。

暖灶:可是这二手的吃,哪里吃得出别人的真功夫啊!

辛太太:哟嘿,那以后还要请你吃一手呢!

当然没有什么一手的吃,不过,在这样油水不断的小官员家当个保姆,暖灶基本还是满意的,经常有点超出生活正常轨道的小小惊喜。

暖灶开始拖地板。拖了一半地板,想起什么,赶紧打开电视。忽然,她飞跑到前后阳台俯身瞭望了一把。确定看不到辛人人身影后,她奔回客厅看电视,并把音量调大。她是准备边拖边看的,可是剧情太紧张,她就拄着拖把看。不过,她会警惕地竖起耳朵听听外面的情况。播放广告的时候,她就飞速地狂拖地板。忽然,她听到了脚步声,立刻飞身一步,把电视关了。

辛太太已经开门进来了。辛太太站在门口。暖灶正卖力地拖地板。

暖灶镇定地微笑:哟,怎么就回来了?

辛太太目光如鹰:又偷看电视?!

暖灶:什么呀!忙都忙死了,还要洗冰箱!

辛太太狐疑地打量暖灶。暖灶用眼角偷看辛太太。

辛太太突然走到电视机边一摸电视,她厉声道:自己过来摸摸!

暖灶迟疑地过去,摸了摸。

辛太太:热不热?!

暖灶支吾地:可能是太阳晒的吧……

辛太太怒喝:你以为城里人都是白痴吗?是不是要拆开让你摸摸里面的管子!

暖灶泄气:哎呀,就最后一点点尾巴了……

辛太太:按规矩,故意违规,初犯扣十块!重犯,扣一百元!

冤枉哪!暖灶呼喊,我真的刚打开五分钟!看电影也没那么贵呀!再说,这是说韩国人做菜的,基本算是业务学习……

辛太太:到我床头把我手机拿一下。我不进去了!扣款你自己记到今天的买菜账上,我会检查。

暖灶进卧室拿出手机。辛太太转身出门。门再次推开,辛太太探身。

辛太太:还有!下次再不利用洗衣机的水拖地板,也扣!一吨水快三块钱，不像你们农村的山沟水怎么用都没关系……

暖灶：哎哟，走吧走吧，天天和尚念经！

辛太太掏出两张月饼票递给暖灶。

辛太太：如果我中午回不来，下午你去我弟弟家时送给我父亲去。

暖灶：哇，每次都送东西去，你真孝顺哦！

辛太太：对了，昨晚朋友送来的两只海鸭，你也拿一只过去——杀好拿去！

暖灶：哎哟，你有完没完！简直跟电视广告一样！

傍晚，天晴背着书包，准备去上辅导课。蒲教授说，天晴啊，那个吴教授说她不能再拖了，想请暖被明天直接去她家上班。

天晴：她东家今天手术是很顺利，但切片报告还要等两天呢。后天应该可以来了吧。反正，东家的妈妈已经来了。

天晴才出门，外婆表情严肃地进来了。蒲教授赶紧停止电脑前的忙碌。

外婆：有个事，我要认真说。今后我们自己做早餐，做科学营养的早餐。

蒲教授点头赞同。

外婆受到鼓励，语气更加凝重：哪有家里有保姆，还到早餐点买早餐的？这没有道理！小区里晨练的人，听了啧啧说我们家养贵族保姆！

蒲教授：呵呵，主要是朝雨睡懒觉，做了也来不及吃；我自己也觉得煮稀饭麻烦。再说，天晴每天晚上读书睡得晚……

外婆：读书是什么理由？不行！反正不能再这样惯保姆啦！你算算，小蒲，一天光一个早餐，我们全家就多花了十几二十块，你们不心疼我心疼！我替我女儿心疼！

蒲教授笑。

外婆：还有！她一个保姆早上也喝牛奶，一盒两块多钱哪！这就等于一个月白白涨了六十多块钱的工资呀！

蒲教授还是笑：牛奶是朝雨妈妈请她喝的，多少年了……

外婆：真是败家子啊你们！说出去人家笑话，一个月一千多块的保姆，不煮早饭，还要喝牛奶，还要读书当律师，哇！你们是请公主还是保姆啊！这小保姆也不懂事，主人客气叫你喝，你还真喝了！还一喝好多年，多少钱哪！我的天！在我们那边，我们厂里多少退休工人，根本喝不起牛奶呢！——我明天就给她断奶！

妈，别这样！其实也没有多少钱，真要断奶，等小宋回来断，让她做恶人。

外婆：她回国？那还要等八个月呢！八个月二百四十天，那就是两百多盒牛奶，你乘乘，多少钱？！我来断！

还是别这样，蒲教授笑，你看，不就是几百块钱吗？可是妈，和保姆相处愉快，对一个家庭来说，是求之不得的无价之宝啊。

外婆：好，你们有钱，糟蹋去吧！反正我和老宋吃稀饭！

四

下午，暖灶提着一只杀好洗净的海鸭要出门。辛太太叫住了她：等等！这两样干脆也带去。我最近没空过去。辛太太拿给暖灶一个火柴盒大小的纸包，一件T恤。

辛太太：千万别丢了！花旗参！最近丁皓连续大手术，累得不行。别放衣服提袋里，你放你挎的小包内。

暖灶：这大号的衣服，你爸也能穿？

辛太太：给我弟，开会发的。老辛太矮了，只有丁皓能穿。

暖灶：哦，原来是大个子。

辛太太：丁皓可是很帅，都去两三次了，你都没见过丁皓？是不是你总是迟到早退、耍滑头？

哎哟，天地良心！你老爸基本都在家监督啊！在他家，我只看到你爸和海童。你弟媳妇也从来没看见，只看到婚纱照，长得嘛也还……

辛太太：你少啰唆了！各家有各家的事。你少管闲事！

暖灶嘿嘿笑：保姆宝典——关心服务对象嘛。——好啦，我走了！

辛太太：还有！暖灶，煲海鸭汤里也可以放几片花旗参。但海童最好别吃，要先舀出她吃的！记住！

暖灶提着鸭子，匆匆往茂华大门口走去。小区大门的喷水池边，小灯扶着堂堂在池边看红鲤鱼。暖灶发现了小灯，大叫一声。小灯欣喜地喊：哇！提这么多东西！鸭子啊？你去哪里？

暖灶：去辛太太的弟弟家。现在每周两次，我都要去她弟弟家做钟点，那个家好像没有女人，太脏、乱、差啦！

小灯：有加钱吗？

暖灶：你白痴啊，不给钱我去学雷锋啊！一个月多三百块，你怎么跑这边来？不是说东家不喜欢你带小孩跑远？

小灯：A区湖水里的鱼看不见，堂堂要看大红鱼。

暖灶：哎，那家人对你怎么样？

小灯：老太太还可以。那个叫春子的保姆头儿真的很讨厌啊，刁死啦！成天盯着我。最讨厌的是堂堂的妈妈，那个神经病是醋坛子！因为她老公对我很好。

小灯得意地梗了梗脖子。

暖灶暧昧地大笑：原来如此啊——

说话间，只听咕咚一声，蹲在池边上的堂堂，可能脚软了，栽进了水池。周围的几个老人，惊呼起来。暖灶扔下鸭子，扑到水池边，一把提出水里扑腾的堂堂。小灯哇地哭了。提出水的堂堂，湿漉漉的像只青蛙，四肢扑腾，猛烈咳嗽。好一阵脸色涨红，才开始哇地大哭。暖灶仔细检查着孩子。

几个聊天的老人都围了上来。

一老人：大人光顾着说话，小孩子都不管了⋯⋯

一老太太：保姆就是不上心，唉，我就不要保姆带孩子⋯⋯

暖灶：去去去！你们胡说什么呀！我们一直看着他！暖灶捡起鸭子，怒对小灯：还发什么呆啊！回去换衣服！笨蛋！

小灯幡然醒悟，抱着堂堂就飞跑。暖灶追了上去咬耳朵：就说是别的小孩撞的，突然撞了就跑了，你马上就捞出来了。千万别说我们讲话不看他！

小灯茫然点头。暖灶怕她不得要领：记住！要不然你死定了！

暖灶提起鸭子，往大门那边飞奔而去。两个保姆一东一西远去。

几个小区老人，在她们背后指点摇头。

丁家客厅，丁爷在修理他的滑轮钓竿。暖灶在用皮质光亮剂擦洗丁家的浅棕色真皮沙发。丁爷：等会儿好了，你喝碗鸭汤再走。

暖灶：嗜，还是你们多吃点。毛豆家那边太有得吃了！丁爷啊，做个当官的城里人，那真是爽歪歪啊⋯⋯

丁爷笑：城里人有城里人的烦恼。你不懂。

暖灶若有所思：海童妈妈为什么不住这儿？当老师很忙吗？

丁爷：也忙。她父母年纪也大了，要人照顾，她是独子。再说，她父母家就在她学校旁边，互相照顾比较方便。

暖灶：难怪我每次都没有看见女主人。你儿子媳妇分居了。

丁爷：也不是。唉，她也是从小被父母惯坏的人。

正说着，门铃响了。丁爷说，去开门。我儿子回来了。

暖灶起身开门，丁医生进门了。丁医生停在门口。暖灶有点发呆。在丁医生家做钟点的暖灶，已经来了三次了，今天第一次见到男主人。尽管，三床手术下来，丁医生很疲惫，但丁医生的清雅帅气，简直让暖灶有触电的感觉，她顿时局促不安起来。

丁爷：哦，丁皓啊，这就是你姐家过来帮忙的暖灶了。

丁医生礼貌地点了个头，几乎没有认真看暖灶：你好啊。

暖灶：呵呵，丁医生……你也好。

丁爷：吃了吗？有剩面。

丁医生：又是面啊，我不吃。我睡会儿。

丁爷：你姐姐让暖灶送来一只海鸭，汤也快好了。喝一碗再睡吧。

暖灶说，是啊，非常好的野海鸭。我帮你盛，现在可以吃了！

丁医生客气地摇头：谢谢你。太累了，我休息一下。

暖灶呆呆地看着丁医生洗手进屋，呆呆地目光追随着丁医生换了睡衣出来喝了水，又进卧室。暖灶心头撞鹿，咽喉发干。本来，她擦完沙发，再拖个地，就可以下班了。但是，今天，地板拖完，她改变了主意。

暖灶：丁爷，海童那双球鞋太脏了，我给她洗洗吧。

丁爷非常意外：哎呀，你已经忙了半天了。不好意思。

暖灶在阳台水池边，奋力刷洗一大堆鞋子。阳台的一角，可以透过窗户，看到丁医生的卧室。卧室窗门开着。

卧室。丁医生在床上躺了一会儿，翻来覆去。过一会儿，丁医生爬起来打电话。暖灶在谛听。电话通了，丁医生开口就很不客气：夏记者吗？！你还讲不讲职业道德？！一个要崩溃的女人，马上要手术救命，你头条渲染人家又是二奶又是败诉又是绝症，还配照片！

新闻就是这样戳人伤痛吗？！

电话那一头，记者夏星光一听丁医生电话，赶紧走出编辑大厅到走廊上，一脸委屈：你听我说，丁医生，我不是这个意思！标题是编辑做的。二奶只是过去的身份，是她母亲介绍的时候说的。我没有恶意，我连她名字都没有写。照片是大家救她的感人场面，她人很小，几乎看不清脸！

别跟我说这个！我告诉你，这是生死关头！要是病人看到报纸，再出什么状况，我直接找你们杨总编！

阳台窗户一角，暖灶很吃惊，同时感到刺激。她努力伸头探看。她以为医生都是文弱苍白古怪的，现在，她觉得这个叫丁皓的医生，太有男人魅力了。她偷偷踮脚往里面看，医生一转到窗户这个方向，她就立刻缩回来。

她注意到，丁医生把电话重重扔下后，几乎没有睡，躺了躺又起来了，又打了谁的电话。后来一直在听音乐。

暖灶回到客厅，把丁爷一条裤脚脱线的裤子拿出来坐沙发上缝边。丁爷万分感激地看着她，为她盛了一碗海鸭汤。暖灶坚决谢绝。

暖灶：丁爷，你要不要叫丁医生试一下那件衣服？

丁爷：哦——他转向卧室喊，丁皓！丁慧给你件T恤，你出来看看。

丁医生：放那儿吧。

丁爷：丁皓，你就出来看看，小金回去，你姐可能会问你合不合身呢。

丁医生走了出来，拿起衣服看看。丁爷执意要儿子穿上，丁医生只好到里面换上。穿起来，果然不错。

丁爷：丁慧买东西就是有眼光。

暖灶：不是，是老辛开会发的！老辛太矮啦！

丁医生微微一笑。丁医生并没有和暖灶说什么话，但暖灶心里特别高兴。暖灶突然想起了，大叫一声：对了，月饼票！

暖灶：这是辛太太交代的，月饼票给大爷您。

丁爷：我不要，我也不爱吃月饼，胃不好。很多人给丁皓的月饼票，他都送人了。不要不要！你拿回去。

暖灶：她家每年都多得浪费掉！

丁医生：那么，送给你吃吧。谢谢你。

丁爷：好好，小金，你那么辛苦，送你了！

暖灶笑颜如花：那我就不客气了！谢谢丁爷，谢谢丁医生！

从这一天起，暖灶热衷去丁医生家上班了，暖灶在丁医生家干得异乎寻常地好。辛太太困惑不已，回到父亲家查看。果然，父亲、弟弟的家，被那个小刁保姆收拾得窗明几净，纤尘不染，而且几样家具都调整过了，空间更宽敞了，各种毛巾、浴巾、擦手巾都重新布置过，一切都井井有条，室内拖鞋每一双连鞋底是干净的，每个人的水杯、牙杯摸起来都嘎嘎响，十分光洁，窗帘内里是雪白的，衣柜的衣服折叠得秩序井然。就是说，任何一个卫生死角、偏角，辛太太那么刁的眼睛，都找不出大毛病。的确可以同意丁老父的话：小金来了，家里连空气都亮起来了。

谁也不知道，暖灶有了多么大的梦想。

五

手术完次日，丁医生一大早就进了小旖的病房。他走到小旖床边：好点吗？放屁了没有？小旖轻轻点头。

丁医生：看上去还不错。好，继续努力。奖你一张中秋月饼票，祝你中秋快乐!

小旖母亲:哎呀!这怎么好意思呀?哪里还有医生给病人送礼的?是我们应该给你们的呀!

丁医生把票给暖被,说,医院拐弯天桥下的华侨大酒店那里就可以提到月饼了。

暖被带着悾悾去提月饼的时候,接到天晴的电话,说吴教授催她直接去她家上班。暖被说,病理报告还没有出来呀。

天晴:是你要我跟她说,手术一完就过去。

暖被迟疑着,两人最后说好,明天中午暖被先过去看看。

丁医生在和小旖轻声交谈。小旖母亲在一边织毛裤。

小旖:我没有工作,没有医保,那场官司前后差不多把积蓄花光了,反正你不要给我弄贵的、糊弄人的药。

丁医生:总的情况就是,进口的药效要好一些,副作用少一些,但是贵……

小旖母亲:当然是要好的,只要疗效好,病人舒服,贵一些也可以的——小旖,留得青山在,不怕没柴烧。钱先花了,我们可以以后再挣回来。

小旖翻了个厌恶的白眼:我哪里还有钱?连打上诉官司,我都已经在托律师卖车筹钱了。你还真以为我是阔太太呢——

丁医生很意外:你……这么困难?

小旖母亲不以为然地:都这个时候了,你还省什么?我和你爸爸不图你的钱……

小旖勃然大怒:你一直以为我是阔太太是不是?!

暖灶提着一袋泰国香米,在菜市场门口张望。天晴骑着车过来。暖灶热烈招手。小灯牵着堂堂也到了。

天晴：忙死了，什么事啊？还非要见面说！

暖灶笑容满面：还不是想你们吗？真没良心！

暖灶从包里掏出两瓶安利护手霜，往她们手上一人塞一个。

小灯：安利耶！我最喜欢了。正好我要买护手霜啦！

天晴：又是你们东家腐败来送你的？

暖灶：嘘——我偷的。她家简直可以开日用小商品店了。老辛的司机现在天天往我家运东西，都是博饼博的。有时他一天要博两局！

小灯：博饼是怎么回事啊？

天晴：闽南风俗。中秋这个月，要持续一个月呢！就是一桌人，围起来抛色子，谁的点大，谁吃最大的月饼，小点吃小月饼。不过，现在的大饼小饼都被一桌子的日用品和购物券替代了。这据说是郑成功发明的，是士兵们中秋节玩的游戏。现在每个单位、部门、小区、同学、老乡，各种圈子都可以坐下来博。博饼奖品一般都是公家出钱买单。

天晴看着手里的护手霜：这个有趣风俗，现在都成了官场上公开张扬的公关、腐败活动啦！

暖灶：别这么说，我们老辛大哥还是很廉洁的，我很理解城里人，尤其是城里当官的。你就是吃不到葡萄说葡萄酸。谁让你不是城里人呢？要你当官，你比谁捞得都多！

天晴：放屁！我要当官，先宰了你这种大贪官！

暖灶：我就爱当贪官！我最大的理想就是嫁城里人、当贪官！以后，你们缺什么，我再偷。她家沐浴露、洗发露、牙膏、香皂、洗衣粉已经一大柜子快满了。我听我楼下一家保姆说，他们东家是个什么局长，更过分，每一年博的东西都打折卖给小卖店，要卖几千块呢！

小灯：哇！我也要当贪官！

暖灶：等等等等！重要的事差点忘啦！告诉你们，辛太太弟弟——也就是她让我一周去做两次钟点的那个医生，哇——哇——！太帅啦！昨天一看到他，我心脏病都快出来了。最关键的是，他和他老婆分居啦！

天晴乜斜着她：看你那色眯眯的样子！小保姆和医生？劝你最好别做梦！谢谢了。我也要走了，老家伙要烙南瓜饼吃。再见！

天晴跨上车，掉头而去。暖灶大叫。

暖灶：嘿！嘿！吴教授那边——？

天晴扭头喊：都说好了——明天中午见面——暖被会过来——

小灯和暖灶又说了几句体己话，各自欢乐满足地散去。

第五章

一

大白天，魏雅玲的大型马赛克超市里，楼上楼下都灯光璀璨，一排排陈列架上的瓷砖在折射着富丽之光。魏雅玲的办公室就在二楼。

魏雅玲一手在手下人拿来的单子上签字，一手拿着电话在打。

魏雅玲：星光啊，你们上周介绍我们新品的软文，图标搞错的那篇，怎么还不补我们啊？又不打折。

夏星光边接电话，边在报社收发室登记簿上签名：魏姐，没有问题啦。我们老大应该会补偿你。对了，你送的台湾冰雪月饼收到啦，好吃！还有没有？

魏雅玲：补登一篇完我再送你两盒！对了，报纸上登的，你在大桥上救的自杀女人是谁？看那照片好像有点眼熟。

夏星光一听魏雅玲所说，签名笔都滑掉了。传达室人员帮他捡起。你说什么？你看得出她是谁？

魏雅玲：是不是叫冷小旖的那个破鞋？

夏星光连忙说，不不！她姓王。

魏雅玲：哈，也是，我就说，我认识的那个小妓女应该没这么接二连三地倒霉吧。不过这些贱人，都一个骚狐狸样。

夏星光匆忙挂了电话。快速奔向报社门口的破亚光黑色的吉普车。传达室门卫追了出来，手里摇晃着蓝色的快件。

夏星光在医院附近的花店里选花。店小妹按他的意思，组合了含有道歉、内疚、请求原谅的黄玫瑰、百合和几支蕲草。他捧着花进电梯的那一瞬，另一个下降电梯正好开门。丁医生随着人群出来，他一眼就看到了捧着鲜花果篮的夏星光跨进电梯。丁医生目光十分冷淡。

小旖母亲一看到夏星光，脸色陡变，用明显的眼色赶他走。夏星光心知肚明，但不想走。小旖看母亲不喜欢夏星光，偏偏对夏星光笑了笑。夏星光也笑，说，一直很忙，不知你手术后都好吗？

小旖微笑：还好。还活着。

夏星光微笑着：这些花，表达我的心情，我很抱歉，但我真心祝你康复顺利。小旖母亲一直毫不掩饰地瞪着夏星光，也不让座。

小旖以为是指救她一事，说，坐吧。

小旖母亲：医院很脏！没什么好坐的！

夏星光尴尬地站着，没话找话。聊几句，说，我还有采访，就是顺道来看看你。感到她母亲的强烈怨恨，夏星光没有毅力再聊下去。

夏星光一走，小旖母亲就说，对记者，我们还是保持距离比较好。你没听过——什么叫防贼、防毒、防记者！记者没有一个好东西，成天胡写吸引人。谁知道他安什么心！

小旖冷笑：我知道，只要对我好的人，你们都恨。

医院门口，远远地，暖被带着恽恽提着保温壶过来送饭。停在医院绿地边的夏星光，迟疑地看着她。果然，暖被一看到他就扭过头去想避开。夏星光跑上前挡住她，说，对不起，报纸的事……冷小姐好像还不知道，请代我跟小旖母亲道歉。我确实没有恶意。这是我的电话，有什么需要，我一定来！算我欠你们的。

暖被犹豫地接了名片，说，你怎么那么写，还要登旖姐照片……

夏星光：以为人头很小……

暖被：还小？一眼就看出来了……其实她现在很可怜，和二奶一点关系也没有。

夏星光说，真的对不起！我一时没想那么多，标题是编辑做的，照片其实也看不出是冷小姐，你们是认识，所以看得出，一般人……唉，不说了，但真的我很抱歉！

恀恀抬着头，好奇地看着两人。

二

谭家别墅二楼阳台，修小灯在刷牙。窗内，她能看到谭老三在她房间的床边，逗着刚睡醒无比兴奋的儿子，教他前滚翻。堂堂胡翻，老三哈哈大笑。

小灯满嘴泡沫地抱怨着：唉，我嗓子痛死了。一个晚上爬上爬下——昨晚堂堂那么闹，又喝水又撒尿，你们都没有听到吗？

谭老三：他妈妈说，是你白天让他疯太狠了。

小灯：先是做噩梦，又哭又踢，还吐我口水。后来要小便，要喝牛奶。唉，难怪别人不爱做带小孩的保姆！

谭老三：当时不要你的时候，我看你都快哭了。

小灯：胡说！我只是觉得我这么好，你们不要真是委屈我。

谭老三：要不是我儿子，你可能还在流浪哦。是不是啊，乖儿子？

小灯：呸！就是你乖儿子，害我爬上爬下的感冒了。

谭老三：你可别传染我儿子。

小灯刷了牙，走进屋内，说，怕传染，那你赶紧给我药啊！

谭老三：中午从药店里带。

小灯嗲嗲地推了谭老三一把：才不要啦！你们药店里都是假药。而且，我向小区那些人推销你朋友的离子饮水机，人家都说假的，骗人的！

谭老三轻浮地笑：我给你的都是真的，什么时候假过？推销的绝招，你要交足了学费，我自然传你。小灯手里的水使劲甩谭老三。突然，谭老三看到外出打扮的三太太从走廊往房间里看，就起身把儿子抱着高高举起来，他一路举到阳台含笑花前。三太太识破了他，没好气地一扭身，噔噔地下楼去了。

小灯耸耸肉乎乎的小肩，也到了阳台。谭老三把堂堂放摇椅上用力晃。堂堂咯咯疯笑。小灯在给堂堂喂水。三太太突然又出现在阳台。

谭老三：咦！你不是去上班了？怎么又上来了？

三太太：我看你现在很爱带儿子啊，简直像个男保姆。

谭老三：我儿子越大越好玩了嘛。

三太太：既然你爱带，反正你又不爱上班，不如就把保姆辞了，你陪儿子就是了。

谭老三：嘿，你想辞人别折磨我呀。我的事情不比你少！再说，请不请、辞不辞，我们俩都说了不算。

小灯神气地抱起堂堂：走哈，宝贝，我们下楼吃饭饭！

三太太伸手一挡：我警告你，别成天领着堂堂吃了睡、睡了吃，吃了又睡！多运动玩耍，多认字。

小灯：是呀，我就是这样啊！外面人家保姆都说，现在堂堂都被我带胖了，气色也很好。

三太太：外面人家还说，孩子一身虚胖，说你成天嘴里零食不停。我警告你，我不是请你来养小猪的，要智力开发懂不懂？

小灯：我才没有呢！最多是堂堂不吃我怕浪费……

三太太：闭嘴！这种借口我听多了！乡巴佬的借口都一个样！

小灯郁闷地下楼去。老三牵着嘴角一笑。

暖灶在菜市买菜。她在卖海虾的摊子前,挑沙虾。

今天的虾太小了,暖灶:看,一斤三十没道理。

摊主:这可是野生的!大点要五六十呢!

暖灶摸了一下虾身子,虾壳果然是粗涩的。但暖灶愤怒地说:这么小!抢钱啊!便宜一点,我买。

摊主说,说什么话,真见外!老主顾了,我卖人家三十四,给你报价就三十!要不你买这盆养殖的,才十八块一斤?

暖灶:不行,上次我老板都吃出来了,养殖的不甜。

摊主:你就不会加点糖?再说,你也没少买养殖虾,你老板哪里每次都吃得出……

暖灶翻脸了:你再胡说,我从此不买你的!

摊主说,哎呀,买卖都做成朋友了,二十九!我再退一步,我不赚啦!要不你打死我好了。

暖灶最终买了养殖虾,一斤说到十四块。暖灶付完钱的时候,摸出一张面值一百八十元的中秋月饼票,要五折卖给摊主。摊主说,不要,我最不爱吃饼。上周你就要卖我——哦,不是这一种。我就是要吃,也等到大后天中秋过了吃,那时候,再高级的月饼也才打三折。暖灶用力呸了他一口。

暖灶到卖肉摊,买了小腰条。她给肉贩小伙看月饼票。

暖灶:怎么样?花好月圆,绝对精品!都是处级以上干部才吃得到的。一盒一百八!我五折卖你。

肉贩小伙:假的怎么办?

暖灶:我是什么人?!你看看清楚!我们做官的人家,有假东西吗?再说我天天来买菜你怕什么?不是看你还有点厚道,我才舍不得五折卖你!

小伙子:这样,给你五十,如果我提到饼,明天再给你四十。

暖灶骂骂咧咧地同意了。

三

病房里，丁医生在查房，后面跟着好几个实习生。暖被和小旖母亲站在病房门口。暖被告诉小旖母亲，中午她要去她姐姐那里一下，家里有点事。

小旖母亲：你把孩子带去。快去快回。

暖被：今天不方便，恽恽留在医院吧。

小旖母亲：那我带不了他。这孩子眼里什么人也没有，野得要死。昨天还咬了我。你也知道，这孩子惯得只认你。

暖被心里不是滋味地点点头。

两人在门外说着话，丁医生在病房询问小旖的身体感觉和伤口情况。谁也没有注意到，恽恽一个人躲在病房阳台上，翻外婆的布包。他终于找出了那张报纸，并且一下就找到了众人抢扑下小旖后的那张照片。看见小旖在报纸上，恽恽感到太有趣了。他吃力地、津津有味地辨认标题上的字。暖被教了他不少字。

查房的一拨人一走，恽恽就拿着报纸奔出来。

恽恽：妈咪！你看！你在上面！我认识司、又、妈、民……小旖接过报纸，看了一遍，脸色顿时发青，转而死白，她几乎喘不过气来，身子在古怪地喘息颤动。之后，她一把拧起报纸，嚓嚓嚓嚓，猛撕，动作激烈，点滴架差点被带倒。点滴针头脱离了她的手，药水一滴滴地往下掉，她的手背进针口也开始冒血珠。

恽恽厉声尖叫起来。

暖被和小旖母亲奔进来，迎面砸来的是枕头、水杯，还有夏星光送来的鲜花果篮。病房大地震了。暖被和小旖母亲拦都拦不住。医生护士都闻声赶来。人一多,小旖更感到人人都看了报纸。她简直抓狂了。暴怒中踢开被子,跳下床来,很快因刀口剧痛蹲坐在地上。

在远处查房的丁医生,冲了进来。他看到一地撕烂的报纸。

他上前抱起了小旖,要把她放在床上。小旖还在扭动挣扎,疯狂踢打,丁医生用力甩了她一巴掌。小旖安静了,不知是愤怒还是疼痛,她在不住地颤抖。丁医生一边抱着她一边命令护士快去拿清创材料。小旖的刀口在渗血,手术刀口爆开了。小旖母亲呆若木鸡,茫然地看着医护人员奔跑。

小旖病床前。丁医生控制着小旖的手。护士们在清理创口。丁医生愤怒的眼光瞪视着小旖母亲。小旖母亲心虚。

小旖母亲嗫嚅:我没有说……我也不知道这个记者要写出来……

丁医生目光灼灼逼人。暖被不知所措。

小旖母亲申辩:我们都当他是救命恩人信任他……

小旖突然不动了。手按着小旖的丁医生,突然意识到,努嘴嘘她,请小旖母亲别再说话。小旖以反常的极轻声:你滚!马上!

小旖母亲:不是我!……我没有说你是二奶……

小旖炸鱼一样跳起,医生的钳子夹子一盘子东西当啷落地。小旖变声地吼叫:滚!现在就滚!

丁医生使劲按下小旖,小旖在剧烈扑腾。丁医生拧起眉头,对小旖母亲大喊:你出去!别刺激病人!

小旖母亲哭出声来:不是我!是小保姆没轻没重……

暖被脸色顿时惨白,想分辩。丁医生严厉地挥手让她赶快出去。

丁医生:准备手术。重新缝合伤口。

被医生赶出来的暖被和小旖母亲,站在走廊上。暖被眼泪汪汪地瞪着小旖母亲。小旖母亲一直在小声哭泣,她说,你看出来了,我说不是我也没有用，她的眼睛，简直就是在挖我的心啊！我在她心里……还不如你。拜托你了，姑娘。小旖母亲从包里摸出两千块钱，请你替我和她爸爸照顾她吧，这一走，我是……再也见不到她了……我知道，我知道……

小旖母亲掩面跑了。暖被握着钱发怔。怔怔追了两步，无所谓地回来了。

暖被在公共阳台一角落给天晴打电话。

暖被：我真的去不了了，她妈妈已经跑掉了！

天晴又惊又恼,说,好好的,伤口怎么裂开呢？怎么有那么严重？

暖被：现在人都消毒送手术室了。伤口要重新缝合。她妈妈不会再回来了。

天晴说，你让我怎么跟吴教授说啊！

暖被说，要不，跟吴教授家说实话吧。本来，我也是想，她妈妈在我走就走了，现在，旖姐身边没有人了……

天晴：那你的意思是……

暖被：请她另外找人吧。天晴姐，对不起……

灶上热气腾腾，一锅红烧海参正在锅里咕噜冒泡。暖灶正在切香菇片。电话响了。暖灶一接听，当啷一声扔下菜刀，就跳脚大骂：你神经病！她爆她的肚子，你走你的！一变再变！你这人怎么这么轻诺寡信？！你叫人家怎么看得起保姆？怎么尊重你？！

暖被被姐姐骂得心虚,说,可是,她妈妈被她赶走了。我现在再走,谁管她吃、喝,谁陪床呢？她是重病人啊。还有悾悾呢,他那么小……

暖灶：她！她！她！她！你为谁活的啊！她是你妈啊！给我马上走！你看不出吗？这是烂摊子！人家躲还来不及呢！

暖被：你怎么不讲道理啊？天晴姐姐都懂了……

暖灶：放屁！我是你亲姐姐！只有我才知道心疼你！

暖被：反正我和天晴姐说好了。就是跟你说一声。反正去不了了。

暖灶：白痴！我的话你是不是一句都不听啦？！我告诉你，你从小就是傻里吧唧，不是我在这，爹妈根本不放心你出来打工。你现在给我听清楚了，今天你要是不去见工，以后你什么事都不要找我！！

暖被欲哭：姐——我也难受嘛——

难受！知道难受还不走！你是白痴还是二百五？！

四

天晴在厨房和客厅之间接电话。厨房里，外婆把天晴刚放进冰箱的鸭蛋，一个一个全部拿了出来。看天晴还没有说完电话，外婆就过去，站在她面前。天晴赶紧挂了机。

外婆：天晴啊，上班时间，你电话太多了！外公已经在替你炒菜啦！

天晴：噢！我来我来！

外婆：让他炒吧。你电话打够了就过来。

呵呵，外婆，天晴媚笑，是吴教授家找保姆的事。原来她要的保姆，就上次背小孩来的那个暖被，说好了，突然又不来了，因为那个小东家妈妈跑掉了。外婆没有搭腔，往厨房里走。

外公围着围裙，在哗啦哗啦爆油锅。天晴跟外婆到了冰箱前。

外婆一指冰箱：冰箱，你不能给我把鸡蛋鸭蛋直接放进去，很臭！

天晴一愣，连忙点头。外婆一指水池，那是她从冰箱拿出来的两斤蛋。

外婆：你要是忙，我自己洗！

天晴：哦，我洗我洗！

外婆：孩子，不管我们在不在这里，以后的蛋，一定要洗了才进冰箱，那鸡大便、鸭大便多恶心啊！小蒲和小宋也是不讲究的人。我只能交代好你。

天晴像小鸡啄米一样点头。

还有，外婆说，我们知识分子家庭不喜欢飞短流长的电话呀，以后还是少打一点，那些家长里短的，说来说去，不好，是非多！保姆还是要本分，再说，你是有抱负的姑娘，不要把自己搞成婆婆妈妈的小保姆。

暖灶又挨骂了。她红烧海参烧焦了。辛太太很不高兴：每次都拿你妹妹的事，推脱责任！

暖灶：我真是被她气糊涂了！我烧菜的水准你还是略知一二吧？上次你还夸我可以开饭店呢。

辛太太：海参好就好在它的胶质。这也就是美容的部分。现在，你把它烧得像焦炭！这么贵的东西！

暖灶：是不可抗力嘛，意外事件。再说，也是别人送我们的。

辛太太：别人！什么话！别人送的就不是钱了？我告诉你，回过去人情更贵知不知道？还有，别人是送我的，不是送"我们的"——不包括你！

暖灶：还说一个锅里吃饭，就是自己人，现在你们我们分这么清，好好，你扣钱你扣钱。

辛太太：我当然当你是自己人。规章制度就是铁板钉钉。海参一斤多少钱你知道吗？如果一斤一百块，我回过去的人情，肯定要一百五！你自己去算吧。

暖灶：至于吗？那人家又要回三百块给你了。

辛太太被噎得直翻眼：金暖灶，你就是嘴坏！

暖灶：我心好。我就是忠言逆耳的好人嘛。

老辛：好了好了，你们两个，吃饭吧。这次就算了。情况特殊。

辛太太：你再烧焦一次，数罪并罚！

暖灶顿时暗暗得意：唉，没想到小二奶的肚子爆掉，受害人是我。

毛豆把嘴里的虾，吐了一地。

辛太太：嘿，你这孩子！怎么往地上吐？！

毛豆：不好吃！木头味道！

暖灶：这是新做法。是不是你不喜欢炸蒜蓉？

毛豆：反正就是不好吃！

辛太太狐疑地：你买野生的还是养殖的？

暖灶大声地：天地良心！当然野生的！一斤三十块。讨价还价半天，还要二十九块！

辛太太：真是野生的？

暖灶：辛大哥教过我，虾壳摸上去毛涩涩的就是野生的。

辛太太：你开边炸蒜蓉，老辛也摸不出来。

老辛：毛豆，你别嘴刁！这个不吃那个不吃，长得像个小猴子。

毛豆猛拍桌子：我不是猴子！老辛哈哈大笑。

辛太太：你千万小心，这些激素养殖的东西，对身体很不好。报纸上说，一个八岁的女孩都早熟来月经了。

暖灶：是吃洋快餐吃的。我告诉你的。你忘记了？

在火车站的大型超市外，提着行李的人们，熙熙攘攘。夕阳西下。小旖母亲拿着夏星光的名片，拨打星光的电话。

我告诉你！夏记者，我是小旖妈妈。我女儿把我赶走了，我马上就要上火车。临走，我劝你多积点德，不要再胡说八道了！

夏星光：哎！你好……对不起……你们吵架了？

小旖母亲：何止吵！她的手术伤口都被你气炸了！你的笔会害死人的！

夏星光惊讶：你说什么？她伤口怎么啦？小旖母亲摔下电话。

暖被煮了清稀的面线糊要喂小旖。小旖躺着，把脸转向里墙。悾悾蜷伏在小旖床脚已经睡着了。暖被在床边端着碗，说，很清淡的，旖姐，再不吃就冷了。

小旖没有动静。

暖被很担心小旖再发火。上午爆发之后，她还没有搭理过暖被。暖被忐忑着，她不知道小旖母亲让她顶罪的说法，小旖是不是相信了。刚才，她母亲在火车站来电话道别，小旖拒接电话，暖被还是想洗清自己。

旖姐，暖被说，不是我说的……小旖把脸转了回来。

暖被低声说，阿姨她……她并不知道记者那样写……

小旖看着她，声音虚弱且平静，她说，那浑蛋记者写出了她的心里话，她会把报纸带给那个男人看。看我这么落魄潦倒，他会很得意，他以前就骂我，三岁看老，他说对了……嘿。

小旖吃了点东西睡下了。丁医生过来看看小旖后，打手势示意暖被跟他出来。两人到了医生办公室。丁医生说，她母亲走了，我看你们要雇个护工换手吧？医院里可以找。

暖被摇头，她没什么钱了，治病要花大钱。

丁医生：那么，这边她有没有可以帮忙的同学、朋友？

暖被：以前她娱乐城有几个朋友，会打电话一起出去玩，好像后来她们都去上海、深圳还是哪里了，成先生也不喜欢她和她们多来往,她没有什么朋友。

丁医生皱起眉头:如果靠你一个人,你几天就累垮了。暖被无语。

丁医生:病房里还有空床,你们先靠一靠吧。明天可能你要去医务科租个钢丝小床。如果实在找不起护工,这里有几个老护工,在医院很多年了,照顾完这个照顾那个,都是靠医院吃饭的,你跟他们关系好一点,也许急的时候,可以帮上忙。我的电话你也有,需要的时候,打我电话吧。

小区内一日杂店门口。朝雨紧张万分地用公用电话打给天晴,杨老师是不是来家访了?天晴说没有啊。

朝雨:我亲眼看他进了我们家楼道!两分钟前。

天晴:你会不会看错了?

朝雨:那走到哪去了?明明进了我们楼道。不是你们开的防盗门?

天晴:没啊,天!我被你害死了!

朝雨:好吧好吧,我进来陪斩吧。冒充家长你就说都是我逼你的。

天晴:难道不是吗?——哎!哎!想起来了!下午杨隽说晚上他哥哥会来,他说他哥哥是老师,又都姓杨……

朝雨:杨隽?杨睿?天啊!肯定是亲兄弟!长得一个跐样,我怎么命这么苦啊!

朝雨进门,吃饭、洗澡。他和天晴心照不宣地对视着。等天晴收拾好厨房,朝雨就溜到了天晴房间。他说,你绝对不能再去楼上做钟点了!穿帮的风险太大。

天晴:外婆牵的线,才接一个星期。再说,楼上那个大男孩人还行。

朝雨:我就知道你是见钱眼开!天晴抡起朝雨的书包就砸,朝雨急忙用木衣架抵挡。叮叮当当，两人都越战越勇，当啷一声！天晴桌上台灯落地，无频闪的灯条碎了。

两人顿时吓得缩头无声。外公在外面问了一句，但没有进来。朝雨低声地：我是正当防卫。你要赔！

天晴：胡说！你是入侵者，一人赔一半。

外婆推门而入。

五

林律师打着黑领带走进了小旖病房。小旖在看报纸，看到他，以为汽车卖掉了。林律师说，你电话怎么都不开？

小旖：欠费了。没空去交钱。

林律师：不是看到报纸，还不知道你病了。明天是上诉期的最后一天了。本着对当事人的负责精神，我还是来问问。

一说报纸，小旖脸色一暗。林律师：我助手草拟了个上诉状……

小旖：我没钱了。车卖了也没钱了。

林律师：冷小姐，恕我直言，你动用舆论方式并不好，群众可能会同情你，但对法官来说，有时只会适得其反……

小旖脸色骤变，半天无法开口说话，她直眼瞪着林律师。林律师说，你完全可以事先跟我沟通……

你、给、我、滚！滚！小旖喊。律师莫名其妙，将走欲留的样子。

小旖：滚呀！我烦！

林律师摇头：真没教养！临出门，律师回头放下一张名片：这是那个二手车中间老板的电话。还有，你的车未必好卖！

看着东家的生活全面坍塌,暖被陷入进退维谷的境地。相反,小灯的保姆,却当得渐入佳境,新职业成了她飞向发达未来的翅膀。

茂华小区里的儿童公园石椅旁,带着堂堂的小灯和一个奶奶正聊天。

奶奶说,宝宝就是像他爷爷,三天两头便秘,遗传性的,什么药都没用。

所以,你要试试离子饮水机!

奶奶:就是你上次跟我说的?

对啊,离子保健饮水机!科技报都天天报道。非常好的东西!

奶奶:真治便秘?

小灯:治呀!这是一种科学水,刚发明出来的,非常神奇。每天喝,能治疗和预防三十多种病哪!高血压、脂肪肝、便秘、糖尿病、冠心病、胃溃疡、肥胖,还有什么头痛失眠、肩周炎、颈椎病、关节风湿、脑供血不足,太多啦!

奶奶:这么好啊!哪里有卖?

小灯:我东家朋友那里在卖。你等等,我有资料,别人要的,先给你看看。

奶奶:我没戴眼镜呀。你念念。

小灯念,它的全称是——饮水机式、核磁共振、活性频谱水保健仪。不仅可以过滤自来水,隔膜电解后,把自来水分成两种活性水:酸性水、碱性水。人体长期饮用弱酸性水,有利于健康,达到人体的酸碱平衡,激活人体潜能,增加免疫力。

奶奶:哎哟,好像真是不错的东西啊。

小灯:就是呀!我的朋友家里都在用呢。

奶奶:那先要治我老头和孙子的便秘。

小灯:对呀!多喝好水少吃药啊!现在看病多贵呀!

奶奶：这水，很贵吧？

小灯：不贵！两千到五千，好多种规格。买一件，全家健康省药费啊！合算！

暖灶满头大汗地在给丁医生、丁爷熨烫衣服。她已经熨烫了一摞衣裤。丁爷在擦电风扇。

暖灶：丁爷，不是说了我下次帮你收拾风扇？这个我有经验。

丁爷：你在我们家，什么都抢着做，已经太辛苦了。早知道你这么好，我早点请你来。人家都说保姆坏，我跟丁慧说，请了你，我们真是有福气。

暖灶：缘分啊。我喜欢你们家的人。

丁爷：你真是个好姑娘啊！

暖灶得意：一般般了。前天那个深海鱼汤，我可能做太多了，隔餐味道就不好了。

丁爷：不会。正好海童爸爸带医院给别人吃了。

暖灶：给谁吃啊？护士吗？

丁爷：好像是个没人照顾的癌症病人。

暖灶：哇，丁医生才真是好人！海童妈妈真有福气呀。

中秋节的一大早，天晴和外婆走在茂华小区的菜市场外，老远就看见小灯带着堂堂在溜达。小灯看到天晴旁边的外婆，赶紧过来打招呼。外婆喜欢孩子，见堂堂饱满漂亮，逗了两下，从袋子里拿出一个柿子。

小灯轻蔑地：他才不吃，我们家里那么多高级进口的水果，他都不爱吃。哎，今天中秋节呀，你们家怎么还是豆芽豆腐呀？太节省啦！

外婆不悦：你们闽南风俗吃什么？

小灯：我们家老太太想吃春卷。买了好多菜，春子要我帮忙洗，我就说堂堂要出来走，不睬她。那些好东西，反正我们也吃不到。

外婆好奇。小灯说，我和春子、司机阿仔三个人，最多就是包菜、韭菜、鸡蛋、豆干加肉丝。哪里像东家吃那么好，海苔、芫荽、贡糖、香菇、冬笋、肉呀虾啊，很复杂的啦！

外婆感兴趣了：这样啊，原来你们保姆都不和主人一起吃饭的呀。

小灯：是啊，不过也自在呀！我们A座有个江西保姆说，她家主人都是全家吃完了才叫她上桌，她从来都吃剩菜！

外婆：呀！那也太过分啦！

那还不是！小灯说，你们教授家肯定想象不到。就是旧社会嘛！——哦，奶奶，你高血压吗？

天晴已经快被小灯和外婆的拉呱烦死，一看小灯问这个，知道她又要推销饮水机，便立刻打断：去去去，堂堂坐地上吃草啦！

提着菜和面粉的天晴，和外婆一路回去。外婆有点兴奋，说，他们家是讲规矩的。旧社会，保姆等用人都是不上桌的。现在是新社会，我们家知识分子更是开明，那当然更尊重人了。不过，像你朋友家里这样，主人保姆分开吃，也是越来越多了，毕竟上下有别啊。

天晴阴沉着脸不说话。外婆笑道：你爱看外国书，你看外国贵族人家，从来也是主仆分明的。这就是规矩。天晴一脚踢飞一个酸奶盒。

中秋也是小旖的生日。暖被领着倥倥在医院靠近工地的废弃花坛，拔了几枝花。倥倥把插在矿泉水瓶子里的鲜花，放在小旖床头的时候，破天荒地，小旖笑了，她笑得美丽而温柔，而且摸了倥倥的头。暖被忽然看得眼睛一热，有点想哭：这是不是旖姐的最后一个生日呢？想到自己反复的去意，暖被觉得很对不起这对母子。

突然，暖灶的电话来了。喂，有饼吃吗？今天中秋啊，你怎么过？

暖被：在医院过嘛，旖姐刚脱离危险。

暖灶：她发你工资没有？中秋啦！什么？还没发？我就知道她没给！再拖就两个月欠薪啦！你别让她装糊涂，去讨！

暖被：你别管我的事了。你自己的三千块讨回来没有？

暖灶：那死胖子不接我电话，不过，他跑不掉。你看着吧！

暖被：你讨回来我就去讨我的。

暖灶：没出息！对了，我们东家别人巴结送了很多盒饼，我哄哄她，那个小气鬼说不定肯给你一盒。

暖被说，丁医生送旖姐一张月饼票了。很高级的。

暖灶：丁医生？哪个丁医生？男的女的？

暖被：你又不认识。反正有饼了。不要了，麻烦。

暖灶：丁医生男的女的？

暖被：男的！高高的，很帅！神经！

暖灶一听，眼珠子不转了，她上心了。门铃响了，暖灶挂机。暖灶通过可视对讲机，发现是个陌生人。那人说，几只红膏蟹，送给你们吃。暖灶不说话，按了开锁键。一会儿，一个搬着小纸箱的男人从楼梯出来。隔着防盗铁门，暖灶和男人对话。

暖灶：我辛哥有交代，不要收受他人礼物。我是看你面熟，才放你进楼的。要不然我连开都不开楼道门。

男人说，我是大丰商场的老马呀，过节一点心意。要不我放过道里，先走了。

暖灶：我不敢收。你爱放哪放哪，谁拿走我可不管。

男人：这几百块钱哪，丫头！

暖灶：几千块的我还不是扔外头？我见得多了。

男人很着急,在身上摸来摸去,找到一张月饼票,从铁门缝里递给暖灶,来,丫头,这个送你。帮个忙吧。这膏蟹肥得很哪!赶紧提进去放阴凉处。

小旖病房。夏星光提了一大盒豪华的台湾月饼进来。暖被正好提着点滴瓶、扶着小旖从洗手间出来。夏星光尴尬笑着说我来赔罪的,他双手捧上月饼。小旖毫无表情地接过。夏星光说,这是非常好吃的顶级台湾冰雪月饼……他殷勤的话还没完,小旖一个转身,就把那盒豪华月饼往阳台下使劲扔出。楼下花圃传来啪嗒一声闷响。点滴针再次从小旖手背上脱落。暖被惊叫起来,唯恐她的伤口再次崩裂。恺恺也为月饼而尖叫。他踮脚从阳台栏杆上,看摔下楼去的月饼。

隔壁的护士闻声而来。丁医生也赶过来,一看又是夏星光,拧起眉头。丁医生小心翼翼地把小旖抱上病床。小旖闭着眼睛,脸色苍白,呼吸急促。丁医生握着她的手。

这时,病房门又被推开了,暖灶推门而入。

暖灶目瞪口呆。

丁医生抬头疑惑地看了她一眼。暖被吃惊地说,姐姐,你怎么来了?暖灶目光僵硬。她看清了,这个丁医生就是丁爷家里的丁医生。

看明白了,这一瞬间,暖灶恨不得小旖马上死去。她知道,她烧的鱼,丁医生也送给了这个病人吃。突然而至的嫉妒,像炉子里轰然而起的大火,暖灶表情艰难:你们都在这?!丁医生对这个刚认识的保姆,好奇心极短暂,他小心翼翼地把小旖的枕头调整后,慢慢将她身子放平,并顺手掖好被角。暖灶盯着他们发呆,暖被困惑地看着姐姐。

丁医生抬头说,有事吗?小金,是我父亲……与此同时暖被说,姐,你怎么突然……这里正乱着呢。暖灶眼里只看丁医生,说,丁爷没事!我来给我妹送月饼呢。

暖被：不是说有了吗？你问丁医生。夏星光默默转身，退出病房。

丁医生说，原来是姐妹，难怪我看小金有点面熟。好。

暖灶：什么好？夏星光走后，丁医生和小旖都明显松弛下来。丁医生笑笑，准备回办公室。他并没有意识到暖灶的发问。暖灶追问，为什么你说好呀？

丁医生微笑：姐妹可以互相帮助嘛。你妹妹不容易。

暖灶：丁医生你要下班了吗？

你们聊。丁医生摇头退去。暖灶依依不舍地看着丁医生离去。

悾悾在阳台，一直踮着脚看着摔下去的那盒月饼。

小旖闭着眼睛。一护士进来，给了一小药杯，说，丁医生刚配的，就吃。

暖灶迷迷瞪瞪地看着小旖。突然，悾悾飞快往外跑。暖被急忙把药片、小杯放暖灶手里，急说，帮我喂旖姐！就立刻追了出去。

暖灶木然地接过药。小旖一直闭着眼睛。暖灶把药片扔进小旖张开的嘴中，拿杯子里的歪头吸管碰她的嘴。

小旖闭着眼吸了一口，突然扭脸吐出。药片也掉到地上了，她杏眼圆睁：想烫死我啊！

暖灶傻了傻，把杯中水往手心倒。水并不是很烫，暖灶火了：你吐什么吐啊！这会烫？这会烫？！我们家毛豆都是喝这个温度的水！

小旖：你算什么啊？叫暖被来！

暖灶：你当我爱伺候你啊！她去找你儿子啦！小旖闭起眼，摇着手腕，示意她滚蛋。暖灶恨恨地将药片踩碎。

医院停车场门口，正在过停车场门卡的夏星光看到，暖被和悾悾捧着摔破的月饼盒过去。星光开过去，停在他们身边。暖被看到他立刻把月饼给他，说，里面没脏，你还是带回去吧。旖姐不愿看它。

夏星光不接，想了想，他从口袋里掏出五百元，说，我知道我对不起她。这，你给冷小姐买些她能吃的东西吧。

暖被摇摇头，她把月饼硬塞进汽车，牵着怔怔走了。

夏星光呆怔了一会儿，又开车追上来，说，那个，小旖母亲临走，打了个电话给我，大骂了我一顿。暖被扭头看着夏星光，但夏星光一看她，她就马上目光转开看马路了。怔怔指着汽车，热切地想上去。

夏星光下来，把他抱上副驾座，对暖被说，我知道我该骂……以后，如果需要，比如用车什么的，请给我打电话。这我的名片。

夏星光无论问什么，说什么，暖被都不开口。怔怔一开口，她就捂他的嘴，暖被抱他下车。两人离去，怔怔跟夏星光招手道别。

夏星光下车，挡住了他们去路，把钱塞进怔怔口袋。暖被立刻把钱掏出来，扔回车里。夏星光又把钱扔出去发动汽车开走，没想到暖被看了一眼，牵着怔怔走远了。夏星光只好倒回去，下车把钱捡起。

这个倒霉的记者，不知道自己就这样逐步欠下了还不了的情。

第六章

一

蒲家书房里，蒲教授给天晴工资。天晴接过就塞裤袋了，顺手抄起书桌上的《蒙田随笔》：新买的？记得我们家好像有啊。

蒲教授：家里是有。这是专门送你的。天晴开始翻书。

蒲教授：家里多了两位老人，请多担待啊……

天晴干咳几声，说，反正他们也住不久。

蒲教授说，不，这次起码半年。外公是来调养心肺的。医生建议他来的——你也不看看我给你的工资，多了一百了。天晴赶紧掏出钱数，数完，还真多出一百。蒲教授说，这是给你加的。

天晴把钱用力塞还蒲教授：钱够了！我得到的已经超过付出了。外婆呢，咳咳，是有点……麻烦。天晴做了个鬼脸，又连续干咳了几声。蒲教授微笑。天晴用力清了清嗓子：可是……唉，人都会老的。

蒲教授笑：谢谢你理解。其实加薪，是我和朝雨妈妈商量好的。

天晴眼珠子突然一转，狡黠地：我不要加薪。如果可能，你这个旧电脑暂时借我用。天晴指着书橱脚边一个旧电脑包。

蒲教授：电池都不行了，速度很慢，盖子也盖不拢了……

天晴：不要紧，可以写字就方便了，我查资料不多。

蒲教授：也行，我把里面东西收拾一下，就归你了。加薪一百也生效。

天晴急了：说不要就不要！

蒲教授：傻瓜，这是民主决定。

这个中秋，冷小旖终于开始感到日子的艰难。

医院食堂因为中秋加了餐，炒米粉，海蛎煎，鸭子冬瓜汤。但悾悾依然不高兴，他对于医院的好奇心，已经全面丧失。他现在最大的愿望就是回家睡觉，回家看电视。中秋是小旖的生日，可是，没有生日蛋糕点蜡烛，悾悾拒绝唱生日歌。他大喊大叫跺脚擂墙地要回家，甚至叫喊要星光叔叔开车来送他回家。

小旖问暖被，你那还有多少钱？

暖被：是说买菜钱吗？住院前你放在抽屉里的一千块，现在还有五百多块。

小旖：就这些了？

暖被：就这些了。

钱的紧迫性一天天突出了。这天，暖被扶着小旖，从公共大阳台慢慢走回来。护士迎面而来：19 床！单子拿去。马上去交钱。

暖被说，我们不是才交了钱吗？

护士说，化疗开始了。接下来，要缴的费用还多啦！快去！要配药。护士匆匆过去。

两人沉默着回到病房。小旖把自己的随身小包打开，从里面把存折和卡都掏了出来：用这个卡交钱。可能还有四五千。这是密码。以后你管这个卡。

暖被：我先用这个交，剩下的还你。我不会管卡。

小旖：让你管你就管！

说话间，小旖的电话响了。对方说，最多三万。因为你的车撞过，梁有点歪。

小旖：胡说八道！谁的车没有刮碰过！我十几万的新车，才跑八万多公里，怎么能出这么低？你们合伙打劫是不是！

对方说，真的很抱歉。要不你委托别家卖吧。小旖狠狠扔了手机。

暖被给她倒了杯水。小旖：你去交钱啊！

暖被就是在收费处碰到夏星光的。他在急诊室采访，出来的时候，正好看到暖被因为钱不足而进退不得地站在收费窗口，身后有排队的人在催促她。夏星光过来，二话不说，掏出钱放在暖被手上。暖被迟疑着。夏星光抓过钱，自己递进了窗口。

暖被无限感激，说，等我们车卖了就还你！

夏星光很吃惊：要卖车了？

暖被点头：好像不太好卖……

夏星光：什么时候买的车？什么牌子？

暖被摇头，说，那我上去了。谢谢你。

看着暖被去等电梯。就在电梯要关上时，夏星光奔了进去。

暖被：你！她的脾气……

夏星光：没事。我去看看她。夏星光不顾暖被反对，还是跟进了小旖病房。

暖被害怕，一进去就解释，说，钱不够，是夏记者替我们交了钱！

忪忪：星光叔叔！我要坐你的车！忪忪扑过来，抱着星光的腿。

小旖厌恶地皱起眉头。

暖被：差了快五百块……

小旖：怎么要这么多钱？里面不是起码有四千？

暖被：我身上是有六百块伙食费，一家人还要吃饭……实在不敢交……还好他来了。

小旖：医院就是黑！抢钱啊。——你来干吗？

夏星光：我有卖二手车的熟人，我帮你卖车吧。我专门跑上来，就为了这个。请你给我一个道歉的机会！让我来帮你吧。

小旖看着他：你真的很熟？

夏星光：应该比你了解情况。

二

在茂华小区C区，天晴面临的信任与尊重的问题，似乎越来越严重了。这天，天晴买菜回来，外婆拿出了一个秒表一样的小秤，说，小区里面的人都说，最近茂华市场里的黑心秤多起来了。天晴傻乎乎地看着外婆把购物塑料袋一一打开。

外婆：你一一报个价。天晴顿时感到难堪。她脸红了。

外婆：来，花蛤先来。这多重？一斤多少钱？

天晴：半斤。烧豆腐汤用的。一斤是四块。

外婆说，那芦笋呢？

天晴：唔，差不多六两吧。一斤是三块五。

外婆看着秤说，没错！鸭蛋呢？

天晴：应该是两斤一。一斤是三块四。反正差不多吧。

外婆：什么叫差不多？孩子，你别介意啊。晨练的时候，我就买了这个小秤，大家都说很准。哎，你说多少？两斤一？没有！只有一斤七两！

天晴脸色极不自在了。再给外婆递上苦螺：这个，一斤八吧。

外婆大声地：不对！这才一斤四！少四两！这怎么回事？！

天晴看着外婆，不说话，外婆也困惑地看着她。突然，天晴拿起鸭蛋、苦螺，就冲出家门。外婆说，嘿！你等我！我也去！

外公：你省省吧！

可是，天晴站住了。她满面涨得通红：对，一起去。我们去当面对质！

茂华小区菜市。天晴和外婆还没走近摊子，也许看天晴气势汹汹，苦螺贩子一见明白了，就笑嘻嘻地抓起一把苦螺：少了是吧？我今天的秤摔得有点不准，来来，补上补上！也没多少钱，老主顾不是？

天晴不睬他,提了追补的苦螺就走。

外婆本来想斥责卖苦螺的,看天晴黑沉着脸又奔蛋贩子,心里有点发虚,连忙跟着碎步跑。一路说,天晴啊,一个蛋没多少钱,我们有理说理,千万别跟他们动气……

天晴不睬。但蛋贩子那边,对怒气冲冲而来的天晴,根本视若无睹。

天晴:我刚才买你多少蛋?

男蛋贩淡淡地说,谁记得住那么多?怎么啦?

天晴:两斤一两!一斤你卖三块四,收我七块一毛四。是不是?

男蛋贩:你说是就是吧。我怎么记得住每个人买多少?随便啦。

天晴把蛋提到蛋贩台秤上:你再称!给我称清楚!

男蛋贩:不到两斤吧。就算两斤一,我怎么知道你有没有打破?

天晴:你浑蛋!你缺斤短两还敢胡说八道!

蛋贩子气急败坏地塞过两个蛋:说话注意点!算我倒霉好啦!

天晴把那两个鸭蛋狠狠摔在地上。

天晴:你认不认错?你认错,这两个蛋算我的;不认错,我今天非找到工商局,查你个彻底!我就不相信,你这德行,只黑过我一个!

在一边煮咸蛋的蛋贩子老婆,又抓了三个蛋,使劲塞给外婆。

蛋贩老婆:哎哟,脾气那么大,这不都你说的吗?再说千里马也有失蹄的时候。都这么熟了,你女儿都是买我们的蛋啊。蛋贩老婆想争取外婆。

天晴质问蛋贩子:你老婆是代表你道歉吗?

男蛋贩:你还要怎样?我们等于赔你五个蛋了!

天晴:放屁!少一罚十!你要赔我四斤!

很多人围观,蛋贩子猛然又用力掼了三个蛋。

男蛋贩：你今天想讹诈我是不是！是不是！

天晴伸手一把将蛋贩老婆正在煮的咸蛋，全部掀翻。蛋贩老婆嗷地叫着扑上来，撕扯天晴头发。天晴猛力把她推开。两个女人打成一团。外婆急得哇哇叫。男蛋贩子想出手，又不好意思，也在一边，哇哇叫着。

一买菜女人对外婆：碰到黑心秤了？哎哟，你女儿真泼辣啊！

外婆：不是我女儿！是我家保姆……哎！哎！别打啦……我的天……

一对过路夫妇，一听情况，女的大声说，缺德！上次这家也少我的秤！

一个很壮的中年妇女，冲过来，使劲拉开天晴和蛋贩子老婆。天晴乘机又踢了蛋贩子老婆一脚。蛋贩子老婆想回踢天晴，被很壮的妇女用力推开。

很壮的中年妇女：再打！我看你还敢打？！我早说过，你们迟早有人揍！搞黑心秤也不是一天两天了。我老公买你们一斤七块钱的土鸡蛋也敢黑，你们不是欠揍是什么！活该！还不赶紧赔人家蛋去！

围观的人都点头，七嘴八舌地批评蛋贩子夫妇。蛋贩子灰溜溜地给天晴抓蛋，想赶紧消散人群。天晴披头散发，脸上抓破了一条，牙齿也出血了，外衣扣子全部扯掉了。外婆吓坏了，想拉天晴走。天晴甩开她的手，咆哮：你听好，只要我再看到你家使黑心秤，看到一次，我踢翻你的锅一次！

回家，天晴余怒未消。外公十分吃惊。在她后面的外婆，跟外公偷偷摇手。天晴梳洗了一下，在脸上贴了条邦迪创可贴，就给暖灶打电话。

天晴：喂！暖灶，快为我报仇！

暖灶：怎么啦？谁害了你？

天晴：你们东家不是保护消费者权益的吗？黑心秤的事，他管不管？

暖灶：管啊，你有发票没有？

天晴：放屁！菜场有什么发票？！

暖灶：没有发票怎么维权？

天晴：简直是浑蛋！买一斤青菜、两根葱、几个蛋，哪里来的发票？

暖灶：这是规定啊！没有发票，谁承认这个交易？

天晴：放狗屁！你一个保姆，怎么也一副官僚嘴脸！

三

外公外婆深为今天的保姆状况担忧。外婆一直拍着胸口，外公一直想和天晴谈谈，外婆不让。外婆把外公拉进卧室，悄声说，还是等她火气消了吧。你不知道哇，她的脾气实在吓死人啦！

外公不理解怎么会打起来。外婆说，她和蛋贩子都很厉害啊，我的天哪。她一下就把一锅咸蛋踢翻啦！看不出啊，平时她笑呵呵的，大大咧咧，怎么骨子里这么凶啊？你说她家在农村是不是村霸什么的？

外公：兔子急了还咬人呢！你这样谁都恼火，不相信她嘛！小赵你要向她道歉。

外婆：你说什么呀！我又没有恶意。

外公：我还不知道你想什么？孩子买菜，你摆弄个秤算什么？

外婆：咦，我越来越发现，你总是向着外人说话！

外公懒得理外婆。

蒲教授事后一听就乐了，天晴暴打蛋贩子，不仅是痛恨黑心秤，更是宣泄对东家触犯保姆法则的强烈不满。可惜外婆依然不明白，不信任的祸害有多么严重。

谭家老太太最近忽然迷上了画国画。让春子给买了笔啊墨什么的，谭老三送了很多好宣纸。谭老太说，她从小就爱画，不是家里穷，说不定早就成了大画家。这天，春子、阿仔和谭老三，正在一起品赏歌颂老太太的新作，又有电话找春子。春子出去。谭老太扫兴，说，春子的电话多起来了。

阿仔：是啊，这小气鬼又不买手机。

春子遇到了麻烦。但谭家人一时感觉不到。春子一贯是忠诚高效的，个性冷漠谨慎，不亢不卑的，谭家上下对她都有七分尊重。打电话的是那个搬运工老乡，他说，喂，你家百顺被雇主打破头啦！因为那个人的吊顶灯砸下来，把雇主家老人头打破啦，人家狠狠揍他。

春子很镇定，说，现在人呢？

老乡：在医院。他是突然被雇主逮到的。人家老人已经被砸一年了，找不到百顺……

春子压低嗓子：他在哪个医院？

老乡：那个……我要打听打听……我老婆那事，催我催得很紧。现在全家靠我一个……

春子：告诉你老婆，炒个人又不是扔个坏灯泡。我会尽快的。百顺到底在哪里？

老乡：问到我马上打你电话。

春子从一开始，对修小灯就没有好感。她看不惯小灯好吃懒做、到处狐媚人的轻骨头样子。春子既恼火又不屑。即使没有老乡勒索给他老婆找别墅里的工作，她也会找机会开除修小灯，只是不会这么急迫罢了。而修小灯也很怵春子，几近巴结地看她脸色行事。但是，春子还是想把她开除。

快吃饭的时候，修小灯背着堂堂"摇啊摇"地晃进院子。路过厨房门口。小灯探头：今天吃什么好料呀？春子不搭理她。小灯也不生气，依旧背着堂堂，口里"摇啊摇"地晃。背上的堂堂发现了桌子上刚做好的寿司，哇哇叫着，指着寿司要进去。

小灯：这是奶奶最爱吃的东西。你也知道它很好吃对吗？堂堂点头。

一大一小进了厨房。小灯说，这是什么米做的啊？伸手她就拿了一个。

春子大喝一声：放下！

小灯连忙说，是堂堂要吃啊！

春子：放回去！

小灯夸张地：我才不爱吃！又不是没吃过！

春子：你放不放？！

小灯又气又舍不得。正不自在间，三太太闻声直接到厨房。春子一见三太太便冷笑。春子对着小灯：你不爱吃，好啊，那你喂，有本事你就当着太太的面，再自己吃了吐一点给堂堂吃！

三太太眼睛立刻瞪圆了。

小灯嘟嘟囔囔：我又没病……他咬不动……我小时候，我妈……

没容她说完，三太太已经抄起桌上的保鲜膜条盒，猛然摔打在小灯脸上。盒子上的锯齿边，在小灯脸上拉了一条，皮翻了，血爆流出来了。小灯哇哇哭叫起来。

三太太：乡巴佬！我都不许你亲宝宝，你还敢嚼东西给他吃！

小灯拼命尖叫，哭号起来。堂堂也吓得哇哇大哭。

书房里，谭老三在陪谭老太画国画。外面的喧哗传了进来。谭老太听了这些事很腻歪：你老婆一回来，家里就热闹了。

谭老三站起来，穿过大厅去厨房。谭老三：吵什么吵！奶奶都没办法画画了！

三太太：有人吐东西给你宝贝儿子吃，你恶不恶心！

春子在飞快地切菜，好像这和她没有关系。

小灯把脸给谭老三看。小灯：是堂堂想吃，却打我……害我破相啊……呜呜……

谭老三看了一眼：鸡毛蒜皮吵什么吵！你，他指着小灯，要再不讲卫生嚼东西喂人，扣钱！乡下人的坏习惯改掉！你，谭老三指着春子，你不是一般人，我也认为你有责任让大家安乐。谭老三最后对三太太说，你也是，有点东家风度好不好，把人脸打成这样！

春子知道谭老太最宠爱老三，她也投鼠忌器，但她还是板着脸，转身就走。

三太太喊：春子！这个月就扣！扣她两百块，看她下次馋不馋！

小灯眼巴巴地看着谭老三，眼泪汪汪。

谭老三：还不去卫生所打破伤风针去！

小灯：那钱谁出啊？

谭老三：去去去，回来报。快去快回，吃饭了。

三太太鄙夷地扫了一眼大家，扭身上楼而去。

四

记者夏星光也有点焦躁。他想帮助那个倒大霉的小二奶，没想到贴进了自己很多的时间和精力，卖车卖得他焦躁。卖车不顺利，借着以前采访的熟人、朋友关系，他和几家二手车老板谈过，这些二道贩子，都约好似的，价格开得一样低。他又回到报社鼓动那些想买车的同事买，可是大家都不想要二手车。夏星光只好又回头找二手车行。一家老板直说，那车撞得很厉害过，能看出车主脾气肯定很暴烈。

　　夏星光：老哥，别说这些，我和你又不是外人。女孩子开的车，买了才两年多，说那么见外的话干吗？

　　老板：女孩子？女孩子才开得野！

　　夏星光：她很温柔啊。

　　老板暧昧地笑了：这样吧，看你是朋友，要不我也不赚钱，算她个三万五！

　　夏星光跳起来：三万五？我哪里卖不到三万五，偏要麻烦你？老大，你也太不够意思了！

　　老板：兄弟，你总不能让我贴钱吧！

　　春子到底逮到一个大进谗言、把小灯辞退的好机会。当时，谭老太在阳光下的躺椅上。春子在帮她剪脚趾甲。谭老太很受用地一直叹息：我是命好啊，看街上那些老人，连吃穿都没有人管，谁会管他们趾甲有没有嵌进肉里呢？

　　春子：年纪大了，趾甲真的很硬，老人家自己怎么好剪呢？

　　谭老太：所以我说我有福气。有你我就什么都不怕了。

　　春子：奶奶，那个修小灯真是又笨又馋！你看来我们家两个月，养得是又白又胖！

　　谭老太：胖好，说明谭家不亏待保姆。我看宝宝也长得不错，小脸肥嘟嘟的。

　　春子：那是睡出来的！那个懒虫不爱动，整天哄着堂堂睡，那是虚胖!

谭老太:我看她经常带宝宝出去玩,讲故事玩游戏,还会唱歌跳舞。我看还不错嘛。

春子:三太太也讨厌她!这人不自重,每件衣服衣领都低得……

谭老太:我看那是个没脑子的傻丫头,倒是很像老三死去的那个老婆,一点古怪坏心眼都没有。傻比刁好啊。

春子没想到,那个憨瓜二百五,竟然已经赢得了谭老太如此满意,忍不住嘀咕说,奶奶,她这样笨,我真的很累,以前那个莲蓉、何姐,再怎么样,家里的卫生都能帮上一把,现在,那个笨人,拨一下动一下。我想还是换人算了。

没想到,谭老太闭着眼睛,像睡过去了,并没有回答她。

暖灶在客厅用报纸擦玻璃。丁大爷要去打门球,请暖灶留心锅里的卤蛋。暖灶:海童不是不吃卤蛋吗?

丁爷:我儿子要的。他说不要太咸。

暖灶兴致来了:丁医生要卤这么多?他爱吃这个呀!

丁爷:不,是带到医院,给个什么可怜的病人吃。我走了。

丁爷一走,暖灶就爬下窗台。她先进了厨房,对着一锅香气扑鼻的卤蛋生气:还有谁?可怜的病人?除了小二奶那个贱骨头,还有谁?!我呸!

暖灶突然想起什么,跑到窗口张望,确认丁爷走远。暖灶进了丁医生的卧室。

这个好奇心、窥视欲极强的姑娘,到每一户家庭,最大的乐趣就是寻找别人家的秘密。她会设法打开所有能打开的抽屉,所有能弄开的柜子。在偷偷翻阅中,她感到无穷的欢乐。沉醉在别人家的隐秘世界,她感到自己才是这个家庭真正的主人。如果主人什么都上锁,比如辛太太家,暖灶就感到这家人不好把握,不可亲。

丁医生父子就不同,毕竟是男人,全家没有一把锁。暖灶最感兴趣的就是丁医生的卧室。她打开了卧室所有柜门和抽屉。她看到了丁医生的荣誉证书,看到丁医生的胃痛药和失眠药。在一个抽屉里,她看到收藏的各种打火机。翻到床头柜深处的时候,她发现了一包塑料袋包着的安全套。暖灶莫名兴奋了。她打开盒子,一个一个把它们倒出来。她数了数,还有六个没用过的。最后,她再把它们原样放回去,伸了个万分满足的大懒腰。

暖灶到厨房,把灶火关了。她认真研究了一下卤蛋的量,掏出电话。

暖灶:你们东家最近爱吃卤蛋吗?

暖被:咦,你怎么知道?昨天她叫我卤,我怎么回家卤啊?医院又不能做。要不,姐,你替我卤几个?

暖灶:想死!放屁!

暖灶把电话扣了,一口口水吐进卤蛋锅中。忽然,暖灶停了停:丁医生会不会留几个吃呢?这么一闪念,暖灶赶紧用勺子把那口痰捞出来。她皱起眉头,自己也觉得有点恶心,打了自己一巴掌。

五

头发开始脱落、扎着丝巾的小旖出院了。

回到家,暖被才知道,出院,并不是轻松日子的开始,而是她们最不容易的时光开始了。小旖化疗后的反应很厉害,不断地呕吐,吃什么吐什么。暖被防不胜防,有时直接用手接捧,让悾悾看得十分恶心,大声要求妈妈到卫生间吐。小旖呕得眼泪汪汪,抓起沙发靠枕砸儿子，恾恾以为妈妈跟他玩，开心得跳来跳去：讲卫生！讲卫生！你！要！讲卫生！

暖被把弄脏的饭厅、客厅都收拾好了。小旖半躺在沙发上。她感到到处都在旋转，整个人极其难受。暖被又熬了清稀的鱼粥，撒着细密的小芹菜，弥腾着清香，小旖总算又肯吃了。小旖一小口一小口地吃着。暖被告诉她，买菜的钱只剩五十多了。小区物业这几天老来催讨物业费。

小旖说，那个替我卖汽车的记者怎么说？

暖被：我催他了，好像他想帮我们卖七万。他知道我们缺钱。

两人说话间，门铃响了。物业保安在门外说，你好，你们的物业费拖欠了九个月了，我今天来通知你们，要交滞纳金了。

暖被：要交多少？

物业保安塞进一张单子：总价一千七百四十二。都在上面。

小旖看着单子，说，给那个不可靠的记者打电话！让他赶紧卖车！别拖拖拉拉的！

暖灶现在最爱见缝插针地说冷小旖的坏话。辛太太偏偏最爱听闲话。主仆两人一说小旖就很投入。

暖灶：我还不相信，打电话套暖被的话，一套就出来了。原来，就是那小二奶要吃卤蛋！我卤得那么香的蛋，全部归她了！

辛太太：蛋也没几个钱。我弟弟是可怜她经济困难。

暖灶：是啊，蛋是便宜。可是，上次你让我送去的那么好的野生鲈鱼，还有再上次的深海东星斑，你弟弟也分给那小贱人吃啦！

辛太太有点火了：不会吧？你怎么知道？

暖灶：一斤八，那么大的鱼，隔天我去，桌上、冰箱里都没有啦！真是过分！东星斑一斤一百八啊！虽然是别人送我们的，可是……

辛太太：又胡说什么？！你以为都是白吃白拿啊！投桃报李、人情往来你懂不懂？——声音小点！

暖灶声音立刻变小：真是倒过来了。现在都是病人巴结医生，给医生红包还差不多。她倒好，还收医生的。你说，这样的病人多几个，医生还不被她吃死？

辛太太略有所思：回头我问丁皓。

暖灶：而且，我妹妹说，她只是暂时出院。歇一歇，又要开始新的疗程了！你看吧，到时候不知贴她什么呢！

辛太太：丁皓从小就心软。我相信他会帮她。以前他也帮过其他农村病人。

暖灶：现在可不是农村穷人，是个病得快死的白骨精。

辛太太：你把丁皓看成什么人了。少胡说八道！

暖灶：就是！就是！那个白骨精……

春子在擦地。小灯陪堂堂在看动画片。春子擦到她脚边，她没有感觉。春子：猪啊！这么迟钝！小灯笑嘻嘻地连忙移开脚。春子：怎么不带宝宝出去走走？！小灯是想看电视的，但春子轻声一吼，她就心慌，连忙带堂堂出去溜达了。

客厅里空无一人，春子立刻拿起电话。春子声音依然不高，但很有力：你骗我！百顺根本没住过院！

搬运工老乡：早出院啦。只是轻微脑震荡。我没骗你。我老婆到底什么时候去别墅上班呢？我老婆说在你那个别墅干也行。她不介意。

春子冷笑：她不介意？我这里管理很严的！

老乡：哎呀，反正她说别墅就行了。最好马上能定，好挣点钱寄回老家过年啊。我们商量了，要回来睡觉的那种。

春子：是不是我不给你老婆安排，你就不给我百顺电话？

老乡：哪里？一码事是一码事！我们是老乡嘛。

春子：我春子说一不二，如果你要用号码跟我讲条件，我现在就告诉你，我不要了！这么多年都没这个男人，现在也未必需要！你自己看！

老乡：哎呀，我真的一直在打听啊！

动机不纯的可恶老乡，一直在鞭策春子想方设法驱赶修小灯。那天，春子在给谭老太读《书剑恩仇录》。看抱着小狗旺财的谭老太不时按摩左膝盖，春子放下书，替老人按摩起来。春子说，不行我叫个瞎子来。上次我就跟那按摩馆老板说了，我们奶奶腿脚不好，上门服务可以吗。他说可以的，只是要另外加收一点费用。

春子的一席话，加上她的轻轻按摩，谭老太真是宽慰舒坦：都说女儿是个小夹袄，我看你就是我的小夹袄。

春子笑：奶奶侠义，爱做你的小夹袄的人多了！

谭老太正色，你还别说，我这辈子，别的没有，侠肝义胆是我最看重的。

春子：奶奶，老三夫妻昨天好像为小灯的事又吵架了。

谭老太无所谓地：你不知道，我们老三是委屈的，他根本不愿娶她。她心计玩得好，靠假怀孕进了我们谭家，你说老三心里委不委屈？

春子：奇怪，三老板那个自由自在的德行，哪里吃女人这一套？

谭老太：所以我说他委屈嘛。就是我压的。也怪我抱孙子心切。我们老三是什么？放金庸小说里，他就是那个重情轻财的侠客。要不是她后来生了堂堂，早就被我轰走了！别说老三烦她，我也烦。也好，家里有人让那个醋坛子琢磨，省得她心思乱用。让她们斗去吧。

春子：那，要不，我们再找一个做卫生、干粗活的保姆吧？有时真是忙不过来。

谭老太：还不是你要减掉一个的？说人多嘴杂，两人一间睡不好？你当时说要减，我还怕你累不是？你非说你从来不午睡，家里收拾收拾就过去了。

春子：是啊，我知道奶奶好心。你还给我加了钱，还每周请钟点工两次来大搞卫生。不过，现在看，有时还是太赶了。如果有个帮手，我也可以多点时间，给你按按脚、读读书什么的。

谭老太沉吟着：保姆也实在没几个让我喜欢的。这样吧，给那个傻丫头加一百。今后，让她负责楼上表面卫生，抽空擦擦抹抹。你只负责楼下。大项的钟点卫生，就改一周来三次好了。你安排指挥。

春子无奈：那……就先试试吧。

第七章

一

夏星光开着小旖白色的高尔夫,又从一家二手车行出来。想了想,他停在路边,在车里打魏雅玲电话:魏姐,前年底,你把那个吉普卖我,不是你父亲很不爽吗?

魏雅玲:怎么啦?那车几乎等于送你!

夏星光:那破车我开自然比你老爸开合适,老人家安全比我重要啊!

魏雅玲:出事啦你?

夏星光:出什么事啊!我是告诉你,机会来了!我一个朋友急需钱,要变卖汽车。1.6高尔夫,我第一时间告诉你,要不要?

魏雅玲:神经病!我那辆别克好好的……

夏星光:给你老爸!性能很好,老人家开合适!又便宜!

魏雅玲:……多少钱?

夏星光:开价是八万,因为车很新,才跑两三年,几万公里。你真要买,我可以帮你压压价。

魏雅玲:我老爸倒是想车想疯了,想钓鱼用。可是我妈不喜欢他开,毕竟年纪大了。我倒不缺那个钱!

夏星光:我知道。这车真不错。自动挡的,老人家好开!

魏雅玲说,回头我看看吧。

死缠烂打的夏星光,有一天终于约上了魏雅玲一起吃饭。他的急切,让精明过人的魏雅玲有点狐疑。吃饭的时候,夏星光又三句不忘夸车。魏雅玲说，你一个记者，好歹也是无冕之王，怎么搞得像要分回扣一样？

夏星光说，生意人就这个思维惯性，你有点人情味好不好？

魏雅玲说，那是——女朋友的？

夏星光：随你说。我告诉你，车况性能真的都不错，那朋友若不是急用钱，不可能卖这么顺手的爱车。

夏星光电话响了，一看是部主任电话，吓得赶紧接。女主任的声音很尖厉：前天派你采访的窨井盖连吞行人的稿子呢？！

夏星光：哦，交警和市政部门都约我今天下午去。

女主任：去看看日报！人家都已经出来啦！拖拖拖，你最近怎么回事？拖稿！死稿！欠稿！一反常态，简直像个垃圾记者！看在你一贯干活不错，饶你这一次！

夏星光合了电话对魏雅玲做鬼脸。

魏雅玲挖苦：忙着干私活还撒什么娇？我告诉你，我绝不可能给我父亲八万块钱的礼物。我也问过行家了，这款二手高尔夫最多值三四万。

夏星光鄙夷地：那你别要了。人家给的价！

吃了饭，魏雅玲还是开了小旖那辆白色的高尔夫，到环岛路兜了一圈。她对车的感觉还不错，但价格咬得很紧。又说，我老爸喜欢钓鱼，有时跑山路，这车会不会底盘太低？

夏星光：不会！这种经济实用型的德国血统车，结实耐用得很。

魏雅玲：你能帮我争取多少？

夏星光：六万五不知道行不行？

魏雅玲：太高了！价格压下来再找我。

二

暖灶从幼儿园把毛豆接出来,在路口就看到了妹妹。暖被显然是在等她。暖灶说,专门在这等我啊!肯定没好事。

暖被:姐——

暖灶:有话快说,有屁快放。我忙着呢。

暖被:我没钱用了。电话也欠费,停了。

暖灶:找我干吗?我又不是你东家!

暖被:姐——

暖灶:你学雷锋找我要钱?中秋节给爸妈寄的钱,也是我替你出的!

暖被:人家买卫生巾的钱都没有了……

暖灶:用东家的嘛!这也找我!

暖被:她已经没有这个了。

暖灶意外了一下子,恼火地掏出五十元:你打算到什么时候算完?!

暖被:尽快吧,我也很累,这一段都没怎么睡觉,月经都乱了……

活该!你自作自受!丁医生有去看你们小二奶吗?

暖被:他经常有打电话来问问情况。

天晴有没有告诉你,那个吴教授的保姆又被炒掉啦?她还是希望你去。

暖被:天晴姐跟我说了。等我们汽车卖了七八万,我让东家再雇一个保姆,我和她结一下账就走。我真的很累了。

暖灶:起码多发一个月奖金!你告诉她,应该的!以后你到吴教授家,我们都在一个小区,走动也方便。

回到家,暖灶在旧洗衣机内筒,摸出个化妆包,从夹层里小心抽出七八张电话充值卡。她选出两张快到期的一百元，给暖被电话充了进去。

不一会儿，暖被电话到了：姐！谢谢！

暖灶：谢个屁！两百块，赶紧到吴教授家挣钱还我！

暖被：你不是东家送的吗？

暖灶：噢，奖金不是钱啊？！这也是血汗钱！

暖被：姐，明天你再借我两百块钱好不好？现金。

暖灶：想死！得寸进尺呀！我都存掉啦！我身上只留一百块。今天才给你五十买卫生巾啦！

暖被：是借啊姐！算是我们东家借的，行吗？

暖灶：你东家不至于这么惨吧？打借条吗？

暖被：你要就叫她打嘛。真是！对了姐，那个胖子的钱讨回来没？让他赖着，不如借我们，到时候还你，你还行善积了德……

暖灶：少来！我讨回来也不会填你那无底洞！赶紧卖车！拜拜！

暖灶对自己的钱财是看守得很紧的。被那个金屋藏娇的家伙欠薪，是她这辈子最大的经济灾害事件。所以，不要暖被提醒，她时时刻刻惦记着。那个倒霉的片警白警官，一看到暖灶的电话，就烦不胜烦。好容易房东给了暖灶，可是，联系不到那个养三陪的家伙，暖灶又开始新一轮的"有事找警察"。

白警官啊，那个养三陪的胖子，电话就是打不通！

白警官：那我有什么办法！

暖灶：你是警察你怎么没有办法？

白警官：你以为警察是神仙吗？

暖灶：你以为神仙还当警察吗！

白警官：我基本被你这个小保姆整死了！

暖灶吃吃笑：你命令房东给我胖子的地址呀，我自己去上门讨！那样我就不再麻烦你了呀。

白警官不堪金暖灶的电话，终于把那个偷养三陪的胖子家的住家地址给搞到了。接到这个喜讯，暖灶欣喜若狂：嗯，我在记，你说，小白象湾——咦，我妹妹那儿！——啊，你说你说！小白象湾二里46号304。好的。太好啦！白警官！我拿到钱，给你送感谢信去！谢谢谢谢！你真是人民的好警察！

三

小旖怕吐，就拒吃东西。但暖被还是想方设法地弄她以前最爱吃的东西哄她吃。一小碗清淡的皮蛋瘦肉粥，上面的芹菜切得比绿豆还小，让人看着开胃。小旖吃了大半碗瘦肉粥，突然闭紧眼睛，蓦地，她一弓身子，把半碗瘦肉粥，全部吐在被子、被单上，床前木地板上，也一大摊。

暖被几乎要哭出来：中午洗的还没干……已经没有地方晾了……

小旖痛苦地皱紧眉头：还不是你们硬要我吃！活该！

放化疗的后遗症，不只是吐，还有便秘。第一次便秘时，她一直脸色苍白地蹲在卫生间门口。蜂蜜、开塞露都没有用。几天下来，小旖难受得痛不欲生。暖被说，要不……我帮你抠。小旖无比吃惊，知道是医院老护工教她的，也因为实在痛苦难挨，她接受了暖被的建议。而之后，再便秘难熬，她都让暖被出手相救。

而突然来访的暖灶，看到妹妹正好为东家抠大便，心里又惊又恼，她觉得暖被做得太贱了。那种恶臭、恶心的状况，让她几乎也要吐了。

这天，暖灶怀揣白警官给的地址，一路找到小旖、暖被所在的小白象湾。她本来也没有准备去看暖被,但小白象湾二里门岗的一高一矮两保安,死活不让她进去。矮保安说,我不管你是谁,我们不认识你,你就要登记。没想到,登记完,保安还要暖灶等,说必须跟业主去个确认电话。

暖灶叫起来:他肯定不让我进!我来讨钱的!

高保安说,那就更要确认啦。但是,电话没人接。

矮保安:有的业主午睡喜欢拔掉电话。你稍等一下。

暖灶:那你把他电话给我,我自己打。

高保安:那我们就被业委会炒鱿鱼啦!你讨什么钱啊?

两个无聊的保安,听了暖灶绘声绘色的讨债故事,嘎嘎直笑。主动帮助暖灶打了几次电话,但总是没有人接。双方结下了一些友情。他们劝暖灶下次再来。暖灶看时间早,决定去隔壁一里看看妹妹。谁知半天按不开门,后来发现暖被是在给东家抠大便,闻着一屋子古怪的恶臭,做姐姐的又心疼又气愤。

暖被不以为然,辩解说,开门慢,是很烦物业一直来催缴管理费。

小旖对暖灶一向没有好感,所以,暖灶进来咋咋呼呼的,她只是看了她一眼,微微一点头,就回了自己卧室。而暖灶看东家日渐式微,觉得真正的实力派是自己的妹妹,所以,小旖倨傲淡漠的神态,她既不屑又厌恶。但是,小旖多少还是个绝症病人,暖灶心里还是有些怜悯,很快她又因为自己的怜悯宽厚而自我感动起来。

姐妹俩在厨房,偷偷说了不少各自东家的坏话,双方都心情舒畅了不少。悾悾进厨房,质问为什么这么久没有炸鸡翅吃了。我们家没有什么钱了,暖被说。

她把凉拌蛋丝青瓜和清粥,端出来给小旖,暖灶帮忙拿了一点香醋。不料,小旖尝了一口,就一手打开了:恶心!我不要加蛋!太腥啦!

暖被：医生要你保证营养……

小旖：我都恶心吐了，营养个鬼！还营养！

暖灶侧目而视，隐忍不发。门铃响了，夏星光突然来了。惊惊欢呼雀跃，又跳爬上他的身子。夏星光还不习惯孩子在他身上爬，有点闪避。他站在客厅，见小旖在卧室，不知该不该进去说。

小旖在里面说，给我卖了多少？

暖被带他进卧室。夏星光：有人试了车，看样子好像感觉不错。我说可能能压到六万五，对方希望我再压低一点。

小旖：最低六万。不能再低了！我后面的疗程很费钱，医生说，住一次院就要准备一万四千多。

暖被送夏星光到门口，悄声问：什么时候能拿到钱？

夏星光：我想价格谈定应该马上就能。那人很有钱，做事干脆泼辣。

暖被面露惊喜之色。夏星光走后，暖灶在厨房对妹妹说，钱一到，你给我扣它五千，我们走人！暖被迟疑地欲说又止。暖灶低声呵斥：你还不够啊贱骨头？！一分钱没有，连大便都抠了，你是前世欠她的还是怎么的？！暖灶声音大起来，暖被吓得跺脚要捂她的嘴。暖灶甩开她的手：贱骨头！

惊惊睡着后，暖被去小旖房间，给她端了杯安素（放化疗病人营养冲剂）进去。小旖闭着眼睛。暖被轻轻拍她：把这个吃了吧。

小旖皱起眉头：我刚想睡，不吃。

暖被：你这样身体会虚弱的……丁医生……

小旖：真烦！你让我睡会儿好不好？

暖被把安素放下，想想又拿起。

小旖：帮我把窗子开大点。闷死人啦！

暖被过去开窗，说：旖姐，夏记者说，明天卖车款可能会到……

也该到了！已经拖了这么久。你先出去吧，我要睡觉！

暖被：旖姐……

小旖不睬。

暖被：旖姐……

小旖：不吃不吃不吃不吃！我想睡一会儿，我不想再吐了！烦死！出去啦！！

暖被走到门边，又走了回来，她鼓起了勇气，说，车款六万你够用了。我想，我就替你再找一个保姆……

小旖猛然转过身子，瞪视暖被。

暖被嗫嚅：我会带她几天……等她熟悉了……

小旖瞪着暖被。里面是惊异、愤怒、委屈和无助。

暖被：我休息一段……太累了……

小旖厉声尖叫：你滚！现在就滚哪！

四

魏雅玲和星光站在白色的高尔夫车边。魏雅玲司机在仔细查看小旖的车。司机把引擎盖合上，拍了拍手对魏雅玲摇头，说，这车被撞过，内伤蛮重的，不过都修好了。夏星光不说话。

魏雅玲说，你让你朋友说实话，这车到底是不是凶车？有没有血案？

夏星光：应该没有。要不出事我肯定知道。

魏雅玲：知人知面不知心。就是没有血案，六万也不要，这个价钱我不可能接受。

夏星光：这个价格，不是你让我去争取的吗？

魏雅玲：我怎么知道实际是破烂货！我现在根本不想买了！

夏星光：魏姐，你为难我了。

魏雅玲：明明是你为难我，好端端的非要卖我辆破车。去去去，爱卖不卖！

在夏星光忙于向魏雅玲卖车的这个上午，小旖没有起床。房门一直紧闭着。暖被照顾悾悾吃了早饭，又叫悾悾去轻敲了几次门，里面就是没有动静。

悾悾重重擂门：快起来！莲子黑米粥！黑——米——粥！再不起，我就吃光啦！

小旖依然不理睬。暖被只好先去农贸市场。在菜场，暖被打家里电话，问悾悾妈妈起来没有。悾悾说没有。暖被说，你去听一下里面有没有声音，然后你大声问妈妈，说姐姐问要不要吃胖鱼头煲。

一会儿后，悾悾在电话里说，不吃。

暖被说，是她说不吃？

悾悾，她不答应我，那就是不吃了。

暖被有点忧愁，她心不在焉地看鱼贩子剖鱼。口袋里电话响了，却是夏星光的。夏星光语气有点沮丧，说，看来六万都困难。小旖心理价位是多少，你帮我问问。

暖被：她还在睡觉。不知道少一点行不行？

夏星光说，你说了不算。

暖被：以前他们好像是报最多四万。

夏星光：唉，你还是问问她吧，省得到时候翻脸，我受不了——她怎么还在睡？天天都这样吗？

暖被：没有。可能生气了。昨天，我说车卖了，让她再请一个阿姨……

夏星光：哦？你要走了？不干了？

暖被：嗯。我也觉得现在走不好……昨晚跟她说了，我自己也一直睡不着……

夏星光说，唔……她的个性是比较难相处，不过……她现在的处境……

夏星光突然大喊：你赶紧把她的门弄开！可别出事！我在采访，要不你打丁医生电话。快点！

在小白象湾二里，暖被的姐姐暖灶，正精神焕发地向二里门岗进发。出门前，因为穿戴整齐，还涂抹口红，遭到辛太太侧目：讨薪嘛，怎么搞得像三陪？这样人家都不同情你。

但暖灶认为，打扮漂亮点，社会上的人就更尊重你。她说，我昨天就是靠美人计，和两个保安交上朋友的。

没想到，那户人家还是没有人接电话。矮保安问：你确定你不会搞错房号？

警察给的，错不了。暖灶说，哎呀，你们两个死脑筋，大家都姓"保"的，一点都不通融。放我进去，不是他，我就出来嘛！

矮保安笑：你错了，你出来就拍拍屁股走了，我们可就砸了饭碗啦！你不知道城里人了，交一点物业费，个个以为是大爷啊！好像我们就是他们的私人保安，有人干脆骂我们看门狗，动不动就投诉。

高保安：是啊，说起来都姓"保"，我们可不像你这个"保"，那么好找工作。男的找工作太难啦！我看你还是报警吧。

暖灶没好气：没看我一直在打？！白警官不接我电话！可能他又是下夜班啦。

矮保安：那就再等等吧，陪我们聊聊天。

第八章

一

几个医生在研讨一份病例。丁医生的电话响了。丁医生说,是我。刚才我在用电话。什么?到现在里面都没有声音?丁医生看了看墙上的钟。时钟指在十点三刻。

丁医生:感觉不对劲?一个晚上没出来?哦,你说什么了?这样!我的天!好,好,我马上到!

二里保安岗亭门口,暖灶和俩保安在批评包二奶现象。一辆出租车飞驰而来,车一停,丁医生从里面跳出来,向大门里飞奔。司机摇着两元零钱伸头喊:找你钱——

暖灶手指丁医生,目光迷离:那是谁?

高保安:不是警察。

矮保安:普通业主。

暖灶跳了起来,一把夺过哥的两元钱:我认识他!暖灶往里面蹿。

小区内,丁医生大步跑过中庭,问了一路人门楼号,往小旖家的楼道跑。他跑上楼梯,门虚掩着,丁医生推门而入。一见丁医生,暖被露出略微轻松的表情,她一指小旖卧室。丁医生快步过去敲门,一边轻声叫小旖的名字。他贴耳听,里面悄无声息。墙上的钟已经快到十一点。丁医生着急了,开始用力拍门。

丁医生:冷小旖!我是丁医生!请开门!

客厅外大门哐地一响,暖灶风风火火闯进了屋,大喊:出了什么事？！

恽恽看着暖灶，遗憾地咕哝：我还以为是星光叔叔。

丁医生继续敲门：小旖，开门！我是丁医生！你开门！

暖灶立刻感到情况严峻，赶上前，就帮助丁医生狠狠擂门，同时问暖被：她干吗？为什么不开门？

暖被哭丧着脸，没有回答她，眼巴巴地望着丁医生。

丁医生说，看来要撬门。有没有大锤子？

暖被摇头：剪刀行吗？

暖灶：笨！打110吧！

丁医生：来不及。我用脚踹吧，只是可惜了这个门。

说话间丁医生已经抬脚踹门。暖灶也帮着踹，被丁医生推开。几下子丁医生就把门踹开了。小旖半伏在床上，渐显稀疏的长发从床沿垂下。被子遮盖着腰部。暖被惊恐地看着姐姐。暖灶也正回看她。

恽恽大叫：妈妈！妈妈死掉啦？暖被一把搂过孩子。

丁医生已经过去扶起小旖。小旖软在他怀里，满面通红。小旖活着，但在高烧中。丁医生打120。小旖一垂头把他电话打掉。小旖摇头。她无力而坚决地摇头。她不断摇头。

丁医生说，没事的，别紧张。我在这。

救护车很快就来了。小旖又被送进医院。

这一天，暖灶虽然没有讨薪成功，但是异常亢奋。她一边擦洗灶台，一边绘声绘色添油加醋地报告辛太太当日的见闻。辛太太在她旁边喝哈士蟆木瓜盅。

第一眼，我真的以为她死掉啦！我心里突然为暖被轻松下来。没想到她根本没死，还会动。后来才知道，是暖被说车子卖了，有钱了，请她换一个保姆。哇！她就这样！我的天！你说吓死人不吓死人？！

辛太太：那你妹，怎么会想起叫丁皓去的?

暖灶停手想了想，说，这我倒没问。肯定是关系好吧！哼！我看你弟弟被她迷住了。她呢，恐怕也想迷住丁医生好白看病——哈哈，不过她们家的门，被丁医生踢坏啦！

辛太太鄙夷地：又胡说！跟你说过了，我们丁皓什么人哪？她想迷就迷得住！听了就烦！不要再说了！——那小二奶现在怎么样了?

暖灶：听我妹说，好像是脱离危险了。反正她就是故意糟蹋自己的，故意要病。丁医生说，像她这样没有抵抗力的人，冷风一吹，心里又有气，自然什么肺炎、心肌炎并发症都来了。她这个人做事就是不计后果、不择手段的！

辛太太：她想留住你妹妹?

暖灶：那还不是！这女人一贯是被人宠坏啦。我妹妹说要走，她就觉得失宠，马上自暴自弃。我妹妹果然被这一招吓住，内疚得很，跟我哭了，说都是她害的，她不该跟一个病人这样说话。你看看！要我，根本不吃这一套！

辛太太：你妹妹就是比你心好。

暖灶：哎，我不心好谁心好？我妹妹那是傻！

因为谢天、谢地，杨隽和外公外婆的关系，一度挺不自在。因为这对双胞胎丫头几乎每周都来，有一次把天晴帮外公外婆晒的棕床垫给弄湿了，她们在上面阳台玩水。还有一次把泡泡糖塞进蒲家大门钥匙孔，虽然钥匙孔被杨隽处理好了，外婆还是非常生气。但后来杨隽无意中说出，谢天、谢地的父母，正忙于离婚，外婆立刻对这对野孩子有了怜悯之心。天晴上去做卫生的时候，外婆有时还上去视察帮忙一下。

这天，杨隽来敲门，手里拿着一份当日的报纸。他指着他红笔框起来的一个"大赛启事"。天晴湿着手念：为了美化城市的工地围墙，政府和几家大房地产企业，联合举办"民间高手动漫绘墙大赛"……

原来是一则漫画大赛启事，外婆一听一等奖金两万块，立刻鼓励小杨去好好画！杨隽说，他想邀请天晴做模特儿。

连蒲教授都没反应过来。外公外婆说，你找一个保姆做……模特？

天晴说，你脑子进水了吧？

杨隽：我一来就发现天晴姐姐动作特别美——这是天生的。中秋的时候，我的几个圈内朋友过来玩，都说天晴的体态、动作特别富有韵律感。

天晴：我没时间陪你玩。

杨隽：我的老师很早就跟我说过，可能要搞这个赛事。看到你之后，我忽然有了灵感。姐姐，如果我获奖了，以后就事业顺了。这是个重要契机，是敲门砖。请你帮帮我！只要你做家务的时候，我在旁边看、画，或者拍照，有时你稍微配合一下就行了。

外公：那你到底要画什么呀？

杨隽：我的主题就是温馨家园"我的家"，都是家庭家务画面。

外婆：这个呀，我看行。奖金到时分我们一半。

杨隽说，那没问题！

成天沉浸在发财梦中的小灯，终于迈出了成功的第一步。有人主动来问货了。啊，您是高爷爷的女儿。效用？效用当然好啦！对方说，若能再优惠些，就买一台给老人作为生日礼物。小灯兴奋得要发狂，她翻身下床，一把拉住正在过道里的谭老三，示意他继续哄堂堂。

谭老三莫名其妙地进来，捡起给儿子讲故事的书。

小灯在电话里有板有眼：怪啦，这两天都是那些子女给父母做生日要的货。是不是春节快到了，大家都给父母送健康啊？

对方：你到底能不能再优惠？

小灯：这样吧，你问问我们老板。小灯进屋就把电话塞给了谭老三。一边兴奋地挤眉弄眼，要他搞定对方。

谭老三清清嗓子说，您也是茂华小区的是吗？这样吧，远亲不如近邻，再打个九折，去掉零头。买卖谈完后，小灯在屋子中间疯狂旋转。堂堂兴奋得手舞足蹈、毫无睡意。

谭老三：以后不许说我是老板，晚上哪个老板还在推销员身边啊！

做着发财大梦的小灯，一台饮水机还没有正式卖出，但她已经时不时在想象的辉煌人生中不可自拔，她忘了自己是保姆。但是，总有人会深刻地提醒她。

这天，小灯在拖走廊地板。她一个拖把，拖了整个走廊。正要出门的三太太，冷眼观察小灯。小灯没有意识到，还在神仙一样地划拉着地。

三太太喊过去：喂！你这一拖把，是不是要把整个二楼拖完？

小灯：我有换啊。

三太太：换个鬼！我从房间里就盯着你看了！还有换！看这地板花得，比不拖还脏！拖地不是涂湿！偷懒的没有一个好保姆！再会拍马屁也没有用！

小灯只好嘟起嘴巴，去阳台换洗拖把。卧室里，堂堂醒了，自己在床上蹦跳。忽然，堂堂从床上栽了下来，他吃惊地看了看，没有人来，小嘴一扁，顿时哇哇大哭。已经下楼的三太太，立刻转身，冲上来。看到趴在地上的儿子头上鼓起一个大包，三太太抬手就对赶过来的小灯，狠狠地甩了一个大嘴巴子。

小灯也害怕了,说,我在洗拖把嘛,两头顾不过来……

三太太:你就不会用被子枕头挡一挡?!笨猪!

春子赶上楼,拿了红花油给堂堂涂。堂堂怕疼,摇头躲闪着,要找小灯姐姐。三太太气得强搂住孩子。

春子:噢,没事没事,不磕不碰宝宝不长大。

三太太:没事?换你自己的孩子试试!这么高的床,摔傻了你们谁赔得起?伤了颈椎神经,瘫痪也可能的!没有责任心,趁早滚!

春子的脸拉下来了,但她的语调依然不动声色:来,宝宝,我们涂涂就不痛了。涂了我们就下楼找奶奶玩去。今天奶奶的牵牛花,开了好多哦……

小灯大气不敢出。涂了红花油,堂堂额头上一个大包,又油又青。春子抱着堂堂下楼,经过呆呆的小灯身边,推了她一把:楼上收拾好了,你就下来带宝宝,今天地板我来拖。春子对三太太说,你先去上班吧,这交给我,我会跟奶奶说的。春子目光冰冷、语气温和。

三太太忽然感觉到春子不动声色的阴沉力量了。而对小灯来说,这个家,最可怕的不是传说中的粗鲁老太太,而是三太太和春子。

二

魏雅玲突然来到报社。夏星光说,不买车,你还来视察什么呢?

魏雅玲:我也没说不买,就是你的价太黑。

夏星光:又不是我的车。我的车玲姐想开就开好了,还算什么钱!

魏雅玲:说的比唱的好听。我要发个急广告,有人要在瓷砖市场上挤我。

夏星光:那发一个广告有什么用?要组织广告战役。

魏雅玲：要不我来找你？我要把那一家压下去。这一周，我代理的几个大品牌，要天天见报。还有软文，最后你做个人物通讯，歌颂我。我去年配合区里岗位助学，帮助了四个孩子。

夏星光：去年不是帮你报过了？

魏雅玲：换个角度再写嘛。你给我搞个方案。你给我省一万，我就五万买你车；省两万，我就五万五买你车。怎么样？够意思了吧！

夏星光：你以为我是总编啊！

魏雅玲：我知道你人缘好。你真不行我找晚报去。那里也有我兄弟！

夏星光果然没辙：好好，有钱就是大爷。

夏星光觉得自己为小旖的车操尽了心，但是，小旖和暖被不这样看，尤其是小旖。这和她的个性、身体状况有关。退烧的小旖脸色苍白。她发现自己枕头上两缕脱下的头发，眼神里充满惊恐。她用手指梳头，又有一些青丝掉在手中。小旖哀伤地把它们夹在枕边的一本杂志里。刚刚，她差点要打悾悾，因为悾悾冲进病房，吵着要　个奥特曼书包。暖被总算把孩子安抚不哭了。

小旖说，那个替我卖汽车的记者，是不是光开我的车带女人兜风过瘾去了？他到底在不在卖？我这边急等着用钱！

小旖自戕似的高烧之后，暖被对她更多了一些迁就。听小旖发问，她立刻用自己手机，打通夏星光电话。电话一通，暖被把电话给小旖，小旖不接：告诉他我们急需钱！

夏星光在电话里听到了，他说，在争取卖个好价钱呢。

暖被：我们就等这个钱了。这几天的时间，医院又在催我们交五六千块了。还好丁医生担保欠几天。旖姐很着急。

夏星光：我在帮买主做个广告策划，很快了。

暖被：歇几天，马上又化疗，医生又要我们准备几千。你再快一点好吗？我已经开始向我姐姐借买菜的钱了。

夏星光：不至于吧？连买菜钱都没有了？！

夏星光无法想象，小旖到了山穷水尽的地步，丁医生也有点困惑。当暖被陪小旖去找丁医生，想早点出院省钱时，丁医生沉默了好一会儿，说，我会考虑你的实际情况的。不过，要提醒你们，出院手续上你肯定要把欠款交了。其次，在家里一定要注意休息和营养……

小旖沮丧：可是，我车子还没有卖掉……

丁医生：但医院收费制度是严格的。而且，很快你又要来下一个疗程化疗，起码要再准备一万块。你们要事先有数。

小旖看着暖被，目光很无奈。卖车、卖车，已经成了极其紧迫的事情。她们的生活和未来的希望似乎都在那辆车上了。

辛家保姆暖灶上吐下泻了，一个劲地蹲厕所。老辛刚从厕所出来，暖灶就扑进去，差点撞到老辛。一会儿，辛太太过来，要上厕所，催暖灶快一点。暖灶叽叽歪歪地出来了，面色苍白，诉苦说，我就是拉水，已经没什么东西可拉了。

辛太太通通风后就进去，马上大叫起来：天哪，刚换的手纸去了半筒啦。你要不还是去医院吧？

暖灶疼得抱住肚子：一去起码去掉一百块！不去。我体质好。哎哟！

辛太太出来，看桌上的瓶子：我家的金喇叭正露丸也被你吃光了。这药很贵你知不知道？好像是说，吃了没有用，就要上医院。你超量吃了吧？

暖灶：说明书上没有这么说，哎哟，我以前吃这个很有用。是不是你的药过期了？

屁，辛太太说，我家的药箱，我随时检查。我看你要去医院。

暖灶：再扛一扛。以前都止得住。今天反应比较慢，可能有点抗药性了。哎哟！我再去个厕所。暖灶又蹿进洗手间。里面哗啦啦一阵乱响。辛太太拿起药瓶仔细看说明书。一会儿，暖灶出来。

辛太太大叫：你没有洗手！暖灶又回去洗手。

老辛：看来今天暖灶做不了饭了。

辛太太不睬，说，这大半瓶的药，只剩下十多粒了，你绝对超量服用了！那很贵的你知道不知道！凡是不要钱的东西，你都是狠狠地用。

暖灶：你这个人哪，哎哟，人家痛得要命，你还那么老财迷。哎哟！

辛太太瞪着暖灶，拿起电话，打给她弟弟。刚好丁医生值班。

辛太太说，就吃了老辛带回来的打包剩菜，我们没怎么吃……急性肠胃炎？什么？立刻去点滴？哦，好吧好吧。

老辛司机也在茂华小区。一会儿司机就到楼下了。

怕花钱的暖灶还是不想去，抗争说，我睡睡就好了。平时都这样！你问医生，医生都是小题大做。

辛太太：丁皓什么时候小题大做？

暖灶：哦，丁医生让去啊？那我信任他！

在医院，丁医生亲自跑上跑下，对暖灶关爱有加。连打点滴的护士也对暖灶格外客气。暖灶受用得不行。

护士说，你是我们丁医生的什么人呀？他还亲自替你拿药。

暖灶很幸福地笑眯眯着，说，随你猜！

这一次幸福的急诊，让暖灶回味无穷。回到家，她反复回味穿着白大褂、对病人细致呵护的丁医生，实在是性感至极。

和丁医生相比，他姐姐实在很无趣。每次发工资的时候，丁慧尤其面目可憎。暖灶用牙签挑着哈士蟆的腥筋血丝，等着辛太太查看家政事务登记本，准备发工资。暖灶说，那天急性肠胃炎后，丁医生都说我瘦多了。

辛太太：这样脸小一点更好看。

暖灶：他没说我好看。

辛太太：那天吃坏肚子住院的钱，应该扣你的。

暖灶：是你让我吃的呀，怎么扣我的呢？我已经很受伤了。

辛太太：唉，我们早就没养狗了，每次老辛说他以喂狗的名义，打包剩菜，都有点不好意思。说来说去，还不是让你有营养、开眼界？你想，不是老辛勤劳打包，你能吃到虫草、鱼翅、佛跳墙吗？想都不要想。老辛三天两头地打包，看把你滋润的，你原来干巴得像一块咸菜，现在，走出去简直像个女干部！

暖灶：可是这样又拉又吐，不是什么营养都没有了？还亏本了呢。你还要扣我钱。

辛太太：以前每次都好好的呀。再说，这次我提醒你有味道了，是你自己贪吃。

暖灶：我还不是怕浪费吗？吃了这个，不是就少吃别的菜了吗？

辛太太：反正我提醒你就尽责任了。你又不是小孩。大不了以后，叫老辛别再打包给你吃了。

暖灶：别别，我又不是这个意思。就是又拉又吐我都瘦四斤多啦，你还扣我的钱！

辛太太：你还吃了我半瓶正露丸，一瓶五六十块呢，我都没有说！好啦好啦，一人出一半，这总可以了吧？

暖灶叹了口气：你看我帮你做哈士蟆汤，一做就一下午，做得腰酸背痛，挑得我眼睛都斗鸡啦，我多辛苦啊。我也都没有跟你诉苦。你现在越长越漂亮，不知道的还以为是你的时光倒流纤体美容院的功劳，只有你我才知道，你的美丽是我呕心沥血换来的。

辛太太：好了好了！简直要吹破天去！回头我给你五十元奖金！
暖灶：我不要电话卡。
辛太太：那就购物卡——你总归要买东西吧？
暖灶：我妹妹很困难，需要钱！要现金。

三

恍惚要书包又挨打了。这个唯一不明白他家已经山穷水尽的孩子，依然调皮活跃。在小旖的催促下，暖被不断打夏星光的电话，夏星光不胜其烦，干脆不接。

小旖恨得牙痒：哼，我从来就不相信那个记者！

暖被又打姐姐电话。暖灶也很烦：又借？没有！

暖被：姐，我们吃饭的钱都没有了，五十块钱就好……

暖灶：你神经病啊，真是！天下还有这么做保姆的！

暖被：恍惚的压岁钱都用光了。

暖灶：你别给我说这个！我不是慈善会。我前几天急性肠胃炎，花了一个月工资你知道吗！没有！没有！一分没有！

放下电话，暖被看着小旖摇头。小旖：小气鬼！你就跟她说我借，我车子卖了，就还她！

暖被：算了，我找小灯和天晴，再试试。

暖被向小灯求助的时候，小灯正在给堂堂洗澡。堂堂一直要爬出来，并且用水泼小灯。小灯按住堂堂，一手接起手机。她以为是买饮水机的，开口就是：你好，我能为你做点什么？一听是暖被，小灯乡下口音就出来了：什么？借钱？你干吗要借钱啊？小二奶不至于吧？什么？吃饭钱？我正在给宝宝洗澡啊！

三太太推门而入，一巴掌打掉小灯手机。手机掉澡盆里了。

小灯尖叫：我的新手机啊！

三太太怒吼：这么冷的天，给宝宝洗澡还敢打电话！

暖被向天晴求助时，天晴在杨隽家擦阳台大玻璃门。杨隽拿着变焦相机，在拍天晴的照片。电脑前，双胞胎在胡乱画画。天晴接电话的时候，杨隽依然变换角度在拍。

天晴说，这么惨哪！你要多少？一百？她车子什么时候卖掉？那我还是先给你两百吧。你过来拿？那小尾巴跟着你来一趟，还不如我过去利索。考试？差不了这一下。

天晴收了电话，对杨隽说，上次我跟你说的小老乡，就是照顾癌症东家不好意思辞工的那个，她说，连晚餐吃医院快餐的钱都没有了。玻璃门擦完我就不擦窗户了，下次擦吧。我要给她们赶紧送点吃饭钱去。

杨隽：这样吧，我反正要出去给谢天、谢地买比萨，我帮你送去吧。摩托车很快的。你给我她的电话。天晴很意外，表情很吃惊，看杨隽又在拍，她夸大了感动表情。

医院门口，暖被和悾悾等在大榕树下。远远地看一个摩托车手疾驰而来。暖被手碰了碰悾悾，悾悾便大声说，喂，你是不是小杨叔叔？姐姐让我问问你。暖被脸红了，推了他一把。

杨隽脱下头盔露出潇洒长发，笑：我是。等久了吗你们？杨隽把钱掏出来，这是天晴给的，两百。暖被接过。杨隽发动摩托，忽然又熄火。他打开大纸盒，拿了两块比萨出来。对悾悾说，要不要？

悾悾欢呼：要！要要！悾悾立刻低头大啃，杨隽一踩油门离去。

暖被终于打通了夏星光的电话，面对记者，她的口气还是有点怯弱，这让小漪十分不满。暖被说，夏记者，你一直不接电话，我们差点买快餐的钱都没有了,幸好天晴姐姐送钱来……我们也没有钱出院……

夏星光:这么严重?这样吧,我现在去报社赶个稿子,完了就去找你们。车子的事,三句两句说不清。

连暖被都开始对夏星光没有信心了。也许他真的很忙,也许他就是不冷不热。小旖骂道,指望一个记者帮助你,就跟指望小偷还钱包一样!暖被哄着不愿在医院睡觉的忪忪,心力交瘁,听凭小旖在床上有气无力地骂记者。忽然,小旖大叫一声:对了!暖被!你赶紧回家!我给你抽屉钥匙!小旖急招她走近:在我睡的右边床头柜,你打开,里面有个CD机的盒子,你再打开,有个粉色的信封,你把信封给我拿来。快!

暖被:现在去啊?什么呀?

小旖机密地:还能有什么?笨死了!那是我定期存单,认识成董之前我自己存的。我全忘了!

暖被:这么晚了,反正也取不了。

小旖:你拿来我心安!一万多呢,我差点就忘啦!快去!!打的去!正说着,夏星光推门进来了。小旖情绪大大好转,说,好好好,你正好把暖被送我家一趟,帮我拿个紧急东西去!

夏星光在开车。暖被坐他旁边。没有忪忪,暖被有点不自在。夏星光不相信他们的经济状况,问了很多问题。暖被因为害怕记者见报,一直不吭气。夏星光有点恼火,说,我不是采访,你要不说真实情况,我也帮不了你们!

暖被说,真的一点钱都没有了。

夏星光:你在她家多久了?

暖被:四年多了。十六岁我姐带我出来一直到现在。那时候,旖姐怀孕了,反应很厉害,就找到我来照顾她。

夏星光摇头，这么坏的脾气，你陪了四年，不容易。

暖被说，她人挺好。真的。

夏星光：那个男人对她好吗？

好。以前半个月一个月来住几天，有恺恺以后，他就经常来，不过也是偷偷摸摸的。他一再告诉我，不要和邻居说我们家的事。

夏星光：那男人平时不怎么给她钱吗？

暖被：给的。她总是有钱用。反正每个月，他们都在抽屉放一千多给我买菜的钱，用不完，下次还放那么多进去。都是成先生养这个家。

夏星光：那怎么打一个官司，就倾家荡产了呢？

暖被：可能是，成先生死得太突然。如果他是生病，肯定会把这一切安排好，他那么喜欢恺恺，不会让他儿子吃苦的，他只有这一个儿子……

夏星光：那天晚上你为什么突然要辞工呢？搞得天翻地覆的。

暖被不好意思：太累了，看她对我发脾气，不讲理，就想算了，休息一下……我舍不得恺恺。其实，说了我要走，我自己一个晚上也睡不着。恺恺是我从小抱大的，晚上都是和我一个床上睡。以前我一回老家，他就哭，我的电话，就是成董送的，就为了恺恺和我说话……暖被哭了起来，开始还忍着，后来就哭出声了。

开着车的夏星光，抽了一张面巾纸给她。暖被说，你……不会写出来吧？

夏星光笑：不会。

暖被说，一个字也不能写啊！

夏星光把手重重拍在暖被肩头，以示承诺。

这个见惯黑暗的记者，内心忽然被人间最单纯的真情，轻轻触动了。

四

谭老太书房,春子在给谭老太读报纸。小灯抽抽噎噎地进来了。她的手机再也修不好了,三太太那一巴掌,把她的新手机打没了。小灯哭泣着告状,堂堂也扁着嘴巴想哭。谭老太心疼又饶有兴趣地逗孙子。

春子说,你活该!谁让你给孩子洗澡接电话呢?本来还要扣你钱呢。

小灯可怜兮兮地光是抹眼泪。

谭老太:一个小保姆,用什么手机!骚包!好了!给我带好宝宝。让春子给你处理去。

春子:奶奶,我可管不了三太太。

手机的遇害,使小灯非常担心自己在小区饮水机的推销播种。开始收获的季节,怎么能没有手机呢?在新手机没有到的时候,小灯只能更加频繁地到小区人多的地方活动。

小区中心公园石椅上,修小灯面对着一对老人夫妇和一个妇女。

小灯一手拿着离子饮水机说明书,一手固定着不断想溜走的堂堂,脸上的表情异常惊奇而夸张,非常有煽动性。老夫妇提问一句,小灯就郑重地看一句说明书再念一句。

小灯:我们东家说,中山路那边有对医生夫妇,一个脂肪肝,一个高血压。安装这个离子饮水机后三个月,单位体检,统统好啦。现在他们医院很多医生护士都开始买这个。

老人:那便秘有效吗?

小灯:最快见效的就是便秘了。因为大便马上就通畅了。不用等几个月呢。

老人听了非常满意。看得出小灯的宣传打动了他。

作为一个别墅的小保姆,最被励志的就是,钱!必须挣更多更多的钱!有钱就有一切!东家富裕奢华的物质状况,每时每刻都激励着有理想的小灯行动,发财!发财!快发财!挣大钱!掉进钱眼里的小灯,自然不会像其他保姆一样对暖被的窘困敏感了。对于自己的钱袋子,倒是看护得严谨细密了。

为了卖车,夏星光为魏雅玲打赢挑战者,呕心沥血。力挫对手的魏雅玲,非常高兴,打电话给夏星光说,车子我要了。五万!后天我父亲生日,让他高兴一下。

夏星光感到极大的轻松快慰:太好了!过户手续我一手包办。

魏雅玲:你和警察那么熟,是不是手续费用也全免了?

夏星光:免不免,不就几百块吗?无所谓。我来办!

魏雅玲:还有,我只能先付一半;剩下的一半,三个月内付清。

夏星光:你有毛病啊?总共就这么点钱……

魏雅玲:一、我是看在你的面子上买的;二、它不值这个价,但因为你,我认了;三、我就是怀疑它不够吉利,让我父亲先开开看;四、兄弟,看这组报道的最终效果,我会论功行赏的!说不定还给你五万五呢!

夏星光说,真是奸商一个啊!

魏雅玲笑:要钱就到我超市来!快点,三点我还要开家长会——!

没有真正把钱拿到手,夏星光也不敢再去报喜。而有了一万多存单的暖被、小旖,也暂时没有密集地催打夏星光电话。小旖在教暖被怎么把存单钱转入卡中:密码就是我的生日,日、月、年。你知道的。然后直接转进卡里,就是我上次交给你的那张卡。这样就可以到医院刷卡缴费。还有,你要提出现金,我们买菜吃饭用,三千块够了吧?

暖被：不要那么多，夏记者很快就会把车卖了。

小旖：你信！记者的职业就是吹。提三千！对啊，公交车上小偷很多。这是我们最后的钱了！千万千万！

暖被担忧地：这么多钱……

小旖：不是让你转卡吗？

暖被：三千放口袋也很多……

小旖：哎呀，你放松点，三千块也就是五六小盅鱼翅鲍鱼盅。快去快去。自然点。

暖被从工商银行大玻璃门出来。她反复按了按自己装了三千块的小挎包。她一会儿把包调肚子前，一会儿把它斜挎。她走向公交站点等车。站点很多人。有人在兜售报纸。一个老母亲牵着一个瞎眼少年在乞讨。很多人把母子用手挡开，也不看他们。有人说自己的硬币要坐车用。暖被看那对母子可怜，从包里找出五角铜币，过去，当啷丢进老母亲的搪瓷杯中。

这时，公交车来了，人们蜂拥而去。暖被挤上车楼梯的时候，感觉包被人往后拖了一下，一回头，包带子绷直，她人挤上来了，包被夹在人堆中。她使劲拽，终于包也上来了。投币的时候，暖被是手里早就准备好的硬币。车子非常挤。暖被把包紧紧护在胸腹前面。

拥挤的公交车，慢慢靠了医院站。很多乘客下车，有人提着送点心的保温壶。暖被护着包，小心挤下车。

一下车，她就伸手摸按。忽然，她脚步变慢，她感觉里面好像没有那个墨绿色的大钱封了。确实没有。暖被脸色一变，慌忙站住，打开包检查。

空的！没有！再摸，再看，全部东西倒出来，还是没有！

三千块没了！

暖被眼前一黑，瘫软在地。

第九章

一

暖被不知道自己怎么回的病房。仿佛一切都变得没有声音,梦一样安静。病房门推开,暖被面如死灰,倚在门框边。这个奇怪的脸色,让病房内所有的人都感到不祥。悾悾过去拉暖被的手。小旖在不安地发怔,看着暖被。暖被一屁股蹲了下去,抱住悾悾。

小旖在床上猛地坐了起来:钱……丢了?!

暖被埋下头哭出声来。

小旖一拍床铺:你把我的钱丢了?!

暖被哽咽:上车前还有的……

小旖惊骇:你全部……丢光?!

暖被摇头:是提出来的现金,三千块……卡没丢,还在我包夹层里……

小旖暴怒:猪啊!你是猪!猪!特意交代你公交车上贼多,贼多!你就不会打的吗?!暖被不吭气。小旖气得哆嗦:三千块钱!三千块钱!就这样不明不白地没有了!暖被委屈地看了小旖一眼。小旖控制不住:难道不是不明不白吗?!

暖被:你……

小旖:你什么!你不知道我这是救命钱吗!你能把钱还我吗!你有这个本事吗!

暖被泪如泉涌。悾悾帮她擦眼泪,暖被避开他的手。

一病人看不过去,说,小金也不是故意要丢的,别说了,小冷。

一护工大婶：是啊，她自己都难过死了，谁爱丢钱啊？现在小偷真是多……

小旖厉声喊：说别人的事容易，丢你们的救命钱试试！

病友们、工友们互相看着，大家摇头噤声了。病房的人，本来就觉得小保姆好，这一下子，更是怜爱有加地关注着她。

暖被光是哭。她恨自己看不住钱，也隐隐不安，担忧小旖怀疑她故意弄走了钱。悾悾则一直埋在暖被怀里，不断地替她擦眼泪。巨大的绝望和委屈、无助让暖被低着脑袋，谁也不看，光呜呜掉泪。

在暖被痛苦异常的时候，小灯成功地卖出了一台饮水机。她收获的不是一台饮水机的暴利，而是未来暴利滚滚的希望。小灯神采飞扬地奔进厨房。春子在剖鱼。

小灯：春子姐，我要请你吃饭！

春子漠然：不用！你得意什么？手机修好了？

小灯摇头晃脑：我卖成了一台耶！七百块！我赚了七百块！

春子很吃惊：一台能赚这么多？——真黑啊！

小灯：哪里啊！我比公司规定的要少了，我让利了呀！小灯殷勤地把春子头发上粘的鱼鳞片摘了，嘴里自喜地哼哼着。

春子：让利还回扣这么多！肯定是坑人黑货！

小灯：管它呢！春子姐，周末休息，我请你吃饭。天晴姐、暖灶姐，还有暖被，我都要请。我们一起聚聚。以后我发财了，会经常请你们吃饭的！

春子：不去。我又不认识她们。

小灯：去嘛。天晴姐在自学考试，报纸上还发表文章，你保证喜欢她；暖灶姐姐更是厉害了，第一流的保姆，什么事都难不倒她；暖被是她妹妹，她很老实，就是东家得癌症的那个。她们都是很好的人……春子不为所动，仔细在鱼上涂盐、花椒之类。

小灯甜蜜地撒娇说，春子姐，虽然你很傲气，给人的感觉很了不起，可是，你心好，你一直在看不出地帮助我。我不是没心没肺的人，我是真心想谢你。

春子有点不好意思：我可没帮你。

小灯：有啊。那天堂堂摔到床下，三太太凶我；还有，她把我新手机摔澡盆里。都是你暗暗帮我的。

春子被说得起了柔情，问：她赔你的手机好用吗?

小灯噘嘴：旧手机自然不如我自己的新手机好用。不过她说当时很贵的，老三也说真的很贵。再说，老三帮我托朋友去修了。如果修好，我借你用一只。

春子：我才不要。我讨厌手机!

小灯：姐姐，那你答应我去吧，她们都知道你对我好，去吧，姐姐，去吧。

春子经不住小灯的马屁攻势，说：到时看看吧。

小旖居然自己到收费窗口办理了转账、出院手续。这期间，暖被失魂落魄，机器人一样，随小旖、悾悾打的出院回到小白象湾。而汽车的买卖，正在进行。在银行的写字台前，魏雅玲和夏星光在一起。魏雅玲用银行的表格纸，先写了个欠条给星光。夏星光看完条，说：全额不给，你就不能先给三万整数吗？两万五多不好记。

魏雅玲：我好记呀。再打你朋友电话。我可没时间!

夏星光把两万五的欠条，收进钱包夹层，开始打暖被电话。暖被接了。夏星光说，快把账号报给我，我们要转款了。什么？你就按卡上面的数字，念给我——我记——卡不是在你那吗？她又收回去了？行，那你把电话给她。不不，你干脆叫她发短信过来。我等着。

千万别发错了，核对好再发！错了钱就到别人卡上了！

魏雅玲笑：你对你这个朋友可真是细心哪！

夏星光也笑：助人为乐。

一会儿，短信到了。魏雅玲开始去柜台办理转款。转完，两人一起出了银行大门。夏星光说，余款什么时候能到？

魏雅玲：不是写了吗？两个月以后。

什么？夏星光大叫一声，两个月——还以后？以后？！我还以为是两个月以内！魏姐！行行好！快改改！以后，十年一百年也是两个月以后啊！

魏雅玲：已经签字了，别神经兮兮的。我会十年一百年还你吗！

夏星光：别这样欺负我！魏姐，我就是粗心的人。这个字条签得太不好了。

魏雅玲：我们两个，签都不要签。那不过是个手续。只要车子好开，也许下周，钱就给你打过去了。账号我留着哪！好了，再见！

夏星光气得吐血。他开着车，回打暖被电话，说，你告诉冷小姐，二万五转过去了。你回头帮她查收一下。

暖被刚说钱转了是吗——电话就变成小旖的声音：马上就能查到吗？

夏星光：应该是。你们医院工地旁边不是有个自动柜员机吗？你叫暖被去刷刷看。

小旖：早坏了。我已经出院了。我们小区门口也有。我去看看。

夏星光：那好。还是让暖被去吧，你一个病人别乱跑。

小旖：再不跑，还不知道要丢几千呢！气死我了！

夏星光吓了一跳：什么……意思？

小旖：你钱转了就行！

电话挂了。夏星光纳闷，又打过去。电话很久没人接。暖被看是夏星光，就看小旖。小旖拿着暖被电话，进了卧室重重踢上门。暖被在外面。

夏星光说，怎么了？你们丢钱了？

她没告诉你啊？小旖没好气，叫她去取钱，取了三千块现金，回来她就说她被人偷了！

夏星光：偷了？！

小旖：她说被人偷了。简直莫名其妙！救命钱就这样不明不白地没了！

夏星光：你不相信她，是吗？

小旖：我谁也不相信！我就相信我自己，所以我要自己去查账！

夏星光的语气明显不快：这样说她不理智。她真要谋你的钱，实在太容易了。要我，干脆连卡带人都溜了，不再回来了。你一个病人，你又能怎样？！家里的东西都搬空了，你又能怎样？！

小旖咬牙切齿：她敢！

夏星光说，是，她不敢，更不会！但是，我敢，我会！很多人都敢！

你……小旖噎住。

夏星光：对不起，我就是教训你。因为你这样说话，太不懂事。那个小保姆非常好，不是她这么好，我未必这样帮你。你错了，赶紧跟她道歉吧！

小旖：你算什么东西啊！你还教训我？！

夏星光：如果这个道理你都不懂的话，我也不愿意再帮助你！

小旖：我不稀罕！小旖把电话扔了。

二

　　除了暖灶，没有人狂热地想聚会，因为向东家请假本来就有点麻烦。暖灶喜欢聚会。小灯是认为自己马上就要大做生意，心情好得无边无际，憋不住要找老乡分享，她和春子最早到了闽南小吃城。天晴和暖灶差不多一起到的。最后，暖被牵着忴忴过来了。几个保姆都打扮得颇为入时。毕竟是保姆请保姆，一人一碗面线糊，加一盘海蛎煎、一盘炒海瓜子，都非常便宜。

　　小灯介绍了沉默寡言的春子，也介绍了天晴、暖灶、暖被。就像推销饮水机，小灯已经能把赞美话，说得非常自然，双方听了都很舒服。大家有礼貌地寒暄一通，很快她们发现暖被表情沉郁。

　　小灯说，我请你吃饭，你为什么不高兴啊？暖被连连否认。

　　忴忴说，我妈妈骂她啦！所以她哭了！

　　暖被：又瞎说！

　　暖灶拉过暖被端详，说，她为什么骂你？！暖被摇头不想说。

　　天晴也感到问题严重，说，到底怎么回事？严重吗？——你倒是说啊！

　　暖被：钱丢了……前天取钱，我被小偷偷了三千块。她交代我要小心，可是……真是奇怪……我……

　　小灯大叫：三千块啊！

　　天晴：报警了？

　　你怎么没给我打电话？这么大的事？！暖灶大声说。

　　暖被看到了姐姐眼中隐忍的怒火，有点心虚，说：打了你肯定要骂，还不是叫我走？

　　暖灶：走就走！难道不该走吗？你前辈子欠她还是怎么的？三千块，她欠你的工资也差不多三千块了。她骂什么骂？！

春子说：谁也不乐意被盗。

暖被低声说，其实，她是信任我的，你们东家会把卡、存单、密码都交给你们吗？她都给我了。我也知道要很小心的，可是，怎么越害怕越小心就越丢了？

暖灶：你为什么不手抓着包呢？

暖被：我本来一直按着的，后来给一个乞丐钱，可能包就没有扣死。车子正好又来了，赶过去，大家乱挤……

暖灶：说来说去，就是你笨！这样还不如你干脆把那钱自己偷了！我们就黑走它，多少也算给自己发了工——

暖被站起来：你！……暖被面红耳赤，呼吸急促，眼泪汪汪。

天晴伸手拉暖被坐下，说，你姐不是侮辱你，她就是这个讨厌的破嘴。——你东家要你赔吗？

暖灶：赔什么啊！又不是故意的！工资也还没发！

暖被委屈地：她……可能以为我真……这钱是她以前自己挣的，她都忘记了。原想交医院两千六，让我提三千现金作为伙食费。结果这个，全部丢了。我现在想好了，我也不要她还我工资了，我用工资抵。

天晴：那你自己身上还有钱吗？

暖被不吭气。暖灶：活该！傻里吧唧！

天晴打开包，拿出一百块，里面还夹有五十多的零钱。这个给你，天晴说，送你的，是刚领的稿费。暖被把钱推开，她眼圈又红了，连忙把头低下。

悾悾很敏感，立刻扭身抱住暖被：姐姐，不哭，我在这。暖被一把抱住悾悾，脸埋在孩子小小的颈窝，肩头在抖动。

暖被哽咽：就是……有你……才把姐姐害死了……

暖灶站起身，走过来搂住暖被。春子和小灯也很难过。

小灯掏出五十块钱，递给暖被。春子犹豫着，也打开钱包。可是，暖被推开了小灯的钱,也按住了春子的手。她连连摇头。暖灶掏了一百块,直接塞进了暖被的包里。但她塞得很不高兴,所以,下手很重。

几个保姆慢慢松弛下来,大家热热闹闹地聊天吃饭。

小灯和天晴喝了一瓶啤酒。暖灶、春子、暖被都不喝。没多久,暖被在看手机。暖灶鄙夷:又看!又看!

暖被说,她一个人……刚出院,丁医生交代要特别小心……

暖灶:丁医生!哼!

暖被站起来,说,我还是……先走了。

天晴说,家里一个病的,身边一个小的,走吧,走吧!再坐你也不安心。

小灯想留她,说,别走嘛,我都多久没看到你了!

春子说,让她走吧。我理解。

暖被一走,暖灶似乎从恼怒的情绪中跳出来,她活跃起来,诡秘而得意地说,告诉你们,我的新东家,我的天哪!实在太有男人魅力了!我不行了,每一次在他家,一看到他,我都不会呼吸了,心脏受不了哇!我喜欢他在家,又怕他在家,天哪天哪!我迟早要爆发心脏病!天晴、小灯大笑。

天晴嘲弄地说,为了你可怜的心脏,我看你就辞了吧!

小灯:单相思!

暖灶:你们嫉妒我!注意!我告诉你们,这次和以前所有的艳遇都不一样!最关键的是——他们夫妻关系不好,在分居!我这次绝对有希望!

春子大惑不解。天晴对春子说,她最大的理想,就是嫁个城里人!

小灯:还有做贪官!

春子:那……你这不是"雀"占鸠巢?

是啊!天晴说,这就是这只小麻雀的人生宏愿呀!

小灯：她是嫁不到单身汉，只好做拆迁办干事！

暖灶：你懂什么？有单身汉我也未必，从头起家一张白纸多麻烦。已经有业绩，嫁过去，不是省得创业？

春子也笑了：真是如意算盘。那男人对你好吗？

当然不错，很不错！暖灶陶醉地，他是个医生——全医院最帅的医生。上次我拉稀住院，他为我挂号拿药、跑上跑下，那些护士眼红得咧，简直要杀了我！

天晴转头对春子：基本是吹牛。春子掩嘴而笑。

他就是那小二奶的主治医生。现在，她哪里是我的对手？连女人都算不上了，什么都切光了，她和美丽健康的我——金暖灶——竞争什么？！

天晴、小灯、春子一起笑弯了腰。

散伙的时候，几个保姆走出来。天晴说，我的眼镜度数变了，我要去中山路配副眼镜。

一场饭下来，春子话多了。她对天晴说，我原来一直瞧不起保姆，虽然我自己也是保姆。其实，我很早就在报纸上看到你写家乡的文章，感同身受。谭奶奶也说你写得好。

天晴呵呵笑。春子说，今天不是有你，我不会来的。

天晴飘飘然地说，嘿，下次再约个时间同休，一起玩！

暖灶打断她们：天晴！我觉得我的眼睛也不好。我也要配副眼镜。我肯定有点近视！

天晴、春子、小灯一起拖长音：不会吧——？

暖灶：就是！看东西不清楚了。

暖灶还是跟天晴到了眼镜店，也果真配了一副接近平光的眼镜。

三

因为三千块钱失窃，小旖和暖被的关系变得有点不自在起来。小旖甚至觉得暖被可能把钱给了那个令人讨厌的姐姐。不过，真这么想的时候，她自己也不能相信，可是不相信吧，心里的气就是消退不下去。夏星光的一席话，对她有所触动，她第一次感到，跟了她这么多年的暖被，脚是自己的，她是随时可以走的。这个问题，想明白了，她感到了暖被的好处，但更多的是心虚和不安。可是，她因为天生的反骨和傲气，又不愿承认这些。而丢了钱的暖被，声音明显地比平时更小更低了，甚至有点窝囊。这天，小旖躺在床上要喝水，在擦洗冰箱的暖被没有听到。她感觉小旖讲了话，侧耳听，没有。她又开始擦洗。

小旖突然大声：要水！

恽恽喊：姐姐，妈妈要喝水！

暖被赶紧洗手，倒了一杯水过去。

暖被惴惴不安，以为小旖会急，结果，她接过水杯很平静：昨晚，我在我柜子里的大衣口袋里，又找出了两百多块钱。我放你买菜抽屉了。

暖被点头。小旖喝着水，看着她。

暖被低声说，那个钱……我想好了，那三千块，你从我工资里扣吧……我赔你。

小旖欲说还休。她把水杯递还暖被，摆摆手，睡下。

饮水机也不是那么好卖的。现在的老头、老太身后，大都站着精明的儿子、女儿。很多单业务明明都说妥了，老人家的孩子一回来就黄掉了。所以，小灯也很郁闷。堂堂睡了，三缺一，谭老三拖小灯和卖离子饮水机的朋友林老板,加上阿仔四人在打麻将。小灯一直抱怨饮水机太难卖了!

林老板:你这是业余卖。你要专心卖,肯定一月赚个七八千没有问题。我公司那几个女孩,还没有你长得甜。

谭老三:你当面挖墙脚啊!她是我儿子的!

林老板大笑:嘿,我儿子的——我还以为是你的呢。

小灯:讨厌!说正经的嘛——林老板,她们真的一月七八千?

谭老三一巴掌拍到林老板头上,林老板像鸟一样,缩起头咕咕笑着看牌。

小灯又拍打谭老三:我又没有说走,人家问问不行吗?!

四个人打得动手动脚的,越打越轻浮欢乐。这时,春子、谭老太、三太太,带小狗旺财打预防针回来。还没进院门,就听到小灯、林老板、谭老三和阿仔欢闹的声音。

三太太:听听!那只土狐狸的声音,简直和晚会主持人一样!

谭老太笑眯眯:老三的声音好像才十岁。最近我看他情绪不错。你们俩好像不怎么吵架了?

女眷们一进屋,老三他们就不打了,要去按摩了。

客厅里,三太太一个人寂寞地看电视。好在那个美国的灾难片,一下就让她淡忘了恼怒。厨房里,小灯把鲜奶倒到一个奶锅,把奶锅放在灶上,打了火到厨房门口等。很快地,灾难片惊险刺激的音乐,抽线一样把小灯牵引到客厅。不知不觉,小灯也站着歪着身子蹭看。茶几上电话响了,三太太顺手接起。三太太:喂,找春子?你谁啊?

小灯过去喊:春子姐,电话!

三太太还拿着电话,说,你谁?好像最近老打电话来。真是她老乡吗?怎么和她口音不太一样?

春子出来,见三太太盘查她的电话,脸色就不悦。

三太太不知趣地探究,说,你最近电话很多啊!

春子不答,接过电话。电话里就是搬运工老乡。

春子沉着脸:你说。

老乡:都年底了,我老婆工作的事……

春子:是啊,我拜托你办的事到现在也没结果呀。

老乡:我还在找啊。其实啊,听我们家政公司保姆部的人说,你们谭家女人,很难相处,保姆个个都不爱去。就这样,我老婆都不嫌弃,你看我们多……

春子:我还在找,先这样吧,互相一有消息就联系。

春子不看三太太,撂下电话。春子走回书房。突然,她在过道里皱了皱鼻子,好像闻到了什么,猛地,她冲进厨房。灶头上,奶锅里,牛奶扑腾得一塌糊涂。潽出来的牛奶,锅边、灶台上,都焦黑了。

春子怒吼一声:修小灯!

小灯在电视前惊起,知道坏事了。飞蹿进厨房。

春子因为小灯的笨,因为三太太的刁,全都借牛奶发作:上次就潽过!让你守着守着,就那么死要看电视吗!

小灯嗫嚅:人家一下忘了……

春子:火苗潽灭了,煤气还在出来,你想毒死大家啊!

三太太也叫了起来:你这死东西,鲜牛奶一天才一瓶,今天宝宝吃什么!

三太太掉头闯进书房。谭老太还在逗旺财。

三太太:妈!宝宝的牛奶又被那死人烧焦了!没得喝了!谭老太顺手拿起电蚊拍,递给三太太。

谭老太:拿去。

三太太不解:那电蚊子的!

谭老太:所以给你。不要什么事都找我。让我清净一点!

三太太拿过电蚊拍，转身进厨房，塞给春子。

二太太：奶奶说，给她个教训长记性！

春子看着电蚊拍，小灯大叫：那很痛的！我试过！姐姐！非常痛啊！人家才请你吃过饭！

春子把开关按得啪啪响。忽然，她自己忍不住笑起来。

春子：我不当刽子手，算你行贿成功。这样！今天鲜奶钱五块二，扣你。再扣你赔偿堂堂直接损失和精神损失十块。总共十五块二。还有，罚你清洗灶台，不得留有一丝奶垢污渍。

小灯捣蒜似的：好，好好，不过，我没洗过啊，用威猛先生吗？

春子：切几片洋葱，放水里烧开，然后，用浓洋葱水用力擦。很快就亮了。

三太太恼了，对春子说，你就这样执法啊！我看你越来越不在状态！

春子知道她话里有话，但她只把电蚊拍给三太太：要不你去？

三太太小心接过，马上高举挥舞。小灯吓得尖叫一声，转身就逃。

四

阳台上，丁爷在一个大匾上翻晒虾干。暖灶在清洗阳台防蚊大纱窗。丁爷说，今年过年你回老家吗？

暖灶：不回了。去年端午回去过。太花钱了！再说，你女儿也不希望我回去。

丁爷：呵呵，别说她了，连我们都开始不习惯没有你了。

暖灶：家政服务还真就是这么重要！请过人，就再也不习惯自己做了。跟吸毒一样的。所以，家政服务市场以后肯定能越来越大。

丁爷：呵呵，听说小金以后想开个家政公司啊。

暖灶：那还真有可能，不过，我要先在城市落下脚。我要一个慧眼识英才的老公。

丁爷笑：哦，对了，海童妈妈等一下要来，要拿个剃毛衣起球的剃毛机。你快帮我找找。

暖灶：莉莉老师要过来？

丁爷看表：唔，可能快到了。你赶快。

暖灶思考着：唔，好像在柜橱那个剪刀针线类物品的抽屉里。

暖灶跳起来。甩手进了房间。暖灶一进丁医生卧室，立刻把自己挎包里的口红掏出来。她先在丁医生搭在衣帽钩上的衬衫领子下，画了一道口红。自己退后端详了一下。又到枕头边，用指头擦擦口红，再蹭抹到枕巾上。想想，她又自己拔了根长头发摆放在枕头上。暖灶很满意，她陶醉地摇头。开始热火朝天地翻找剃毛机。

门铃响了。暖灶欢叫：来啦来啦！

暖灶开门。丁爷还在阳台剥虾干。

莉莉进门，手里拿着一瓶酒，一个衣服纸提袋。暖灶立刻去接。

莉莉淡淡地：拿着。这酒给老爸喝。这衣服叫海童试试，同事送的，尺寸不行要赶紧去换。

暖灶对阳台喊：丁大爷！你有酒喝啦！

手里还拿着剪刀的丁爷过来，接过那瓶酒，说，干吗花钱？自己家来去，买什么东西？

莉莉：别人送的。家里没人喝，浪费。

暖灶：莉莉姐，剃毛机找到了。在丁医生房间，就在桌子上。

莉莉：我不进去了，帮我拿一下。

暖灶：进来吧！喝口水！

莉莉：学校还有事。我是偷溜的。你帮我拿。

暖灶：休息一下吧，要不你进去看看，还需要什么？省得下次又跑。

莉莉：我不爱脱鞋。你地板擦得那么干净。

暖灶：没关系没关系！我手脏，你就这样踩进来，自己进去拿，再看看还需要什么。

莉莉：不了，你快点帮我拿，我马上走。

丁爷：你就帮她拿一下。人家有事你瞎热情什么！丁爷说着自己进屋，把剃毛机拿了出来。

莉莉说，谢谢。再见。噢，小金，回头请你帮我父母那边，也搞个卫生吧。要过年了。

暖灶大为失望：再说吧。我很忙。

莉莉走了。暖灶说，丁爷，你好像不喜欢海童妈妈孝敬你的酒。

丁爷笑：她是没人喝怕浪费。要她父亲能喝，哈哈，我肯定喝不到。

暖灶：父母很重要，可是，老公和海童也很重要啊！

丁爷：现在海童上的这个实验小学，你想花钱都进不去，所以当然要在这念了。可能初中就接过去了，莉莉那个学校就是省重点初中。再说，她父母是高干，房子大。

暖灶：那丁医生以后也要过去住了？

丁爷：丁皓住这每天走路跑步就到医院了，和岳父岳母住，他也不一定习惯。这都是以后的事了。他们自己定。丫头，你别管这些啦。

周末天晴在外面上了辅导课回来，进门她手里是一包妙洁洗碗布。一进厨房，就把外包装撕开，拿出一片黄边的，浸泡在水里洗。

外婆进来，吃惊：又买洗碗布！你这孩子！我刚刚找到朝雨的棉汗衫。干吗去买呀！

天晴意外地：现在谁还用旧衣服啊？多少年了，我们都是用这个啊……

外婆恼了：多少年？我们一辈子都是用这个！我家的碗，比你洗的碗更干净！

天晴：这都是天然植物纤维，吸水去油腻，不容易滋生细菌……

外婆：广告你也信！没有比棉汗衫更去油更安全的了！就用这个！

天晴：那……朝雨、蒲老师习惯吗？

外婆：你不要用他们来压我！他们在我老家，也没嫌过我的碗布脏。能省就省，有现成的旧衣服，要去买什么专门的洗碗布？——不是我爱说你，你哪里像个农村来的孩子啊！你看看，洗个碗，你要戴手套，拖个地板，你又要换一副手套！你父母在农村种田，能这样左一副手套、右一副手套吗？

天晴张口结舌，外婆则越说越生气：还有你爱用的那种泡沫拖把，六七十块钱一把，又不好拖，不就是省个用手拧吗？现在的保姆真是懒！我不是说你！六七十块钱，我都可以买二三十个拖把了，一辈子的拖把都买回来了……现在的保姆，简直是……

外公说，哎呀，人家既然买了，就用嘛。

外婆：洗你的澡去！什么都要你插嘴！

外公：我看我们还是入乡随俗嘛，人家家一直用，我们是客人。

外婆：你也当我外人啊？这可是我女儿家！你问问我女婿，在我女儿家，我是不是客人？是不是外人！

书房里的蒲教授被吵得无法写作，苦笑着出来。天晴一见蒲教授，就翻了个白眼，以示恼怒。蒲教授一过来就给天晴递眼色。蒲教授笑眯眯的：妈，天晴本来也和你一样，可是，朝雨妈妈喜欢用这种洗碗布，说不长细菌什么的，所以就用上了。不过，天晴啊，我们还是就听外婆的。小时候，我们家家户户都这样，还有的人家用丝瓜筋的呢。

外婆：就是！就是！丝瓜筋最好了。没错！现在的孩子，真是忘本！连农村的孩子都变修了！有女婿支持，外婆很得意，把朝雨的旧汗衫高高挂在洗碗架上。

天晴极度窝火，又不好争辩。炒酸辣大白菜，本来最多放三分之一个朝天椒，因为外公、外婆几乎不吃辣。今天，天晴放了小半个。但她扭头一看客厅，用力地扔了一整个下锅。她自己开始呛得咳嗽了。她眼珠一转，竟然又扔一个下锅：辣死你！辣死你！辣死你这个管家婆、小气鬼！

辣烟四起弥漫。外婆在客厅咳嗽，外公也咳了起来：怎么这么辣啊，天晴？

天晴：哇，这个品种很厉害啊——

客厅里都是高高低低的咳嗽声音。天晴暗自得意一笑，不动声色地把大部分辣椒捞出了锅，不露痕迹：辣死你辣死你！你这个啰唆鬼！管家婆！

第十章

一

小旖的并发症来得非常突然。当时,她正在客厅沙发上和悾悾抢着打电脑游戏。暖被听到小旖不住的咳嗽声,看到她脸颊也有点潮红。昨天好像也有点咳嗽。问她是不是很难受,小旖说,她天天都难受,只是今天喉咙痒,头有点晕。但就是这种情况下,她还是不让儿子玩游戏,暖被劝她去睡一下,她说,她就是不舒服,才需要转移注意力。

外面下着大雨,没有小朋友一起玩的悾悾,一直央求小旖让他玩一把。小旖就是不肯:烦我!害我又过不了关。给我杯柠檬水。暖被递水的时候,发现小旖的手非常烫。她转身去找温度计。帮小旖把温度计夹在腋下的时候,小旖两只手依然在玩游戏。

外面的雨声哗啦啦,天色昏暗。暖被开了灯。客厅沙发上,小旖越躺越低,手里依然在玩电脑游戏。悾悾眼巴巴地站在旁边。发现39度高烧时,暖被叫起来:丁医生不喜欢你高烧呀!

小旖说,你以为我喜欢啊……

小旖把操作盘扔给悾悾,伸手把水喝光。她想站起来,忽然,脚底一软,栽倒在沙发上。暖被:哎!你怎么……

小旖指胸口:闷……痛……

暖被慌忙拨打丁医生电话。

接到暖被电话时,丁医生在开灯看报。暖灶在熨烫衬衫。丁爷从厨房出来说，莉莉想要请暖灶去帮助搞个节前大扫除。

暖灶说，好多人家请我去帮忙，我是分身无术啊。看喽，要是丁医生要我去，我就去弄弄吧。

正说着，丁医生的手机在卧室里响了。丁医生尚未站起来，暖灶立刻放下熨斗，殷勤地想替丁医生去拿。不料行动太急，绊到电线，熨斗脱落，她本能一挡，裸露的胳膊被熨斗烫到。暖灶痛得一声大叫。丁医生在扭头看她的同时，接起了电话。

丁医生：胸口？是心脏那里吗？你马上打120叫救护车。快！

丁医生立刻穿上外套，要出门。

暖灶：哎，我被烫到啦！

在穿鞋的丁医生头都没抬：厨房里有烫伤膏，你找找。

丁爷从房间出来：又赶手术啊？

丁医生一指桌子：手机给我！

丁爷拿给他说，汤好了，喝一碗再走吧。

丁医生头也不回地冲了出去。

丁爷和暖灶同时喊：雨伞——！

丁医生在大雨中拦出租车。终于一辆在雨中亮着空车灯的车子过来，丁医生扑上前。可是，另外两个女子，也要抢这辆车。丁医生急了，大喊：对不起，给我吧，我是医生，要赶去救人！两个女人把车门啪地关上了。

一辆黑色的车，停过来，车窗下来了。丁医生迟疑。里面的谭老三说，上来吧，我送你。

丁医生感激地上车：太谢谢了！我的天！

谭老三：我送朋友过来。刚进去的时候，就听到你跟人家抢车，说要去救人。没想到出来，你还没有抢到车。知道吗？谭老三笑，人家不相信你。

丁医生也笑：是啊，假作真时真亦假。对不起，我身上湿透了，你的车座可是真皮的。

谭老三：没关系，医生都是天使，天使飞过留点痕迹也好。你哪个医院？

丁医生：第一医院，我叫丁皓。不过我要去小白象湾，病人在那。

谭老三：病人怎么了？要医生这么大的雨，像落汤鸡一样赶去。快死了吗？

丁医生：癌症晚期，可能是严重的并发症。救护车被堵了，所以，我最好先去那边看看。

谭老三：唉，如果年纪大了，就让人家好好地去吧，别跟死神讨价还价的。你们这些医生，就爱浪费社会资源。我要是得了癌，一定安乐死。

丁医生也笑：人家才二十出头，是个年轻女孩。

哎哟！谭老三说，这我心疼。我们家的小保姆有个认识的什么人，也是二十多岁，子宫癌吧。小孩才四五岁。

丁医生：子宫癌是有年轻化的趋势。你说的那个人姓什么？

谭老三：唔，记不住了，反正好像包养她的人死了，孤苦伶仃的只有一个小保姆不离不弃。丁医生电话响了，是暖被。

丁医生：喘不上气？我马上到了，叫她坚持住！

谭老三：要不，我直接送你们去医院？穿过隧道走环岛路，很快，这也是我回家的路。

丁医生：这……太糟蹋你的车了。

谭老三：顺便了，反正已经被你糟蹋了。

小白象湾，雨夜中，丁医生和暖被，搀扶着小旖，后面拖着怔怔，都进了谭老三的车。谭老三开得飞快，丁医生心知肚明，暗暗感激。

小旖青灰着脸,死猫一样软绵绵的,似乎没什么气息。到医院时,悾悾突然不愿下车,说,叔叔的汽车里有橘子皮的味道,像爸爸的车。我喜欢叔叔的车!

二

　　不知从哪一天开始,外婆为天晴的日记本着迷。
　　天晴是个大大咧咧的人,有时日记没有放好就走了。外婆无意中翻阅,立刻像吸毒上瘾一样,逮着时机,就去偷看。这个夜晚,天晴外出上课,外婆看外公戴着耳机在看电视,蒲家父子也在自己房间里读书。外婆轻轻起身,溜进天晴房间,开始津津有味地偷看天晴的日记。外公比外婆想的要机智,他轻手轻脚进来,突然拍了外婆肩膀一把,外婆吓得差点滑下椅子。她赶紧合上日记本子,塞进抽屉关上。
　　外公:你这是犯法的!偷看他人隐私!
　　外婆显然被外公刚才拍的那一掌吓坏了,一边拍抚着自己的心口,一边急忙离开违犯现场。外公跟到了客厅。
　　外婆小声分辩:我要看看她到底在想什么。
　　外公:她想什么和你有什么关系?
　　外婆:一个外人,和我们住在一起、吃在一起,我当然要了解了解。不知道她成天在想什么,你难道不会心里不安吗?再说,她也就等于我们的孩子嘛。
　　外公:亲生孩子也不乐意你偷看日记。知道吗,小赵?你这叫偷窥!叫——品——德——不——良!
　　外婆恼火地捂外公嘴巴:我小赵品德不良,天下就没有品德良的人了！我从来没有亏待保姆，吃穿用，样样和我们一样。你竟敢污蔑我的品德？再说，我又不是外人！我还是长辈，长辈看看有什么关系？

外公：嘿，人家是保姆，你说她是外人。现在你偷看人家日记，又说自己不是她外人？！

外婆说，哎呀……你小点声！知道吗？她不喜欢我们在这住，嫌我们啰唆、管东管西哪！

那肯定是说你！我一向尊重她。你别赖我。

外婆：你不相信自己去看！

我不和你同流合污。外公断然拒绝，以示泾渭分明。不过，心里难免有点悬念，这小保姆到底怎么看自己呢？

天晴当然无法想象自己的日记被人偷看。她在抽空准备回家的年货，每一年，蒲家都同意她回老家看看父母。在大卖场，她给父母各挑了一件毛衣，还有鼓浪屿馅饼。又给朝雨的外公外婆买了两盒素饼。顺便给杨隽带了瓶洗洁精。天晴把洗洁精送杨隽家的时候，杨隽在阳台打电话，天晴径直到他厨房，把洗洁精放下。

天晴路过杨隽电脑的时候，拍了鼠标一下。没想到，杨隽的电脑上，一个只穿"三点"的摩托酷女郎的脸，狂野妖娆，非常热辣惊艳。天晴觉得眼熟。天晴弯腰细看，天哪，那女人不就是她天晴吗！天晴呆了半天，难以置信。

屏幕上，她几乎是全裸地俯跨在摩托车上，回眸看镜头，翻飞的头发掩不住天晴挑衅又倔强的眼神。更可恶的是，天晴胸颈下乳沟上一颗大痣，她也有。毕竟是个小保姆，天晴没有那么开放豁达。她强烈地感到了屈辱，她想删除，可是，她不会操作这个动漫系统。一怒之下，她便使劲摔了鼠标。

杨隽闻声过来，自己也脸红了。

天晴脸涨得通红，一时说不出，她重重地踢开门，走了。马上，她又回头冲进杨隽厨房，把刚放上去的洗洁精夺走了。

天晴一恼火，外婆就生气。因为外婆又及时偷看了天晴的恼火日记。天晴在日记里没有具体写事，只说杨隽人品可疑。外婆的观后感是，哇！楼上小子基本不是个好人。外婆一偷看，外公也被迫获悉，这样，楼下三人都对杨隽人品质疑，只是外公外婆因为消息来路不正，无法公然表态，只有外婆不时旁敲侧击流露情绪。但外婆的表现，又令天晴怪异不舒服。

知道夏星光急切地想得到卖车余款，魏雅玲便很容易地使唤夏星光教她父亲熟悉自动挡车。确实，魏雅玲一句话，夏星光立刻溜班，陪老人家到环岛路试驾。暴雨过后的环岛路，清新如画。白色的高尔夫在椰风海涛声中奔驰。

魏父：总的感觉还不错。就是，刹车好像有点……不够干脆利索。

夏星光：不会呀，你可能还不习惯它。伯父拿驾照一年了吧？

魏父：何止！快三年啦。不过当时考的是手排挡。我停停，再调整一下座位。好，打转向灯，慢慢靠边。

车子停下熄火。魏父开始调座位，他感觉有什么卡住，下去摸。夏星光看着窗外海面。魏父抽出一张贺卡：宝贝，我在西雅图想你。落款是"剑东"。魏父有点疑惑。

夏星光把卡片自然接过，塞进自己口袋。

三

三太太永远都想不透，一个乡下保姆会令她这么心烦。她打死也不相信，一个小破保姆会威胁她的地位。事实上，小灯也确实撼动不了她的什么，可是，三太太就是不舒服。日子过得太太平吉祥了，就磨砺不出美好感情，如果她与小灯，和暖被与小猗，直接对换角色，也许三太太也会滋生出相濡以沫的情感。

这天，花好月圆，夫妻俩在床上看片子。

三太太突然问老三：你是不是喜欢大波？

谭老三：你喜欢我就喜欢。

三太太：那我去隆胸好不好？

谭老三：嘿嘿，假的总是假的，骗得了眼睛，骗不了手吧。

三太太：其实，波霸很蠢。胸大无脑你听过没有？

谭老三：要脑干什么？现在到处都是电脑……

三太太掀开被子：你就是喜欢胸大无脑的人！你就是喜欢那只傻乎乎的土狐狸！

谭老三把自己盖好，说，你也太小看我了，我就这品位？

三太太：一看到她的傻胸，你就眼睛发直！

谭老三：那我真没见过世面哟。

三太太：是不是？！

谭老三：可我至少还见过你的聪明胸嘛。

三太太用力拍打老三的肩：你不就是看中她的胸，才留下她的吗？

谭老三轻浮一笑：你为什么讨厌她，就因为她波大吗？

三太太：人人都讨厌她！

三太太说得不太对，一直暗地排挤小灯的春子，渐渐接受小灯了，至少不像过去那么严厉冷漠了。当然，春子也有点自顾不暇。这段时间以来，春子的电话多，接电话总是简洁含糊，声音也很低。那天，搬运工来电，说百顺明天肯定会在小荔枝大排档，约她明晚过去。这个电话，春子接得很高兴，但她也感到，谭家对她探究的目光已经非常直接。

果然，放下电话，谭老太直截了当地问：谁的电话？

鬼使神差，春子说，噢，暖被。就是我跟你说过的那个特别心善的小保姆。

谭老太：她怎么了？

春子随口说：很困难。她很想辞工，可是，舍不得那家孩子，小孩才四岁。

谭老三好奇：就是上次小灯说的那个老乡的小二奶东家吗？

谭老太炫耀地，是，我知道的，那个小东家男人突然死了，自己又得了癌症，快家破人亡了。那个小保姆几个月都没有工资了，还在照顾那东家，真是一个小菩萨呀！

谭老三唏嘘认同，他不知道，前两天那个暴雨之夜，他相助的就是小保姆和她的小东家。

老太太把春子、小灯说的零碎，都说给儿子听。

春子已经成功地把搬运工老乡的电话，转变成暖被的电话。她积极地引导话题，说，她们又住院了。那天，她们三个人连买医院快餐的钱都没有了。暖被如果辞职，那一大一小恐怕都会死。

谭老太沉吟：我看我们要帮助她一点。春子你给我记一下，你要过去，给我拿五百块给她。我要给那个小菩萨用。

春子：要不，奶奶，我明天晚上去医院看看？

谭老太点头：去看看。

楼下三人说得一团温馨，楼上两个女人又对上了阵。二楼，小灯在她和堂堂的室内小阳台，哼着流行曲在洗自己的内衣内裤。三太太踱了过来。她跷着兰花指，捞起小灯盆子里的内衣，细看。

三太太：知道这什么牌子吗？小灯一时反应不过来。

三太太轻蔑地：黛安芬！你知道吗？不知道？小灯摇头，又点头。

三太太：我问你，你知道这一件多少钱吗？

小灯：打折买的，我和暖灶一起去买的。

三太太：好，那你知道黛安芬这个牌子，就是打折的也要多少钱吗？

小灯：我就是买了呀。六十多块吧。

三太太：六十多块？哇哈！你一个小保姆买黛安芬？真不嫌奢侈啊！城里的有钱人、一月六七千的白领用的你也用了。

小灯终于反应过来了。她开始反抗。

小灯：那你以为我哪里来的呀？这没地方偷也没地方抢呀。

三太太：所以你了不起呀！回乡下跟你妈你姐说，看不把她们吓死！买一对内衣就上千，一个月工资全在这，你多不简单！

小灯笑嘻嘻：没办法，我杯大围小。你看，她托捧自己丰满夺目的乳房，说，我就是穿黛安芬的舒服呀。

三太太气得够呛。她怀疑老公可能在保姆面前取笑她小胸了。哼，三太太说，可惜你这么矮，屁股又这么大！三太太扭身而去。

春子没有马上告诉小灯，她要去看暖被。她甚至担心自己根本没有时间两头跑。逃跑多年的丈夫，马上就要现形了，要花多少时间对付他，她心里没有底。万一小灯这个二百五一定要跟去，岂不被动？所以，春子没有告诉小灯。吃了晚饭，她决定飞快地去医院旋一圈，立刻就奔小荔枝大排档。

春子提着水果出现在医院的时候，在病房门口正跟护士说话的暖被，非常意外。春子说，我来看看你。我们东家奶奶听我们说了，特别心疼你。暖被反应不过来，光笑。春子掏出两百元，塞给暖被。

春子：这是我们奶奶指定给你的。因为你没有薪水。

暖被连忙推挡：我不认识她呀……

暖被和春子，一起回到病房。春子是想走的，但又想看看那个小二奶东家到底有多美，好跟奶奶汇报。看小旖好像睡着了，她便走到病床边细看。可是，像是睡去的小旖，突然睁开了眼睛。春子有点尴尬，赶紧退开。暖被想介绍，春子偷偷摇手，径直往病房外走。暖被只得跟了出去。小旖看着她们。

外面，春子把钱塞给暖被，说，快收好。不是我的！我还有急事，要打的走了。

暖被：我怎么能要，我不认识那个奶奶呀！

春子：这和我无关，将来你自己去谢她！走啦，再见！

小荔枝大排档。搬运工等几个老乡在白色塑料椅上坐了一圈。春子从出租车上下来。几个老乡看着走来的春子，立刻交头接耳。

一老乡：啧啧！百顺的婆娘——哪里还像个保姆啊！

搬运工：人家是别墅里的管家！打的可以报销的！平时都是坐私家小车买菜的。你以为！

众老乡：哇！就是城里的白领啦。

春子过来，环顾老乡圈里，并没有百顺。

一老乡：百顺骚包呢，要不你去芳草地发廊看看，他说过洗了头就到。那边，转蓝白灯条的那个，"芳草地"。

春子还没有走到"芳草地"，一个扎着黄巴巴的马尾巴的男人出来。他穿得就像个低等美发师，不知和发廊店里谁在告别，张开双臂，边走转体边飞吻。春子在冷眼看他。百顺在抚摸飘香的头发，很回味地哼哼着。等他走近，春子冲上前就是一个大嘴巴子。百顺猴似的，身手敏捷，闪身避过。

看清是春子，他马上咳咳咳地大笑起来：老婆呵老婆！

春子又一个耳光甩过去。百顺死死架住她的手。

百顺：我知道你恨我，可是我没有脸回去啊！

春子：电话也没有脸打吗？！死人也要暴个尸呀！

百顺：我就是死了又活过来的人啊。我被人骗了！我是跳楼被人救下来的。不信你问富谷、老姜他们！

百顺当街跪了下来，一声哽咽，万种艰难，百顺一下子哭了：老婆！你不懂城里人的坏啊……他们把我的钱都骗光了……前些日子，我还被一个刁蛮的城里人打成……脑震荡。我本来……是……发誓要衣锦还乡，让你享受享受的……可是城里人太坏了！你辛辛苦苦做了一套装修，他们故意……找毛病，说你这里不好、那里不对……千方百计地赖账，害得我们经常亏本，我……混得没脸见你啊！我实在……怕你骂我……

本来就对丈夫有感情的春子，竟然被百顺忽悠得有些迟疑了。

四

春子不知道，她的突然访问，给小旖和暖被带来了多么严重的影响。人们都忽略了小旖病后日益复杂的心思。睡前，暖被照例喂小旖吃"安素"。小旖一口一口吃，暖被正觉得她怎么今天格外顺从，小旖猛地偏头不吃了。

小旖：那女的是谁？

谁？哪个女的？

小旖皱起眉头：傍晚来这里的那个。

哦，一个老乡。

小旖：真是老乡？！

也不是吧。是老乡家的保姆的朋友。不不，她也是保姆。

小旖：保姆？我怎么看也不像！

暖被：她是别墅里的保姆，相当于管家吧。

小旖：管家？管家来这干吗？

暖被：没什么事，只是来看看我。——你吃完早点睡吧。

小旖：我天天在睡！她到底来干吗？

暖被很困惑小旖的反应：我也不知道呀。她东家给了我两百块钱。

小旖睁大了眼睛，想坐起来，无奈体力不支，暖被连忙扶好她。

小旖：你在搞什么名堂？！

暖被：没有啊。我也不知道她为什么来看我。

小旖：你撒谎！没有无缘无故的东西。你突然想离开我们家，是不是就是因为这个有别墅的人家拉你？

暖被：你说什么呀！旖姐！

小旖：那女的就是来挖我墙脚的！两百块钱！——你接受了？！

暖被有点害怕……

小旖：你到底拿了没有！！

暖被：旖姐，你到底怎么了……

小旖咆哮：说啊！！！

病房的其他病人及家属护工都吃了一惊。

暖被点头：旖姐……她是给我的……

小旖喊：给我退回去！退回去——！

暖被：旖姐，你怎么突然这样啊……

小旖：别以为我昏昏沉沉、半死不活的就是傻瓜，想动我的人，没门！

暖被：人家没那个意思……

小旛：那谁有这个意思？！你吗？

暖被又急又气：旛姐，你！你把大家吵到了……

小旛：金暖被，你跟了我这么多年，你知道我的个性，我不喜欢弯弯绕绕，有什么你直说，别在我背后搞鬼名堂。我最痛恨鬼鬼祟祟的人！

暖被：你想哪去了，人家知道我们不容易，也是好心啊。

小旛：我们不容易，为什么单给你钱，还偷偷看我死了没死？什么意思呀！我死了，他们就称心了，管家就好把你领走了是不是？！

暖被：旛姐，你……你怎么这样想事情啊？

小旛：得绝症的是我，是我要用钱，她钱多得没地方花，要施舍也是施舍给我，她给你干吗？偷偷摸摸给你钱，你说什么意思？！你让大家说，她这是什么意思？挖人也不是这么缺德地挖！

暖被气得哆嗦，她站起来，跨进了阳台。

小旛：挖人挖到医院，还偷看我死没死！这有钱人没有一个好东西！

暖被不再吭气。

小旛不依不饶：金暖被！你要还是我小姐妹，明天立刻把钱退了！不退你就是心怀鬼胎！你就是想抛弃我们了！好！你就是想走！——你要走就走！算我冷小旛瞎了狗眼！小旛歇斯底里。

医院病房的小阳台，暖被伏在栏杆上，茫然地看着医院的夜色。远处，急诊室大楼前，有救护车在呜哇呜哇进出。

五

据说，很多医生都忌讳换班替班的，一换班必有灾祸。这似乎有个规律，只要发生替换，必定会出问题。如果，丁医生牢记这条诡异规则，他就不可能遭遇魏雅玲，他就绕开了一个大麻烦。但严格说起来，那天夜班最大的灾难承受者，应该算记者夏星光。

十点左右，丁医生走出急救室，他刚抢救完一个服毒鼠强自杀的妇女。突然，四五个男女高声大气地冲撞进来，个个带着浓重的酒气，慌乱地抬着一个昏迷的男青年。男青年嘴边都是呕吐的血块，口唇发紫，脸色苍白。打头的就是金发板寸头、戴着琵琶大耳环的魏雅玲。快快！医生！他是吃河豚中毒啦！魏雅玲喊。丁医生赶紧过来，检查他的瞳孔，测量血压。

丁医生：河豚是他一个人吃吗？什么时候吃的？

一群人七嘴八舌：我们都吃啦！七点多吃了！刚刚呕吐，吐了血啦……

丁医生：他有没有手指、舌尖麻木的感觉？

七嘴八舌：不知道哇，他在沙发上，吐血块了，他没有说麻木……

丁医生站起来，他已经初步判断是一般的酒精中毒，暂时没有生命危险。这时，又一个拿着被怀疑急性胆囊炎化验单的男子进来了。男人蹲在地上疼得直呕吐，陪同家属十分紧张。丁医生看了化验单，按照急诊的绿色通道原则，丁医生立刻处理那个男子。护士也跟过来忙碌。那几个酒气熏天的男女忽然就火了。

魏雅玲一把拧过丁医生的大褂后背，狂吼：我们这吐血都要死人啦，你在那边干什么？！

丁医生最讨厌衣衫不整，何况是被一个女人揪拧的，他皱起眉头，转身拨开魏雅玲的手。魏雅玲的同伴也火了，七嘴八舌：你急诊不看看慢诊，不会当医生就滚一边去！

急性胆囊炎患者的家属也不高兴了，骂道：在医院发酒疯！

魏雅玲等：谁发酒疯？！

一个家伙冲过来要扇家属耳光。护士大叫阻挡。有人推打护士。丁医生连忙把那喝多的家伙一把揉开。斜刺里，有人一脚踹过来，丁医生被踢。胆囊炎家属怕打到自己家病人，大叫大喊。急诊室大乱。

酒后的魏雅玲同伴，完全丧失理智，一边叫嚣着换医生，一边围打起丁医生来，有人用椅子砸丁医生的头。急诊室的诊床都被掀翻了，吊瓶架子也成了一个家伙手上的兵器。其他病人和家属赶紧逃跑。一个护士打报警电话。一个医生赶来增援，本来想帮助看病，结果也被魏雅玲等揪打。医院保安都赶来了。魏雅玲几个人依然躁狂高亢。场面十分混乱喧闹。

丁医生出来拨打了夏星光的电话：夏记者吗？快来！一伙酒鬼在砸急诊室！

夏星光一看到魏雅玲，顿时傻了眼。魏雅玲像看到救星一样，大叫一声，扑向夏星光。她一手搂住他的肩说话，一手猛拍问诊床。丁医生站在诊室门口，诧异地看着这一幕。

魏雅玲无比兴奋自豪：哥们！太好了！姐没白疼你！是黑皮打的电话吧？

夏星光困惑不安：你们……怎么会这样……夏星光探询着丁医生。

魏雅玲以夸张的友好亲昵，使劲揽过他的肩：别理他！这些黑心医生！赶紧替我报道！让这些不负责任，成天想吃红包的医生、护士统统曝光，给他们拍照！明天就见报！什么救死扶伤，让老百姓看看，全是王八蛋！

丁医生奇怪地看着夏星光，目光渐渐冷下来。

夏星光尴尬地挣脱魏雅玲的胳膊，说，这到底是怎么回事？怎么弄成这个样子？

魏雅玲得意地对丁医生：跟记者说啊！你们这些没有红包就见

死不救的浑蛋……

一醉汉：我先说！段子朗诵，医生和强盗的区别。一、强盗只是晚上作案，医生全天候抢钱；二、强盗风里来雨里去四处流窜，医生冬暖夏凉环境优美；三、你把钱交给强盗，是为了活命，你为了活命把钱交给医生；强盗只能抢光你身上的钱，医生却抢光你一生的积蓄；四、碰上强盗抢钱，你花钱消灾，碰上医生抢钱，你倾家荡产；强盗作案心惊胆战，医生抢钱理直气壮；强盗害怕人多势众，医生连警察也照抢不误……

魏雅玲和一伙醉汉，全部笑得要抽筋。有个醉汉使劲跺脚，他们根本忘了急吼吼抬进来酒精中毒的小兄弟。丁医生让一名护士，给那个酒精中毒的家伙，注射了一针。几个控制局势的医院保安，不约而同被那醉汉逗得想笑。夏星光也因这个意外的幽默，哭笑不得。

一名老护士到夏星光身边，气愤地喊：我不管你是哪一家的记者，你要真实报道！是他们酒后闹事，打其他病人家属！打我们医生！

丁医生很失望，也因为伤痛，闭上嘴巴。几名巡警进来了。一名瘦警官，问了几句话，就一指魏雅玲几个：统统带走！魏雅玲几个错愕了一下，大喊大叫起来。巡警很利索地把几个人拖了出去。夏星光表情复杂。急诊护士看到他走近，就厌恶地走开了。他再找丁医生，丁医生已经不见了。医院领导也匆匆赶到。终于，在院领导的安排下，两名护士接受了夏星光的采访。

现场一名老护士奔过来了，看到夏星光她很不客气：不像话！我们丁医生被打断了一根肋骨！还有脑震荡！你要不是那几个流氓的朋友，就给我据实写！

夏星光吃惊：丁医生被打伤了？脑震荡？

老护士：这也可以和你们报纸一样随便胡说八道吗？！什么社

会风气！真是太嚣张啦！

夏星光牵挂着丁医生，他从心底敬重这个医生，丁医生的一个电话，他是中断了陪女朋友喝咖啡，直奔医院来的。可是，他同样牵挂魏雅玲。他和魏雅玲是工作关系，也是朋友，最重要的是，汽车的尾款还有一半在她手上，他做梦都在想把款子收清，了结和小旖的关系。

全部采访完，夏星光在所长办公室泡茶。所长不理解夏星光怎么又成了魏雅玲的说客。所长：肯定要拘留，性质太恶劣。医疗部门可不是一般地方，更何况人命关天的急诊室。

夏星光恳求：其他人我不管。魏姐你一定帮个忙！

所长：你说是当事医生打你电话，你去的，你现在又帮那闹事的女人，你还真是白道、黑道玩得转。

夏星光叹气：那医生我当他是朋友，人不错，我敬重他。魏姐是多年的交情了，她毛病就是爱喝酒。丈夫车祸惨死了，一个人要挑一个大企业，孩子还小，也不容易。这次，她会吸取教训的。

所长：这样吧，你弄个她的材料来。还有，丑话说前头，罚款赔偿一样也少不了！

夏星光拱手：大恩不言谢！我走了，回去赶稿。

第十一章

一

夏星光的报道一出来,护士就去念给丁医生听了。丁医生因为被踢断一根肋骨,轻微脑震荡,住院了。一医生听到护士读报,说,魏某是谁?

念报的护士:就是那个剃男人头、戴大耳环的领头女人。我听到有人叫她魏姐!

老护士:什么!她怎么才拘留两天?!其他喽啰倒有十天、十五天的,就是她聚众闹事殴打医护人员的。两天,太短了!我看这女流氓头子可以判刑!这是流氓罪!一定是有人走了关系!丁医生拿过报纸,又看了一遍,没有说话。

夏星光开着吉普车到拘留所。一监管警官过来,对他打手势。夏星光停车。

监管警察:你朋友没给你说啊,走啦,骂骂咧咧的,还要告我们哪。十分钟前手续办完走啦,有人接她。

夏星光:哦,我耽误了一下。那我走了。

监管警察:你那朋友,怎么噩梦似的,这两天在号子里,一直在骂人。不是你关照,老六他们要教训她。你怎么会有这样的朋友?

夏星光苦笑:缘分啊。我走了。谢谢关照!吉普车掉头而去。

夏星光的努力,并没有得到魏雅玲的认可。他追到紫竹豪苑魏雅玲家,就知道魏雅玲有多么愤怒。

穿着睡衣的魏雅玲,差点把报纸摔在他身上:你还有脸来见我,夏星光，你简直是忘恩负义！你写的什么混账稿？！

对你不利的，我都处理得很淡了……

魏雅玲：你会不会当记者啊！他们明明不分轻重缓急，对别人的死活无动于衷，你怎么写成酒鬼闹事？！我们是被他们气的，最多是酒后控制不了气愤的情绪！你写了吗！

夏星光：我调查了，那个急性胆囊炎病人，本来就是走绿色急救通道的，王治本来也就是喝多了，急性酒精中毒……

魏雅玲：本来！本来个屁！本来王治就是河豚中毒呢，那不就是医疗事故！这是要死人的！人命关天的医疗事故！医生就是冷血动物！

夏星光：专业医生自然一眼就看得出来轻重……

魏雅玲：放屁！我看你是吃了医院的红包了！

夏星光：魏姐，你冷静点。

魏雅玲：算命的就说我今年犯小人，没想到就是你！害我坐了监狱，报纸上诋毁我的形象，还要害我破大财，去赔偿医院鬼损失，赔礼道歉！这就是我交的铁哥们！

夏星光：破财消灾啊，本来你要拘留十五天的，你是主事的……

魏雅玲：放屁！我关几天，还要感谢你啊！滚！既然你不站在我们这一边，既然你敢这样颠倒黑白，胡扯八道，你夏星光，再也不是我朋友！马上滚出去！滚！

最让夏星光难受的并不是魏雅玲，而是丁医生。魏雅玲的简单粗鲁，夏星光是早有思想准备的，但是，丁医生的反应是他始料未及的。他想，那天事发现场，丁医生对他有误会是难免的，但是，看到他写的客观报道，应该就释然了。所以，夏星光带了报纸去看住院的丁医生。他以为丁医生会和他前嫌尽释，不料，丁医生看他进来，却十分冷漠。

夏星光顿时尴尬：你……还好吧？

丁医生点头：还好。

夏星光：那个，谢谢你打我电话给我报料。不过，你可能有点误会，我也没想到是魏姐在闹……

丁医生：你就是来说这个的？这个无所谓。我不知道你和她关系是这么不一般，是我找错记者了……

夏星光：不不，前两天忙，我给你留了一份报纸，我把报纸给你带来了。我直笔写了。知道你受伤，我来是看看你，并谢谢你信任我。

丁医生：不用谢。让你为难了，稿子自然也不好写了。

夏星光：我还是写了，很客观地报道了。

丁医生：是吗？那算客观吗？

夏星光：至少我在新闻六要素上没有弄虚作假。

丁医生：是"时间""地点""人物""经过"之类的吗？好，我问你，"魏某"是谁？！

夏星光：这……没必要写全名啊！

丁医生：你对一个面临绝境的女子，可以渲染那么多，怎么对这伙扰乱医院秩序、殴打医务人员的恶劣行为，连名都不敢点？新闻的正义在哪里？！

暖灶提着点心，轻轻推门而入。

夏星光侧身让道：丁医生你误会了！我……

丁医生：我没有误会。你心里有数。你也用不着两边讨好，我瞧不起，更不吃这一套。请你出去吧。

夏星光脸涨得通红。暖灶兴致勃勃地挥手轰赶。夏星光退了出去。愤怒、羞耻、委屈交集在心，夏星光不知自己怎么到了停车场。他把带去的报纸撕得粉碎。暴躁中，他打了暖被电话。

暖被以为是卖车余款到了，非常高兴。可是电话里夏记者的声音非常古怪，让她立刻到停车场。暖被赶紧下楼。

夏星光坐在吉普车里，一言不发地看着暖被一路小跑而来。他知道，她就是为了卖车款而跑向他。夏星光心里涌起万丈委屈。暖被看他脸色阴沉，十分害怕，说，是不是又拿不到钱了？看她小心翼翼的样子，夏星光狠狠叹了口长气。

暖被：刚才听你口气很生气……

夏星光大吼：我生我自己的气！

暖被不敢说话，迟疑地站在车门边。

夏星光再次狠狠叹气：跟你直说吧，没错！那个车款的余款，可能是拿不回来了！

暖被：为什么啊？！

夏星光厌恶地闭起眼睛。

夏记者！暖被急了，我们就指望这个啊，这期化疗，还有过年……

夏星光厉声：别说了！你是个傻瓜，我也是个傻瓜！我都不知道究竟为什么，卷到这个麻烦堆里来——你那冷漠幼稚的东家，和我有什么关系啊！她爱死就死好啦！！

你……怎么了？夏记者？我……

夏星光：操心得要死，累得要命，还里外不是人，我简直是个白痴！二百五！蠢驴！这到底和我有什么关系啊！你说！我当我的记者！这一切和我有什么关系啊！——我欠着谁啦——！啊——！夏星光歇斯底里，狂按喇叭。有车主吃惊地回头看。

暖被怯怯地不知如何是好。暖被：我知道，你是好心……想帮助我们……要不，你先别急这件事……我们不催你……

夏星光重重后仰着，闭上眼睛，一动不动。

暖被大气不敢出，声音像蚊子叫：我知道你难受……有时候我也很烦，我天天都骂我自己是傻瓜，为什么我还不离开？有时候真想大哭一顿，使劲哭，谁也不要理我，我都说不清楚大哭的理由，可是，就是很想大哭……

夏星光睁开眼睛，侧眼看她。

暖被以为自己说得不对，不敢吭气了。

一个在车里，一个站车边，两人都不出声。过了好一会儿，暖被都觉得自己该走了。

夏星光认命似的叹气，恢复了理性语调：我给你先打个招呼，余款恐怕比较麻烦。

暖被连忙点头。

夏星光：跟冷小姐说，我再尽力吧。你回去吧。我走了。

暖被困惑地点头。

夏星光：对了，那丁医生被人打伤了，在你们病房的上两层，615房。

暖被大为震惊。正要问，夏星光已经一踩油门离去。

二

丁医生被打，最高兴的人是暖灶。这些天，她简直比过年还开心。辛太太让她全力以赴照顾自己的弟弟，暖灶又买又煲又送，一会儿虫草炖龙骨，一会儿鲫鱼汤，一会儿手擀面，那些鱼，她全都小心地把鱼刺剔掉了。最重要的是，丁医生在吃点心，对她感激的微笑和迷人的长时间的聊天，让暖灶幸福得没有办法。知道暖被就在楼下，她都舍不得分出几分钟时间去看她。她恨不得丁医生天天躺在病床上。

有人敲门，一队人马进来了。院领导、医务人员、两名警察、魏雅玲等。暖灶把鱼汤拿开。

一警察：我们今天带侵害方向当事人赔礼道歉。两警察示意魏雅玲走上前。

魏雅玲木然地：我们也不是对你这位医生有什么恶意，主要是大家当时都心里着急……

一警察：诚恳点！说关键的！

丁医生并不看魏雅玲。

魏雅玲：我就是来道歉的。那个，你的医疗费我出。还有，那个，急诊室损坏的东西，我赔。但我们真的不是故意的。

丁医生：我相信你不是故意打我的，但那天哪个医生值班，都可能被你们打。自控力这么差，劝你们以后，还是少喝点酒。

魏雅玲看着警察，表示没有话了。一警察：那好吧，我们走了。

暖被忧心忡忡地回到病房，小旖正好醒了。暖被暂时没敢提车款，而是先说了丁医生被人打的事。小旖非常吃惊，她要立刻去看他。小旖态度坚决，暖被只好扶她慢慢上楼。

丁医生一看小旖，连忙要起来，一阵胸口不适，他顿了一下，说，我的天，快回去，医院这么脏，你乱跑什么！

小旖：谁打你……话还没说完，小旖蹲了下去。她小便失禁了。

丁医生爬起床对暖被：快叫医生！又对小旖说，没事没事，有的化疗病人会这样，别紧张。一定没事。

暖被不知所措。丁医生按呼叫按钮，同时拨打妇科值班医生电话。

暖灶酸溜溜、阴沉沉地盯着面色惨白的小旖。她感到丁医生对小旖的关切，是骨子里的关心。暖灶因此对小旖的憎恨又增加了几分。

几个医务人员都赶了进来。

丁医生：还是回妇科吧。梁医生在底下等。

打了针，暖被扶着小旖，回到了房间。小旖急着要洗换裤子。

暖被扶着小旖刚进病房卫生间，暖灶就推门进了小旖病房。暖被正在给小旖拿毛巾。

暖灶：你出来一下！暖被！

暖被以为丁医生有什么交代，让小旖稍候，赶紧跑出来。暖灶走到过道中，暖被也跟过去。暖被急：怎么了？丁医生说什么了？

暖灶：说她快死啦！暖被大吃一惊，很快她看出暖灶胡扯。

暖被：到底什么事啊？快点说！

暖灶：你过年一定要回家，我给你弄钱！

暖被：神经病啊，吓死人的脸色，就为这事？！

暖灶：我是端午才回去的，你已经一年没有回去了。我都跟家里说好了……

暖被：你疯了？她裤子还没换哪！

暖灶：小二奶比我们父母还重要是不是？！

暖被转身就走。暖灶伸手拉她。暖被使劲甩掉。暖被把门用力关上。暖灶恨恨地站了站，走了。

小旖已经换好裤子，暖被扶她上了床。小旖狐疑地问，丁医生交代什么？暖被说是我姐姐，没事。正说着，暖灶又推门而入，径直走到小旖床前。暖被感到姐姐来意不善，想要阻挡她。暖灶一把拨开她，走到小旖床边。

暖灶严肃地：喂！你有困难我们理解，我替你买的消毒纸巾，也没找你报销。可是，工资是工资，三四个月了，我妹妹一分钱都没有，你怎么可以这样装聋作哑？

小旖错愕半天。一时不明白暖灶来意。

暖被着急了，推暖灶出去。暖灶狠狠反推一掌，推得暖被跌靠到墙上。

小旖：你讨工资……哎，你问你妹妹，我连卡都给她管了，还什么工资啊。

暖灶：什么屁话！你发她手上没有？

小旖：家里的钱都归她管了，我的钱就是她的钱，我怎么会赖她工资？

暖灶：混账！是不是她想拿都可以拿走？是不是她回家过年没钱，也可以把钱都拿走？你说！

小旖：她丢我三千块救命钱，我都没怎么说她……

小旖忽然心慌，看暖被：你要……回家过年？

对！暖灶说，她去年就没有回家！别以为她老实就狠狠欺负……

暖被绝望哀求：姐哎……

小旖无措地看着暖被，一时之间，眼神就像个无助的孩子。

暖被突然爆发，哭腔吓人：你走！我的事不要你管！你走！走啊——

暖灶：你是我妹！别人就烂到这里，我都不看一眼！

暖被：你！走！呀——

护士进来了，暖灶使劲摔门而去。护士走了。小旖看着暖被，看得再度火起。

小旖：什么消毒纸巾，我什么时候要她买了？

暖被：别理她，我姐就是那个脾气。

小旖悲从中来，说，我这么严重的病人，她怎么可以那么训我？简直像条疯狗，我又不熟悉她，太野蛮无知了！

暖被：别看她凶巴巴，其实她心软。她从小就喜欢当保护人。

小旖：什么消毒纸巾啊？她就是来讨这个不值钱的东西吗？你给她！借钱也给她！什么破烂东西，值得来医院吵！

小旖停下来，看着暖被：你春节不会回家吧？

暖被：我回家，那你和悾悾怎么办啊？去年我是跟家里说今年回的。

小旖不再吭气。这之后，她都没有说话。

晚上，暖被服侍小旖吃了药，小旖却不睡，半靠着床头。她一直看着暖被，说，你把钱还给那个别墅管家没有？

暖被说，还了。

小旖：真还了，你怎么还的？

暖被：让我姐带去的。她们一个小区的。

小旖：我说呢！你姐肯定和她关系不错。哼，难怪！

暖被：哪里，她们不熟的。

小旖：不熟？不熟怎么还钱？你姐那个人，又吝啬又势利。我告诉你，我小便失禁，就是被她眼光一激灵，给激出来的。你没注意到，她看我那样子，简直跟母狼一样，绿绿的、毒毒的、阴森森的。

暖被又好气又好笑。

小旖：我能感觉到她讨厌我，她不喜欢你在我身边。她就是想拆散我们。我知道。她的心不好！

暖被：旖姐，别瞎想了，我姐没必要对你坏。她只是希望我回家过年，因为我父母去年没有看到我。

小旖：呸。我有直觉。她恨我！她就是要让我难受。她的心很不好！

三

天晴在厨房做饭。外婆又溜到天晴卧室。看起来，天晴和楼上的交恶没有改善。是什么原因交恶的，外婆一直在苦寻答案。但是，日记里没有写，外婆就想入非非。

最新的天晴日记有这样一段：人真是不可貌相。我不明白，一个看上去那么健康阳光的大男孩，怎么像个小流氓，喜欢画"三点"女人？难道他背地里就是个低级趣味的人吗？不知道他电脑里还有多少低级下流的东西，有"三点"的我，难道就没有"一丝不挂"的我吗？这人真可怕。

外婆开窍了，原来是流氓！这问题严重了，太严重了。外婆立刻想去报告老宋，可是，老宋已经很腻味，总批评她人品不堪。所以，外婆咬牙忍着，对杨隽的目光，越来越犀利，同时密切观察天晴。天晴最近总不接电话，要不一看杨隽号码就摁掉。但是，她照样去他家做卫生。

外公不知道家里有这场暗战以及一个热切的观众，直到杨隽直接到蒲家来，带了自己大量的漫画作品。天晴开了门就避进自己房间。杨隽对外公一张张讲解，跟外公解释了电脑动漫的特点，介绍了模特组合的必要。外公兴致勃勃。

外公：你是说，天晴以后也要这样组合？

杨隽：对，背景都变了。不过，天晴不喜欢，生我的气了。

外婆冷眼旁观。

外公说，这是艺术啊！天晴啊，来来来，出来鉴赏一下，开开眼界。

天晴说，赶作业！

杨隽拿了一张画，自己走了进去，说，明晚我请姐姐吃饭赔罪。

天晴：不去！

跟进来的外婆说，好好的，你赔什么罪啊？

杨隽笑道，让天晴误会了。

外公在外面喊，别乡下小女孩气啊，要理解艺术。

天晴憋不住大吼：他把我变成比基尼女郎！

杨隽大笑：那是个异邦女郎，我只是把她的脸换成了你的。

天晴：那你为什么要换我？

杨隽：这还要我说？总不全于我讨厌你，就换上你吧？

天晴指胸口：那痣呢？！什么意思？

杨隽嘿嘿笑：我看见了，我喜欢。

天晴：我要看你全部电脑内存！

走啊，杨隽说，我邀请你上去。

杨隽并不认为，自己真的会爱上一个保姆。但是，他眼前很清楚的是，为了比赛，他不能失去天晴的配合。杨隽通过不懈努力，搞定了天晴，但有一个人他搞定不了，那就是外婆。外婆一方面密切偷看天晴日记，一方面更加警惕杨隽。外婆不需要理解什么艺术，她就像护小鸡的老母鸡，警觉万分地把翅膀张到最大。在外婆看来，楼上那个又高又帅又艺术家的小伙子，绝不可能爱上一个比他大的小保姆。她要尽的责任是，不能让天晴犯傻吃亏！

天晴对杨隽的强烈好感，应该是这个晚上，受邀上去看了杨隽电脑参赛作品草图之后。她看到了一组十二幅的题为《我的家》的漫画草图。说是我的家，其实画了个美丽懵懂的女主人。围着粉黄、浅蓝、粉绿、灰紫小格子等漂亮围裙，在家里从事家务的生动画面。

这个毛手毛脚的女主人，是个漂亮的大笨蛋，一个马大哈妻子和粗心妈妈。每一幅画面都十分夸张，但格调温馨夸张有趣：

女主人把锅烧得起火，自己吓得够呛；

不小心让水池溢水横流，她慌忙堵水；

果篮被不慎打翻，苹果、橙子、梨子、李子乱滚，她手脚并用，围追堵截；

女主人打开衣柜，惊见蟑螂；

不小心被香蕉皮滑倒，女主人摔得像只两头翘的鱼；

女主人打电话，刮到了报夹，赶紧伸手挡护；

在热气腾腾的灶台上,她品尝菜肴被烫舌头;

找不到起子,她正在用牙齿奋力咬调味瓶盖子;

烧了一桌大餐,丈夫不回家,女主人郁闷地守在餐桌上打瞌睡。

一幅幅生活气息浓厚的画面,人见人爱的女主人,令人会心一笑。

对女孩子,艺术家总是最有影响力的。天晴也不能免俗。一边参观动漫艺术家的电脑,一边听着杨隽的解析点评,天晴心中无限钦佩。两人终于拉钩和好了。

外婆很不高兴。

楼下蒲家,外婆因为再次偷看日记,被外公和朝雨发现而吓得心脏病复发。

外婆有气无力地哀求朝雨:别告诉你爸爸,也别告诉姐姐……

朝雨模糊地点头。朝雨一离开现场,外婆就拉住外公:不得了啦!我们天晴怕是要吃亏。外公不明白,外婆从裸体照片说起,说到杨隽巧舌如簧地哄骗成功,一点一点,终于把见多识广的外公镇住,外公听得一脸不安。

外婆:我们办错事了!害了人家女孩子了!这事我们得采取措施!我们是长辈,不能坐视不管。

外公:我们怎么管?

外婆:首先,我们一致不要再理那个小流氓了,送东西也好,夸你也好,统统不接受!其次,我要叫天晴马上辞掉他家钟点工……

可是小赵,外公说,你都是偷偷摸摸了解的情况啊,你怎么对她说?

外婆傻了眼。

蒲教授回来了,他找天晴,说,受不了了!吴老师又来电话,她家保姆要回家过年,又跟我提请那个暖被的事!

天晴说，暖被根本不是钱的问题，她是可怜那小二奶，最主要的是那个孩子。你看了就知道，那个样子，就好像把妈妈和孩子硬生生地分开。

一家人无语。外婆表情复杂地看天晴，她想破译这个小保姆到底被艺术家骗到了什么地步。外公也忧心忡忡。天晴以为他们不相信她，便当场拨了暖被电话！暖被一听天晴电话说辞工的事，吓得赶紧到病房外面说话。

暖被：千万别再说！她都开始疑神疑鬼了。那天春子来医院看我，说她老东家知道我们情况，硬给两百块钱。她一知道，死活让我退回去了，因为她认为春子是来挖她墙脚的。

天晴恶作剧地：你等等，蒲先生要和你说话。

蒲教授连忙摇手，天晴已经把电话塞给他。

蒲教授只好通情达理地问候暖被：你好，暖被，都听说你的事了，真不简单。

暖被说，谢谢你啊。

天晴笑。他们直接通上话，天晴就落得轻松了。

四

收了电话，暖被一回到病房，发现小旖正看着她，说，谁的电话？

暖被说，一个老乡。没事。

小旖说，那干吗还要躲出去说呢？老乡说什么了？

暖被：就是问我回不回老家过年的事。

小旖说，那你说什么，我看你出去了很久。

暖被被小旖的追问，弄得有点不舒服，但毕竟是要离开她的事，所以，还是有点不安。她说，今年我会陪怔怔过年的。你放心吧。

小旖：我有什么放不放心的。我对你的好，你心里知道就行了，等我死了，你再忘记我，我不怪你。

旖姐你乱说什么呢……

小旖傲慢不屑地沉默着。她心里有了疙瘩，而且这疙瘩在慢慢长大，她相信自己不是疑神疑鬼，暖灶是公开的分裂者，那个突然来访的春子，绝对是来挖墙脚的，暖被经常在接避开她的电话。这都说明什么，傻瓜也明白。可是，暖被还不愿承认，越不承认越说明心里有鬼。

四五年前，暖被出现在小旖生活中时，她只觉得暖被干净秀气看着舒服，她甚至没有评判过这小保姆好不好。她第一次请保姆，无从比较就接受了这个勤快少言、心灵手巧的小女孩。小旖不知不觉地习惯她、信任她、依靠她。这个没有朋友、不认父母的倔强女孩，实际上，她在健康的时候就不知不觉地把暖被当成了亲人，一种强过父母哥哥的血肉依靠。她自己并没有分析过这种感情，也从来没有想过，有一天暖被会离开她。所以，当她隐约感到暖被可能不干时，她完全接受不了。她甚至觉得这是可耻的背叛。

当然，什么事也没有发生。可是，小旖的心思越来越重了，脾气也越来越坏。囿于经济能力，她使用的国产化疗药，反应很大，头发明显脱落，她的脾气更加暴烈了。

这天，暖被特意回家做了灵芝瘦肉羹来，也把小旖交代的掌上游戏机带来了。可是，暖被没有在路上买电池，小旖就发火了。她要求暖被马上去买。

暖被说，你还是先吃吧，我一路赶过来，就是想让你吃热的。等我去买来再吃，汤就凉了。门口那个小店老板，都不喜欢我们老去热东西了。

暖被一手拿碗，一手喂她。小旇皱着眉头吃了一口，忽然，她把嘴里的东西，噗的一声，狠狠吐了出来，汤和肉，都吐在暖被膝腿上。暖被吃惊地看着她。小旇手一甩，暖被手上托的整碗灵芝肉羹汤，全部被她打掉了。暖被短促地叫了一声，本能地想接住碗，结果，从家里保温送来的、依然非常烫的肉羹，从暖被手腕内侧浇过，暖被惨叫一声，手腕立刻被烫红了。悾悾赶紧过来帮忙吹气。

小旇：我说过我吃不惯这个味道！我不吃灵芝！你就是故意让我恶心想吐！

暖被痛得直甩手：医生说，灵芝好，我想起了我们家里有野生灵芝，才特意赶……

小旇：我——不——吃！我要你带的东西，你不带！我不吃的东西你偏要我吃。这东西，我早就说扔掉，我讨厌这个味道！你是故意的！

隔壁床病人：灵芝没有味道啊。

暖被心疼东西，加上手上火烧火燎地痛，她第一次发火了：不是医生说你吃了好，我也不会跑一趟！

习惯了暖被被责骂从不吭声的小旇，这回听到暖被居然回嘴，怔了怔。她一想就知道暖被有靠山了，要走了，便勃然大怒。她未点滴的手，使劲拍床：我是东家，我是快死的病人！你一小保姆，敢这样跟我说话，我还没有吃到你的哪！

暖被毫不退让：我已经几个月都白干了，我说过你什么吗？你不讲道理！

小旇喊叫：我家里随便一样东西，都值你一年工资。你还真以为我要赖你那点小钱啊！爱干不干，不高兴你就滚！把我家里的值钱东西都搬走好啦。去搬去抢！那都是你的工钱！把我三千块搞丢，就算我活该！

暖被气极，抬腿就走。

看着妈妈、姐姐吵架的悾悾，这个看看，那个看看，本来就想哭，看暖被一走，哇地大哭一声，光着脚就追了出去。姐姐！等我呀……

暖被扭头，眼眶红了，停下来喊：回去穿鞋！悾悾怕姐姐跑了，不去。暖被只好轻轻牵他到病房门口，推他进去。悾悾进去，飞快地提了鞋子就跑。

小旖看着儿子跑出，一直发呆。一病人家属走近她，说，孩子，你不对。你这样发脾气不对。人家大老远的，那么辛苦，煮了给你送来，你胃口再不好，也不能对她发脾气呀。她是为你好你不明白吗？

小旖：不要你管！

一胖护工：冷小姐，我说两句吧，你每次住院我都看到，我在这里天天看，连我都看不过去。她是什么，她是保姆啊！她说走就走了呀！可是，人家没有走，还这样照顾你，你还不知足，你前辈子真是烧了高香了！

家属：别说保姆，久病床前无孝子，连自己亲人都烦呢。你呀太不懂事了！

胖护工：我看护过的27床、11床，真是死了身边都没有人了。开始孩子亲人还常来，后来不是今天这个有事，就是明天那个有事，推来推去，最后都是我送的终！

小旖不睬，扭头看窗外。

一病人示意自己的护工，去收拾小旖床前地上汤水。护工不情不愿地去了，满脸不屑、手脚很重。听到收拾的动静，小旖转过头看。

小旖对护工：你帮我去买对电池好不好？

护工恶声：不好！

小旖：为什么？你以前也帮过我们。

护工恶声：那是帮暖被！不是帮你！

小旖：你神经病啊，这么凶干吗？不帮就拉倒嘛。

一护工：我告诉你，你这样不懂事，连护工都请不到！

小旖努了努嘴，终于没有发作。一会儿，小旖拨通夏星光电话，她把气撒在那个记者头上：夏记者！我剩下的车钱，你到底什么时候给？！

五

在报社热线电脑前抄数据的夏星光，一接到小旖电话头就大了：哦，冷小姐，你好。车款啊，还在办理中，新车主还是比较满意那辆车……

小旖：卖给什么穷光蛋，这点钱还要分期？你告诉他，我等着用钱！快点！火起来，我不卖他！小旖挂机了。

夏星光默然。犹豫再三，他站起来，拨打了魏雅玲电话，但一通，他自己就马上按掉。扔开电话，看着窗外，夏星光发了好一阵子呆，又拿起手机。他知道，这电话不打是不行的。通了，魏雅玲的吼声，直震耳膜：还有脸给我打电话？！

夏星光：魏姐，车主那边……

魏雅玲：我在开会！魏雅玲扣了电话。

从医院出来，一路上，忪忪紧紧抓着暖被的手。走着，暖被的旅游鞋鞋带松了，她放开忪忪的手。

忪忪马上换一只手死死抓住她。

暖被恼怒地：抓这么紧，我怎么系鞋带？！

忪忪看看鞋子，又抬头看她，依然不放手。暖被打开他的小手，蹲下去系鞋带，悾悾立刻换手，牢牢抓住了她的马尾巴。系着鞋带，暖被手慢了下来，忽然，蹲着的暖被哭出声来。悾悾大吃一惊：我轻轻的，我没有用力抓……

蹲着的暖被低声呜咽，肩头耸动。悾悾不知所措，但很快，他像个大人一样，一直抚着她的背。暖被擦掉眼泪，牵起他上了公共汽车。

到了茂华小区大门口。暖被掏出电话，说：姐，我过年要回家……

暖灶：哈！你终于醒悟了！好！姐给你买票！

悾悾一把夺过电话：我也要跟你回家！

暖灶：吵死！把电话给姐姐！

悾悾：我要回家……

暖被接过电话：姐……

暖灶：你在哪？不对！小二奶欺负你了！

暖被：有什么欺负啊，就是烦了，累了，我想休息休息……

暖灶：你在哪里？

暖被：你们小区门口。

暖灶：我出来！不，你也往里面儿童乐园这边走。天晴家也在旁边。

暖被和悾悾走到小区亭子里，天晴和暖灶，从不同的方向往这边过来。悾悾看见了树丛中的滑梯。他飞奔过去。

暖被喊：就在那玩！别跑远啊！

天晴：喂，怎么这么闲？

暖灶：还用问，肯定又受气了！她想回老家啦！

天晴：现在？现在火车票难买死啦！

暖灶：不会吧？还有一个礼拜才大年三十。

天晴：一个礼拜？我是提前二十天预订的！除非你们辛家关系

户厉害。

暖被默然。

暖灶：那不然春节后走。她说她烦了。那个小二奶，谁见谁烦！

天晴眼睛一亮：哎呀！吴教授家？去不去看看？她家也在C区。我右边两栋。

暖灶：春子介绍的不是过去了？

嘁！天晴说，双方都不太满意，还在试用期内。走！去看看！反正都过来啦！不行拉倒，我们也尽心了。

暖被：恽恽在这呢，算了……

天晴：要不叫吴老师出来谈。就来这。你感觉一下那人好不好。

暖灶：还是要去家里考察一下。有的东家把自己家吹得跟天堂一样，家务活也没什么，好像让你去当天使。其实，狗屁！家和人，都脏乱差得像地狱！还是眼见为实。

暖被犹豫迟疑：那……恽恽一个人放这里……

暖灶：我们这是内部公园！就是自己家的院子，没事！

天晴：要不跟他招呼一声，别乱跑，说你去拿个东西就来。我也不能拖，老家伙会找我，叽叽歪歪的。

三个保姆，往茂华小区C区而去。吴教授家就在前面了。暖被停了下来。她看姐姐，又看天晴。

暖灶喊：走啊！

暖被面有难色：我……还是……不去了……

暖灶：你神经啊！！！

天晴：听说你来，刚吴教授在电话里说太高兴了，人家正等我们呢！

暖被摇头：不……这样不好……不……

暖灶一把抓住妹妹，猛烈摇晃：白痴！再怎么也去看看！走啊！！

　　天晴迟疑地按了楼道门铃。对讲门铃里传来热情的老年妇女声音：上来请上来！楼道锁嗒地开了。楼梯上，天晴第一个，暖灶随后，暖被走在最后。就在吴教授打开房门的那一瞬，暖被突然掉头就跑。噔噔噔的一阵下楼响动中，防盗门嗒地开了。脚步声远去。天晴、暖灶傻了。吴教授出来看究竟。暖灶抬头一看吴教授，顿时更傻了，她立刻也低头往楼下飞蹿。天晴莫名其妙。吴教授不知怎么回事，看着天晴。

　　天晴尴尬：我……我去看看。回头联系！

　　天晴冲下楼，两姐妹一个跑得比一个远。天晴火冒三丈，飞步上前，一把拧住暖灶：你发什么癫！你有病啊你！

　　暖灶连连摆手：黄了黄了！这肯定做不成，那个老太婆，我的天，那天我在公交车上，没有及时给她让座！她肯定讨厌我！——黄了黄了！

　　天晴：真丢脸！难怪保姆给人瞧不起！

　　暖灶：胡说，那天我打扮得像个白领！

　　天晴：拉倒吧你！——暖被呢？

　　暖灶：跑得比兔子还快！别理她！神经病！

第十二章

一

暖被一口气跑到小区公园,拉下悭悭就走。两人快步走到茂华小区外的公交站点。暖被看看路牌,开始牵着悭悭步行。悭悭因为姐姐不高兴了,他也不敢问,乖乖地跟着碎步快跑。忽然,他看到了夏星光的车,他跳脚大声叫喊。夏记者开过去了,可是,车子慢了下来,之后,吉普车在马路边停下了。夏星光伸头挥手,让两人过去。

悭悭欢呼冲上前,自己手脚并用爬上了吉普车。他说,星光叔叔,我们不理妈妈了。她不吃饭!

现在都快四点了,夏星光很诧异,说:怎么回事?中饭都没吃?

悭悭:姐姐生气,所以我们也不吃。我饿死啦。

暖被一直垂着脑袋,不说话。

夏星光问悭悭:你想吃什么?

悭悭喊:麦当劳——!

夏星光:好吧,那就麦当劳。

一直开到麦当劳门口,暖被都没有说话。

在麦当劳餐厅,暖被坐在靠窗位子上。夏星光端了一大盘食物过来。悭悭跟着他,手里拿着可乐瓶、吸管。坐下后,暖被在吃汉堡。夏星光看到暖被袖子里露出的手腕红肿并鼓起水泡。

夏星光指着问:怎么回事?起这么大的泡?!

暖被顿时委屈得泪水闪烁,扭头看窗外。

恺恺啃着鸡腿说，我妈妈烫的！妈妈不吃饭，用力打碗，就都被她打翻啦！姐姐很痛，哭了。

暖被要捂恺恺的嘴巴。夏星光把暖被的手腕拿起，推下袖子细看。手腕下，水泡旁边都是烫得发红的皮肤。水泡发亮欲破。

夏星光说，火辣辣的吧？

暖被摇头。夏星光长叹一口气，他为暖被也为自己难过。餐后，夏星光直接开到大药店，下车买了烫伤药膏，回到汽车，直接打开药，替暖被小心涂上。憋了一个下午、无可诉说委屈的暖被，终于泪水汹涌，淌落在夏星光的手上，她不好意思地赶紧替他擦掉。夏星光一阵难过，怜惜地看着她。

药膏收好，夏星光交代，回去多抹擦几次，别感染了。现在，送你们回哪里？暖被凄凉地看了恺恺一眼。夏星光掉头，把车开往第一医院方向。到医院住院大楼，车一停，恺恺就开门跳了下去，他奔跑着去按电梯。

暖被微笑：看，他不说，心里还是关心他妈妈的。

这个微笑，令夏星光难过而感动：这个保姆还是牵挂她的小东家的。

夏星光说，我想……你应该知道买车的人是谁了。

暖被扭脸看夏星光，很疑惑。

夏星光：也许我根本不该揽这个事。一开始我就错了，后来步步错，现在想退也退不出来了。

暖被：他是谁？是……你自己？

夏星光笑：想哪去了，是魏雅玲，对，就是成先生的妻子，冷小姐的死对头。

暖被惊愕：你……为……什么？！

夏星光：一开始我也不清楚，因为我太贪心，想多卖一两万。

其他人都只给三四万。

暖被：天哪！旖姐要知道，会杀了你！

夏星光：那就别告诉她吧。但是，我要告诉你，魏雅玲一伙酒后闹事打了丁医生，我的报道，让她非常恼火，认为我不够朋友。我做了很多努力，她还是恨我，所以，两万五的余款比较麻烦……现在，我里外都不是人……

电梯下来了。恾恾在电梯口那边跳跃招呼，示意暖被快过去。暖被和夏星光告别，奔跑而去。

小旖在床上半靠着，反复照着镜子。一听到走廊有脚步声，小旖就竖起耳朵听。暖被和恾恾推门而进，小旖像看到救星一样，神情明显松弛下来，把镜子扔了。

恾恾喊：我吃了麦当劳！星光叔叔请我吃的！

暖被不吭声，带着恾恾去卫生间洗手。暖被以为小旖会咆哮质问，但是，小旖一直很安静。把恾恾收拾好，安置在钢丝小床上后，小旖低声说，暖被，你过来。暖被走了过去。

小旖交给她一对耳坠：你帮我把这个坠子卖了吧。上面这个翠玉，品质很好。买来的时候快九千块。暖被接过。这是小旖平时一直戴在耳朵上的，是她非常喜欢的一样首饰。

小旖：发票在带锁的抽屉盒子里——对了，叫那个记者陪你去卖。外面坏人太多了。暖被没有吭气，她把耳坠小心收着，她知道，无论如何要做好这件事了。夏记者不说，她也猜出他卖车不容易，现在，她知道他是卖给魏雅玲，简直不敢多想。魏雅玲的凶悍泼辣，她是领教过的。夏星光虽然只是三言两语没有多说，但是暖被有数，短时间内指望汽车款是没有可能的了。

今天晚上，小旖一反常态地柔顺温和，竟然令暖被有点感动。她感到心里非常非常舒服。她不知道，其实这么多年，她也不知不觉把小旖当成亲人了。亲人就是这样,你不一定很喜欢她,可是,你会在意她。

二

有一个人,现在巴不得这个世界就不存在冷小旖这个女人了,这个人就是金暖被的姐姐金暖灶。暖灶这些天,起早贪黑,忙得飞飞,每天风尘仆仆地回到茂华小区,直到丁医生出院,暖灶还是竭尽全力地投入。

那天,辛太太让暖灶送了一份猪脑鸡蛋羹过去。晚上暖灶一进门,辛太太赶紧问,丁皓爱不爱吃。

暖灶没好气地:什么吃脑补脑?他说那胆固醇太高啦,上班都带去送给小二奶啦。

哇!辛太太大叫,那炖的都是一级虫草,一根好几块钱啊!

暖灶:你别说了,讲到那小贱人我就生气。今年无论如何,我要叫我妹回老家过年。那小二奶自私到极点!——我周末去莉莉家倒是可以考察一下,如果人不错的话,我干脆叫暖被去她家做!那个自私自利的小贱人,爱请谁请谁,反正我们金家人不愿伺候她啦!

辛太太说,你总是自说自话,我看你妹妹是有主张的人。你还是做好自己分内的事好了,少惹是生非!

确实,不是丁医生,暖灶绝不会去莉莉家突击春节大扫除。

老干部大院里,都是一栋栋小平楼。楼前院后都是榕树、橡皮树,很多老干部在小楼房的院子前,种了菜。特意打扮得像个上班族的暖灶,一路款款走来。在一座灰砖小平楼停了下来。暖灶推开院门,一个老年妇女闻声迎出来。

老妇女：是阿姨吧？不错不错，还找得到这。

暖灶很吃惊：你是莉莉妈妈？不会吧，这整个小楼房都是你们家的？

老妇女：别怕，不要你一次全部做完。用的房间很少。来，来，进来。莉莉在上课，不要吵到她。我们来这一边。

两人进屋经过客厅，暖灶看到七八个孩子在吃饭大圆桌上做作业，莉莉在给一个女孩低头讲解什么。

莉莉母亲：我女儿在辅导他们。你动作要小声点。先洗后面大阳台吧，平时我根本爬不上去，到处都是灰。

暖灶：渴死了，给我杯水。

莉莉母亲：对不起，我去拿。莉莉母亲拿来一杯水。

暖灶皱眉接过：你家没有一次性纸杯？

莉莉母亲：要那干吗？浪费。洗洗不就好了？

暖灶视察的眼光到处扫：嗯。房子相当大。不过，怎么你家一件组合家具都没有？这么大的房子，电视还用这么小的；哇，这个沙发，我们东家一个沙发，就有你一排的大；你们这个红地砖太老了，应该翻一次，铺木地板，至少也要铺钢砖，不行不行，换我们东家，这早就扔掉了！

莉莉母亲脸拉下来。莉莉过来了。

莉莉笑：谢谢你啊，春节前实在请不到人。你能来，真是太好啦！

热情寒暄了几句，莉莉又转身去给小孩上课了。暖灶卷起袖子，大干起来。她讨厌小旖，更讨厌这个叫莉莉的女人。暖灶下意识地把卫生工作，当成了攀比竞技台。她觉得完全有必要证明，她金暖灶是个比莉莉强的女人。她上上下下地忙碌着，看到六七个孩子走了，又一拨孩子陆续进来了。在两拨孩子的空当，莉莉给暖灶拿来一纸盒番茄汁。

暖灶不屑地：喝怕了，我们东家家里到处都是饮料，都喝腻了。丁医生也多，还让我搬了一箱给小二奶。

莉莉说，谁？

暖灶：不是跟你说过吗？他的病人。以前一个有钱人包养的小情人，妖精一样的人。那男人车祸死了，妖精得了癌症。丁医生在救她。

莉莉：哦，这我知道。

暖灶：你才不知道！你不知道那个妖精有多漂亮，都快光头了，还是漂亮迷人得很。你知道丁医生对她有多好吗？！什么好吃的，都要分她吃！我烦都烦死了。那天辛太太炖得那么好的虫草猪脑，他全部送给小二奶啦！他送她的东西多了，把我们东家气得……

莉莉笑：他以前也这样帮助病人。

暖灶阴险地笑：那狐狸精，知道自己美，就以为可以搞定任何男人……你不知道，她在丁医生面前那个楚楚可怜的样子，我呸！

莉莉笑：我要上课了，你忙。

莉莉母亲听得不高兴了：真是，人家都是病人给医生包红包，我女婿是反过来的。

暖灶：这不是奇了怪吗？这什么意思，用脚指头想想都有问题！——哎，莉莉怎么这么忙啊？今天不是周日吗？

莉莉母亲：我女儿是一级教师，水平高。所以，找她补课的孩子，多得不得了。我们都不爱收，我和她爸爸身体又不好，怕吵。可是，熟人朋友挡不住。

暖灶：要钱吗？

莉莉母亲：咦，你这阿姨，你做钟点不要钱吗？再不要钱谁干？都是这些小孩的父母托人、找关系，求我们莉莉收！

暖灶：一个人多少钱啊？

莉莉母亲：一个意思啦，能有多少钱？我们宁愿要清净，不要这么多小猴子进进出出！

几个小时后，暖灶就搞清楚莉莉和她同样的工作时间里，挣了多少钱。

做完钟点，莉莉妈妈给了她三十块钱。另外加一大包旧衣服。暖灶本来要问他们家要不要请常年保姆的，想隆重推出暖被。结果被那包旧衣服刺激得脑子都木掉了。

别看它们是旧的，莉莉母亲说，可都没有穿两次。你看这款式，这面料，你看这件，几乎就没有穿过……

暖灶傻了半天，说，你有没有搞错啊，我不缺衣服……

莉莉母亲：哎呀，你就别跟阿姨客气了，拿去拿去！

暖灶大声：我真不要！莉莉大姑子给我的旧衣服都是艾碧素、玛斯菲尔、杰西卡的……

可惜莉莉母亲听不懂这些牌子，她真诚地说，你就别跟我客气了，也不值钱，拿去拿去！这都是我们的一片心意，快拿去！实在不合身，回家过年，带给穷亲戚。他们保证喜欢！莉莉母亲力大无穷地塞给暖灶，把暖灶热情地推出门外。

门关上了。暖灶左不是、右不是，一肚子胀气，也只好提着走。等拐了个柏树夹道的路弯，经过一棵老榕树，暖灶直奔榕树前的大垃圾桶。她迅速掀开盖子，把一袋旧衣服扔了进去，又盖好盖子。心里还是有点憋屈：狗眼看人低啊，我大小也是有职有权人家的保姆，居然当我捡破烂的！

一拨补课的孩子也陆续从柏树夹道的路口出来了。

暖灶截住两个补课小孩，问，莉莉老师家补课结束了？

一个小孩在看她，另一个女孩说，是啊。

暖灶：多少钱补一节课啊？

一男孩：一次八十块，两小时。孩子们跑远了。

暖灶简直像遭遇雷劈，她半天反应不过来。随后，她立刻愤愤不平了。她暴怒了。刚才她浑身湿透地干了三个多小时，累得腰酸背痛，也不过赚了三十块钱，一小时才十块钱！暖灶猛踢了一脚垃圾桶，嗷嗷大喊：太可恨啦！这一个下午，一点汗都不流，她就赚了一千三！

三

暖灶回了辛家，一副万念俱灰的样子。

辛太太以为是她惯用的夸张辛苦表情，不在意地说，怎么，莉莉家亏待你了？

暖灶痛不欲生：这个世道真是不公平！太不公平啦！我爬上爬下，累得要虚脱，一小时才十块钱！她就坐在那里，看小孩做作业，走来走去，溜溜达达，我统共也没听到她说几句话，哇哈！一个小孩，一小时就四十块！两个小时八十块！八十块呀！

辛太太：人家有本事啊。

暖灶：我下午看到两拨有十四五个孩子吧，你算算多少，还有上午呢！还有星期天呢！我的天！我们简直不要活啦！一个周末就赚了我半年的钱！还一滴汗都不用出！

她有这么多学生？辛太太暗暗讶异，若有所思，说，丁皓可能都没想到。

暖灶：肯定不知道！我问她妈妈收费，她还说收个意思，不告诉我。还不是怕我回来跟你们说！我看他们夫妻关系很成问题。

辛太太：你少挑拨离间！

暖灶：跟我什么关系？我气愤的是，这么多钱，居然送我一包旧衣服！她看我们辛家保姆都是讨饭婆啊！真是！我金暖灶是什么人！我把那包破烂直接扔进垃圾桶了！

辛太太听出暖灶赞美辛家的意思，面带满足，再听暖灶把旧衣服扔进垃圾桶，忍不住大笑起来。暖灶得寸进尺，再进谗言：有钱有什么用？哼，老公闲置，穿戴得又那么土气，图个什么哟！白活！

辛太太：咦，你操这个心干吗呀！真是狗拿耗子多管闲事！

急求保姆的吴教授，干脆登门拜访。今年春节，她家老大和女婿，还有老二都回来过年，绝对要保姆。她始终不明白，那个传说中的好保姆，终于要来了，怎么临进门又跑了呢？春节临近了，保姆问题在整个城市，都变得非常急切。吴教授进门时，天晴在客厅整理旧报纸。天晴被吴教授叨得心烦，只好决定当晚抽空去找春子，她知道：春子那有个等着上工的人选。

哪知，天晴前脚才走，外婆就溜进了她的房间。今天不是偷看日记，是安检行李。主要是她不理解，一个乡下姑娘回一趟家，怎么收拾了那么大的两包行李，这不看一眼，就这样放出门，她无论如何放心不下。

外婆在翻检天晴收拾好要带走的旅行包。蒲先生突然推门。他进来找一支色笔。外婆吃惊地站起来，有点口吃：我……来找天晴。

她不是去别墅区那边找保姆了吗？蒲先生说，其实他一看外婆鬼祟紧张的表情，就明白了，可是，也不好再说什么。

外婆尴尬：是是，我忘了，也是随便看看，毕竟要走那么远的路哪。

蒲先生：妈，您还是不放心她啊！

外婆：哪里，自己孩子出门不是也这样吗？再说我找东西呢。

蒲先生笑：妈，知道您是为我们家好。不过，这么多年了，我和朝雨妈妈是看着天晴长大的，这孩子很不错，是可以信任的。您就放心吧。

外婆脸红耳赤：我哪里是不放心呢？我真是找东西啊！

蒲先生：妈，我们下次不要到别人包里找东西好吗？

外婆：你把我想成什么人了？你信任保姆却不信任自己的岳母？

蒲先生苦笑，拿了一支红色笔，退了出去。外婆也退了出去，重重带上门以示离去。

在谭家大门口，天晴和春子、小灯轮流说了一阵子话，后来暖灶也溜过来了。但吴教授家保姆的事情没有着落。春子说，那个待岗的老乡老婆非别墅不去，而且别墅还要有两个以上保姆的，是个开过眼界、嫌贫爱富的反面典型。天晴又打了暖被电话，也没有什么信心挖人，只是问问情况，但暖被马上把电话挂了。天晴哭笑不得，几个保姆一起叹息，也只得各自散去。

暖被挂电话是因为小旖在问她耳坠的出卖情况。暖被照顾小旖其实已经累到极限，一张脸，黑瘦得像个干丝瓜。隔壁左右的护工，不约而同地大规模援助她，甚至帮洗衣服。有两次，暖被太累，半夜小旖有动静，都是护工起来的，小旖还想叫暖被，护工反而不让。这些，都让暖被很不好意思。小旖也在渐渐明白，自己原来得到了一个多么金贵的好保姆，正是这样，她一方面开始有心善待暖被，一方面对暖被看守更紧了，一点风吹草动就疑神疑鬼，她觉得随时随地，都会有人挖她的宝贝。

这些微妙的变化，暖被是知道的。她感到既温暖又难受。

四

　　莉莉家的钟点活，极大地刺激了暖灶。暖灶想到自己的收入如此低微，又想到这样的辛苦钱，还被人家欠薪赖账，就怒火中烧。这天，她又来到小白象湾。老远，就看到高保安在铁栅门外。

　　暖灶就喊：嗨咿，我来啦！

　　矮保安：这么久才来呀，以为你拿到钱回老家过年啦。

　　高保安：怎么又来了呢？

　　暖灶：哎呀，忙死！上上周，拉肚子，上吐下泻去吊瓶了；前一周呢，被人死活请去吃饭，后来又被人死活请去帮忙，推都推不掉，人家就认我。暖灶边说边往里面走。

　　矮保安大喝一声：站住，你不能直接进去！等我打电话。

　　暖灶：你打了，他肯定不要见我。你们两个做人太差！

　　高保安笑：主要是我们这里业主很刁，万一你搞错，我们的饭碗就没了。你不是说好叫警察一起来吗？

　　暖灶沮丧：白警官去进修学习了，不在。我等着过年用钱哪！

　　矮保安已经打通电话，喂，17栋304的郑先生吗？我是岗亭值班保安。门口有个金小姐想见你，让她进去好吗？嗯，没说，好，我问问。

　　矮保安捂着话筒，对暖灶摇头，意思爱莫能助。

　　矮保安：噢，说是一点经济问题。什么？别理她？你不见？好吧好吧。我转告。打扰啦。再见。

　　两个热心保安一起对暖灶做遗憾的表情。

　　暖灶：就为五斗米折腰，你们两个太没有骨气！我还以为，男人都是有点侠气的。

　　高保安：我们没有。我们要五斗米。

周末,阳光明媚。小白象湾小区,人来人往,进进出出。好多孩子父母带着他们去海边放风筝或者游玩回来。

暖灶突然高喊:喂——大家听听!你们这里,有个17栋304的胖子先生,他在仙州苑,雇我做钟点保姆,做了半年不到,三千多块钱,一分钱都不给我!现在,他还不让保安让我进去,这讲道理吗?喂——大家听听!你们这里,17栋304的胖子,他领着一个西安女人,雇我……

很多进出的居民听了,开始交头接耳。驻足的人越来越多。

暖灶:喂——大家评评理,马上要过年了,你们这17栋304有个胖子……

一个提着菜袋子、抱着一盆仙客来花的妇女,本来都进去了,忽然收住脚步,拐走到暖灶跟前,认真地打量暖灶。

妇女:你刚才说多少号?

暖灶大声:17栋304的胖子!他和一个女的,在仙州苑雇我……

那妇女瞪视着暖灶,脸色骤变。

暖灶继续大声吆喝:喂——你们听听啊——

妇女一把拉住暖灶:嘘——!别叫嚷了,你跟我进去!

妇女边走边问暖灶详细情况。后面很多人指指点点。暖灶回头一看,那么多人目送她,立刻胜券在握地回头招手致意。

妇女:你省省吧!

暖灶:你不知道我来了多少次。那胖子死不见我。

妇女:你肯定是去年二月到七月吗?

暖灶:当然。是个老乡介绍我去的。我回家过年,原来说好的东家等不住我,叛变了,害我回来只好重新找工作。

妇女:你说他和一个小姐?

暖灶:是啊,那小姐很高,白白的,好像是才从西安来。

妇女：只是做午饭？

暖灶：是呀，早上我差不多九点半过去，搞卫生、做饭，等他们吃完饭，洗了碗我就走，一般是一点半左右。晚上我还有一家做晚饭……

妇女：那小姐多大？漂亮吗？

暖灶：可能比我小一两岁，也不见得怎么漂亮，身材不错，皮肤很好就是了，很嗲，一天到晚娇滴滴的，吃饭都几乎要人喂了。

妇女的脸，青了又绿、绿了又青。暖灶暗爽得不行。

穿过一个小型中庭的鹅卵石小路，妇女领着暖灶到了一个门道。妇女让暖灶拿花钵，自己掏钥匙。楼道很安静。两人一前一后上楼。到了三楼，妇女站住。

妇女：你站门口，我叫你再进来。妇女进屋关门。

暖灶站在门口，乐得摩拳擦掌。

一进门，妇女在客厅地上，扔下菜和那盆仙客来花，直奔卧室。一个胖胖的穿着白底碎绿叶睡衣的男人，正在打电话。妇女一把把电话按掉。胖子莫名其妙，又拿起电话。妇女把他的手狠狠打掉，怒目而视。胖子不解，但还想打完电话。妇女一脚踩住他拨电话的手。

妇女：我问你！去年二月到七月，你在仙州苑和谁过日子？！

胖子发怔。

妇女：到底和谁？！怎么？是想不起来了！

胖子：你，神经病！莫名其妙！

妇女：怪不得那一段时间，隔三岔五地在公司吃饭加班！还老是出差！

胖子：我不知道你胡说什么。我是不是加班、有没有出差，你可以问老王、小李他们，你不是也经常问他们吗？！

一班腥臭相护的臭男人！哪一个可靠？！妇女把手袋使劲砸到

胖子脸上。胖子勃然大怒。咣当！他掼下一大瓶鲜花，连瓶子带水砸掉了。

暖灶猫腰贴着门缝听里面动静，咣当一声响，她听得笑眯了眼睛。砰——里面又传来椅子还是什么砸掉的声音。里面的动静越来越大，暖灶在外面侧耳听得焦急万分又喜形于色。一个邻居下楼，困惑地看着贴着门缝偷听的暖灶。

邻居：喂，你干什么的！

暖灶依然猫着腰，说，里面打起来啦！

邻居：关你什么事？鬼鬼祟祟的你干什么！

暖灶：她让我在门口等。我讨欠薪——就是欠我的工资！啊天！你听！又什么东西砸掉啦，这么响！

邻居也听到了声响，但他觉得暖灶脑子有问题，两步一回头地迈步下楼。无人分享的暖灶，兴奋得不能自持。

304屋子内，妇女披头散发，男人已经衣衫不整。家里的东西摔得乱七八糟。结婚大照片已经砸烂在床前。妇女：够了！姓郑的！你的戏演够了！有本事偷腥，却没胆量承认，一个无耻东西！这个无辜委屈的丑把戏，今天不灵了！妇女大步到门口，忽地拉开大门。贴门而听的暖灶，正听得激情燃烧，门突然哗啦大开。

妇女高声大喝：进来！你进来看看！这是不是赖你钱的人！暖灶大步奔了进去。

胖子大吃一惊。

暖灶大叫：郑先生！我们当保姆的，挣一点辛苦钱很不容易！马上过年了……

郑先生脸暴红暴白：谁认识你！谁让你进来的？！

妇女：我让她进来的！怎么样？害怕了？！

暖灶叫唤起来：半年多啊，郑老板！我天天给你们做中饭、搞卫生，又买又洗，你怎么能这么欺负人呢？一分钱都没给啊！

妇女：你的饭做给谁吃啊？

暖灶：他！还有一个年轻的陕西小姐！韩小姐……

胖子：你认错人啦！

胖子转而怒对妇女：我看你是更年期啊，你弄个什么女人在这里胡扯淡……

暖灶如泣如诉：郑先生，说话要摸摸良心啊！我一颗汗水洒八瓣地操劳，你吃喝享乐怎么连一分钱不给我，做男人能够这样吗？你说我胡扯，那我问你，你脖子后面，是不是有个红胎记……像个发芽的蚕豆……

胖子下意识地捂脖颈，一屁股坐在沙发上。

妇女嘴唇哆嗦，扑上去就是两个大耳刮子。男人左抵右挡。

妇女：好啊，姓郑的，都养了半年了！我真是瞎了眼了！

胖子：你听我说……不是这么回事……哎哟！你听我解释啊……哎，哎，我的耳朵……

妇女：解释什么！是出差多，人人都爱去，领导最重视你……你个混账东西！妇女抄起桌上的柱状水晶报时钟，劈头砸了过去。胖子连忙躲闪。水晶摔在地上，一断两截。暖灶有点心疼。

胖子：你听我说啊！燕子！哎！人家也是……一时落难……我只是帮她租了房子……

老婆把茶几上的一摞杂志发疯般砸了过去。砸中了。

胖子跳起来，两人再次厮打绞杀到一起。

暖灶大喊：别打别打！要打，你们钱先给我！给完再打！我不看啦！

两人厮打到客厅沙发上，台灯倒了。暖灶来不及扶。

暖灶：喂——！停！再打我打110啦！我的钱！先给我的钱啊！

男的猛地推开老婆,到钱包抽出一沓钱,扔在地上:滚!

暖灶赶紧蹲下捡。

妇女:三千!你给多少?!

胖子:你还要帮我数嫖资吗!!

两个人又厮打起来。

暖灶感觉钱略多,赶紧溜出门,临关门,暖灶又反身探头:喂!还是别打了,医药费很贵啊——如果没有医保还是别打啦!说完,暖灶关上门而去。

五

暖灶手舞足蹈地欢别高矮俩保安,一路情不自禁笑着跳着奔向公交站点。等车的时候,她哼着小调。忽然,她决定打个电话。

暖灶:嘿,丁医生!我是暖灶,我拿到钱啦!全部!哦哦,会诊啊,哦,那我不说了,再见!

一辆公交车过来了,到第一医院的。暖灶犹豫了一下,跳上汽车。

医院病房。小旖在玩游戏机。悾悾在床边画画。

暖被拿着催款单子愁眉不展地进来,她们卖坠子的钱全部给了医院还差两千一。如果按丁医生要求的,小旖后天才能出院,那还要产生费用。所以,肯定不止差两千一。

小旖:我要回家才知道,还有什么东西能变卖。丁医生呢?

暖被:护士说他在会诊。

暖灶推门而入,满园春色关不住的样子。但她力图严肃。

暖被很纳闷:你今天不上班?

暖灶:丁医生没在啊?告诉你,小灯说,他们三老板可以拿到黑市火车票。你的车票钱,我包了。

小旖小兽一样警惕地盯视暖灶。暖灶不看她。

暖灶对暖被胜利地哈哈大笑:我的钱全部到手!我看,你是没指望了!来吧——姐送你回家!

暖被欣喜:你真拿到啦?三千块吗?那个人怎么突然就那么好说话了?

暖灶:我当然有办法治他啦!我是什么人!

暖灶得意地拉开包,把一沓钱,向妹妹展示了一下,又迅速拉上拉链。

暖被:噢,你不能这样放,太危险啦。上次我就是这样被偷的!姐,你要存起来!

暖灶:你以为我是你啊,小偷也是看人的!好了,我去订票了。你给个时间。暖灶挑衅地看着小旖。

小旖放下游戏机,阴沉地看着两姐妹。

暖被着急:姐!我没有打算走。你别花钱了!

暖灶:我都给爸妈说你会回去了,回去几天也好啊!

小旖低下头。但也不再玩游戏机,她就像等待屠宰的无助羔羊。

暖被突然灵机一动:姐!这钱能不能先借我们一些……

暖灶霍地把包转藏身后,一手压住。暖灶:你想都别想!

暖被:我们车一卖掉,就还你呀……

暖灶:除非我疯了!

丁医生推门而入。哟,暖灶来了?丁医生说,刚才电话里那么兴奋,厉害啊,暖灶,没有你做不成的事。

暖灶飘飘然。

丁医生转对暖被:护士说,你找我呢。

暖被、小旖互相看着,暖被拿出催缴单。

小旖憋了一肚子邪火：你们医院简直是吃钱机！三天两头就催款。也没吃什么药，也没打什么针，几千几千的就来了。我要出院！

丁医生接过单子，微笑地看着。

暖被说，旖姐的玉坠子卖了才三千二，还差两千一，如果后天出院，不知道还要多少，我想……留下一千块过年，我们什么年货都没有买，恼恼也没有新衣服……

恼恼：我不要新衣服！我要奥特曼书包！

丁医生叹了一口气：是啊，要过年了……丁医生开始摸口袋，他伸进白大褂，掏出钱包，把里面的钱都抽了出来，递给暖被。这你先拿着，看看差多少，不够我给你凑。过年钱，你们还是留一点吧。

暖灶一把夺过丁医生手上的钱，使劲塞回丁医生钱包。

暖灶：不用你送！我借她们！我讨来的钱，都借！

丁医生诧异地看着暖灶，目光里感动暗起。小旖也傻了。暖被瞪大眼睛，以为自己听错了。

暖灶二话不说，把包里的三千元掏了出来，语气豪迈：拿去！反正暂时没有用！丁医生的钱收起来。按我们老家的说法是，买药看病要花钱，不然病难好。所以，不能要你医生的钱！

丁医生：暖灶，原来你是来送钱的啊！你们这两姐妹，真是……

小旖还是反应不过来。

暖被惊喜：旖姐！我们写个借条吧！我们车子款到了，还你！暖被眼睛发亮，心情非常愉快，语调都轻快起来。暖灶看着丁医生微笑。看丁医生那么看自己，暖灶也为自己感动喝彩起来。她的脸上光彩重生。

不过，到晚上，暖灶就后悔了，简直后悔死了。她觉得她至少可以留一半下来，一千五也很多了。冲动的代价实在太大了。这么想来想去，暖灶几乎失眠，最后又把怒气迁移到冷小旖头上。

六

精明过人的春子,无论如何也想不到,多年来,她一直寻找的失踪的老公百顺,真正找到的时候,竟然意味着她巨大麻烦的开始。而这个麻烦,不只是她个人的,它把她所有的保姆朋友都卷了进去,甚至各家各户的东家。现在,这个麻烦只是刚刚露出端倪。

茂华小区门卫室,衣着体面、马尾巴梳得光溜溜的百顺,说找A011的谭家。保安打量着他:等着。保安拿起电话,准备核实。有车要出去,保安放下电话,去收费,同时有车进来。

趁车来车出,百顺在汽车的掩护下,飞奔蹿了进去。保安挂了电话,回头一看,百顺早就没影子了。保安恼火地呸了一口。

谭家客厅。三太太和春子在看杂志,杂志上是很大的丰胸广告。

三太太:如果安全,我要做个C杯的。我这辈子,对我的身体,什么都满意,就这地方有点遗憾。

春子:平一点也没什么。我觉得还是谨慎一点。很多人不是隆胸失败了吗?前几天,报纸还登一例,要不我找给你看?奶奶应该也有印象。

三太太剧烈摇手:千万别告诉她!还有那只土狐狸,千万都别说!家里我只信任你。哼,要不然她还以为我学她,羡慕她。你看她走路抖着胸部的样子!真可恶!

别墅大门口,铁栅栏外,百顺在门口招手。

春子一看,赶紧奔出院子,把他拽一边:你怎么来这里!百顺掏出一个MP3,挂在春子脖子上。

百顺:客户送的,很好听。

春子:我不稀罕!没事你别来这。东家不喜欢。

百顺:我只是看看你呀。看老婆不行吗?

春子一直回头看，三太太正好也往这边探看。

春子急：三太太和我说事呢，你有事吗？

百顺：你不是不能回老家吗？今年我想回家看看孩子和父母，也会去看看你家人。所以来跟你告别。春子脸色好了点。百顺：要不，我进屋喝口水。

春子：不行！东家不高兴外人。百顺还是不走。

春子想了想：你是不是想要钱？

百顺嘿嘿笑：你知道我混得不如你。回家我不见人就是了，不见人就不花钱了。不过，你父母我再怎么也要去看看的。春子没好气地翻了翻眼。

春子：等着！春子转身回屋，很快出来，狠狠塞给百顺五百块钱。

春子：哼，我就知道你不会白来看我的！

百顺：才五百元啊！老婆，大家都知道你现在是家政白领了，要给也要好看点。这几百……春子不高兴，但还是从口袋里又掏出两百块。

春子：你滚吧！百顺突然抱住春子，猛亲了一口，两百块已经在他手上了。

百顺：老婆再见！春子表情复杂地看着百顺一溜烟跑远了。

小灯看到了百顺马尾辫的背影，春子说是来借钱的老乡。小灯没有那么细腻的情感去过问,现在她一门心思地走在业余暴富的路上。在茂华小区，无论是别墅 A 区、高楼 B 区，还是多层 C 区，到处都有她带着堂堂奋力推销饮水机的身影。回家吃了点心，小灯又抱着堂堂出来到小区公园荡秋千，一边荡，一边拿眼睛发现目标。一个爸爸牵着学走路的宝宝走过。小灯欢叫：噢！是彤彤吧，过来过来！

彤彤爸爸刚刚走近，小灯下了秋千。

小灯：彤彤爸爸，上次我给彤彤妈妈介绍的那个保健离子饮水机，你们考虑得怎样啦？买一台吧？

彤彤爸爸说，资料看了，暂时还不考虑。

小灯：这真是好东西啊……

彤彤爸爸一笑，立刻牵着彤彤转身走了。

在茂华儿童乐园游乐沙坑，小灯又遇到一个年轻妈妈：哟，李博妈妈，好像你最近气色不好耶。

李博妈妈：最近赶一个大设计，熬夜熬的。

小灯：你还是喝点保健离子水吧。我们东家的一个朋友，才用了一周，全家人便秘就改善了，她老婆脸上的黄气都褪掉啦！

李博妈妈：我最不信这些东西了。

小灯：这是科学呀！它通过酸碱——

李博妈妈：李博，走喽，我们回去洗澡。

李博：我不！我才来呀。

李博妈妈：对了，蹦蹦床去蹦两下，把沙子蹦掉。走！

李博高兴地和妈妈走了。其他几个带孩子的大人，也走开了。留下小灯独自待在那。

小灯叹息：唉，愚昧呀。

第十三章

一

春节前的最后一次化疗,小旖坚强地挺过来了。丁医生表扬她了不起。她依然是吃什么吐什么,眩晕、便秘,生不如死。

这些天阴雨绵绵,家里的床单、沙发巾,因为小旖的呕吐,已经换洗不过来了。这个局面,连悾悾看了都着急生气。他命令小旖吐在姐姐事先准备的小塑料盆里。死去活来的小旖,难受得没有精力教训儿子。暖被也筋疲力尽,手指红肿。年关临近了,家里什么都没有买。正好,这天,暖灶去丁医生家送年货,原计划可以泡一会丁医生的,但莉莉来了,而且马上就赶她走了。暖灶只好顺便去看了暖被。

因为去看丁医生,暖灶这一天打扮得非常白领。她戴着眼镜,捧了个扎着粉色丝带的春节大红礼箱,一路望春风地走来。

没想到,丁医生还没下班,莉莉却按门铃进来了,提着一小箱进口樱桃。她指挥暖灶把樱桃冷藏。门铃再响,丁医生进来了。

莉莉:脸色不错啊,看来你恢复得不错。

丁医生笑:差不多吧。

莉莉说:你来一下。

莉莉进了卧室。丁医生跟了进去。

丁医生又开门:暖灶,你去洗些樱桃——原来冰箱里的。

两口子把卧室的门带上了。水池边,暖灶十分郁闷地打开樱桃盒子。樱桃黑红。暖灶噘着嘴,狠狠捏烂了好几个泄愤。洗好,暖灶托了一白色的玻璃大盘,到卧室门口。卧室门依然紧闭着。暖灶说,洗好啦,快出来吃吧!

门纹丝不动,里面无人应答。暖灶冲着门大声吆喝:很新鲜、很甜啊!快出来吃樱桃啊!

卧室里,传来莉莉的声音:没事你先回吧。

暖灶极度郁闷,简直想哭。

丁爷尝了樱桃,说真甜啊。小金,那你回去吧。你把这银鱼干带给丁慧。

暖灶坚决不带,简直有点气鼓鼓:她家年货堆成山啦!我还有事呢!

暖灶就这么郁闷万分地突然来到小旖的家。暖被很诧异。暖灶说,辛太太让我给丁爷送年货,我忽然想,我们也去给爸妈买点东西吧,我都借你们三千块了,我觉得我们可以去买两百块的年货寄回去。

暖被:三千块都给医院了,一分也没剩。不过,我去跟旖姐说一下,家里油、味精、地瓜粉,都快没有了。还有鸡蛋也没了。

暖灶:你别揩我的油!给爸妈的礼物是共同的,你要出一份,别以为我用购物券,你就占我便宜!

暖被:讨厌!我不去啦!你爱买什么就买好啦。

暖灶:干吗呀干吗!我不过是实话实说。我觉得,你现在越来越爱占我便宜了!小时候你从不这样。

暖被:我又没有想揩你油,就是揩你一点,你还不是不义之财?

两姐妹在超市干货架下,暖灶不断脱下眼镜,查看。

暖被:你把眼镜放包里,等下你又忘了。刚才你就忘在干贝那边了。

暖灶愤愤:你看,这几个虾干,扁扁地铺一层,十九块!在辛家,这些东西都是放了发霉。我们挣这一点辛苦钱,在这里买这么贵的东西，城里人的钱比我们多得多，却都是别人送东西根本不用钱！

暖被：对啊，都用券！

暖灶：你别盯着我手上的券！才一百块。都是血汗钱！

暖被：谁让你不投胎成城里人！说破天也要掏钱——就虾干吧，爸爸和弟弟都爱吃。暖灶扔进购物车两包，又捞了一包出来。暖被又放进去。

暖灶又扔回去：真恨城里人！你看，整个城里，有权有势的人，就像一家人一样相亲相爱，你送我这个，我送你那个，互相送来送去，都不要钱。我们呢，一片虾皮都要花钱！

暖被突然拉住姐姐，手一指：快看！成家太太！金头发的那个！暖灶定睛一看，一个金色板寸头在斜前方。

暖灶惊异：金色板寸头？那不就是打丁医生的女流氓吗！

魏雅玲似乎看了暖被一眼，暖被有点怯怯的：她认出我了，有点瞧不起的意思。

暖灶：凭什么？她瞧不起谁？一个女流氓，我还瞧不起她呢！

暖灶转身迎着魏雅玲走去，经过魏身边的时候，重重呸了一口。

几个时髦女人都意外地抬头看，莫名其妙。

暖灶昂然而过。她感到非常满足，简直就像替丁医生报仇雪耻了。突然，她一拍口袋：天，我刚才忘了戴眼镜！都是你要我收起来收起来！

暖被扑哧一声笑了。

车款讨不回，夏星光知道自己年肯定都过不好。他厚着脸皮，多次约魏雅玲，尽管每次都被魏雅玲骂得满头包，他还是要坚持索讨。这天，在马赛克大型超市附近采访，看时间还早，就直接进来找魏雅玲。

魏雅玲说她在外面，爱等就等吧。夏星光站在瓷砖的豪华区，那里流金溢彩、金碧辉煌。无聊中，夏星光细看这些标价牌。镶金的那种，一平方四千六；斜线镶银的，三千五一平方。夏星光看得不由恼火，按这个价，冷小姐的车款，不过值这里五平方的瓷砖。对于魏雅玲来说，简直屁也不是，她又何苦要这么折磨人。

一个现场经理模样的、像男孩子一样的女孩过来了说，夏大记者，我们魏总来电话了，她说，别等了，她赶不回来，协会还在开重要会议，让你先回去吧。夏星光在心里再次发誓，车款一到手，第一件事就是在手机里删除魏雅玲，他绝不再和这种人做朋友。

暖被却出事了。她在拆窗帘的时候，摔了下来。没想到，就像蝴蝶效应，暖被摔伤，压力还是会指向夏星光。夏星光就是神仙也不胜其烦。

那些天，物业保安不断来催讨物业管理费。小旖的手机也因为欠费停机。小旖痛恨讨债的保安，这个时候，她们买了很少的年货及日用品，只剩下三百七十多块钱。而恇恇，坚持要个奥特曼书包。

小旖不理他。她说，我那个坠子，你们卖太便宜了！九千块的东西，怎么才卖三千多！真不用心，不然也多抵几天用！

暖被：夏记者跑了好多家，主要是，玉这个东西价很虚，你要急用，人家就狠狠还价……

小旖：拉倒拉倒！我早看透了，那个记者，除了吹牛，没什么本事！一辆车，你看他拖泥带水卖的！

一边对话着，暖被一边把椅子叠在桌子上，上去拆客厅大窗帘。拆了一半，门铃响了。小旖说，去死！不开！

果然是保安。保安开始重重擂门，大喊：帮个忙吧，我们包干落实了，收不回款，我们不发过年前的工资！

又一个声音喊：都看到你们了，躲得了初一，躲不过十五！快开门——！砰砰砰砰，打门声越来越大。

暖被准备下来，不想脚踩住了窗帘布，身子一绊，从桌子上摔了下来。暖被龇牙咧嘴眼泪汪汪，疼得爬不起来。小旖使不上劲。忪忪突然跑过去，拉开了门：叔叔！快点！姐姐摔下来啦！

两个保安一看傻了眼。摔在地上的暖被脸色苍白，眼泪和汗水都在流。一个保安过来扶暖被，暖被疼得叫唤。她站不起来。左腿踩不下去。

保安：断了骨头？我打120叫救护车！

暖被无力地摇手。那车一趟就要收一百多块……

夏星光是接到忪忪偷打的电话才知道出事了。大雨中，他把车拐向小白象湾。以为又是讨物业费的，小旖绝望地喊：让他们直接来放火烧房子好啦！

忪忪登高看猫眼。突然欢呼着跳下椅子：星光叔叔！星光叔叔来啦！

夏星光湿乎乎地进来，头发上都是水。他一眼就看到暖被半蜷着身子站立。整个家冷冷清清。暖被说，你怎么来了？也不带伞。

夏星光：刚好路过，进来看看。你伤的是腰还是腿？站不住？

小旖：你是来送车钱吗？

夏星光摇头，他走向厨房看了看，菜筐里没有什么菜，他又拉开冰箱看。暖被一瘸一拐着跟了过来。夏星光已经掉头往大门口走了。

忪忪：星光叔叔！你去哪里！

夏星光驱车直奔菜市。他提着一大袋鸡蛋，又买了一大块排骨、瘦肉以及鱼、香肠，又把蔬菜什么的弄了一大袋，提上吉普车。

雨很大。停好车，夏星光提着一大袋菜，奔向小旖家。中途，塑料袋提耳断裂，土豆、青椒掉在雨地上。夏星光连忙护着里面的鸡蛋，还好，托得快，只破了两个。夏星光在大雨中捡乱滚的土豆青椒。

夏星光提着菜，浑身湿透再次进屋的时候，小旖也有点感动，但是，想到车款还拖拖拉拉的，在这急需钱的当儿，她难免心烦。暖被一瘸一拐，去给夏星光拿干毛巾。小旖有气无力地靠在卧室门框上，说，卖车钱讨不来了，所以，你冒雨买菜给我们吃，是不是？

夏星光沉着脸，很不开心，但碍于绝症病人，只好忍住不吭气。

小旖：不管怎么样，反正你必须帮我们讨回来，我已经没有精力打官司了。

夏星光：既然是我挑的事，我就会尽力收好尾。他转看暖被，我看你还是去下医院，拍个片，别落下什么后遗症。

暖被不肯。夏星光离去。恔恔依依不舍地跟了出去。

星光叔叔，恔恔说，我想要奥特曼书包！

夏星光回头，过去摸了摸他的头，下楼而出。

二

暖灶基本上是给自己出了挑战极限的爱情难题。

丁医生在听音乐。暖灶在擦地。

暖灶说，你的音乐不好听，从头到尾没有人唱歌。

丁医生：你喜欢有人唱的？

暖灶：我爱好音乐呀。随便什么歌，听三四遍我保证会唱。你这样没有人唱的，我就没有办法了。

丁医生：这是外国人写的《芬兰颂》。架子上大部分都是古典音乐，可能没有你喜欢的歌。

暖灶：为什么不找人唱唱？成本更高吗？现在的歌星出场费很贵，狮子大开口！出唱片又不能假唱。

丁医生笑：你说得有道理。

暖灶：那你就不要听这个半成品。没什么意思。

丁医生大笑：暖灶，你真的很可爱。不过，我还是爱听这个"半成品"。不少人还就是爱听这个"半成品"。

暖灶：为什么？

丁医生想了想：这么说吧，在我看来，好比你盛东西，平时你听的那种有人唱的，那是个小容器，盛点醋啦，盛点咖啡了就满了；没有人唱呢，是个大容器——就是大的筐子之类，甚至大到天那么大，宇宙那么大。

暖灶惊异：我真是想不通你。你没有汽车，音乐也是听半成品，房子也不算大。你知不知道？你老婆一个周末就赚了我半年的钱——可能是你一个月的钱。我觉得你家经济条件应该很不错，就是不知道你老婆的钱，交不交公？

丁医生：你怎么知道莉莉那么赚钱啊？

暖灶：我亲眼看到的啊！她是不是对你隐瞒啦，私设小金库？

丁医生有一丝尴尬：你觉得呢？

暖灶愤愤不平地：很多女的都是吃老公喝老公的，自己赚的全部藏起来。不过，你们像离婚一样地过日子，我就猜不出来了。

丁医生：那就别猜啦。赶紧把地弄完吧。

暖灶：我觉得这不公平……一家人两条心……

丁医生：好啦，我们是夫妻，你就别担心了。你妹妹和小旖怎样了？你还说她要回老家呢。你父母一定是好人，才能养出这么好的孩子。

暖灶：别说她！说她我生气。她从小就呆！这辈子她就是欠那个小二奶的！她还前世的债！

丁医生：小旖现在孤苦伶仃，也不是什么小二奶，你别这么叫了。

暖被不走,是于心不忍。对了,冰箱里那小箱的鲜冰虾仁,还有我们单位发的那箱芦柑,你回去帮我送一份给你妹妹她们。

暖灶:才不管!出院了就不是你的病人!

丁医生:你妹妹也要吃啊!冰虾仁小旖吃了还不好,中医说它发。给你妹妹和孩子吃。

暖灶:那好吧,看在你的面子上。

大年二十八,小旖发现她家的有线电视停了,要打电话骂有线电视台的时候,发现固定电话也停了。全都是欠费催缴无效而停用的。暖被找到这几天寄来的催缴单子,连滞纳金,总共是两千一百多块钱。

小旖气得大骂:下流坯!马上就要春节了,这不是故意的吗?!你去交!大过年的,没有电视不如死了算了!

暖被说,拿什么交?连滞纳金都要六百多!我们只剩两三百块钱,还要过年呢。

小旖停顿了一下,说,电视停了,电话停了,就你的手机还能打,你是不是把钱都充你话费了?

暖被很生气:我的话费都是我姐姐充的!

小旖:你姐姐?她那个小气鬼,她会舍得给你充话费?

暖被没好气地:人家东家经常拿电话卡给她作为奖金!她用不了!她也不是帮我充一次两次了,她就是要随时知道我的情况。

小旖:难得!那个小气鬼!

暖被脸色沉着:你别这样说我姐。她把讨来的欠薪都借我们了,要不我们连院都出不了!再说,今天上午她还送来虾仁和芦柑。她有什么不好!

小旖:那是丁医生送我的,倒变成是她的人情了!

暖被:东西是丁医生送的,可是我姐姐跑腿送过来的。那么远,她坐公共汽车来来去去，不是很辛苦吗？换有的人，才不爱来，反正东家也扣不了钱。

小旖瞪着暖被。暖被最近脾气变坏了，经常顶嘴。但小旖毕竟是任性惯了的，口气还是很凶：不说那小气鬼了！跟那个记者打个电话，催催钱，就说欠债不过年！

暖被：你打。我在做饭。

更糟糕的情况是大年二十九下午发现的。电断了。当时，暖被在厨房剁馅包饺子。小旖在床上玩游戏机。暖被在开冰箱的时候，发现里面黑了，赶紧开灯看，没电，而家里并没有跳闸。她开门，一瘸一拐慢慢下楼。一楼的配电箱上，她们房间的手闸被拉下，还有个封条在上面。欠费通知书贴在配电箱下面。已经半个多月了。暖被摘了单子，吃力地上楼回屋。小旖已经不像有线电视停了那么跳脚了。她听了，又开始玩掌中游戏机。

暖被：那怎么办？大年三十黑漆漆的，年夜饭怎么吃？恺恺肯定要闹。

小旖头也不抬，她不再回答，好像这和她根本就没有关系。暖被到柜子抽屉翻找，找到了三根蜡烛。天黑以后，她照顾好小旖，给她留了个蜡烛，就抱着恺恺在床上讲故事。因为没有电，孩子开始新鲜，后来明显胆怯起来。一直抱着暖被：姐姐和妈妈谁大？

暖被：差不多大。

恺恺：那为什么你当姐姐，她当妈妈？

暖被：你是你妈妈的孩子呀。

恺恺：我叫你妈妈，叫她姐姐行不行？

暖被：当然不行。她是妈妈，我不是。

恺恺：我就是这样叫，妈妈！妈妈！怎么样？

暖被笑：没有人答应你！

另一间卧房，小旖在黑暗中，她听到了隔壁房间里，儿子和保姆的对话。她感到不舒服，但并不是很强烈。说到底，这个年轻幼稚的母亲，始终没有完全进入角色。但是，不舒服的感觉总在。明天有什么办法来电呢？小旖烦躁不堪。甚至有点生暖被的气，什么东西都被人停了才报告，实在是讨厌。但小旖还是睡着了。有这个保姆，她毕竟是安心的。

三

今年的除夕夜，天晴在老家，陪在父母、哥哥、姐姐身边，过得非常开心幸福。小灯第一次和谭家人一起在酒店吃了年夜大餐，而且还得到了老太太给她赏赐的红包，老三也偷偷给她五百块钱，所以，这个除夕夜，小灯非常满足。春子照例会得到老太太的大红包，这个已经是惯例。但最具幸福感的保姆还是暖灶。丁家和辛家及莉莉家，合起来在酒店吃年夜饭。为此，暖灶足足打扮了两个小时。出现在丁医生等人面前时，果然效果惊艳。

辛太太说，你也太招摇了吧？连眼线都画了，不就是吃个饭吗？

暖灶：这可是吃别人煮的大餐！我今晚不是保姆！

辛太太：难怪毛豆说你大烧包！那个不伦不类的眼镜我看就免啦！

暖灶：说什么呀？这叫知性美！

最幸福的是，暖灶觉得自己绝对把莉莉镇住了，丁爷和丁医生都忍不住夸她。莉莉还酸溜溜地说：哈，暖灶真是衣冠楚楚啊。她这什么话！

莉莉母亲说，暖灶，你也给我们家找一个，像你这么能干的保姆吧。我的房子太大了，有时候，真是吃力啊。

暖灶一听，顺势膨胀，说，有个人比我还棒！我妹妹！——他知道！暖灶指丁医生。丁医生在和辛先生说话，没有注意她。暖灶说，过完年再说吧。不过，你要有思想准备，只有好东家，才留得住好保姆。

辛太太立刻听出暖灶在夸自己，喜形于色地骂：好啦！你就靠一张嘴！

这个万家灯火的团圆夜，最凄苦的保姆恐怕就是小白象湾的暖被。

小旖、暖被、恇恇三个人坐在沙发上。茶几上，一根红蜡烛的火苗在抖动，照着吃剩的几个饺子和几个苹果，还有一锅看不清颜色的汤。整个客厅十分昏暗，毫无节日气氛。

小旖：再加一根蜡烛好不好？

暖被：不行！只有两根了，要省着用！

小旖撒娇地：人家不喜欢黑嘛，这是除夕夜啊。

暖被有点吃惊，小旖只有对成先生用这样的语调说话，现在她这样对暖被说话了。

但暖被不为所动：我也不喜欢！我愿意所有的灯都亮着，我愿意和我父母一起在乡下放鞭炮。

恇恇：我也要去你家放鞭炮！我要边跑边放。我不怕！

小旖噘着嘴，有点想哭，但她也不敢去擅自加一根蜡烛。恇恇突然想起什么，起来去翻自己的抽屉。他找来过去剩下的生日的彩色细条蜡烛。恇恇把小蜡烛都烧完了。他找出牙签要烧，被暖被制止。

门铃响了，恇恇跳起来：星光叔叔！——是我叫星光叔叔来的！

果然是夏星光。手里提着年糕、烧鸡、酒和水果，还有应急灯。

夏星光在门口，讶异地看着屋里的一切，说，还真没电啊！恇恇要我带电灯来，开始我还不信。暖被、小旖惊喜而默然。夏星光看懂了她们的表情，呵呵笑着，放下东西，掏出应急灯。

万家灯火璀璨,而小旖屋里的昏暗冷清,让夏星光隐约不是滋味,好像是他没有讨回钱才导致了这样的局面。应急灯一开,雪亮的灯,一下子使屋子里的人开心兴奋起来,连小旖都笑了。这是她第一次对夏星光笑。

夏星光:凑合吧,都是我家里的东西。我陪你们三个等新年钟声吧。夏星光开始倒酒。

怔怔很得意:星光叔叔——我没骗你,对不对?

夏星光有点尴尬说,这电厂也够呛,怎么也过了年再停电啊。再欠费也该让人过个安生年啊。

小旖:到处都是下流坯!电话、电视、电……

暖被:是我们欠太久了,他们以为这个时候,一逼我们就会去交钱,其实,再逼也没有用了,我现在最害怕的就是停煤气和停水,这两样没有,就没法过日子了。

夏星光:是电路切断吗?怎么断的电?

暖被:一楼下面,我们家的开关那里,贴了个封条。

夏星光站起来说,我下去看看。

怔怔:我也要去!

楼道一片光明,但安静无人。家家户户都在灯光温馨的家里,享受节日的幸福时光。远处,到处是各家各户传出的春节联欢晚会的音乐。还有人们被小品逗乐的一阵阵笑声。夏星光和怔怔走到一楼。

在一楼总配电箱,夏星光看到了那个封条。他踮起脚,小心把它揭下,想了想,掏出笔,在封条上写:对不起,让我们穷人过个光亮的新年吧。新年快乐!

怔怔:可以了吗?

夏星光:可以了。我们上去。

怔怔:你是给电写信是吗?

夏星光：是呀。它收到就会送电来。

两人上楼。怔怔说，你忘记给我买奥特曼书包了。

夏星光：唔，忘了，对不起！不过，夏星光蹲下来，还有一点，主要是我不喜欢别人向我讨东西，我喜欢自己给他。

怔怔停下来想了想：那我不讨了。行吗？

行。夏星光抱起怔怔，大步上楼。

屋子里大放光明。怔怔高兴地嗷嗷大叫。小旖扁了扁嘴巴，竟然想哭。她蛰进了自己房间。

新年钟声响的时候，夏星光给魏雅玲发了短信。魏雅玲很快就回了：新年好。他奶奶的，我原谅你了。

夏星光如释重负。

初一下午。小旖卧室阳光灿烂。小旖把大衣柜打开，看着里面一件件时髦漂亮的衣服。有一些衣服连标牌都还没有摘下。小旖叫：暖被，过来！

系着围裙的暖被过来了，手还是湿的。

小旖提着一件藕色毛衣。小旖：这个送你。过年了。昨晚黑黑的看不见，灯来了，一高兴忘了去找。

暖被：还是你自己穿。我都这么大了，过年无所谓新衣服的。

小旖：你穿，你先穿上！我看看——围裙、外衣脱掉。

暖被拿着标牌：还是新的呀！

小旖一把把标牌扯掉：过年当然穿新的。你矮我太多，不然另外这两件外套，你穿起来一定更不错。不过，这件毛衣肯定行。

暖被迟疑地解下围裙又脱掉外衣，把它换上了。

小旖帮她整整肩膀，拉拉腰线，又理了理头发。

小旖：看，多么棒！你还真是长得不错。难怪那记者说你像我妹。

暖被不好意思。小旖：现在我告诉你，这是羊绒衫，不能水洗。羊绒比羊毛还暖和，很轻。你用手摸过去，有点凉而且滑，就是真的。

暖被小心地：贵……不贵？

小旖：买的时候，我觉得一点也不贵。小旖哈哈大笑。暖被有点感动。衣柜门大开着，小旖的手在一件件衣裙上慢慢滑过。她又抽出了一件黄色的貂毛大衣。好看吗？它很高贵。这是成先生给我的第一个生日礼物，上好貂皮，价值六千多元，够你半年工资了。暖被吃惊地摸了它一把，又滑又凉的感觉。小旖又拿出一件没有摘标牌的灰紫色A字呢裙。

小旖：这个牌子是法国的，阳光下它很漂亮，晚上的光线下更是迷人。这个颜色非常奇怪。这是成老板生前给我买的最后一个礼物。你的身材穿应该不错的。

暖被连忙摇头：我不要！

小旖一笑，是啊，你也没有这个气质。这就是你和我的根本区别。但你有你的漂亮。

小旖站在衣柜前，突然把遮丑的丝巾抓下，头发又带了一把下来。她凄凉地笑了笑：可惜了这些漂亮的衣服，都是我精挑细选买来的，我死了它们就没人敢穿了。

暖被：大过年的你干吗？不吉利！

小旖蹲下，在衣柜的抽屉里，拿出一根白金项链和一个戒指，在暖被脖颈下比画了一下，她走到大窗前。

小旖：哎，你过来！

暖被想都没想：我不要！

小旖傻了。手里提着项链。

暖被：你都这样了，我急什么工钱呢？不要，我现在什么都不要，你先拿去治病。小旖依然傻着。暖被看她表情奇怪，疑惑地走了过去。

小旖忽然抱住暖被，咳嗽般地哭出声来。暖被从来没有被东家这样抱过，非常不自在。

小旖却紧抱着她抽噎：暖被……暖被……

你怎么了？旖姐？

小旖：你怎么这么好心啊……我没有想到现在要给你工钱，我是想让你问个公道的地方，卖了它……我没有办法了……

小旖动了真情，泪如雨下。暖被因为自己误会，有点不好意思。

小旖泪眼婆娑：你会离开我吗？暖被，会不会？暖被摇头。

小旖：我真的没有钱了。可能，你原来还以为我老底很厚，其实没有，打官司太可怕了，钱像流水一样地被人家拿走。现在，我跟你说实话，我真的没什么钱了。我留不住你，你要是真的想走了，那……就把戒指拿去吧，是K金的，但是这颗钻石很值钱，你戴的时候，注意点安全……你结婚的时候，我肯定已经死了很多年了……

暖被泪水满眶：你说什么呀！我不走，我走了，那你和悾悾怎么办？

小旖：我不知道……我真的不知道，那天把你烫伤你跑掉的晚上，我就想，如果我治好了，我一定要养你一辈子！我挣的钱，都是你的！你要不回来了，我也没有办法，再找保姆，就是有钱，也找不到你这么好的……实在撑不下去，反正，我是不会把悾悾一个人留在世上受人欺负的……暖被大哭出声来。她不会表达。

小旖像孩子一样，紧紧抱着暖被哭着不放：不要离开我……我很想成先生在……我只剩下你和悾悾了，呜呜，不要离开我……好不好……不要走……暖被哭着，一直点头。

这么多年来，这对善良保姆和幼稚东家，第一次与对方像亲人一样，发自肺腑地紧紧抱在一起。在这个万户千家欢欢喜喜、辞旧迎新的幸福喧闹中，她们的生活掉到了最黑暗的谷底，但彼此却升华起最温暖的相依为命感。

四

小区公园。小灯带着一身新衣服的堂堂,在激情推介离子饮水机。一个妇女抱着额头上扎花的白狗过来了。

小灯：真漂亮的狗狗！狗狗新年好！

狗主人笑：新年好呀，小宝宝。

堂堂想抓狗狗头上的缎花。狗狗可能闻到堂堂身上旺财的味道，对他嗅来嗅去，十分友好。

一个牵着孙女的爷爷过来了。大家都在互相问新年好。

老爷爷：上次老许夫妇是买了你的保健饮水机吧？

小灯：叫离子饮水机。

老爷爷：是，你有带资料没有？好像还不错，我看到科技报上登了，不知道是不是同一个牌子。

小灯赶紧掏出随身带的资料，老爷爷戴起老花镜。

抱狗的妇女：什么东西？

小灯：一种科学饮水机，比普通水保健养颜，每天喝几杯，特别清理肠胃，排毒养颜，滋润皮肤。

抱狗的妇女：还有资料吗？

谢天、谢地飞跑过来了。一个手里拿着破风筝，一个拿着小呼啦圈。老爷爷的小外孙女和堂堂，立刻不要狗了，他们摇摇晃晃地看着风筝，跟谢天、谢地而去。谢天、谢地带着两个幼儿，在草地上转圈圈。四个孩子都很开心，发出阵阵笑声。那个爷爷的小外孙女，想叫爷爷把风筝弄上天，爷爷听小灯讲得神奇，拨开孩子，又掏出老花镜仔细看说明书。

老爷爷：我开始是听老年大学的人说这个，不过，我还是相信报纸。

抱狗的妇女：你真是在科技报上看到的吗？是有科学道理对吗？

小灯：都是街坊邻居，弄一些假东西也太没意思了。

老爷爷和妇女，围着小灯问这问那。小灯也忘记了堂堂的存在。结果四个孩子，越玩越远。修小灯忽然感觉堂堂不见了，四周根本不见孩子的影踪。小灯失魂落魄地惊叫起来。那个老爷爷也发现自己带的小外孙女没了，连忙高声呼叫。惊恐之下，小灯眼神都直了。

抱狗的妇女：别急别急，应该丢不了。——这资料可以给我吗？有没有电话留一个？

小灯根本听不见她在说什么，一把推开她，发疯地奔跑乱找，一边声嘶力竭地狂叫：堂堂——堂堂啊——

在小区菜市边，双胞胎在两个宝宝背上一人插一根树枝，大声叫卖：卖小孩哟——卖穿新衣服的小孩哟——

朝雨和几个少年，一头大汗从小区旁边的小学球场玩着球过来。朝雨扭头一看，大路口，谢天、谢地正在卖力吆喝。朝雨立刻过去把两个小丫头一把揪起来。朝雨：哇！连人贩子也做上了！谁带你们来的？！

谢天、谢地齐声：我爸爸带我们到杨隽哥哥家拜年玩！

那个小外孙女指着小区公园的方向。她努力要和堂堂牵手，堂堂反复把她手拍掉，自己往公园那边摇摇摆摆地走。

朝雨对同伴：我把他们赶大人那边去。这对双胞胎是超级坏蛋，不拦着她们，真会把人卖了。

朝雨把一串小孩统统领走，四个孩子依然边走边吆喝，卖小孩哟，卖穿新衣服的小孩哟——忽然，谢天、谢地打起来了，互相吐口水，朝雨制止，结果被吐了一身口水。朝雨气得要揍她们。谢天、谢地立刻跑掉了。朝雨看守着两个小不点，不知道如何是好。幸好小灯平时勤奋推销饮水机，搞得小区几乎所有的老人、保姆都认识她，认识堂堂。所以，在大家的指路下，朝雨直接就把两个小不点往谭家别墅送。

正好春子买菜回来。看到堂堂和一个陌生少年一起，正纳闷不见小灯，就看见小灯披头散发地冲过来。春子搞明白情况，怒火攻心，扬手给了小灯一个大嘴巴。小灯看到堂堂，马上破涕为笑。她根本顾不上春子怒目金刚地捆耳光，她抱着堂堂，蹲在地上，像白痴一样满足地痴笑。

看到冷小旖落魄凄凉到极点的惨状，从大年初一开始，夏星光不断打魏雅玲的电话。但是，她都不接。生意人魏雅玲最恨新年伊始就被人讨债，故意不接。

夏星光知道自己供按揭，没有什么积蓄，但还是问了母亲。果然，母亲说，你现在还有什么存款？买房子的时候，首期还是我们帮助你的。你现在一月几千地供房子，平时又大手大脚，还想有存款？最近这几个月好像心事重重的。

夏星光摇头。之后又打魏雅玲电话，电话居然通了。她在KTV房整洁高档的洗手间，醉醺醺地接着电话：你过来吧！她大声喊。

夏星光：魏姐，求你了！我的朋友春节电和电视都被停了，没有钱缴费。

你也真能掰呀，魏雅玲咯咯大笑，现在谁家穷成这样？看你编的，是不是连裤子都没得穿了？！

夏星光：魏姐，我们认识这么久，我什么时候这样低三下四？把余款给我吧，她们实在太困难了。

好，魏雅玲很干脆，你过来吧！人间天堂二楼的金钱豹厅。马上过来！过来就给钱！

夏星光放下电话，飞快地穿上外套奔了出去。

但这个晚上，他还是没有拿到钱，半途，报社热线急报滨西煤气爆炸，全家人生死不明。春节记者少，夏星光只得半途掉头赶赴现场。他边开车边打魏雅玲电话，但是，在K歌的魏雅玲的电话，怎么打也没有人接了。

五

因为蒲先生出差，提前从老家回来的天晴，受到蒲家热烈欢迎。尤其是外婆。过了一段有保姆照顾的生活，忽然再失去保姆，外婆外公都很不习惯了。因为忙乱，两人经常为一点鸡毛蒜皮的事争吵。进门的天晴还没有落座，外婆就拿出一个红包：来，孩子，我们给你的压岁钱！

天晴嘎嘎笑：耶！还有压岁钱啊！

外公：你不在的这些日子，你外婆都快忙哭了。她可是真心想念你。我们祝你新年健康如意、学业有成。

外婆：在我们那里，没有结婚的，都要拿压岁钱。

真是久别重逢，大家真心实意地一团和气，杨隽敲门进来了，手里拿着一张报纸，非常兴奋。他画的那组围墙漫画《我的家》，刊登后，获得了广泛好评。杨隽急于跟天晴介绍社会反响。天晴异常兴奋，反反复复颠来倒去看不够，看得直乐。外婆一个劲地泼冷水，说这种马大哈媳妇，算什么艺术。

杨隽：报社反馈说，这组作品很受读者欢迎呢，很多读者在写信、发短信投票表决呢，他们说，生活气息浓厚，幽默有趣，充满对生活的爱。报社说它很有获奖实力。

天晴对报纸爱不释手，对杨隽无限敬佩的样子，让外婆很不高兴。很明显，天晴一到，杨隽就来了，可见他们一直密切联系着。再看到天晴和杨隽一唱一和地一起做梦，外婆刚见到天晴的美好心情，渐渐烟消云散了。

春子听到百顺压根没有回家过年的消息，简直气疯了。

搬运工这次的电话，是要春子再给他老婆找工作。春子好容易给她介绍到一个住别墅的台湾人家里做，不到半个月就被人家辞退了。搬运工先说，给你拜年啊。另外，我好心再告诉你一件事，你可别说我说的，你们家百顺根本没有回老家过年！

春子大为震惊，自尊心严重受伤，厉声地：你说什么？！

谭老太和三太太都抬头看春子。春子立刻调整语调：你说。

搬运工老乡最后说，你让我老婆去的那个台湾人家，实在太小气抠门了！天天把剩菜放我老婆面前，昨天又嫌我老婆手脚不干净，硬说口袋里有钱忘了掏出来，说我老婆洗衣服钱就不见了。你说，别人不知道，我还不知道我老婆吗？我老婆根本不可能贪这个钱……

春子气急败坏，她知道，如果那女人不是被人赶出来了，老乡不是要求她再找别墅保姆，绝对不会告诉百顺的事。这一个个恶棍！但是，她知道谭家人都在注意她的电话，因此只能说，好了，保持联系。

果然，春子挂了电话，谭太太和三太太都看着她。

谭老太：出什么事了？谁啊？

春子故技重演：还不是那个小二奶家的事！小保姆暖被说，今年过年很惨，大年三十点蜡烛过。因为欠费，电、电话、电视都被停了。

三太太：这样惨啊！

谭老太说：这你告诉过我了。

春子：现在更严重了，小二奶脾气又古怪，暖被很委屈，现在她们在卖首饰……

三太太高声问：向我们推销？我们可不要她的东西，不吉利！

春子：没有。她们没有要卖我们。上次奶奶让我送去的钱，人家都不肯收。

谭老太叹气：大家过年欢欢喜喜，那一家也太可怜，最可怜的就是那个小菩萨。哎呀，你还是替我再给她点压岁钱，包五百块去吧——

三太太：妈你可别多管闲事。小保姆是好人，可是那一家子绝对不吉利！男人暴死、官司大败、自己年纪轻轻晚期癌症。太凶、太不吉利的人了！我们少沾多平安。谭老太瞪了三太太一眼。

春子春节刚收了三太太给的羊皮手袋，和一个偷偷给的小红包，看三太太难堪，有意为她说话，便说：奶奶，主要是她不好意思收，毕竟跟你不熟悉。

谭老太：她不熟悉，我熟悉呀！这也是积德的事！

三太太给春子红包是史无前例的，其实春子也知道她葫芦里卖什么药，但是，拿了人家的东西，难免心软。

赞美完羊皮手袋的高级，三太太就对春子掏心掏肺地说话了：最近，我们老三很喜欢晚上到土狐狸那里逗儿子玩，更可恶的是，那土狐狸一看到老三，故意穿低胸睡衣，讲话的声音都不一样了。真骚！我就不明白，老的为什么偏要留着她！

春子笑：还不是你儿子喜欢她？

三太太：换就换了，小孩子哭闹一下就过了。关键就是老的！老的又听你的，所以，你无论如何要帮我弄走她！

春子：奶奶凭什么听我的啊？

三太太：谁不知道啊！你是这个家里的主心骨，老的对你比亲女儿还好。反正，你一定要帮我这个忙，平时也帮我多盯着点。抓住一次，我就开了她！！！

春子：其实她也就是一个傻大姐。不是你的对手，你犯不着和她较真。

三太太：就是傻，才让人生气。你真碰上一个又漂亮又厉害的狐狸精，也算是棋逢对手，值！她算什么东西呀？一只土得掉毛的乡下狐狸。我呸！

春子笑。

三太太：给我盯死她！弄走她！我一定重谢你！

春子笑着点头。

第十四章

一

幸亏天晴提早回来了,外婆出事的时候,要是没有天晴在,外婆的眼睛也许已经瞎了。当时,天晴在厨房炸年糕。家里没有其他人。外公晨练未归,朝雨上学。外婆起来后,觉得卧室的门好像变小了,看其他东西也很奇怪。外婆一害怕,大叫天晴。

天晴发现,外婆的右眼根本看不见了。外婆惊恐:我瞎啦!!怎么办啊!老宋那死人没有手机,起码八九点才回来,我看不见了呀!天晴冷静地打了电话给暖灶,说了大致情况,要了丁医生的电话。

丁医生很意外接到天晴的呼救电话。丁医生以前听暖灶吹嘘过她有个教授家的、了不起的保姆朋友。所以,并不陌生。他问了天晴几个问题,得悉昨晚老人吃了降压药贝那普利,就怀疑外婆是"眼中风",他让天晴立刻送老人来医院!

由此,丁医生又认识了这个叫天晴的保姆。这个保姆的聪明可爱,让丁医生和眼科医生们都很意外。同病房的病友,更以为天晴是老人机灵体贴的孙女。外婆虚荣心大大膨胀,虽然戴着眼罩躺着,她也搞不清对谁说,自己对着天花板,把天晴怎么爱读书,成绩怎么好,怎么会发表文章,她大学教授的女儿女婿怎么鼓励天晴读书,天晴又怎么勤奋自修,快拿到大学文凭了,以及以后要考公务员还是律师,说了一大通。她描绘的东家开明、保姆优秀的温馨画面,简直把所有的人,羡慕死了。

中午,杨隽和外公进了病房。外公手上提着饭。

杨隽是在茂华门口碰到外公的，一听这事，便说你挤公交车半天，不如我一踩油门。外公说那正好，你带大晴回去吃饭吧。

等杨隽和天晴一起回去，外婆立刻不高兴，说，我不喜欢天晴和那个小流氓一起进进出出！

外公：小杨也不一定是小流氓，艺术家和正常人不一样。

外婆：可是，我们天晴不是艺术家，让他去找艺术家女流氓去吧。他那些朋友，我注意了，男男女女都是奇装异服、抽烟喝酒，一个个头发比他的还长，你根本分不清哪个是男，哪个是女！

外公：你是病人，操这个心干吗？

外婆：少让他们来往。我们要对天晴负责！我们是女方，年纪又大，还是保姆。你想想，小蒲那天说，很多大学生喜欢天晴，后来一听说是保姆，一个个都溜走了。本分的学生都这样，那小流氓对我们天晴会真心？这样来来往往，天晴肯定要吃大亏……

外公：哎呀，你是不是眼睛一点也不痛啊？如果这样，我还不如回去睡个午觉，你自己在这里研究当不当媒婆好啦，简直是狗拿耗子嘛！

外婆：不是狗拿耗子！今天没有天晴，我就瞎啦！我要为她多想想，人家父母可不在身边！

外公：可是，天晴根本也没有和小杨谈恋爱，你在病床上瞎操什么心啊，我的天！真谈了，你再操心还有点道理……

外婆：狗屁！真谈了，就来不及了。就是要现在防患于未然！

保姆关系网中，最不和谐的因素，恐怕就是春子的可疑丈夫百顺了。没想到，这个不和谐的人，早就和另一个不和谐的人魏雅玲，有过交手。这天，两个不和谐的人意外相遇了。扎着马尾巴的百顺，正站在街边，伸着腿，一边让擦鞋的擦皮鞋，一边打电话高谈阔论。

魏雅玲牵着小丫头成怡、成悦姐妹，走向停车场。经过百顺身边，听着耳熟，魏雅玲扭头一直在看他。

百顺：紫檀木面板回扣小了，不要买那家的……

百顺还没有说完话，魏雅玲一把夺过他的电话，同时揪住了百顺的胸口：一年了！你逃！看你这黑心的装修工往哪里逃！

百顺一惊之后，顿时笑容满面：大姐你听我解释！你家的那个门啊，我说了，我有空一定会去重整。去年我一直在外地忙。这样这样，我贴钱给你重买材料做一个！哎呀，你不知道，这材料是我被那黑店骗啦！它太湿了嘛，你们又赶工……

魏雅玲：害我家的门两年都关不上！你这恶棍！

魏雅玲挥起夹包要抽百顺，百顺挡住脸。

百顺：大姐！大姐！你听我说！我百顺一贯重信誉，顾客的口碑就是我的质检证，你去皇风御苑刘大姐家打听打听，你去紫竹林温科长家打听打听，你去……

魏雅玲的包已经打在百顺挡脸的手上：少放屁！她把百顺的手机塞进包中。百顺要夺。成家小姐妹又惊又怕，赶紧后退。

魏雅玲喝道：放手！！什么时候去修门，什么时候还你！

百顺哀叫起来：哎呀，大姐，我父亲还在抢救中，我随时要听老家的声音。我还不是没钱回不了家吗？还不是就指望电话听一点那边的情况吗？我的大姐嗳，人心都是肉长的不是？

魏雅玲转身而去。

百顺：哎哎哎，大姐是我不对，但是电话你还我吧，我跪下来求你了！

百顺真的扑通一声跪下来。

百顺：大姐啊，别的时候，你拿去就算了，可是，这个时候，我父亲……百顺忽然眼眶就红了。

擦鞋子的人说，还他吧，有孝心人就不那么坏！

魏雅玲：你要手机是吧？好，你身份证我看看你真名是什么。百顺别别扭扭拿出一张。魏雅玲一看，那破旧的身份证，都开口豁嘴了：这哪里偷来的！根本不是你！

百顺无奈地又掏：拿错了。那我兄弟。

魏雅玲把百顺亮出的证件，一把夺过。

魏雅玲：好，什么时候去我家修门，什么时候把证拿去！

百顺：哎！——私扣身份证，哎，你这是犯法的！

魏雅玲拿过成怡手上的芬达，对准百顺刚擦亮的皮鞋浇花一样，倒了下去。百顺傻眼，像被烫了一样，跳脚干号又急脱袜子。

魏雅玲把手机摔地上：我等着你这浑蛋来拿！

魏雅玲拉着女儿扬长而去。擦鞋的人叹息一声：哎哟，那是我刚擦好的鞋啊！说话间，百顺捡起手机、套上鞋子就跑了。

擦鞋的人大叫：钱哪！你擦鞋钱还没付！喂——

二

冷小旖和暖被的关系，在发生微妙的变化。保姆暖被越来越自立自尊，越来越像个家长，而东家小旖，越来越内敛、顺受，过去乖张任性的习气，越来越收敛，她对儿子悾悾有时爆发，但是，她已经会在意暖被的脸色。

这天，悾悾和暖被买菜回来，一进门就往小旖床上靠，吵着要买个奥特曼书包。小旖惊叫：别靠近我的床！脏兮兮的，下去下去！别把病毒带给我！

暖被脸色很郁结，好像自己的孩子被外人骂了。你别对孩子那么凶,她说,刚才悾悾陪我买菜,说他想吃排骨和虾很久很久了,我说不行,钱要留给妈妈治病,他就不再闹了——这么乖的孩子,你总凶他干什么?!

修小灯的电话打断了暖被的话,她到客厅接电话。暖被!听说你们东家一直便秘?

暖被说,是啊,医生说,疗程中,很多人会这样。

小灯:我上次跟你说的那个保健离子饮水机,真的很有效耶!我们这边小飞机的爷爷奶奶使用了都说好。你让你东家买一台吧?

暖被:什么呀,我们连吃饭的钱都快没有了,你胡说什么!去去去,我正忙着洗被子赶太阳呢!

小灯:她又吐了啦?哎呀,她用我这个水,肯定不会吐了!你们不是卖了汽车吗?

两人说话间,悾悾在卧室大喊:姐姐!妈妈又吐啦!暖被赶紧收了电话。

小旖把床铺吐得一塌糊涂。

暖被很不高兴:哎!不是叫你用我放床边的盆子接住吗?昨天的还没有洗完啊!这样我怎么来得及洗?!这两天你怎么啦?盆子都给你准备着嘛。

小旖不吭声。

暖被重手重脚地拆脏被子。小旖闭着眼睛缩在床脚。

暖被:就算你家被子很多,也没有那么多地方晒。前天太阳好,我一床床搬到七层顶楼天台去晒的,要不哪里会干?

小旖低着头,一动不动。不知道她在想什么。被子拆下,暖被抱着被子出来,又折回头:别再乱吐了。真让人受不了了!你也这么大的人了!暖被心犹不甘,又扔了一句:我的腰腿都还在痛!

暖被出去。小旖在床脚一动不动。暖被电话又响了,还是小灯。

暖被很烦，接起来就说：别烦我好不好，小灯，旖姐今天又不舒服。我得赶太阳，说不定还要去医院……

小灯笑：等等！我最后说一句。我找机会，叫老三带给你一些资料好不好？

暖被：不要不要！我忙死了，你别烦我！

摁掉电话，暖被到水池刮洗被褥上污秽的呕吐物，暖被自己也一阵阵反胃。恾恾过来了。

恾恾轻声：妈妈在哭。

暖被住手。

恾恾：我听到小小声的，就进去看，是妈妈在哭。

暖被不知所措。

恾恾：是你把她骂哭的吗？

暖被摇头：我没有骂她。

恾恾：你有，我听到了。

暖被放下被单，走进小旖房间。小旖趴在没有被套的被子上，低声哭泣。暖被迟疑着，恾恾看着她。两个人都不敢叫小旖。恾恾想了想，跑出去拿来一张纸巾，努力从小旖的脸和被子之间塞给她擦。

暖被眼圈红了，最后还是轻轻走了出去。暖被回到阳台，眼泪掉了下来。

恾恾跟了过来，好奇地看着暖被。

恾恾：为什么你们都哭？

暖被蹲下来，使劲抱住恾恾。

暖被：刚才姐姐说话很凶吗？

恾恾点头：姐姐现在经常凶我和妈妈。

暖被泪水长流，抱紧恾恾：姐姐不好……是姐姐坏。恾恾帮她擦眼泪，越擦暖被泪水越多。

春子发誓要找到百顺。和前一次的大寻找不同，前一次，她心里有愤怒，也充满了猜疑悬念、担忧。而这一次，充满了恨。丈夫的混账无赖简直深入骨髓，大年三十，那个浑蛋还打电话，说给她拜年，说回头会去她父母家拜年。春子父母说百顺还没有来，她还以为他在哪里喝酒拖延了。怎么能想到，他压根没有回老家。完全就是骗钱！

春子抽空，找了百顺几天。搬运工老乡，为了老婆的工作，不断给春子消息。春子不时假借看暖被的名义，较长时间地溜出来寻仇。这次，搬运工给的是城乡接合部殿口文化中心。

下了的士，果然，春子在文化中心的一个台球桌边，看到了正在打桌球的百顺。春子二话不说，冲过去猛推百顺。百顺弯着腰正在瞄准，冷不丁被一推，倒在地上。春子提脚死命踢。

百顺也看清了是春子，慌忙爬起来，半搂半拉，使劲把春子往看热闹的人群外拖。百顺：老婆啊，我天天盼着你来找我，我不敢给你打电话啊，我不敢告诉你。你知道吗？我的钱和火车票，统统被人偷了呀！

春子不说话，突然举起桌球杆子，劈头又打。

百顺没有躲，春子愣了愣，又是一杆子。

因为百顺不躲不避，春子更加烦躁，挥杆猛打，杆子断了。

百顺：你消气了没有老婆？手打痛了吗？

春子怒目圆睁。

百顺：大年三十，家家户户在吃团圆饭，我整整饿了两天，差点进了社会救助站，要不是这里朋友收留我，你现在恐怕都见不到我了。

那你为什么不打电话？初一还电话拜年什么意思？

还不是怕你不相信吗？任谁听也不相信啊！我怎么办？初一我

再痛苦，也要拜年祝福你啊。男人嘛，打断牙齿肚里吞，只有自己坚强活下去啦！

春子要撕他的嘴：你还不如说被人杀了，死里逃生！

百顺：你要是还不相信我，那我死给你看吧！

百顺说罢，起身就往马路上跑。一辆私家车正向这里开来，百顺加速。春子吃惊了，大叫着追喊：百顺、百顺。

百顺扑向汽车，再一个巧妙侧转倒地。汽车发出难听的刹车声。

春子尖叫：百顺——！

司机暴跳如雷。又惊又怕想拖起百顺，又不敢。司机感觉没有撞到人，但那一瞬间很短很紧张，他也吃不准。春子扑了上来，抱起百顺。

春子带哭腔：怎么样！你感觉怎么样啊？！

百顺一声叹息：你为什么不撞死我呢？这日子太苦了！

司机：我操你妈！正月没过，你要找死你跳楼上吊吃老鼠药去，你撞我车干吗呀！

春子扶起百顺，惊慌失措地检查百顺身体。打桌球的几个男人在窃笑。一个说，她不知道她老公已经靠这一招，挣了多少赔偿费啦。

三

小旖变得不爱说话，掌上游戏机也没有以前那么爱打了。暖被被怔怔批评后，有心对小旖再好一些，但看得出，小旖淡漠而平静。暖被端着一小碗她炖了一上午的老鸭汤，看到小旖靠倚在卧室窗台。没有开灯。暖被为她开了灯。小旖看了一眼，摇头表示不吃，又看窗外出神。

暖被：昨天和今天，你什么都没有吃啊，丁医生说喝点老鸭汤好，我下午特意去买了半只，换个口味……

小旖缓缓摇头。

暖被：我用吸油纸把油都吸掉了。你喝了就睡吧，也许明天你就舒服了……

小旖：你去睡吧，我透个气。

暖被干站了一会，只好把鸭汤端走。厨房里，已经摆了小旖不吃的小碗线面和小碗瘦肉粥。暖被把鸭汤放下，用菜罩子把它们都罩好。

暖被拿了温度计，再进小旖房间，说，量个温度，你就早点睡吧。

小旖摇头。暖被走过去，让她放进衣领腋下。小旖拿过体温计，一下子丢出窗外。暖被目瞪口呆。暖被还在发呆。小旖慢慢爬上了床。暖被看她神色有异，俯身摸了她的额头一把，感觉很热。

暖被：你发烧了？你自己知道！

小旖摇头，闭上眼睛，挥手叫暖被出去。暖被退出，悄悄地摸藏了桌子上小旖卧室的钥匙。暖被顺手替她关了灯。

夜深了，暖被毫无睡意，身边的悾悾在梦中不时咔咔磨牙。暖被不断抚摸着孩子睡得红扑扑的脸蛋，忍不住亲了他的鼻尖。又把脸埋在他颈窝，呼吸着孩子芬芳的气息。

四周很安静，但暖被不时竖起耳朵，聆听隔壁小旖动静。左右邻居的电视喧闹都停了，一切都太安静了，可是暖被不放心。暖被下床，轻轻走出屋子，她看到小旖的门下边，有灯光透出。暖被过去轻轻拧门把，门被反锁了。

暖被连忙跑回房间，拿起钥匙飞快地打开了小旖的门。

小旖靠着枕头半躺着，床边、床下，到处都是血。

暖被几乎呼吸停止。

小旖穿戴美丽,头上扎着漂亮丝巾,她像睡着一样安逸,面带隐约的笑意。

暖被歇斯底里:呀——你疯啦!——疯啦!

暖被扑了过去。

小旖自杀入院的第一时间,夏星光就知道了。

夏星光惊讶而烦躁,他懒得去看望小旖,并没有更深的交情,看也没有多大意思。可是,这个凶讯,就像一个无形的鞭策,再度狠抽了他一把。他只能向前走。其实,他一直也没有中断联系魏雅玲。

事实上,魏雅玲反而理直气壮地反咬一口,说,KTV那天晚上,别人正好还我一笔钱,让你来你就是不来!大记者很难请啊!你来了我不就当场给你了?!夏星光也知道魏父开着小旖的车,非常称心。钓鱼半径已经扩大了上百公里。可是,魏雅玲就是不给钱。后来,夏星光知道是魏雅玲的司机,教她留了一手,以观车辆状况。没有想到,最后还真出了不小的麻烦。这是后话。

知道小旖切腕自杀未遂后,夏星光直接就去了魏雅玲的瓷砖大超市。魏雅玲还是那个态度,任夏星光怎么解释,都说,我那天正好有现金,你为什么不来?我怎么可能天天手上几万现金放着等你?

夏星光差点要跪下来求:魏姐,这钱,如果是我自己的,我绝不向你讨第二次,甚至一次都不讨。而我的朋友现在真的急需钱,她甚至想通过法院督促你,是我觉得没有必要。

你威胁我?!魏雅玲敏感强悍。

夏星光说,不,是她的意思。我不这么想。

魏雅玲:告去!我现在就是没有现金!马上还要去山东。我们这种人,你领工资的人总以为我们钱多,其实,都投在这里面运作,哪里有现金?你要是喜欢告,你告去好啦!

夏星光：对不起，让你误会了。魏姐，但我朋友真是非常困难，我跟你说的都是真话。她们急需要钱！非常紧迫，我求你了魏姐！

魏雅玲：求我也变不出现款！你走吧，我们现在的关系，就是钱钱钱了！你走吧！有钱我立刻通知你。

春子和小灯都在关注暖被家的事。

春子是因为她对她家百顺的大搜捕，实在太需要暖被家的信息支持了。这个爱面子的保姆，死都不愿承认她找到这么个荒唐混账、不堪言说的老公。谭老太原来只知道，春子是女婴死了，丈夫下落不明而出来打工。现在，要说她老公不过是这样下三烂的无赖，春子觉得自己脸面丢尽。但是，她对百顺毕竟有旧情。春子在任何人面前都精明过人，就是挡不住百顺的一张嘴。她心里也知道百顺不可靠，但最后偏偏总会留下一点希望，真是一物降一物。

小灯卖饮水机卖疯了。越知道暖被东家的病情，她就越认为她家是最合适的、最急需的买家。说到底，她不能相信一个荣华富贵的小二奶，说没有钱就真的没有钱了，从来不都是越有钱的越叫穷？

这样，春子和小灯的交流就多了起来。春子自己也经常打电话问候暖被，听一点情况，说些勉励的话。小灯看春子这么关心她的朋友暖被，觉得自己很有面子，心里也把春子当成暖灶、天晴一伙的好友了。

小灯想不到，她和三太太大冲突的那个半夜，春子实际上是卖了她的。

说起来，春子虽然看不起小灯无论是对谭老三还是对司机阿仔，都一副轻骨头的骚包样子，但也知道她人不坏。事情发生时，看到夜归的谭老三进了小灯房间，春子就悄悄拿起电话，告诉成天疑神疑鬼的三太太，老三回来了。

就这么一句，春子就把电话挂了。三太太自然每一个毛孔都风雨欲来。这当然不是普通电话。果然，三太太直扑小灯、堂堂房间。她贴着小灯的墙听了听，里面挺安静，再听，还是安静。她突然举手猛烈砸门。

门没锁，咣——地打开，床上，堂堂哇地惊哭起来。

谭老三和修小灯坐在桌子台灯前。互相交着手。修小灯穿着天真但性感的娃娃睡衣，三太太一看就火大了，二话不说，母狮一样直扑过去，要撕了修小灯。修小灯连忙往谭老三后面躲。儿子则在床上蹬腿爆哭。

谭老三惊呼，疯了你疯啦？！

小灯夸张惊叫：他手上扎了刺，你……真是有病啊！

三太太抄起堂堂的童车，劈了过去。修小灯更加委屈撩人地哭叫起来，我又没有干什……嗷——嗷！杀人啦——

谭老太的小狗旺财叫得比谁的声音都大。一贯早睡的谭老太被吵醒后，非常震怒：吵！吵！吵！——统统给我滚下来！

谭老太太披衣抱狗，主审案子。

三太太气得脸色发青，控诉说，半夜十二点，有什么了不得的刺，非得到保姆那里拔？我们自己房间是没有灯，还是拿不到针？还是没人帮他拔？

谭老三：下午接货被那个木箱倒刺扎了一下，开始没当回事，晚上开始红肿，回来想反正小灯还没睡，她那里有针有碘酒。我本来是自己挑，她是好心……

额头上青了一个大包的修小灯眼泪汪汪：我又没看时间，他那个刺扎得深，他自己左手不好挑，我就帮他呀。又没有什么事，这么整个童车砸过来，要人命啊……

练过推销的小灯，果然很会说话了。三太太气得又要打她，被春子拉住。

三太太喊：妈！这种保姆留着干什么？一不盯着，她就把袜子和内裤都扔进洗衣机！你再去看看二楼水池下，扔的都是小肥皂，她肥皂只用大的！小区里其他保姆都说，谭家的保姆成天在做生意，哪有心思带小孩。

谭老太对三太太的告状已经麻木，可是，三太太接下来的一句话，让老太太跳起来：有一次，她把孩子都搞丢了，人贩子都差点把小孩子给卖掉了！

谭老太震惊：什么时候的事？！

三太太：前一段！你到小区里，随便问个保姆就知道这事！

谭老太大吼一声：修小灯！

哪有啊！小灯连忙摇头摆手，一边乞求春子和老三为她做证。说话间，谭老太已经把砚台砸了过去，扭身要拿装饰宝剑。

小灯吓得不由得跪下。

谭老三笑说，妈，小区保姆总是爱嚼舌头扯是非的嘛。堂堂带得好，我们不是也看到的吗？

春子也说，夜深了，奶奶，先睡吧。明天我替你出去问问好了。

四

小旖一只手腕包着纱布，另一只手在打点滴，眼睛看着天花板。暖被在手工榨橙汁。丁医生坐在小旖病床边。

丁医生：这次你的表现，太让我失望了。我给学生上课，还举你的例子，我说一个年轻漂亮的女孩，因为求生欲望强烈，坚强的意志给了身体很好的激励。身体是听得懂的。我说，她是我的病人中，康复得最好的。

小旖：又在骗我！我知道我不好！我的并发症是最多的！每一次你都在安慰我，可我想来想去，实在也是太累了。我认输了，我斗不过命运，我认了。

丁医生：一派胡言！我跟你个人谈，你可以认为是宽慰，可是，我作为老师，是给学生上课的时候当作一个案例说的，这是很严肃的。并发症和癌症的康复，还不能简单等同。主要是你身体虚弱。暖被挖空心思地给你做各种好吃的，可是你，太任性。要知道，每一个病人都需要体力去战斗。这就是一场战争，一场你死我活的战争，你知道吗？

小旖：每一次并发症，都使我的经济状况雪上加霜。我实在是累了。我也没有钱了。

丁医生：钱的事情你先不要考虑，我跟院领导说说。你只要记住，你正在一步步走向健康，无论如何，要坚持住！

丁医生说得很真诚，可是小旖和暖被心里都没有底。

小旖是对自己未来越来越没有信心，暖被对钱感到无比绝望。有个天性乐观的护工说，天无绝人之路是真的，到时候，你总会弄出钱来的。

知道天晴也在医院照看东家，暖被就抽空去找天晴。

外婆外公知道小旖再次自杀，很是吃惊难过。外婆一直摸着悾悾的脑袋。老人当场把保温桶里的青鱼汤送给小旖吃。外公还问是不是需要其他帮助，暖被不敢接腔，只是笑着摇头。等天晴送她出来，暖被还是对天晴说了钱的窘迫。

天晴听了，就把口袋里的钱掏了出来，二百多一点，想想，她又翻开小腰包，从里面翻出一个红包，吐着舌头笑：老家伙给我的红包，就转给你们吧，算他们的心意。

暖被从自己的随身小包里,掏出小小的记账本,准备写欠条。

天晴拍了拍她的手:别写了!杯水车薪,拉倒吧。

暖被说,丁医生说,她是很有希望的。

天晴善解人意地点头。暖被说,我姐她就是不借,旖姐住进来的当天,我就问她借,她不肯。不过春节前出院,是她借我们三千块,要不然,我们连院都出不了。所以,我也不敢硬赖她再借……

天晴笑:铁公鸡不错啊!

暖被:旖姐没死成,我姐好像很遗憾。她越来越讨厌旖姐,最好我马上辞工。可是,悾悾还不到五岁,我走了,他怎么办……

天晴:不过,你也真该想想,她那边可是无底洞啊!我们是保姆,扛不动这么重的责任呀!

暖被:哪里敢想,过一天就赢了一天……

第十五章

一

很多家长等候在幼儿园门口。暖灶也在其中等毛豆。孩子们出来了。一出大门,毛豆把书包水壶掼在地上。暖灶只好去捡起替她拿着。

暖灶:今天又没有小红花是不是?

毛豆:赖皮!都是赖皮!陈婕妈妈官大,张老师每次都是请她发言!我手举那么高,那么高!张老师就是假装看不见!他们都是赖皮鬼!

暖灶:就是!下次你站起来拍桌子!

毛豆:站起来,她也不叫我。我不可以拍桌子!我讨厌她不叫我……

毛豆哭起来。暖灶说,要不,我们现在去找她。我去拍她桌子,骂她!

毛豆:胡说!你不文明!桌子只能在自己家里拍!

毛豆总算不哭了,她瞪着暖灶:我昨天让你不要穿这件衣服,你怎么又穿!不好看!人家妃妃、博涵家的阿姨,每一天都很好看地来。小朋友都说,她们比你漂亮!哼!我都跟他们吵啦!我不准你再穿这件衣服!

暖灶:哼!我这是高档衣服!是人家老板送你妈,你妈嫌颜色不好,送我的!这是宝姿啊!名牌啊!懂不懂?他们的阿姨,都是地摊货!

毛豆：我不管！反正不许穿！丑八怪！我讨厌——！

一大一小两人进了茂华小区。楼道防盗门外，有个男人笑着等候她们。暖灶走近，男人递给暖灶一个信封，说，按了门铃没人开，我就想你们会回来的。我等了半个小时了。暖灶觉得眼熟，但不知他是谁。男人笑吟吟地说，这信请转给老辛，是我们纯净水厂老板的一点心意！

暖灶摸了摸，估计里面都是可刷式的购物卡。暖灶给他推回去。对方一摸口袋，说，对了，这两张是给你的，也算是新年礼物吧。暖灶看了看，是面额五十元的购物卡。暖灶不吭声，接了过去。男人笑眯眯地说，我们是朋友，呵呵，我走了。

毛豆伸手夺暖灶的卡：是打电话的吗？给我！

暖灶说，别动！是人家拍你爸爸的马屁。"3·15"要到啦！

果然，老辛进门直喊累，扔下包，就瘫在沙发上。每一年"3·15"他们都要忙好一阵，老辛跟太太撒娇，说，开会开到现在，还没喝够茶啊。今年的"3·15"，前前后后，我起码瘦了两斤。新来的头，就爱玩花样，这些作秀宣传招数，说起来都是我用过的。对付媒体，哪那么简单啊！累死人！

辛太太：一年也就忙这一回，你们也该呀。再不做点事，人家都说你们是消费者的内奸了——吃吧，暖灶给你弄的，枸杞牛肝汤。

老辛很生气：人家还说市长是人民公敌呢。爱说谁说去。老辛端起那盅汤，慢慢喝。

辛太太：刚才炖的时候，很香。暖灶说这是滋补肝肾、明目益精的。

老辛：好喝……暖，我们家的保姆，我看真是比我们单位人家请的都好！小马、老胡、江姐他们家，成天都被保姆气得够呛。

辛太太：是啦是啦。不过，关系都是双方要共同维护的啦，我们多迁就她啊。对了，老辛，她可能捞了不少油水，最近找你的人多，连毛豆那天都看到了！说不定经常背着我们大收礼物。这保姆又刁又精，我总是放心不下。

老辛：她精是精，可是做事利索，脑子也清楚啊。你说说我们换了多少保姆？谁比她强？连毛豆这么不好伺候的小祖宗，都满意她。你不是说，她在丁皓那干得好？那就行了。再说，你比她厉害，我看这保姆占不到你多少便宜。

辛太太：不行，我们家背景特殊，人品的考验很重要。我决定试她一试。看我的吧！

辛太太的特殊背景，无非就是他们礼物特别多。一个精明恋物的保姆，常在河边走不湿脚，简直是神迹。所以，她对暖灶不放心也是常理。自从毛豆两次说别人送姐姐东西，辛太太就更加狐疑，觉得暖灶占了她家很多便宜。

这天，暖灶在擦地，忽然看到沙发角落有张五十元的新钱。暖灶一阵窃喜，对着窗照了照，确定不是假币，赶紧藏进钱包。继续干着活，心里渐渐不太踏实。她拿起茶几上电话。

暖灶：天晴啊，我问你，吴教授家上次考验保姆是不是故意不把口袋里的钱掏干净？

天晴：你在东家口袋里发现多少钱了？不管考不考验，我劝你还是心别贪。

暖灶：嘿嘿，阴谋！肯定是阴谋！

天晴：你搞什么鬼呀？

暖灶：你看，这家人，本来换洗衣服的口袋，历来都是太太掏得干干净净；毛豆呢，没有钱；老辛呢不怎么带钱，老辛倒有个很高级的 BOSS 钱夹，可是，他自己说的，老婆给他塞一百块钱，他放两个月都花不出去。怎么会突然有五十块在地上？丁慧那个鬼精的婆娘，绝不可能掉了五十块都不知道。嘿嘿，嘿嘿——阴谋！

天晴：喂，你想干吗？你东家那么厉害，我劝你还是老老实实比较好。

暖灶：嘿嘿，厉害？那就来斗一斗。竟然和我金暖灶搞智力竞赛！

二

小灯认定春子心里是向着她的。现在有空，她会主动帮春子洗菜打杂跑腿。这天，两人在厨房说着闲话，小灯电话响了。是暖被。

小灯：又借钱啊？不会吧？我的钱都寄回家啦，那个离子饮水机又不好卖，等卖了我借你好不好？哎呀，我看你也别等她的工资了，换一家吧。

春子说，暖被吗？

小灯：到处借钱的人，现在还有谁？唉，为了她，看来我也要努力再卖一台饮水机。

春子：卖了你肯借她吗？真这样，我马上放你去卖！

小灯立刻笑了，作势要打春子。但做了一半她收了手，她心里知道，无论她多么想和春子好，春子骨子里的傲气，她是有数的。

而沦落到向小灯借钱的暖被，确实又到了山穷水尽的时候。

护士递来缴费单，三千四，明天是最后期限。暖被愁容满面地到收费处请求宽限几天，解释她们卖车的钱马上就到了。收费员根本没有耐心听，挥手叫她走开。小旖叫暖被找夏记者要车款。

夏星光听了暖被的电话，烦躁又无奈。只好说，好吧，我再问问。她应该从山东回来了。

谁也想不到，就在这一天的清晨，魏雅玲的父亲出事了。

魏雅玲接到交警电话的时候，是凌晨五点。他父亲和钓友驱车出城，在殿口水库边发生车祸，重伤昏迷不醒，同车的老钓友也受了伤。交警说，他驾驶的高尔夫，撞向一辆违章停放的集装箱拖斗车尾部。视线不好，你父亲的高尔夫，对准那个车的屁股撞过去，临了打方向已经晚了，幸亏同车人没有坐副驾座。

事发当天，魏雅玲很多电话都没有接。她以为她父亲要死了。

暖被和小旖，一整个上午，都在苦等夏星光的电话。但是，直到下午，夏星光的电话才打进来，说，她不接电话。怎么打都不接。也许她在回避我。

暖被心里是相信夏星光的。但是，她需要钱去交费。她说，我们这次是真的不行了！旖姐的翠玉坠子卖了，项链和钻戒也当掉了。家里真的没有什么值钱的东西了！

夏星光无语。

暖被：你再催那边一下好吗？求你了！

好吧，夏星光说，好吧。

暖被放了电话，到医院办公室找丁医生。护士说，丁医生不在。暖被打丁医生的电话，可是丁医生的电话一直打不通。护士站墙上的钟，在一分分过去。暖被走来走去，坐立不安。小旖在病房昏睡。

暖被又打夏星光电话。夏星光不接。再打就按掉：你所拨打的电话，正在通话中，请稍后再拨。暖被反复拨打，夏星光都一一按掉了。

小旖一醒来，就要暖被去报社找夏记者。她生气了：我就是死了，他也不能欠债不还啊。你去！就说让他朋友一定给我们余款，不然，你给我把两万五的欠条拿回来，我不要他讨了！岂有此理！

暖被：我没去过报社……

小旖：在海韵公园那边，医院门口你看下几路车。怕什么，是他欠我们钱，又不是我们欠他钱。不行就找他领导！快去！

没想到，暖被鼓起勇气到了报社，正赶上夏星光的领导在对他发火。主任怒容满面，把记者月度工分表摔在夏星光面前：自己看！你到底在忙什么？！上个月写稿分倒数第二名！我替你感到丢人！如果这个月最后一名，末位淘汰制你清楚的，准备走人！

夏星光看着记者计分登记表。手机在响，他看到名字是暖被。他把电话按掉了。电话又响，夏星光按掉。

主任：连杨总都过问了。你也太反常了！告诉你，你要是心有杂念，想炒报社鱿鱼，你尽早跟我说，别占着茅坑不拉屎，我不要这样不在状态的记者！这是最后警告！

一直被夏星光按掉电话的暖被，问了楼层自己乘电梯上来了。一个女记者，领着表情怯怯的暖被站在主任办公室门口。一看暖被，夏星光顿时拉长脸，站了起来：怎么找这来了？我有事呢！

暖被：旖姐叫我来，实在是……

夏星光：我知道我知道！我又不是成天没事干的专业讨债公司！要有钱，我现在就给你，全都给你！——还要不要人活了！

夏星光越说越火冒，他把领导冲他撒的怒气不知不觉转移到暖被身上。

女记者不解，主任冷眼看着夏星光。本来就心虚的暖被，说不出话来。

夏星光：走吧走吧你走吧！我们正在谈事！我正忙着！

暖被转身，走了两步，又回头：那个……旖姐要我把欠条带回去，她说，你不方便她自己讨……

刚坐下的星光，霍地站起来，满脸涨得通红，一手指着暖被：她讨个屁！自己半死不活，什么人也不认识，她讨？怎么讨！回去告诉她，我一直在为她忙，忙前忙后、低三下四，就差给人磕头下跪了！真是站着说话不腰疼，还想出这个办法挤对我，你也就真来了……

主任喝住：星光！你疯了！怎么这么说话！

暖被不知所措，眼睛里有点泪光，她使劲把眼睛睁大。夏星光停了下来。暖被突然转身就跑。她急促地跑过走廊。夏星光想追，但还是颓然坐下。

暖被快步离开了报社，外面下着雨，也有人顶着塑料袋、报纸在奔跑。暖被伏在天桥上，头发都淋湿了，看不出脸上是雨还是泪。

小保姆暖被呆立在天桥上。

她从来没有这么难过、这么绝望过。到现在才明白，在心里，她一直是很依赖夏星光的。可是，现在，夏星光都依靠不了了。翠玉坠子卖了，项链和钻戒也当掉了。家里看不出还有什么值钱的东西。丁医生找不到，姐姐不理睬，夏记者那么讨厌她。彻底的山穷水尽，彻底的被抛弃感令她窒息。暖被突然生出强烈的绝望和逃离的愿望。暖被第一次觉得，自己真是扛不住了。

三

暖被湿淋淋地回到医院病房，却老远听到恇恇在哭叫。小旖为奥特曼书包的事，用纸牛奶盒子砸了儿子的脸。恇恇半个脸发紫，暖被进去看了心疼而焦躁，小旖对暖被的浑身湿透视若无睹，劈头就问车款的事。

人家要我走开！暖被开口很冲，我讨不来！

小旖瞪着她，去了这么久，逛大街啊！讨不来！钱讨不来，欠条也讨不来？

暖被已经感到内心怒火熊熊，这一切跟我有什么关系？我为什么要这样自找难受？暖被突然起身走出病房，她走到公共大阳台上给暖灶打了电话。

暖灶喊：又打又打！没钱借你！没钱！没钱！！

暖被的眼泪突然奔涌而出：姐，我实在是撑不住了……

暖灶傻了半天：哭个屁呀，你已经仁至义尽了，我们奉献够啦！剩下的是政府的事！我们走！赶紧走！

暖被在痛快地哭泣。

暖灶：吴教授那边有保姆了，我们去莉莉家，很有钱啊，我问问告诉你。

暖被点头，暖灶急忙挂了电话。迷蒙雨中，一只小手在拽暖被，暖被低头。忪忪不知什么时候站在暖被身边，一脸担心地仰望着她。暖被把他抱起来。电话很快就响了，暖被要把孩子放下来，忪忪死活不肯下地。

暖灶的电话。暖被只好抱着忪忪接。

暖灶狂喜：莉莉妈妈很高兴！她们太高兴啦！莉莉很快会来医院看看你。哎呀，暖被，你总算回头是岸，熬出头啦！喂，你在听吗？

暖被：在……

暖灶：擦干眼泪！我们问心无愧！你别再半死不活、呆头呆脑的。薪水方面我来替你谈，哼，放心吧，我的刀要磨利一点——你等我电话！我看看能不能请到假，我最好亲自过去解决这件事。

暖被默然地看着忪忪。

忪忪：姐姐，谁要来看你？

暖被无语。

暖被和忪忪在过道碰上丁医生。丁医生看了她一眼，匆忙而过。暖被本能地喊：丁医生……

丁医生没有回头，也许听见了，也许没有听见。暖被觉得，丁医生也烦了。

暖灶做事一向雷厉风行。暖被没有想到次日上午,姐姐真的就把莉莉带来了。莉莉要面试感觉一下。暖灶一路还在吹嘘自己的妹妹,但莉莉有点不放心,你妹对东家这么好,现在她真不后悔吗?

暖灶:已经几个月白干了,雷锋都要叫她师傅啦!还后悔?!这次也是她自己受不了提出的。要不,我十头牛也拉不走这个傻瓜!

莉莉:她为什么不想干了?

暖灶:小二奶身在福中不知福,习惯打骂保姆不尊重人。

莉莉赶紧表态:我们家绝对不会打骂保姆的!这是起码的教养嘛!

暖灶:就是!不过,小二奶知道了肯定不高兴,丁医生也不高兴。

莉莉奇怪:为什么?

暖灶:我不是跟你说过,丁医生是很心疼那个小贱人的!哼,任她再换保姆,谁也赶不上我妹妹。不信你看吧!

两人商量好,不进病房,就在医院过道里让暖被出来看看就好。被轻轻叫出来的暖被,一脸吃惊和不安。

过道另一头的护士站。丁医生走过。一护士叫住他:大帅哥,我刚在电梯口,看到你夫人来啦。丁医生很意外地转过身来:在哪?

丁医生讶异地往护士所指的西区病房而去。

暖被、暖灶、莉莉在小旖病房门口转角。丁医生快步往这边而来。

莉莉一看暖被就感到舒服。她说,我家很简单,没有小孩。三个大人,吃东西也简单清淡,我妈妈也爱做点家务,所以,你累不着。

然而一夜过去,暖被情绪不再冲动。看着暖灶和莉莉,暖被心里矛盾不安,这牙一咬,是不是就彻底跳出苦海,进入新生活了?可是,悾悾怎么办,小旖不可能再请到保姆。当老师的莉莉,文雅温柔,说话通情达理。暖被也马上对她有了好感,但是,她不知说什么好。

暖灶在一旁使劲帮腔：她家也有保姆单间！晚上也可以单独看电视。对了，工资多少？你们家有没有奖金，或者浮动工资？丁慧那里，我过年都是有红包的，不信你自己去问。

莉莉：干得好，这个都好说。暖被，你先说你要多少？

暖被：我要……两千块。

莉莉脸色陡变。暖灶目瞪口呆：疯啦！你累糊涂了，我才一千一！

丁医生袖手站在一旁，看着她们，他一个一个地看过去。三个女人突然发现了，顿时不安。尤其是暖灶。呵呵，暖灶笑，丁医生啊！

暖被低下头去。

莉莉：学生比赛广播体操。我抽空过来。暖被想去我妈家做保姆。

丁医生：我怎么不知道。暖被，是吗？

暖被不肯抬头。

暖灶：你哑巴了？喂，说话呀？！这次我可没强迫你！心里有点惧怕丁医生的暖灶，为了证明自己的清白，猛烈摇晃暖被。

始终低着头的暖被，眼泪被晃到地面。

丁医生说：莉莉，你回去。

莉莉：我怎么了？你这是什么意思？我抢你的人了吗？

丁医生：回去吧。这事回头再说。

莉莉：是她自己要走！我来面试一下，我还没说要呢，你紧张什么？

丁医生拉莉莉的手：病人在里面，听我的，快回去！

莉莉甩开他，大声地：你以为我来挖你的人？！你心疼她是不是？！

丁医生一把将莉莉拉过，大步拖拽着，远离小旖病房门。他把莉莉拖向电梯方向。莉莉挣扎，猛烈推打丁医生。很多病人家属驻足围观。

丁医生回头：暖灶！

暖灶幡然醒悟，赶紧碎步跑上。

暖灶：莉莉姐，我们走。我妹她疯了！我们犯不着！

莉莉狠狠甩掉丁医生的手，又狠狠瞪了暖灶一眼。她咬牙切齿，却什么也没有说，怒火满腔地走了。暖灶看看丁医生，又看走远的莉莉。丁医生掉头而去。暖灶一跺脚，追莉莉而去。

四

中午，暖被和丁医生站在阳台雨后的风中。

暖被泪流满面：是我觉得走不到头了，我给姐姐打了电话……对不起……我知道她是你……

丁医生：怎么说对不起呢？我没有怪你，只是觉得不像你做的事，如果你真的决定要走了，谁也不能指责你，因为你已经坚持很久了。

暖被：我是说了要走，可是，她们真的来带我，我又觉得很害怕……

丁医生：所以你开两千块？

暖被：我不是故意气你太太……我就是……

丁医生：你就是想难住她，没关系。我只是想问你内心的想法。

暖被：每一天，事情在手上，我什么都不想，就想快快做好它，让她吃下这碗粥，让她顺利大便，或者洗了被单赶太阳晒，让悾悾别闹。可是一个人的时候，我经常脑子很乱，有时我真的觉得自己傻，姐姐骂我是对的。昨天，你们要中断治疗，我们又实在弄不出钱了，你的电话不通，夏记者一直按掉我的电话，我去他单位，他很凶，赶我走……我真是难受……好像，我一个人在拔河，我根本拔不动……这不是我的事啊……我也想放手了。

暖被掩面而哭。丁医生拍着她的肩：别哭了，我理解你，没有人比你做得更好了。这里的医护人员、病人家属都很尊敬你，那么多护工主动帮你忙。你的朋友，包括你姐姐都爱护你。那个记者也不容易，开始他是愧疚，我看他现在也是真心在帮忙。大家都很难，但都在努力，是不是？

这一场痛快淋漓的爆发与宣泄，对暖被是一种调节。小旖也许不知道，也许假装不知道。在丁医生的努力下，医院也再次给了小旖一个缓缴费用的时间。但钱，依然像只猛虎，挡在前面。

暖被没有勇气再打夏星光的电话。午后，小旖睡下，暖被带悾悾回家拿小旖要的束口睡裤。悾悾说：星光叔叔为什么不接我的电话？

暖被：你为什么打他电话？别打他电话。有事，他会找我们的。

悾悾：我昨天就打了，我要告诉他今天我生日。

暖被：我们不是说好这个生日，妈妈病好了以后再补过吗？

悾悾：我知道呀。我还是想告诉他一下。不告诉他不好。他可能想送我奥特曼书包呢。

暖被用手指刮脸：羞不羞？

悾悾：我没有！我就是要告诉他嘛。因为我喜欢他。他比你厉害。他游戏打得比妈妈好。我喜欢星光叔叔。

暖被：嗨！喂！你往哪边走？我们家往这一边！悾悾一直把暖被往湖口路拉。这个路口，有个大麦当劳餐厅。

暖被不想过去，两人在路口像拔河。

恺恺：去看看麦当劳叔叔，坐坐，坐一坐就走！去年我生日，我们不是去吃麦当劳了吗？今天我又不吃，我坐坐就走。

暖被心一软，就被恺恺拉向湖口路。

大玻璃窗里，可以看到很多人在餐厅里面大快朵颐。恺恺果然没有要进麦当劳餐厅。他也知道家里没有钱了。

麦当劳餐厅门口，暖被和恺恺坐在麦当劳叔叔造型的椅子上。恺恺摸着麦当劳叔叔的脸耳语：叔叔，我不吃鸡腿汉堡，不吃薯条，也不吃草莓圣代了……

几个孩子被父母牵着出来，手里拿着生日气球。恺恺大声唱：祝你生日快乐！

一个妈妈一笑，把手里的一只气球送他。过生日的小女孩不高兴，白了恺恺一眼。恺恺挥舞气球大声说，我说我自己！又不是说你。今天我自己也生日！

春天的大街，来来去去的行人都是春装了。暖被站起，说，我们回家吧。

恺恺转头贴近麦当劳叔叔耳朵，眼睛还看着麦当劳餐厅里面：叔叔，我悄悄告诉你，我还是有一点点爱吃你的鸡腿汉堡，我最爱吃不辣的那一种，呲，呲，呲，呲——

恺恺假装自己手里有个热乎乎的汉堡，他张大嘴巴，在自己空空如也的手上，低头猛啃，大咬大嚼。暖被看得眼圈红了。

她突然抱起恺恺，奔向了刚刚开过来的、去紫竹豪苑的78路公交车。

恺恺：去哪里？

暖被：去你爸爸家！

暖被这一瞬间的决定，是一个历史转折。对于暖被，对于恺恺，对于小旖如此，对于暖灶、天晴、春子、小灯这几个保姆来说，也是一个非同寻常的开始。去年春末，暖被陪小旖来过紫竹豪苑，当时成先生已经死了半个月了。刚获悉消息的小旖，天塌地陷，带着儿子过来讨抚养费，结果被成家人奚落轰赶。

暖被记得成家就在别墅区第二排第二个小白楼。

五

暖被在紫竹豪苑的来访登记本上登记完，一个保安拿起看了看。

该保安：别墅啊？不行。因为对讲系统坏了，不好确认。另一个保安打量着暖被，暖被哀求地望着他。

另一保安：算了，让她进去吧。一个小姑娘，还有一个这么小的孩子，坏不了什么事。

暖被凭记忆，来到成家别墅门前小坡，一辆黑色的小汽车开了上来。小汽车停在成家门前。暖被有点紧张，以为魏雅玲会出来。没想到却下来两个华服少年。暖被犹豫着要不要按门铃。两个少年看出她的意思，嘹亮地喊了过来，你要找谁？

悾悾大声回应：我找我爸爸！

暖被暗暗吃惊。一年多了，一个那么小的孩子，竟然完全记得一年前来讨说法的事。车里慢慢出来一对七旬老人。他们慢慢地下了汽车，也非常专注地打量成家门口的神气小童。

暖被突然格外紧张，紧紧牵住悾悾的手，低声说，别动，乖，不能咬人！

老太太慢慢地过来。也许血缘真是一种神秘的牵引。悾悾竟然使劲挣脱了暖被，迎着老人走去。

老太太的脸在急速变化，她慢慢地、吃力地弯下腰。

暖被紧张得不知所措。

恺恺大睁着成家典型的小圆眼睛，仔细地看着在他面前弯下腰、正看着他的老人。两个少年连忙过来扶老人，老太太推开了他们。

看着看着，老太太抬起头来，回看老先生，眼中老泪泫然。

老人再看恺恺，一老一小，互相看着，恺恺迟疑地抬起小手，试图帮老人擦去眼泪：你哭了……

老太太贴住恺恺的小手，老泪纵横。

老人亲了恺恺的一对和他父亲一模一样的大招风耳。老先生神情也变了，他也明显感觉到，眼前这个孩子，完全就是他们儿子小时候的翻版。但老先生似乎想回避，他转身去按了门铃。

老先生示意少年，把老太太扶进去。

一行人都进去了。没有人请暖被和恺恺进去。

大门慢慢地关上了。恺恺奔跑过去，又悻悻地退了回来。

暖被和恺恺站在一起，脑子里一片空白。

大门又慢慢开了，一个少年蹦出来。

少年：奶奶请你们进去！

成老先生就是为了亲家的车祸从邻市过来的，魏雅玲还在医院。大厅里成怡、成悦两姐妹在看电视武侠片。一楼假山边，百顺撑在阳台扶栏上，百无聊赖地看风景。他是来讨身份证的，他把魏雅玲家的门修好了。可是，魏雅玲不在。所以，保姆就让他在院子凉亭里等。他很好奇地看着暖被怯怯地和恺恺走了进来，跨进大客厅。

老太太：来，孩子，这边坐。暖被牵着恺恺过去。

暖被声音很小：他叫恺恺，是成董的儿子。我是他家的保姆，已经在他家四年多了。法院没有判恺恺是成先生的儿子，可是，我知道，他就是成董的亲生儿子。老太太的眼神急切地鼓励她说下去。

老先生给暖被递上茶。

暖被：他妈妈怀孕四个月的时候，雇请我去的。孩子生了以后，成董经常来，非常喜欢恽恽。这个名字是他取的。成董给他唱歌、讲故事，剪手脚指甲，还帮他洗澡，他们一起爬来爬去地疯，成董非常爱这个孩子……

老夫妇重温儿子的生活，泪光隐约。不时互相望望。

成家那个大嗓门的保姆过来，送上了点心和水果。恽恽拿起一块哈密瓜，又马上不好意思地放回去。

老太太：吃吧，孩子。吃！

恽恽三口两口吃掉了哈密瓜。又伸向漂亮的小蛋糕。他看了一眼暖被。暖被点头。恽恽拿起蛋糕吃。暖被：今天，我是偷偷来的，他妈妈不知道。她在住院，子宫癌，中晚期……

成老先生：现在那个女孩子是不是不行了？

暖被：一直在放疗、化疗。很难。家里已经卖光了所有值钱的东西……她父母恨她做了二奶，已经断绝关系……

暖被声音越说越小，以至老人身子越倾越前。

老先生：请你，大声一点说，我们耳朵不行了。

暖被：我们现在，实在已经……医疗费、生活费……通通都……不行了……我借了很多钱……所以……

暖被哽咽难言，眼泪都快掉下来了。

两个老人互相看了看。

在大厅那边玩排球的少年，也停下手，靠近前来听。一个女孩也把电视关小声了，顶着丝巾纷乱的古装头，回跑到小客厅外，偷听大人讲话。老人把他们赶走。几个小孩退了退。百顺贴着窗根，努力地想听到里面的对话。

老先生：你是……来讨工资吗？

暖被摇头：是他们母子已经坚持不下去了。

老先生：那……你是想把孩子交给我们？

暖被：不，不！

老夫妇互相看着，又看暖被。

暖被艰难地：是想请你们……给点钱，我一个小保姆，实在没有地方借了……如果再没有钱，医院要赶他妈妈出来……中断治疗……

老太太：要多少呢？

暖被：医院这次的催款单已经是五千八了，这两天并发症的抢救，钱可能还没有算进去……如果为难，请你们先帮忙付五六千，我知道数目太大了，可我实在是……

老太太的眼睛几乎一刻也没有离开惊惊。惊惊吃个不停。

老太太：孩子，你饿坏了……

惊惊：没有！今天我生日，所以要多吃一点蛋糕。

两个老人互相对看。老太太难过地抚摸着惊惊的脑袋：转过来，孩子，让奶奶抱一下。

惊惊：不用。我自己吃。

成老先生：姑娘，我们怎么相信你呢？

暖被摇头：要不然，谁跟我一起去医院看看？

第十六章

一

暖灶和辛太太的智力决斗的日子,越来越临近了,这天,轮到暖灶出了漂亮的一招。

傍晚,楼道里下班的脚步声多了起来。在厨房做饭的暖灶,不断从窗口探头观察。她终于看到辛太太在B区小道出现。等她走进楼道,并开始按进楼密码时,暖灶立刻穿过客厅,站在大门玄关处。

她数着辛太太的脚步声,大约还差一楼时,暖灶立刻轻轻开门,把沙发上捡到的五十元,扔在楼梯中间,然后轻轻关上门。

在门背后,她仔细聆听捕捉辛太太越来越近的脚步声。果然,那脚步声停住了。一张崭新的五十元,绊住了辛太太。它就飘躺在楼梯上。辛太太看看四下无人,捡起了它,放进手袋,继续上楼,往家走。

躲在客厅门后,聆听捕捉辛太太动静的暖灶,一听钥匙响,赶紧奔进厨房,厨房里,传来热火朝天的切菜剁肉声。

辛太太进门了。她先进洗手间洗手,又看看厨房。

暖灶:回来啦!我在烧土豆肉泥汤。

辛太太点头:葱花要细。辛太太出去,到卧室更换起居服。

趁她进卧室,暖灶立刻踮脚飞跑去开门探看:五十元没啦!暖灶窃喜,马上缩回脑袋,溜回厨房继续做饭。

辛太太到客厅里:噢,昨天你带莉莉去医院怎么样了?昨天回来晚,我都忘了问了。在美容院我还想过这事呢。

暖灶扔下菜刀跑出来：别提了！气死我啦！真是活活气死我啦！

辛太太：手上活别停，我来厨房听。

暖灶：全乱了！暖被那个神经病，居然抬高价，两千块！这个二百五！不去就不去，早也不说，莉莉过去，她跟你突然来这一手！

辛太太笑：我就知道她不可能去。你别说，我现在都开始喜欢你妹妹了。

暖灶：说什么呀！连丁医生都火了。他一把揪走莉莉。莉莉气疯啦，两个人对打啊，很多病房里的人出来看热闹。

辛太太：什么意思啊你，慢慢说！事情一复杂，你总是条理不清。还说以后要开保姆公司当经理！

暖灶：哎呀，这也听不懂？你弟弟不高兴莉莉去挖人嘛。总归还是偏向小二奶，心疼小二奶嘛。真是！你说莉莉不恼火吗！

辛太太：你成天胡说什么呀？再胡说八道，我掌你的嘴！丁皓是什么人我最清楚。丁皓和莉莉大吵了吗？在医院打架？不可能。丁皓脾气不好，也绝不会在医院打！

暖灶：就是打了！丁医生要莉莉走，莉莉不走。莉莉又不是傻瓜！莉莉一针见血，说，你是不是觉得我来挖你的人，你不高兴？莉莉越说越气，丁医生理屈词穷，这就火大了，他一把把莉莉推着提着，使劲向电梯那边拖，他怕小二奶听到。

辛太太：你们也是！在病人那里吵什么，也不嫌难看！

暖灶：我哪里知道他们夫妻一见面，就跟仇人相见似的，简直水火不相容！

辛太太：又胡说！什么水火不相容！都是你，这事办得不清不楚。你妹妹根本就不想走，你和莉莉去医院当然不好！你最好以后搞清楚，我的天，不要再乱挑事啦！

暖灶：哎，怎么怪我？我一片好心好肺，为谁辛苦为谁忙……

辛太太：好了好了，我回头给丁皓打电话去。

她们两个，谁也没有提捡了五十块钱的事。

悾悾满载而归。老人让司机送他们回去的。一方面也是让司机老罗考察一下暖被所说。成家表兄手上一个新款游戏机，被老人强令送给了悾悾作为生日礼物，因为悾悾爱不释手。这个饥饿的小男孩，甚至想把桌上人家送的结婚喜糖、西饼都放进暖被的包里。老太太看得无限心酸：现在哪有孩子吃这个啊！

老人一直陪送到大门口。暖被看老太太用难舍目光看着悾悾，就推了悾悾一下。手里拿着游戏机的悾悾，乖巧地走到老太太跟前，踮起脚尖：奶奶，我有空再来看你……

老太太紧紧搂住了他：孩子……孩子……

老人泪花闪烁。悾悾挣脱了她的拥抱。

暖被和司机交谈才知道，魏雅玲父亲出车祸了。也知道成家大部分产业都在邻市泉州，成董两个哥哥都在那边。司机说，老夫妇人很好，我都跟他们快二十年了。到医院，我要替老人了解一些情况，然后你带我去缴钱。

司机不多话，也没有什么更多的感情表露，但是，一看到悾悾，他就知道，这个孩子百分百是成董的血肉。父子一个模子出来的。像他奶奶。

司机到住院收费窗口打了款，又送暖被回小白象湾为小旖取了睡裤，最后分手时，他给暖被一个电话，说，成老先生交代的，再有急事，打这个电话。

悾悾和暖被回到病房。之前，暖被交代悾悾：等一下见到妈妈，你就说这个游戏机是星光叔叔借你的，别说是去爸爸家拿来的。记住没有？也先别跟妈妈说，我们去了爸爸家。

悾悾不明就里地点头：那我以后还想去……为什么？

暖被：妈妈讨厌那个地方。如果你说我们去了，妈妈会发火，会大骂姐姐的。你如果保密，姐姐以后再带你去。现在一定不能说啊！

悾悾用力点头。

二

在重症监护室，魏雅玲母亲在低声埋怨：好端端的，你送他什么车？多大年纪了？现在好了！——你们几个从来不听我的话！

魏雅玲：老爸不喝、不赌、不嫖，就喜欢开个车钓个鱼，也应该支持了。上次就是听你的，我们单位那辆吉普没有给他用，我想起来就后悔。早用我们自己的车，说不定他就能平安无事。

成家小姑：也是，白色本来就不吉利，还是二手的，谁知道前面的人，是不是不好才不要的呢？

魏雅玲皱着眉头一言不发。成家小姑：回头见了我父母，车祸少说点，免得他们又想起我哥，老人受不了。

魏雅玲：我已经叫人去查那辆车了！查它的老底！如果有问题，我饶不了那个一手遮天的记者！这事没那么简单！

获悉魏父车祸，暖被急着想告诉夏星光。虽然，夏星光翻脸的样子挺吓人。可是这事情太大了，小旖的车跟车祸有关的。可是夏星光依然不接她的电话。暖被开始发短信：有急事！请快接我的电话！等了很久，夏星光直接打来电话：什么事，快说！

暖被委屈得有点想哭：是魏雅玲……

她不接我电话，我也没办法啊！夏星光大喊，我承认我无能，是我把事情搞得一团糟，我准备自己先赔你们两万五了……不要追我了！我尽快筹钱给你们！

暖被急叫：不是这个！魏雅玲爸爸出车祸啦！是我们的车！

夏星光震惊：真的？！——我的天！难怪不接我电话！我死定了！这车款肯定赖掉了。

暖被：你别急，恽恽的爷爷奶奶派司机帮我们把所有欠款都结清了。说到这，暖被有了自豪感：我没有办法，只好找魏雅玲，没想到碰到恽恽的爷爷奶奶。

夏星光如释重负，说，冷小姐知道吗？

暖被：我不敢说，她一提姓魏的，就好像疯了一样。

夏星光：你真是虎口拔牙啊，佩服你。好了，现在是我的麻烦比你大了。再见。夏星光挂了电话。一会儿，电话短信又响了，是夏星光的短信：暖被，对不起。谢谢你。暖被知道夏星光指什么，她的脸，突然红了。

魏雅玲从医院回家，一听小二奶的保姆找家里来讨钱，火气就上来了。成老夫妇却让她先说说她父亲的情况。魏雅玲三言两语说完父亲状况，还是关心小二奶的保姆来家想干吗。

成老太太说，剑东那个小男孩，我们今天都看到了。

魏雅玲瞪大了眼睛：你怎么相信那些女人啊，随便来一个，都说是你们孙子，你还都当真啊！

成老先生：那孩子和剑东长得一模一样，把你母亲看得很难过。

魏雅玲：法院都不认，我们认什么！

成老先生：那个女孩子癌症晚期，非常困难……

魏雅玲一怔：哈，真是老天有眼哪！老天有眼！快死了是吧？

成老先生：没有钱，要被中断治疗，那小保姆走投无路来这里，我们替你帮助了她，给了点钱。

魏雅玲暴跳：我帮她？！凭什么？那小二奶竟然指使保姆来我

家里讨钱？真是无耻！贱人、贱坯！——给她多少钱了？

成老先生：七千块吧。看在孩子的分上，我们应该救她。

七千块啊！魏雅玲喊，你们耳根怎么这么软？七千块，不是偷的不是抢的，凭什么要给她花？！她还害我不够啊！爸爸妈妈！你们是不是糊涂了？这样的贱货死一个少一个，社会家庭都平安。这是老天有眼啊，她就是应了恶有恶报！我巴不得她早点死！

老人倒是比较平静，他们喝着茶，温和地等候媳妇发泄，老先生甚至拿起报纸浏览。成家小姑子：算了算了，雅玲，给都给了，何必这样？不就七千块吗？你就当自己做了件好事了。

魏雅玲：做好事？！呸！我宁愿给街头的乞丐，也不想给这样的贱货！——这钱我可不管！我可不认什么野鸡孩子！

小姑子：别说话这么难听！再怎么样，她都得了绝症了。

成老先生把报纸放下，站起来，说，孩子们都饿了，先吃饭吧。媳妇，回头我们再聊，至于钱，你不用担心。

这天夜里，魏雅玲的思想有了一百八十度的转变，生意人魏雅玲，说起来也简单，只要搭准她脉。商海征战多年的成老先生，一席话，就把魏雅玲彻底收服。

谈话在小会客间进行。老太太提起话头，说，那个孩子我一见就知道，他是我们成家的亲骨肉。已经知道了，不管不顾是不行的。

魏雅玲很强硬：法院都没法判，她自己也不敢上诉，谁知道是谁的？！

老太太叹气：打官司前，你难道没有看过那孩子？

魏雅玲：看了又怎么样？那种野女人的孩子，我根本不爱看！

魏雅玲的电话响了，魏雅玲看是夏星光，就狠狠按掉了。

成老先生说，我们理解你的心情，这事，是我们儿子对不住你，你怎么生气都是有道理的。现在，他已经离开我们，看在他毕竟和你夫妻一场的情分上，我劝你，媳妇，宽容一点。儿子只给你留下两个女孩。现在，多一个男孩子未必不好。

魏雅玲：剑东要和我还有情分，哪里还会家外有家？！

成老先生：男人你不了解，再有家，你在他心目中的位置也是和别人不一样的。否则，他要离婚我们谁又挡得住？是不是？这就是你们夫妻的情分。再说，如果你有了儿子，成家产业在你这一房，不是有了继承人？你自己想想看。

魏雅玲睁大了眼睛。电话响了，还是夏星光。

魏雅玲厌恶地把电话狠狠关机了。

成老先生：剑东去世后，家族董事会给你们这一房的股权份额做了调整。因为没有儿子，你觉得自己吃亏太多，大闹过好多次。但是规定就是规定。现在，机会来了，你再不把握，我也无能为力。

老太太：那个小家伙，你看了就明白，他就是你丈夫的翻版，这一点，也许你心里早都有数了。孩子现在非常可怜，剑东在天上有知，会感谢你的。

魏雅玲：那好吧，看在死人的分上，我可以把这个野孩子收回来。但要说好，收回来了，就是成家的后人，和其他几房的男孩子权利一样，股权分配要重新调整，绝不能再歧视对待。否则，我不干！

成老先生：这没有问题，我会负责处理。你倒要看看，人家愿不愿意把孩子给你。

魏雅玲：哼，我要愿意，她就祖上烧了高香啦！还轮得到她愿意不愿意。

成老先生：媳妇，你再听我们一句，现在，你帮人家一下还是应该的，凡事都要想远一点，眼界宽一点，自求心安多一点。

魏雅玲：好，我会找她谈！我看她要命还是要孩子！

三

一出院，外婆就更加想偷看天晴日记。果然，天晴的日记，证实了她的判断。她憋不住地找外公报警：完蛋了！我们这保姆真是完蛋了！

外公莫名其妙。外婆说，姐弟恋啊，她怎么这么傻呢！

外公：你又去……偷看……？外婆捂住外公的嘴。外公生气地拧过脖子不理她。

外婆跑到外公正对面：你知道她在日记里说什么？前两天，她骗我们说去上辅导课，其实，她和楼上的小流氓一起吃饭，疯了一个晚上！你看那个日记，气死我了，她完全被那个小流氓迷住了！

外公将信将疑。外婆说，他们两个根本不配！我们女孩子会吃大亏的！必须让她悬崖勒马！实在不行，就叫女婿去说。

这时，门铃响了，天晴回来了，后面还跟着抱着堂堂的小灯。小灯笑盈盈的，外婆认识她，以为找天晴什么事。小灯却说，外公外婆好！正好碰到天晴放学，想过来看看外婆眼睛恢复得怎么样了。

哎哟！外婆感动，这丫头，还真有心。坐！坐！

小灯笑眯眯的，嘴很甜：眼睛太重要了，在我们家乡，老辈人都说，宁愿缺胳膊断腿，宁可哑巴耳朵聋，也不能没有眼睛。天晴姐，对吧？

天晴：我没听说。你又想忽悠什么？我们家不要你的饮水机。

小灯：你说什么嘛，外婆如果早喝离子保健水，根本不会那个……那个……

外公：眼中风！

小灯：对呀。眼中风。我们乡下人，对科学的先进的东西，就是反应慢，接受新事物就是没有城里人快，为什么农村落后，就是这个原因！你说这个保健离子水吧，乡下人，根本就不可能理解……

天晴过去，一巴掌打在小灯后脑勺上。

小灯咕咕笑：我不是说你啦，是说其他乡下人……

外婆：什么离子水对眼睛这么好哇？

小灯：哎哟，现在啊，科技报呀什么老年报啊，生活报啊，大块大块地登，全市都卖疯啦！我们东家一个好朋友在代理。小区里，很多人买了都说不错。我都有叫天晴带资料给你们啊！

天晴：我早就扔到楼道垃圾桶啦。好东西根本不用这么过分地吹！

外公：到底什么东西啊？

小灯把堂堂安置好，立刻嗨呀嗨呀地从兜里掏出了资料。老人家的注意力果然被小灯的介绍所吸引。

门铃一响，杨隽进来了。手上拿着报纸：嘿，喜报喜报！我入围啦！

外公站起来：我刚要看这个版，外婆吵得要命，害我没看下去。怎么说的？

杨隽：嘿嘿，报社初评，从二百多份参赛作品中，选三十幅漫画作品刊登，再经过读者短信和信件投票，《我的家》获得最高票。专家呢，又从中选出十幅上墙作品。《我的家》就在榜首！

外公：恭喜恭喜！我就看好它！果然过关斩将！

小灯欢呼：哎呀，恭喜啊！不过，常年电脑前工作的人，最好喝点离子水……

天晴赶她回家，去去去，堂堂砸我家门要回家啦——你快回去吧！

堂堂确实在玄关处砸门。小灯笑眯眯地掏出两张票：外公外婆，这个送你们。健康讲座票！

外婆：要不要钱啊？

小灯：不要！送你的！星期天上午的！

外婆：保健养生的好啊，我们一定去听课！

杨隽上楼，临行说，喂，天晴，你要不要看看上墙效果图？

天晴说，好啊好啊。就要跟上去。

外婆说，天晴，做饭了。今天我胃不舒服，弄点皮蛋瘦肉粥吧。

天晴犹豫着，跟杨隽挥手说饭后看吧。

外婆的脸色一点不客气，说，天晴啊，不是我说你，最近我看你贪玩了。周三晚上你是去上课吗？

外婆话里有话，周三她和杨隽一起吃饭，连朝雨都不知道，天晴暗暗诧异。外婆也不敢太点破，说，我看啊，小杨画评上就行了，我们读书还是最重要的。

天晴若有所思。

辛太太和暖灶双方，都心知肚明，发薪的日子，就是她们斗智斗勇大见分晓的时刻。双方都在勉强按捺住的窃喜中，信心十足。

饭后，老辛在书房收拾邮票，辛太太进来，诡秘地笑：嘿嘿，快十天了！看来，她就是把我那五十块钱生生给黑走了！

老辛：你肯定她拿走了？

辛太太：那当然！你我是策划人，毛豆屁也不懂。家里还有谁？

老辛：是你策划的。不是我。

辛太太：我已经观察她好多天了。这几天，你看她一副天上掉馅饼、怀里揣了个宝的得意样子！你不试，根本不知道这个人精，捞了我们多少东西！

老辛：捡钱不交也不犯法。那天，你自己在楼梯上不也捡了五十块钱？

辛太太：那不一样！家里的钱，主人是明确的。外面的钱，当然不好找到失主。再说，我也是打算交给物业的。

老辛用镊子小心夹着邮票，一边暧昧地在笑。

辛太太推了他一把：走，陪我出去发工资、看好戏去！

辛太太出来在客厅吆喝：发工资啦，金暖灶！暖灶笑嘻嘻地从厨房出来，围裙还没脱。辛太太：把围裙脱了，没人抢你的钱！暖灶边脱边进去，马上就出来了，摩拳擦掌地要接钱。老辛到客厅沙发上坐下，拿起报纸看。毛豆在看电视。

暖灶：这个月我做了五次哈士蟆炖木瓜，要奖励。

辛太太：我素来赏罚分明的。现在哈士蟆是比过去做得更好，不腥。

暖灶：那是！我找了好几个去腥方子！一个一个实验过去！而且我攻克了你最爱吃的海参难题。现在，我煮的海参，你每一次连汤底都刮光了。

辛太太翻着购物、赏罚登记本。

暖灶：这个月，我可没什么违规，你扣不了我的钱。对了，你要奖励，建议配发点电话卡吧。这样你也高兴。

辛太太：为什么啊？

暖灶：我要给暖被，她又快被停机了。

辛太太：我是问凭什么要奖励你，我为什么又高兴！

暖灶：嗨！卡不要钱嘛，你当然高兴了。凭什么奖励我？那还用我自己歌颂？我以东家为家，兢兢业业，成绩突出，毫无差错，简直是家政行业的拔尖人才。论理，政府都该给我奖励！

辛太太：是啊，做一个拔尖好保姆，真是不容易呢。

暖灶：那是！一般素质不可能胜任！

辛太太：不过，先不管什么素质，拔尖不拔尖，我觉得首先要做人诚实。不管你做哪一行，是不是尖子，诚实才是令人尊重的。对吧，暖灶？

暖灶：那是当然！没错！

辛太太：今天美容院一个顾客说，她们家的一个保姆把家里的虫草、人参、鹿茸等补药，通通偷走了，还把空盒子放在原处柜子里，因此谁也没有发现。等发现盒子都是空的，都不知道是哪一任保姆干的。

哇——哇——！暖灶惊奇。对天下还有这么聪明的同行，暖灶佩服得目瞪口呆。

辛太太：你怎么看这事？

暖灶：高手啊，厉害！不过，太缺德啦！

辛太太：所以呀，我们做人一定要诚实。我和老辛，就说你不是这种人。对吧？好了，你把钱收好，这个月一分没扣。再奖你五十块电话卡——注意时间。马上要到期了！

辛太太站起来：噢，对了，你搞卫生的时候，顺便帮我找一找，前半个月，老辛说他不知在哪里丢了五十块钱。也可能是在单位丢的。你若看见，帮我收一下。

暖灶惊呼：啊？是这样啊！那天我在门口是看到一张五十块钱，又不是我的，我想会不会是风吹进来的——那天扫地，风特大。平时你教育我和毛豆要诚实，我就把它扔出去啦——不知道是不是就是你那天捡的那张。

我捡钱？辛太太脸上肌肉跳动：嚯——？你扔钱出去？是你扔的五十元？！

暖灶天真地：对啊，不是我们的，不能要。

辛太太：我的天啊！我还准备拾金不昧，交给小区物业呢！

老辛憋不住，拿起报纸挡着脸笑。后来实在忍不住，就用报纸挡着脸，起身躲到卧室咕咕笑。

暖灶更无辜地：啊——原来是我们自己家的钱啊！你交了吗？

老辛溜回卧室，一路发笑。进了卧室，他拿着报纸，想想就耸起肩膀笑，要笑岔气。辛太太气急败坏地进来，轻轻把门掩紧。

老辛笑：我早就知道，你不是她的对手。

辛太太：你相信吗？你相信她会把五十块钱丢出去？丢过道里？简直是神话！她这是将计就计！

老辛：那当然！知道中计了吧？知道搞不过保姆了吧？我记得那天有个人，捡了钱很得意呢。一副天上掉馅饼，怀里揣个宝的样子哪！

老辛笑得报纸直抖。辛太太使劲捶打老辛。

四

知道魏雅玲父亲出了车祸的夏星光，心里忐忑不安。而魏雅玲不接他的电话，让他一直有不祥的感觉。但是，暂时地，魏雅玲更大的心思转移到恍恍身上来。和成家的产业相比，她的瓷砖超市，不过是小买卖而已。

久经沙场的成老先生一剑封喉，点的是魏雅玲死穴。她自然全力以赴。魏雅玲突然到医院时，暖被惊讶得呆若木鸡。

她人呢？魏雅玲环顾寻找小旖。恍恍在床边专心致志地粘制一个玩具坦克。

暖被：旖姐刚刚下去，要做个检查。可能要一会儿。你……

魏雅玲：你就是那小贱人的保姆吧？哼，厉害！你们不是来要钱吗？钱我又带来了！这里是两万，够不够？

暖被直着眼睛，简直不敢相信。恍恍对客人做了一个长舌鬼脸。

魏雅玲扫了孩子一眼又一眼。魏雅玲：别傻呆呆的，打她电话！说我来啦，说我魏某来了，来给她送钱来啦！我和她谈谈！

暖被：嗯哎，那个……她电话停机了。暖被高兴而尴尬地笑着，说，魏姐……你真好……

魏雅玲：我魏雅玲一贯心地善良不做亏心事！可惜马善被人骑，还被人烧了屁股！不过，这次我是有条件的。

暖被睁大眼睛。

魏雅玲：我和她必须签个协议，办个手续，我慷慨解囊帮助她，她这小杂种归我们成家，手续办了，这钱就归她！小孩归我！

这条件令暖被吃惊。

魏雅玲：先草签个协议，等她出院，我们去正式做个公证。

暖被焦急：你……那个……旖姐现在还不知道我去过你家！我当时是一时脑子发热，和悾悾就……

魏雅玲：哼！那她以为你哪里来的钱？！

暖被：她可能以为，丁医生在担保，所以治疗就没有中断……这一段她也非常危险，想不了那么多……

魏雅玲：呸，这种人一辈子想不了那么多，一辈子不讲责任！

暖被：姐姐，你别生气啊，我会跟她说你们一家来帮忙的事，她那个，脾气不好，我就是怕她不高兴，才没有马上跟她说去你们家的事……我是偷偷去的……

魏雅玲厉声打断：什么贱骨头，有福气摊上你这么个保姆！我看，你就到我家去！我雇你，我工资比她高，你只要给我带好这个野孩子就行。我雇定你了！小杂种一来，你就过来！

悾悾突然站了起来，暖被马上扑过去制止，可是，悾悾一口口水吐在魏雅玲大腿上。魏雅玲大吼一声：杂种！你再动一下！

暖被使劲控制了挣扎的悾悾，心里也慌张了，她怕小旖突然上来：姐姐，要不你先走吧。这种检查，人多就慢。我呢，先跟旖姐说说，让她有个心理准备……

魏雅玲明白了，说，这恶心的地方，我一分钟也不爱多待！

两人互留了电话。暖被送魏雅玲到电梯口，忍不住说，姐姐……你这钱……你能不能先留下……

魏雅玲转过身来，眼睛喷火：想死！你也真敢开口！这八字还没一撇，不可能！你跟她说吧，天上快掉馅饼了！她的小命有人救了！但现在这钱，我得先拿走，一是一，二是二！

夏星光坐立不安。凭直觉他知道这单买卖完结了，而且，会有一场风暴等着他。他带了两千块钱，到院部大楼前等暖被。暖被从楼里快步出来。是她打电话给夏星光，她有大事要找夏星光拿主意。

夏星光劈头就说，冷小姐知不知道车子卖给谁了？

暖被：我没告诉她。她知道了肯定要发疯的。我也没有告诉她，成家给了钱……

夏星光沉浸在自己的担忧里，说：魏雅玲这几天肯定在查原车主。原来是我直接过户把手续办掉的。现在瞒不过去了。她肯定要发作，说不定要退车。

暖被说，魏姐姐来医院了，忽然提出她要恺恺了。带了两万块，她要签协议才给。怎么办啊？看她好像一手交钱一手交小孩的样子。

夏星光：那她给钱了？

暖被：不给。旖姐正好去检查。她可能也害怕太突然，旖姐不理她，所以，先走了。我怎么办？

夏星光想了很久，魏雅玲突然要孩子，想干什么呢？有一点，不管干什么，他隐瞒卖车的情况，肯定没有好结果。麻烦还长呢，夏星光还是从裤兜把那两千块钱掏出来，说，收好。你们凑合着先用吧。

暖被接了,低头写了个借条。夏星光一看,欠款人是金暖被,就把欠条撕了。他无比颓丧:算我衰!卷到这个倒霉事里来了!

他头也不回地走向汽车。

暖被追了过去:我怎么跟旖姐说这些事啊?我很害怕……

你尽力了,夏星光说,实话实说吧。

夏星光发动车子,暖被意犹未尽地退开。

五

茂华社区超市门口。百顺在给春子打电话:快恭喜我吧,春子,我刚包到一个大型超市装修!

春子:那就去干活啊,打电话干吗?

百顺笑:我已经在接手了,只是,一时现金有点不好周转,那个……

春子冷淡地:我没钱。

百顺:哎!哎!春子,你知道,现在个体的拿一个大项目有多难吗?

春子:我正要出门交有线电视费。就是我在,你也少来烦我!春子挂了电话。

百顺看着手中电话,骂道:是谁哭着喊着要找老公啊!

春子和阿仔的汽车刚出大门,百顺过来了。保安挡住他要登记。

百顺:我是A011别墅的亲戚。保安打了谭家电话。

谭老太接起电话,一听是春子丈夫,十分激动:哦,进来进来!谭老太亲自出来开门。

谭老太爱屋及乌，再看春子老公有模有样，嘴巴很甜，一时情绪高涨，亲自接待，和他聊天。百顺：春子呢？

谭老太：刚好出去，去交有线电视钱了。

百顺露出遗憾失落的表情。谭老太请他喝茶。百顺恭顺地坐下，马上又站起来，察看谭老太家的装修：嗯，这门框的设计和细节都不错。这是多乐士墙漆吧？他很内行地夸奖了谭老太家的装修，也指出了一些毛病。

谭老太心情不错：你扎那个黄尾巴，也不嫌丑？

百顺：忙！这样也便宜。省钱！我们这种人，在城里还不是和老鼠一样？反正谁也不爱看你，能省就省吧。

谭老太笑：你不对，为什么这么多年不跟家里联系？春子很惦记你呀。你父母也惦记操心啊。

百顺：是我不好。一心想一口吃个大胖子，回家光宗耀祖。可是，挫折太多了，我自杀过两次。很自卑。春子是那么要强的人，我根本没脸回去见她。

谭老太点头认同：一个人闯荡外乡是很不容易。我们谭家最难的也就是头几年，第一桶金难哪。你要熬过这一段才会苦尽甘来。

百顺：老太太你真是见识不凡。这几年，我南征北战，辛苦创业。去年夏天，我在深圳接了个四星宾馆的内装修，把我所有的钱都砸下去了，没想到，碰到一个台湾骗子，全部砸完。那台湾人跑了，后面的老板因为吸毒，又被抓了！我全部玩完，还负债！当时真是一蹶不振。你说你想不想自杀？

谭老太：我不会自杀。你这么年轻，摔点跟头怕什么？爬起来就是了。自杀是最没有出息的！窝囊废！我最看不起的就是自杀的人！没出息！

百顺：是！是啊！现在，我找到了春子，心里也有底了。准备东山再起。目前，我在搞一个家装公司，已经接了一个大项目。

谭老太：这样好。要不然你怎么配得上我们春子——对了，你找她有什么事吗？

百顺：我母亲突然得了肺病，可是我手上一点流动资金都没有，所以想来预支一些春子的工资，先救救急。

谭老太：你跟春子商量过吗？

百顺抱怨：她舍不得买电话，还没联系上。所以我只好跑过来和她当面商量，怎么正好又不在。要不，回头我再跑一趟吧，谢谢你，那我，先走了？

谭老太：再跑一趟啊？家里不是急用吗？你要多少？

百顺为难地：我是想跟她商量拿五千的，母亲老了，我们常年在外平时孝敬不到，如果真查出是肺癌，恐怕就……

老太太：既然救命，我给你四千吧，刚好手上有这个钱，再多就要去银行取了。

百顺喜出望外：那太好了！谢谢奶奶。那我就先拿四千吧。

百顺拿了钱，千恩万谢离去。

一听春子回来的动静，谭老太就匆匆地迎了出去。春子啊，今天，你老公从天上掉下来啦！你找到了老公，还不告诉我们！

春子发怔。

春子四处张望：人呢？！春子边问边奔进客厅。

谭老太在后面笑：走啦，说是会再来的。我说好，再来要把那个黄尾巴给我剪掉。春子脸色变了。

谭老太没有发现。谭老太：我看小伙子人不错啊，相貌也好，人也聪明。看来你蛮有眼力。

春子声音变了：他来干什么？！

谭老太感觉到春子异样：怎么了？你见过他了？

春子：他是不是来讨钱？

谭老太：讨钱？怎么了，我的天？出事了？！

春子：他是不是来讨钱？

谭老太：唔……他说没有流动资金，母亲突然得了肺病，预支了四千块你的工资……

春子一听就快疯掉了：你给他了？！

谭老太点头：啊！给啦。你老公啊，这……

春子：奶奶！这钱没有了！

谭老太半信半疑，歪着脑袋。春子走向电话：我打个电话，奶奶。谭老太木然点头。春子打过去，无人接听。百顺电话，怎么打都没人接。再打，关机了。

春子重重挂下电话，坐在沙发上发呆。

谭老太：本来他还要五千呢，我说我没有那么多现金。

春子痛苦地不住摇头。

谭老太：你给我说说，你这到底是怎么回事？

春子：奶奶，我必须给他乡下哥哥打个电话。我问问。

谭老太：你打你打！

电话通了。春子声音很大：什么？好好的？她在田里施肥？家里没有人生病？都没有？好，那就这样吧。没事，有事你们也帮不上！什么？没有好事！他骗了我东家四千块！

春子撂下电话。胸部起伏。脸都青了。

谭老太也傻了。

春子大声：他、妈、妈、在、田、里！

春子泪水涌出：我恨！我恨不得杀了他——！

谭老太急：你们两夫妻，到底怎么回事啊？

春子：那根本就是一个二流子！一个游手好闲、好吃懒做的流氓恶棍！

春子大哭。谭老太傻了。

听明白百顺是怎么回事，谭老太勃然大怒：死要面子！你就是死要面子！早说你老公是个浑蛋，我哪里会被他骗走钱？！我不是没过问过你，你要早承认嫁了个浑蛋，哼，他连门都别想进！我谭家是那么好进来的呀？！死就死在你虚荣要面子！

春子：这又不是风光体面的事，有什么好说的呀？说出来都是劣迹斑斑、丢人现眼！再说，我哪里知道他竟然敢讹到家里来。

谭老太越想越气：混账！没想到还有人敢骗我谭某！不是你，我根本不可能受骗上当！我告诉你，这钱，你有责任，我们一人承担一半！

春子对百顺恨得咬牙切齿。

第十七章

一

　　一天之中，魏雅玲打了三个电话给暖被。小旖莫名其妙开始低烧，暖被被魏雅玲追得着急，可是，看小旖倦怠疲软的神志，真怕一说情况，会刺激她。可是，魏雅玲的钱，对暖被来说，实在充满诱惑。现在她最大的梦想，就是小旖和魏雅玲和好，皆大欢喜。

　　可是，开口比登天还难。夏星光说实话实说，暖被还是怕万一小旖受不了又有极端反应，所以，她急着想听丁医生的意见。丁医生听了沉吟着，说，那家人明确说是要用钱换孩子？两万块？

　　暖被说，那天是带两万来的，但她要旖姐签字才肯帮忙。可是，要是旖姐知道我偷偷去找她，可能会发火……

　　丁医生：我倒不觉得是坏事。冷小姐这边，如果确实是山穷水尽，有个人长期帮助也好。亲生父母，永远都是孩子的亲生父母，魏雅玲买不走的。冷小姐现在最重要的是康复，没有健康，谈不上对孩子的抚养照顾。

　　暖被：可是，那我怎么跟旖姐说呢？她会不会大闹，又要自杀什么的……

　　丁医生苦笑：我也怕她了。要不，等她过了这两天，升白针打了，病情稳定一点再说。这个时间呢，你好好考虑一下说话方式，不要刺激到她。成家那边再拖一下。

　　暖被：你真的觉得接受成家帮助是好的事？

　　丁医生：如果两相情愿，我看没有更好的选择了。你很了不起。

暖被高兴起来，但很快愁容又起：那，如果你帮我跟旖姐说，会不会旖姐更听得进去？我有点害怕……

丁医生：如果她问我，我一定会告诉她我的意见。让我主动去说，不太合适，毕竟是内政，她也许并不想外人知道。也许她会想多了。要不，到时候看，需要帮忙，你找我。

暖被点头。丁医生的一席话，暖被听了踏实多了。这些天的变化，她一点都没有告诉姐姐暖灶。她已经知道，暖灶的出发点和她从来不一样。

丁爷出去了。丁医生要加班。丁家只有暖灶一人在拖地。暖灶忍不住蹲在卧室的床头柜前，身边是拖把。当她首次发现柜子里的安全套后，每一次在这里，她都会想入非非。

现在，房间里非常安静，她把床头柜子打开，把那盒安全套掏了出来，开始数数。忽然，门外传来钥匙开门声。暖灶跳起来，赶紧把东西胡乱收拢塞进去。

丁医生已经站在卧室门口。

一个没有塞进盒子的安全套掉在柜子边。

暖灶顿时面红耳赤，垂下脑袋，不敢看丁医生。丁医生也尴尬起来，因为自己的私生活被人看到，也误以为乡下女孩子的脸红，是为自己的好奇心害羞。

丁医生假装视而不见地退了出去。

暖灶赶紧把东西重新收拾好，复原回去。丁医生在书房，他打开了音响，在躺椅上，闭着眼。

厨房，暖灶在杀石斑鱼，突然被鱼鳍上的尖刺，扎了一下。暖灶短促地惊叫一声，血顿时出来了。看丁医生没有反应，暖灶又尖叫一声。丁医生赶过来了，一看，转身出去，拿来双氧水。他帮暖灶挤了挤血，仔细涂上双氧水。

丁医生：把事情先放一放，赶紧去打针。急诊室有过多例急性败血病人，都是被鱼刺扎了惹的祸。

暖灶：我经常被扎。我皮肤好得很！再说，去一下肯定又是一百块！穷人一定要体质好。我不去。

丁医生：我出钱好啦。走吧。

暖灶：不去！

丁医生：真不去啊？

暖灶坚决不去。丁医生拿过她的手，用力挤了挤，再次涂药水。看丁医生这么关心她，暖灶满足得几乎腾云驾雾起来，幸福得要晕过去。

暖灶：难怪你的病人那么喜欢你？

丁医生：什么？

暖灶：你对病人比对正常人好。

丁医生：谁说的？

暖灶：就是！那天，为了小旖，你还把莉莉赶回家。

丁医生：我知道你搞名堂，你就是想让暖被走。

暖灶：不是！那次是暖被自己要走。

丁医生：好啦，我都清楚。

暖灶：你骂莉莉了吗，之后？

丁医生：她骂我了。

暖灶：没错。你就是对病人更好。活该！这是不是叫职业病？

丁医生：没有这个职业病。你以后别干这坏事了，小旖、暖被那边，我们都顺其自然，知道吗？

暖灶：这事怪暖被，不怪我！是她起了念头又三心二意！

丁医生离开厨房回到书房。

暖灶：喂，你这样子，所以莉莉不爱回来住，是不是？

丁医生想起了刚才地上的安全套，再次窘迫，并且不快。

暖灶：你不回答，就是我猜对了。那你为什么不离婚？

丁医生：不离。因为你猜错了。丁医生把音量开大了。

暖灶在厨房愤愤地做着鬼脸。

二

成老夫妇临走，又问了魏雅玲抚养怔怔的事。魏雅玲由衷点头，她已经几次想冲进医院，但是，又投鼠忌器，怕真的刺激坏了那一根筋的小二奶，后果严重。

还有一个人在这两天，几乎夜夜难眠，那就是暖被。小旖病情时好时坏，但无论清醒还是混沌，她几乎不过问钱的事，暖被看着很堵心。医院的追缴通知单又到时，暖被憋不住打了魏雅玲电话。而魏雅玲正在和一个项目代理谈判，一看暖被电话，她以为暖被和小旖谈成了，立刻退出会议室接。不料，暖被吞吞吐吐想要钱，说还没谈。魏雅玲吼：你拖拖拉拉的干什么？！等我改变主意了，她想签也没有机会了！

暖被：是那个……我问了医生，医生说，这几天她病情不稳，最好再过一两天。这么大的事，怕她会想不开，她都自杀过两次了。

魏雅玲：哼！这种人根本不适合养孩子！明天是最后期限。你叫她自己给我打电话，行就行，不行拉倒！

暖被：姐姐！别挂！那个，怔怔毕竟是成家的人，看在孩子的分上，你还是先借一点钱，医院催得很厉害……

魏雅玲：不借！让她卖房子、卖珠宝，她骗了我们成家多少宝贝，她的路子粗得很!

暖被：姐姐！能卖的都卖了！求姐姐帮她一下吧，魏姐姐！

我不是帮你们才去医院的吗？孩子给我，钱给她，不是很简单？舍不得，那好，连我们上一次付出的六七千块，也统统还我！

暖被都被魏雅玲说迷糊了。魏雅玲说，明天，最后期限！

在暖被最需要钱的时候，小灯还真的又卖出一台饮水机。当然，她记不得自己说过，卖了就给暖被用的伟大诺言了。

谭家一拨人在看电视。小灯坐立不安。堂堂在客厅墙上乱画。春子冲过去，把堂堂拎开，堂堂转个身子，把蜡笔往春子身上涂。

春子喊：小灯！不是跟你说，别让他乱玩蜡笔？这墙上几道了？很难刮掉。要画画在本子上画！你要引导他。

小灯：那我去天晴家拿本画画书吧！我去去就来。那本幼儿画画，天晴外婆说真的很好。朝雨画画在省里获奖，最早就是靠它。

谭老太：去去去！

小灯如愿以偿。她怀揣着发财小秘密，一路飞奔，结果，蒲家老人比她还兴奋。他们完全被小灯送的那场健康讲座收服了。小灯说：我听很多人都说好。听说那个老师曾给中央领导人讲过课。

外公：唔，我看像！确有水平。连外婆这么坐不住的人，都爱听。

外婆：这一听才知道，凉开水也不一定安全呢。

外公：是啊，本来以为我们不喝饮料就很绿色生活了。还是不行。这个，说是水开了以后，有亚硝酸什么的。所以，我们就想问你，你那个离子饮水机，我们茂华里，买的人多吗？

小灯：多呀！我们A区那边，很多老人家都买了！我东家说，有个九十多岁的老人，坚持饮用这个离子水，都长出新牙黑头发啦。整个市里，一个月销量好几千呢，都快形成离子饮水机风暴啦！你们要买趁早啊!

门铃响了,杨隽进来。外婆表情平淡,外公很兴奋:小杨,来来来,知道离子水吧?真是划时代的饮水革命!你应该了解了解,比你喝可乐健康多了!

杨隽:离子水吗?好像前一段报纸登了很多广告。呵呵,我的经验是,只要疯狂打大版大版广告的,自说自话什么风行哪里啊、抢购狂潮之类啦,基本都是骗子!

外公:可不能这么片面武断。我们原来也是这样封闭的防御心理,但是,我们今天听了课,眼界开了,小杨啊,可不能把孩子和洗澡水一起泼啦。

杨隽:反正就是抢钱龙卷风。你来一阵我来一阵。我绝不信。

外婆不高兴:你懂什么呀,科盲!

小灯:你们不知道吧,现在,人家很多国家,国宴都改喝离子水啦!

天晴:你就吹吧!按你这样说,我看医生统统要失业,医院都改饮水机厂好啦!

小灯:那当然了,大家都喝这个水,医生慢慢地就是要失业了。人家外星人就不要医生医院嘛。不过,现在,还不行,地球人还要有医生,他们要给我和你这样没钱的,或者他这样不相信科学的人看病呀!

外公外婆点头。外婆:东西好是好,就是价钱贵啦!

小灯:哎哟,外婆,我这么没钱,都想给我妈妈买一个,可惜乡下电压不稳。我们小区啊,很多年轻人都在打听饮水机的情况,他们把这个当礼物送给父母,送给家里的老人。外婆你要是早用这个水,哪里会"眼中风"去住院遭罪,那医疗费早就超过了饮水机钱。外公呢肯定比现在更年轻,更有知识分子风度。

天晴：我都要吐了，你赶紧滚吧！书拿去！

小灯终于成功卖掉了第二台离子饮水机。钱是蒲教授付的。得了钱，小灯赶紧抽空去存了。春子说，喂，你不是要帮暖被吗？

小灯恍然大悟：哟！对啊，不过，最近她没找我要啦！

三

一早阳光明丽，洒进病房，小旖感到精神不错，要暖被陪她到公共大阳台走走。大阳台上，几个护工在边晒衣服边聊天，小旖和暖被走到另一边。暖被觉得这是开口谈那件大事的好机会了。不料，小旖却先说，医院有熟人就是好，你看，丁医生一担保，好像他们连催款单都不来了，简直跟白看病一样。

暖被有点发怔。小旖说，那个笨蛋记者不知道成天在干什么，按理说，他们也算神通广大的一类人了，这一点点钱怎么就讨不回来呢？我看我们要留个心，他是不是想拖到我死了，就拉倒了？

暖被摇头。

小旖：我告诉你，我死了，这钱都是你的，他别想动我一分钱！我家里所有东西，都是你的！暖被，我说真的！儿子你喜欢就带，实在带不了，就送孤儿院吧。

暖被：说什么呀！你不是一天天好起来了嘛。

小旖：万一我死了呢？我要吸取悾悾爸爸的教训，要事先交代好，反正你记住，不行的话，我会立遗嘱的。

暖被：你不会死。我们就是现在缺钱。我觉得，悾悾也是成家的人，我可以带他去找成家。他们认了悾悾，就会帮助我们。

小旖笑：真傻！他们要认他，我们何必要打官司？你恐怕到现在还没搞清楚我们为什么打官司!

暖被:万一他们要他呢?

小旖:所以说保姆脑子简单!还万一!成家现在要,我也不给了!好了好了,太阳太亮,我眼睛受不了,回病房吧。你下次回家把我的墨镜带来。

暖被毕竟年轻,这么好的契机,她却不知道把话题如何再推动下去了。

被老公骗了几千元的春子,在发疯地找百顺。听说百顺在开发区和一个发廊女同居,但地址不确切。

春子现在和谭老太是一个战壕的战友,谭老太英明一世,怎么能受得了百顺这个混混的辱!春子倒无须借口关心暖被外出活动了。但是,老太太却由此和暖被有了感情联络,不时要过问暖被那边的新情况。春子也就把成家大奶拿钱给小旖看病,提出要收回那个小男孩的事汇报了。

谭老太一听,说,我看这事麻烦。这事暖被麻烦大了。

在这个魏雅玲气势汹汹地限定的最后期限里,暖被又去找丁医生。丁医生上午根本没来医院,在大学上课;下午连着手术,连个人影都见不到。暖被只好打夏星光电话,夏星光自动转短信。到了天擦黑,暖被打天晴电话,关机,她可能在上课。打夏星光电话,还是转短信。最后,暖被求助春子。春子听完,说,真难谈啊,要不,我跟老太太商量一下,回头打你电话?

暖被收了电话进屋,小旖就要上洗手间。暖被过去搀扶。卫生间出来,小旖说,今天晚上你很反常,是不是谁又要挖你了?

暖被:没有。是家里的事……

小旖:你在骗人,撒谎!家里的事,你从来不背着我!

暖被鼓起勇气：旖姐,悾悾父亲家里的人,想帮助你渡过难关……

小旖难以置信地偏脸看暖被。暖被：悾悾的爷爷奶奶……非常好……

小旖大为惊骇：你是说……你去求那个女流氓了？！

暖被摇头：实在没钱,我带悾悾去,正好遇到悾悾的亲爷爷、亲奶奶……

你！小旖愤怒,你竟然背着我去当乞丐,啊？

暖被：你就要被中断治疗了,我没办法,又想帮你……他奶奶看到悾悾,都哭了……所以,就让司机把钱先送来……所以医院才没有……不是丁医生担保……

小旖：那那个女流氓怎么说？她什么意思？

暖被：……毕竟悾悾是他们成家的人……

小旖暴怒：哼,成家的人！本来就是！现在他们自作多情了。我不管！这不是我的事！他们爱给就给,和我无关！你也不用告诉我,他们想给医院多少钱！我不想管！别跟我说！

暖被：旖姐,我……

小旖瞪起眼睛：我说了！我不听！

暖被到底没有勇气,直接告诉小旖成家的实际企图。虽然她也知道,小旖这边已经弹尽粮绝,丁医生也帮助她理解得很透,可是,在心底她清楚,这件孩子和钱交易的事情,肯定是不合适的。小旖也不可能接受。她把最后的希望,放在悾悾的爷爷、奶奶身上,她觉得老人会给钱,帮助她们过关的。

果然,春子的电话回来了,她说,谭奶奶的意思是,你得再找悾悾的爷爷奶奶。他们肯定能管得住魏雅玲。这事情,跟他们有关。既然他们爱孙子,就不会让你为难。

那么怎么跟悾悾的爷爷奶奶说呢？魏雅玲的电话,随时在下一秒钟响起,她又怎么跟魏雅玲说呢?说小旖不干?肯定不行。行动方向有了,暖被还是感到无比艰难。夏星光的电话还是不通。丁医生的也是关机。

夜慢慢深了,暖被几乎是神经质地看手机。她不知道生意人魏雅玲,正和客人泡脚按摩,暂时淡忘了这一茬。

暖被后来实在忍不住,趁小旖睡去,溜出去打了悾悾爷爷、奶奶的司机留给她的电话。但是,想想,不知说什么好,她又赶紧挂断。

真是难为死她了。说又要钱吗?怎么说呢?旖姐到现在都没有表态,谁愿意不明不白地一直供钱呢?说到底,还是要先过旖姐这一关。

四

这一天,金暖灶是忙碌而幸福的。丁爷被子女哄去东南亚十日游了。辛太太交代,这边家务一完,下午就去照顾丁医生和海童。暖灶还没出门,小灯带着堂堂,叮咚着门铃来了。小灯成功卖给蒲家老人一台饮水机,自信心大振,想到暖灶东家家再卖一台。可是,辛太太压根不让她进门。小灯热情介绍说,姨,我是暖灶的老乡,好朋友。在A区谭家别墅带这个小孩。

辛太太警惕着:带小孩到我这干吗?暖灶也在忙。

小灯:我看她一下就走。几分钟。

辛太太:有什么好看的?上班时间,你也别乱跑,你们东家会担心的。

噢,姨,我想给你看个产品介绍书,是一种非常好的保健水⋯⋯

辛太太:给我?噢——你就是那个到处卖水的保姆?去去去,

赶紧回去！我家不要！

小灯媚笑：你知道我呀？

辛太太：怎么不知道，小区人都烦死你、怕死你了。你往茂华公园一坐，整个公园都没人影啦。

小灯撒娇：姨，你乱说。很多人喜欢我们的保健离子水……

辛太太：好啦好啦，回去吧。保姆就是保姆，本分点，卖什么水！还有，上班就安心上班，别到处串门！我们家不欢迎保姆乱串门！再见！

辛太太嘭地关了门。暖灶在厨房笑。她早就告诉小灯，她的东家，只会要别人送的东西。辛太太说，我看你这老乡是个十三点。

暖灶：不会啊，其实人还不错，没什么坏心眼。以前，她家是我们组甚至我们村最富的，她爸爸会种蘑菇什么的。他们家有经商的能力。

辛太太：不安分！你别学她！傻瓜一个！丁皓那边你多费心，他会给你工资，我这边，也另外发你补贴。反正你亏不了，就是辛苦点。

暖灶：嘻！只要你们两边互相让让时间，万一顾不周全，不要为难我们做保姆的。暖灶恨不得，日日夜夜守护照顾丁医生。

下午，她在丁医生家前后奔忙，又是洗，又是炖，屋子里没人，暖灶感觉自己很像女主人。她打开丁医生的古典音乐，时不时站在大镜子前，想象自己是女主人的说话样子。

她依然最喜欢整理丁医生的卧室。老毛病，她还是习惯性地打开丁医生的床头柜，摸到安全套盒子，打开数一数。然后再放回原处。突然，她猛地一跃，穿着围裙，就跳上了丁医生的大床。

海童放学回来的时候，发现卫生巾堵塞马桶了。大便冲不下去，孩子急得哇哇直叫。正在这时，丁医生来电话，说有个女人被工地钢筋扎穿了肚子，抢救，就不回来吃饭了。

暖灶格外沮丧，她做了很多丁医生爱吃的菜。饭后，按理，暖灶该回茂华小区辛家了，可是，想想，厕所堵着，丁医生和海童不能用也不行，只好奋力去掏。暖灶搞得一头汗，浑身臭气，最后只得跟辛太太汇报。

辛太太一听，坚决要她处理好再回来：不行就在我爸房间睡。我弟那么辛苦，总不能让他半夜回来还通下水道。要不，你就请专业通水道的，回来让丁皓报销就是！

真是爱情动力大啊，暖灶又一头扎下去狠狠努力了。不请专业人员，一方面是她很自信，还有一方面，她打心眼里不愿丁医生家损失这个钱，而真正请了，她也不好意思向丁医生讨钱。所以，暖灶很想自己搞定。

这期间，暖灶接到暖被的电话，她哪里有心思听她哭穷诉苦，暖被还没开口，就被她打断：我忙着呢！回头再说！

但最终还是请了专业人员来通。专业人员通得还很快，但工人的大胶鞋，踩得卫生间、过道、客厅到处都是粪水，非常恶心。暖灶把卫生间冲洗收拾干净，再把客厅地板重新擦得光亮可鉴。暖灶对这个夜晚，有了美丽的遐想。她还抽空摁了音响的播放键，虽然听不懂，可是，她仿佛看到丁医生就在这里。

古典音乐低回。门铃响了，暖灶欣喜地按开门键。楼梯下，传来一阵几人交错的、重心不稳的、乱糟糟的脚步声。重重的打门声响了。

丁医生和两个同事，酒气熏天地、歪歪扭扭地站在门口。一个比较清醒，但另一个和丁医生差不多醉。一见暖灶，丁医生就惊呼说，啊！啊！谁！她是谁？噢，哦，我知道了——嘘——丁医生扭头对他朋友轻声：这是田——螺——姑——娘——

醉的那个医生，勾着脖子，认真看暖灶，恍然大悟：噢，是的，是的！她刚刚从水里爬上岸，身上……湿拉拉……嘘——

较清醒的医生把两个医生拖进了屋。丁医生和朋友横倒在沙发上。较清醒的说，茶，快点。

暖灶：我刚通完马桶，手脏。自动水壶里是刚烧好的，你自己倒。我赶紧冲个澡。

三个医生一起重重点头同意。

洗毕，暖灶出了浴室。客厅里，两个医生在沙发上东倒西歪地呼呼睡去。暖灶去找丁医生。卧室里，丁医生自己和衣而睡，连鞋子都没脱，横躺在卧室床上。暖灶进来，帮丁医生脱衣服、脱鞋。暖灶出去拧了把热毛巾，进来，帮丁医生擦脸、擦脖子。然后，替他盖好被子。暖灶忍不住亲了丁医生一口。丁医生突然勾起身子，似乎要吐。暖灶冲进卫生间找脸盆。丁医生已经睡去。暖灶把盆子放床边，抱了两床毛毯给外面两个人。

海童在自己房间睡得很香，暖灶进了丁爷房间，把被子铺在沙发上，躺了一会。客厅里，两个醉汉鼾声如雷。暖灶辗转反侧睡不着。暖灶从房间出来，挂钟指向两点十分。客厅里鼾声此起彼伏。

暖灶踮脚跑进了丁医生卧室。她像猫一样钻进丁医生被子中。

她紧紧抱住了丁医生，闭着眼睛笑了。

暖灶感到幸福无边。她永远也想不到，暖被这一夜备受煎熬。

半夜，丁医生醒来，他感到身边有人，摸了一把，他突然弹坐起来。丁医生的酒，彻底醒了。丁医生跳下床来，差点摔倒。

暖灶醒了。

你醒了？喝水还是想吐？

丁医生极为惊骇：你……我……

暖灶明白丁医生以为发生了什么事，心里一阵激动。丁医生开门，发现了沙发上的朋友，转身立刻关门。丁医生不知如何是好。

暖灶跳下床，要给丁医生拿水，被丁医生一把拽住。丁医生压低声音：怎么回事？你为什么不回家？！

暖灶：我愿意啊！

丁医生皱起眉头：你愿意什么呀我的天！

暖灶：我就愿意和你一起睡觉！

丁医生连忙捂住她的嘴。

丁医生：你现在出去！轻轻出去。不要吵到他们，更不要吵到海童。你到我父亲房间去睡。拜托了！快去！

暖灶：我要照顾你……

丁医生：快去！再不去，天要亮了！

暖灶：我……

丁医生：以后再说！快！

五

快十一点的时候，暖被接到夏星光的短信，说飞到西安，刚安顿下来，问什么事。暖被赶紧打过去，说了大概。夏星光说，找两个老人吧，把所有的为难都告诉老人家，看老人家的意思。

看来大家都是这个意思。暖被买早点的时候，就偷偷打了老人司机电话。没有多久，悾悾的爷爷电话就打回来了，说，会把钱先送过来。安心。

两个小时后，魏雅玲真的出现在医院门口。

魏雅玲本性是极不愿意的，她对小旖的厌恨，一直不能消退，她认为"那个小贱货又想捞钱，又不想给孩子"。成老先生说，病情不等人，你还是先救急吧。往难听里说，不是还有"舍不得孩子，套不到狼"的说法？

魏雅玲知道成老先生在家族里，一贯地平和却一言九鼎得厉害。

魏雅玲当着暖被的面，把一万块钱打到冷小旖的账户中。又是一万！一万！走，现在我们去找她！

暖被尴尬：旖姐打了几天升白针，因为腰酸背痛，一直在骂人。昨天，我跟她说了你们成家的帮助，还没说到协议，她就很生气，觉得我偷偷找你们。所以，姐姐，你再缓几天好不好？

好！魏雅玲口气强硬而干脆，但这事办不妥我找你算账！

暖被难以置信地目送了她好一会儿。

缴了费，暖被回到病房里，悾悾在给小旖讲故事。他一个人讲得摇头晃脑津津有味，可是小旖在玩游戏机。暖被进屋，让悾悾继续自说自话地演说着，她站在一边呆看着。

病友护工：刚才她想吃藕粉。我们老板给她吃了。

暖被：谢谢啊。我们也去买。暖被心情复杂地看着那对母子。成家真的要把悾悾带走，旖姐受得了吗？

天晴在看书、做笔记。朝雨轻轻推门进来，一个火红色的硬皮带锁本子，啪地扔在桌上：送你的！给你写爱情日记！

吓了一跳的天晴说，又有事求我？！直说。

——你是一只猪！朝雨跑了。天晴纳闷。朝雨又进来，诡秘地说，我觉得你和我们杨睿老师更般配，姐弟恋没意思。你看呢？

天晴扬起眉毛。

朝雨老三老四地：艺术家嘛，心太辽阔，靠不住！我给你和杨睿牵线，一旦你们和谈成功，我们那点旧恩怨不也就一笔勾销？你说是不是？

天晴大怒：你偷看我日记？

朝雨：——你这猪！我偷看我送你这干吗！朝雨甩手而出。

天晴在发呆。那还有谁？难怪！

自从离子饮水机安装好，外公、外婆就特别忙，一大早，外婆外公就给蒲先生、朝雨一人准备了一杯离子饮水机的水，并催促他们喝掉。外公就坐在饮水机旁边，念经一样地重复介绍：这个电解生出来的水，pH 值在 9～9.5 之间，对人体非常好，就像一个好水在你身上流通，带走你身上的垃圾啦、废物啦、毒素啦，它可以预防三十多种疾病，他们的口号是：喝水不喝药，健康水里来……我这些天使用后，便秘情况明显改善。

外婆说，是啊，我的血压也不那么高了。

天晴偷偷对朝雨说，暗示有时也会有很好的疗效。外婆端了一杯离子水给天晴。天晴笑，不喝。

外婆：也就是我们家了，别人家，保姆想喝也不一定请她喝哦。

天晴心里别扭，但也只好双手接过圣水喝了。看天晴受了大恩，外婆语重心长，天晴啊，不是我爱管闲事，别和那个小杨走得太近，知人知面不知心，最终吃亏的是你们小保姆。

天晴停下不喝了：你说什么？

外婆：人家和我们不是一回事，我们不攀这个高枝。就是他头脑发热，我们女孩子自己要清醒，等到出事就晚了……

天晴噎住，气急败坏，又发作不得。随后，她拧着眉头重重关门而出。

外婆不知道天晴为什么火气这么大，她不知道天晴已经猜出他们偷看了她的日记。天晴的嗔怒，就像迷途羔羊，外婆反而觉得自己责任更重大了。

下午，天晴在杨隽家拆洗防蚊窗。忽然，有人砰砰砰用力敲门。天晴听到了，赶紧跳下窗台。门一开，是外婆。手里拿着杨隽家钥匙的外婆，很生气地四处张望：为什么反锁门？！

天晴莫名其妙：可能杨隽出去带死了门。

外婆：你是说他走了？

天晴：对呀。他忙得很。很多房产商都争着要把《我的家》画在他们工地围墙上。你找他啊？

外婆不相信地在每间屋子里走动，搜查，甚至卫生间门后。

天晴越看越生气：你别找了，我骗你干吗呀！

外婆严肃地说，我想和你商量，别做小杨家的钟点了，一来你要考试了，二来，我身体不是很好，毕竟老了……

天晴：外婆，你放心好了。家务和学习，我不会耽误的。

外婆：你别糊涂啊！他不可能看上一个小保姆！

天晴大怒：谁跟谁呀！别说了外婆！

第十八章

一

有了魏雅玲的资金支持，冷小旃出院了。各家各户的保姆，过了一小阵子安宁日子。但是，随着魏雅玲父亲的苏醒，暧昧的生活，再次随着小旃，迎来了风暴。这天，终于醒来的魏父病房里，魏雅玲的几个朋友，带着鲜花营养品又来看望他。大家都夸魏父康复得不错。魏母说，医生说，差一点就高位截瘫了！大家又聊到车祸话题。

魏父：我当时真是见鬼了，就是没有看到车。后面的老张也说前面只有雾气。

一朋友：那车我看不要了，不吉利！

另一个：我本来就叫雅玲不要买。

魏雅玲：哎，老四帮我问来没有？这么久啦！

一朋友：我知道老四去江西前还在跑这事。老四没告诉你吗，说是那车倒是没血债，但有撞过。老四正让警察朋友帮查肇事原始记录呢。其他我就不知道了。

魏雅玲：如果撞得厉害，我就不付余款啦。

那朋友：车主好像是个女的，叫冷什么的，所以，估计那开车的应该比较胆小吧……

魏雅玲：姓冷？

魏父听了也在思索什么。送朋友走了之后，魏雅玲又进病房。魏父对魏雅玲招手。魏雅玲到他床前。

魏父：刚才你朋友说，车主姓冷，是不是？

魏雅玲脸色发青：你别管这个。

魏父摇头，说，有一次，在环岛路试车时，我在那车里捡到一张明信片，落款是剑东。我是想到成剑东，不过，小夏马上拿过去了。叫剑东的人很多，我就没有多想了。这车难道真是……

魏雅玲满脸通红继而发白：夏星光！——夏星光！！难怪他那么积极地跑过户手续，原来就是想隐瞒这个！也许就是小二奶和夏星光一起策划的，包括那个貌似憨厚的小保姆！

魏雅玲怒火中烧，小贱人是她天生的灾星，从来就在挖她的钱。一开始，勾引她的男人，男人死了，就疯狂打官司抢钱，然后是高价卖破车，然后是派小保姆来乞讨。钱！钱！钱！无论是她健康还是快死了，她每一步都想吸她魏雅玲的血！

魏雅玲胸中堵胀，简直要喷出血来。汽车款，加公爹给的，前几天又给的，已经骗走四五万了！父亲因此受伤，家里人直接、间接经济损失，绝对超过十万！父亲还痛苦不堪。这都是谁造的孽？！

魏雅玲狂打夏星光的电话。如果这时候，夏星光出现，她会不由分说把他撕成碎片，但夏星光电话不通，他正在从西安的飞行归途中。

魏雅玲打暖被电话，对于小保姆，她自觉有智力上的优势。她不动声色地说，一周后，成老夫妇会过来参加大型贸洽会，来见一些老朋友。老人要看到饶饶。协议这周一定要签，然后公证。

贸洽盛会成老先生是要来，也想再见见饶饶。但一趟出行，对暖被这边，绝不具有魏雅玲暗示的那种强制性压迫感。可是魏雅玲的语气，令暖被极度焦虑，几次看着沉溺于游戏机的小蔤发呆。

协议这事是肯定要面对了。

其实，出院前，暖被到丁医生办公室，想再请他跟蔤姐谈。小蔤听他的。可奇怪的是，丁医生听着她的话，却一直看电脑，好像很忙。暖被当然不知道，丁医生看到暖被就想到暖灶，心里总是有一些尴尬不适，所以，下意识地有点回避。他也跟姐姐丁慧说，暖灶这么两头兼顾，太辛苦，还是请她专心照顾姐姐家，自己再请一个帮手好了。但丁爷强烈反对，辛太太更反对，那么，丁医生能做的，就是尽量回避暖灶了。

夏星光一下飞机，就接到魏雅玲电话。他以为魏雅玲要痛骂他，至少会说到她父亲车祸的事，但是，魏雅玲非常亲切和气，说她又得到一个大牌瓷砖的地区总代理，非常高兴，约夏星光和几个朋友明天一起吃晚饭喝茶。

夏星光虽然狐疑，但还是高兴，毕竟是朋友。所以，主动问了她父亲的事。魏雅玲轻描淡写地说，父亲已经没事了。夏星光将信将疑，但盘算着明天晚上，可以把车子余款拿回来了。终于，他要解脱了。

二

爱读书、爱打架，在天晴生日这一天，被外公外婆，尤其是外婆，再次确认为蒲家保姆标志性特点。这一天，天晴几乎一打成名。

生日聚会，是茂华小区几个保姆早就商量好了的。春子和暖被，都不太想去，但是，最终春子迟到了，而暖被因为小旖，早退了。

几个保姆在大草原自助火锅城聚会。开始挺好，大家轮番说着东家的坏话。天晴因为对杨隽有好感的日记被偷看，心里极度郁闷，说她这辈子遇到的最麻烦东家就是老太婆。天晴恨恨地说了外婆的不少坏话。

暖灶觉得老人家东家，最小气。我起码做过十几家保姆了，最烦的是一对老归侨，总是让我吃鱼刺——是鱼骨头的——鱼刺！不是燕鲍翅的鱼翅！每天，他们要我等他们吃完，我才能上桌，完整的鱼，都收进冰箱，我只能吃鱼头鱼尾和剩菜！天天如此，我又爱吃鱼，当时刚从老家出来，晚上一想到这个，就在被窝里哭了……

春子几乎算是说了个笑话：我最烦的一个老东家，那个老爷爷有监视癖好，每时每刻都要看你在不在干活。你干活他就跟在后面看，用手指头东摸西擦，告诉这里不干净，那里再补补；你一休息他就找事给你，洗冰箱啊，选出坏黄豆啊，剥虾干壳子啊。我想等他回老家就好了，因为他女儿女婿不错。没想到，他走之前，让东家在家里装了个监视探头，气得我马上辞职了！

几个保姆笑得岔气。

春子说，我知道有个保姆，饭量大，每餐要吃三碗饭，那东家很生气：你一个人吃的，等于我们三个人吃的量，我们家都是泰国米，也太亏了！再这样，要给你另外算米钱！把保姆吓得只好学他们每餐只吃半碗饭，结果就饿昏了。

小灯：真的昏倒了？哎哟我的妈，坏东家很多哪。我们那 A025 家的保姆说，她原来伺候一个住院的老奶奶，每天都是买一份盒饭，也不分出来，自己吃剩了，才给她吃；昨天凯凯家的保姆说，他们东家让她把宝宝用过的纸巾统统收起来，然后洗碗前拿来擦掉油污，这样既节约了纸巾，又节约了洗洁精……

几个保姆都受不了了，疯笑。

天晴说，我觉得小气鬼是可以理解的，他是对谁都小气，甚至对自己也很抠门。我现在最痛恨的是，不尊重人！

只有暖被没有说话，她笑着，在喂怆怆吃羊肉。她心事重重，她知道她的问题，这些朋友无人能解，暖灶还必定要开骂。因为不放心小旖，她提前走了。

暖被一走，暖灶就邀大家举杯：嘿——告诉你们！我得手啦！

大家疑惑，暖灶喜滋滋地做了个拥抱的动作。春子一脸不相信的表情。暖灶陶醉：他的胳肢窝实在太好闻了！

小灯不屑：搞了半天，原来只是闻到了别人的胳肢窝！我还以为得了什么呢！

暖灶急：我未必都要告诉你们！

天晴因为日记，心里很烦，懒得像平时一样逗暖灶桃花乱颤，她闷闷地喝着酒。打架事件，和她郁闷的心情有关，但店家也实在太可恶了。事件发生在结账的时候。买单的时候，春子习惯性地核对菜单，忽然叫起来：筷子也收钱？！一副一块钱？

小妹点头。大家传看着菜单，轮番惊叫起来。收费小妹很镇定：菜谱上面都明确告示了，筷子要收钱。

春子冷笑：你怎么不告示收椅子费、桌子费、酸醋费、酱油费、水电费？

小妹：反正我们明确告示了。你可以不吃嘛。又没人拽住拉着你们。

天晴：你写了未必就是对的。侵害了消费者的正当权益，这店堂告示就是违法无效的。

暖灶桌子一拍：叫你们老板来！跟他说，不来让他悔青肠子！

一男人恭谦而傲慢地说：我就是这里的负责人。小姐，这是我们集团公司的规定，已经实施了两个多月了。想必你们很少出来用饭……

春子：什么意思？瞧不起人是吧？

男人：没有没有。但筷子钱按规定得付。

天晴：我就不付，怎么样？！

男人：对不起，不付你们走不了。

店员呼啦围了很多个。暖灶退到洗手间通道打电话。

天晴：我们在这里吃饭，就是和你达成了消费合同。店家应该提供桌、椅、碗、筷等基本设施，以及人身安全环境、卫生条件来协助消费者完成消费。这是你的义务。否则我们就无法履行合同。如果你对义务的事项进行收费，违反合同法诚实信用的基本原理，也构成了强制消费。

几个食客也过来看，得知筷子要收钱，大家都火了。很多人对店家指指点点。卫生间通道，暖灶在和老辛呼救：辛大哥！这次不是我惹事！他们真的很过分，筷子也要收钱！筷子呀！这次你不管不行！这是违法乱纪呀！天理难容！

老辛：你按正常途径投诉，值班台会受理的。

暖灶：哥——！正常途径什么时候到啊，店家很嚣张哪，他都不知道我是谁！

老辛：你是谁？一个小保姆，你是谁？

暖灶：大哥！难道你也同意筷子收钱？！你要来替天行道，来帮我撑这个面子啊！今天我不伸张好正义，我不回家啦！

老辛：我的天，好了好了，你先报警，我跟值班台打个电话。

有了辛大哥做后盾的暖灶，拨开人群，脸色倨傲：我奉劝你们，你最好看清楚我们是什么人！不是每只雁子，都可以雁过拔毛的！到时你的店被人查封，可别怪我们事先不打招呼！

男人微笑：来的都是客。我们悉听尊便。

暖灶突然站在椅子上，挥动着筷子：喂！各位食客！这个黑店，筷子居然要钱！筷子！这千古未闻的黑店，筷子收钱！我们已经报警了！提醒你们出门的时候，别买筷子单！这年头，你越不维权，黑店黑人就越多！以后，恐怕调羹、盘子、酱油、醋，说不定这里的爆了葱花香的空气，都要收钱啦！你们说，我们该不该由着他们黑?我们买不买这筷子单?!

四面八方的食客一起在起哄:不——买——单——

一个凶悍的女服务生,一把扯下暖灶。暖灶摔倒了,眼镜掉了。

天晴冲上去,把那个女服务生狠狠拽开,劈手一巴掌。女服务生用脚踢。暖灶跳起来,抽打那个女服务生。好几个店员围了上来。暖灶被一店员狠命推搡。天晴照准那个人的脑袋,哐当一声砸破一个大盘子。又一个小伙子要对天晴动手,天晴抓起了一摞小取菜盘,就摔。小灯害怕地尖叫。

春子指着门口大喊:现场经理!你如果认为你今天的表现,你老板会赏识你,你就打!男人顿了顿,他也看到,12315人员和带着摄像机、照相机的人,相继进店。他一挥手,控制住了激动而嚣张的店员。

这一夜,茂华小区的保姆大获全胜。这一夜也使天晴成名。

隔天,蒲教授家的外公外婆,从报纸上,看到了几个保姆的维权之战,照片居中就是天晴。文章里,天晴对记者谈的消费合同一大段话,让外公佩服得一塌糊涂,说,读书的保姆,就是了不得啊。

而再次领教他们家保姆威而刚的外婆,简直有点后怕。她觉得天晴对她的笑脸,真是太节制太礼貌了。

三

夏星光再聪明,也猜不到魏雅玲的鸿门宴。当晚,因为一个氯气泄漏事件,他迟到了。可是,魏雅玲没有生气,反而说,不急,慢慢来。

夏星光到的时候,大家已经吃好上茶了。魏雅玲和几个同伴看着他进来。魏雅玲笑着，招手要夏星光坐她身边。夏星光突然感觉有点不安，他谨慎地走过去。魏雅玲指着旁边的一个包：钱在这。你欠条带来了吗？

夏星光：噢，在这！

夏星光赶紧从钱包里掏出那张欠条。

魏雅玲接过，仔细看了看，忽然就撕了，撕得粉碎。魏雅玲的脸色瞬间全变了：夏星光！这里的兄弟都知道，我最尊重你也最信赖你，可是我做梦也没想到你是个吃里爬外的小人！

魏姐……夏星光知道是车主的事情出来了，他开始担心那包钱能不能让他带走。

别再看那包钱！魏雅玲喝道，再也不是你的了！我就不明白，那个没有子宫的婊子，还值得你这样的男人着迷？

夏星光：魏姐，你误会了……

魏雅玲冷笑：误会？一开始你在大桥上玩命救她，我就该想到了，可惜我太信任你了，也把你估计得太有品位了，更没有想到，你为了那个贱人，还竟敢用一辆破车来骗我的钱！那车我问过了，到顶值三万五！你的心还真狠啊！害得我父亲差点丢了老命！

那车并不坏，魏姐！我和那女人也毫无关系，我没有告诉你是谁的车，是怕你不买……夏星光话没有说完，一个男人一脚就横踢过来，踢中夏星光的脸。夏星光栽倒，他的鼻骨暴痛，血从嘴里流出。夏星光跳起来，手里的陶土茶杯连茶带水，砸在那人脸上。那人嗷地叫了一声，捂眼。旁边，另外两个男人，沉着脸，慢慢站了起来。夏星光也站着，嘴边在慢慢出血。

四个人一对三地站着。魏雅玲看了看，示意他们坐下。

几个人坐下了，夏星光依然站着。

魏雅玲：看见了吧，夏星光，大家早就想揍你了！你也不是第一次坑我了，但我每次都念旧情饶了你。可这一次，你差点害死我父亲！

魏姐！夏星光抹了把脸，脸上血污更大了，他说，我和你的冤家对头无亲无故，我对她也不感兴趣。所以帮她，是她的处境的确麻烦，她是个晚期病人，卖车是为了筹治病的钱。因为魏姐为人慷慨，出价比别人高。所以，我想卖给你很正常。

放屁！你明明知道她是谁，还竟敢让我当傻瓜冤大头。你这是在羞辱我！你懂不懂人事？！搞到我的钱，你和她背地里很得意是不是？

夏星光：绝对没有……

魏雅玲：滚！从此我没有你这个小弟！滚呀——！

夏星光急：魏姐……那钱你还是给她吧……

魏雅玲：你还真能演戏，你们现在从我们家骗走的钱已经超过汽车钱了，你还有什么花招慢慢使吧，浑蛋！

夏星光还想说什么，一个男人狠狠推搡了他。夏星光趔趄。三个男人再度站起，架起夏星光，就拖了出去。门外的服务小妹吓得尖叫。

夏星光驾驶着吉普车，在灯光流泻的大街行驶。他委屈万分也痛苦万分，他的肚子也还饿着。开到小白象湾，汽车停下了，但最终又掉头而去。

连着两天，夏星光接到无数个暖被的电话。她知道他去取余款，她们在等钱。可是，夏星光实在是厌恶腻味，他想明白了，不就是两万五吗？他自己出了就是。当时，早这么做，何至于得到这样的恶劣心境。

反正铁了心了，就是自己贴了。让暖被的电话，统统拉倒吧。

他一个都不接了。

都知道夏星光要带余款来了,连小旖都感到期盼的焦灼。悾悾也盼星光叔叔来玩。暖被做了早饭,情绪低落得没有一点胃口。

小旖在找镜子:暖被,我的毛孔是不是有点粗大了?

暖被:不觉得啊,你的皮肤还是很细,很光。

悾悾:昨天睡觉的时候,你说星光叔叔今天会来的。我要跟叔叔打电话!

暖被给悾悾电话。小旖:我真的觉得我皮肤老粗了。

暖被:那天出院的时候,丁医生不是还夸你漂亮吗?

小旖:他是在安慰我。

悾悾:叔叔不接我电话。

小旖:我天天观察自己,以前毛孔都看不到,现在都看到了。

暖被:我都没有看到。

小旖:都跟橘子皮一样了!唉,你们小保姆对生活的感觉太粗糙了。

暖被不再说话。买菜的时候,暖被到小白象湾门口小超市外柜员机前,把小旖的卡放进去,按查余额,显示五元钱。夏星光没有打钱进来。

往回走的路上,暖被不断打夏星光电话,她有点生气了。不接电话,这算什么事,是你自己说昨晚应该能拿到钱的啊!就是拿不到,也可以说一声呀。

小旖半靠在床上,闭上眼睛。悾悾靠在阳台边的墙上,在玩游戏机。小旖睁开眼睛,她在搜捕嘟嘀嘟嘀的游戏机声音。

小旖:悾悾,你在玩什么?

悾悾头也不抬:马里奥赛车!

小旖:进来!我看看!

恺恺猛然醒悟,手上的动作停了。

小旖:喂!进来!你过来!

客厅外,恺恺连忙把游戏机藏进口袋,又拿出来塞进棉毛衫内衣里。

小旖喊:听到没有!恺恺慢慢走进卧室,倚靠在大柜子边。

小旖伸出手:给我!恺恺歪着身子傻笑。

小旖怒意渐起:给我!

恺恺:别人的。

小旖恼怒:给我!!!

恺恺:我不玩了。

小旖大怒:我叫你给我!听到没有!恺恺哭丧着脸,慢慢翻开裤头,从肚子上摸出游戏机。小旖接过,翻转着看:这么高级的,谁给你的?

恺恺傻笑:不能说。

小旖:偷来的?!你偷谁的?!

恺恺大叫:没有!我没偷!是奶奶给我的!因为我生日!

小旖:奶奶?哪个奶奶?暖被已经回来了,孩子气的小旖,气愤惊异中,忘了问暖被是否到款。而暖被开门已经听到了小旖和恺恺的激烈对话。恺恺难为情地看着暖被,又希望暖被能解救他。

小旖怒喝:到底哪个奶奶?!说呀!!

恺恺眼睛看着暖被,小声地:爸爸家的奶奶……

小旖的眼睛发绿,她盯着暖被。暖被只好走过去:就是成先生的母亲……我不是跟你说了,他爷爷、奶奶认我们恺恺,喜欢他,所以,魏雅玲那天就过来送医疗费……

小旖:什么!又是她家!这小恩小惠想干什么?!

暖被:旖姐,她其实还是心肠蛮软的……他们家老人很好,想把怔怔，那个……接过去……照顾……

小旖猛然抬头，眼睛雪亮如剑。生病以来，暖被第一次看到小旖的眼睛，放射出这么尖锐刺人的光芒。暖被立刻心虚起来，觉得自己做了亏心事。她咽喉干燥得说不下去了。

小旖不说话，冷冷地看着她。

没有想到，千难万难的协议之事，就这样毫无防备地端了出来。暖被结结巴巴只能接着往下说：他们也是一片好心，如果这次不是成家帮忙，医院早就中断治疗了……

小旖：接过去？照顾？你是说！他们要我儿子？！

暖被：他们觉得，我们……照顾不过来……

小旖霍地坐直，手上的游戏机哐地砸墙，摔得机壳分离。

怔怔愤怒地惊叫起来，冲过去捡。

小旖暴怒：卖孩子！你竟敢卖我儿子！

暖被急了：旖姐——

小旖目光如电：我说她怎么这么好心！原来是想夺我儿子！原来是另有所图！真是阴险歹毒！现在想要了，当初怎么不认？她趁火打劫！都来不及等我死！金暖被！你憋到今天，总算说了真相！

暖被使劲摇手。

小旖指着暖被，摇头：真没想到，你也会这么卑鄙、落井下石！想卖了怔怔好脱身！是不是？好啊！你走！滚！我早知道你不可能待得住的，你不可能这么好心！我告诉你，金暖被！你随时可以滚。但不可以背着我两面三刀干这么大的龌龊事！你滚！滚得越远越好！

怔怔忽然扑到床前，用力推了小旖一把。小旖被推得躺下，头磕到床架。

小旖正好一肚子邪火爆发，一巴掌打得怔怔栽到床下，又带翻了方凳。

㤉㤉发出撕心裂肺的哭叫：你赔我的游戏机！

暖被过去抱孩子，小旖抓起床头柜上的剪刀，一刀扎在暖被的手臂。暖被失声大叫。血出来了。暖被又惊又疼，不知所措。

这时，电话响了，不胜其烦的夏星光，竟然在这个关口，回了一个电话。一看是夏星光的电话号，暖被顿时哽咽着发不出声。她把电话按掉。夏星光感觉有异，再次拨通：喂？喂喂！暖被又挂了。夏星光急了，重新再拨，通了。暖被咬着嘴唇，泪流满面还是没有说话。

夏星光大喊：怎么回事？为什么不说话？！

四

时光倒流纤体美容院。在白色藤椅环绕的茶室，几个做完美体按摩更换完衣服的女顾客，总会在那聊天休息一会。老板辛太太在陪众女顾客喝着花茶，一个受了保姆气的顾客，正在控诉自家新保姆：她根本就是个保姆油子。我们一出门，她就喜欢躺到我们夫妻的床上看液晶电视。你说干活时间，在客厅看就不应该了，她还偏偏就喜欢躺在我们床上看，你说恶不恶心？难怪我们回家，经常发现她反锁着门，天知道她在里面干什么！

一顾客：这还好哪。我妹妹家今年春节自己开车去旅行，留下保姆看家。因为公司有事，我妹妹突然赶回家。一进门，傻啦。一个男人躺在主卧房被窝里大吃大喝，看着DVD；保姆正在厨房热火朝天地煮饭。我妹妹以为自己出现幻觉，或者是跑错人家，使劲揉揉眼睛。那保姆哼着小调、端着刚出锅的菜，一看我妹，吓得掉了盘子。原来，东家前脚走，保姆后脚就把男友领进门，正轰轰烈烈过小日子呢！

辛太太：嗨呀，我这之前那个保姆，更恶心！一块布擦灶台、擦桌子，地上掉东西，就顺手擦地板，有一次还擦鞋底粘的米饭。你一不小心，她洗碗又用那块布！你给她的真正洗碗布，还挂在那里干干的。还有，出了厕所，不管大小，就是忘记洗手。

众女宾尖叫做恶心鬼脸。

一顾客：哎呀，我有过一个保姆，不知道她有鼻炎，后来才发现，她经常有鼻涕。本来这也没什么，可是她习惯这边擤鼻涕，那边抓豆腐、抓肉。我有一次看到她，擤完鼻涕——不用纸张，就给我女儿拿蛋糕，鼻涕丝还连着蛋糕……

一顾客：我的保姆很清楚，一点也不恶心。但是，她要求每天早上喝牛奶，中午喝立顿红茶或咖啡，晚上要面包加奶酪。她每天用英语说早上好、下午好、晚安，中间使用大量的 YES 和 NO。因为她在一个美资企业的中层雇员家里干过四个月……

众女宾大笑：这不恶心，就是我们都要晕过去了……

众女宾放下花茶，说说笑笑散去。每当这时，辛太太丁慧就觉得，自己现在的保姆暖灶，虽然有万般可气之处，但也还是很好的保姆。

此时，暖灶蹲在丁医生家阳台上。报纸铺着，她正给丁家三代人所有的皮鞋打蜡上光。阳台上，一大排大小皮鞋干干净净。

电话响了，是小灯。小灯气急败坏：你上次教我的，对付可恶东家，用的三大毒招是什么？有一招最简单的，我忘记了。

暖灶：什么情况？

小灯：老三老婆，耳环找不到，赖我的春子姐姐偷了，话说得很难听，要搜身还要报警。

暖灶：那我教你最解气的一招，用她的牙刷刷马桶！

小灯：啊哈，真毒！好，解气！

暖灶：千万不要刷错啦。这冤假错案很恶心的！

小灯：知道了。还有什么毒招？

暖灶：宝典多啦！教多了你也记不住。先用这一招吧。

知道自己家的保姆，又会读书又会打架，按理外婆应该有忌讳。可是，看到天晴去换煤气，外公在练字，好多天没偷看天晴日记的外婆，忍不住又溜到天晴房间东看西看。抽屉里已经换了新日记本，本子上竟然有小锁。这下轮到外婆很不高兴了。

外婆在桌子上意外发现，有外公送给天晴的励志书法作品：梅花香自苦寒来。外婆撇着嘴，把字幅突然拍在正在练书法的外公桌子上。外公吓了一大跳。

外婆：怎么有这个雅兴，还偷偷买了这么贵的宣纸！

外公一时傻了眼。

外婆：宋炳南！还真看不出，你原来还这么有诗情画意呢——我生日你怎么不送啊？！

外公有点尴尬：咳咳，你不是已经是梅花香了吗？

外公转守为攻：我就不明白，你为什么老喜欢去她房间翻看东西呢？

外婆：你不要避重就轻！不翻我能知道你鬼头鬼脑干的这些事吗？不翻我怎么知道她有没有被楼上那个艺术流氓骗走。

外公终于烦了外婆：你走你走，不要烦我！

外婆正想发作，天晴提着煤气罐，一头热汗地进门了。外婆若无其事地过去：哎呀，很重吧，快放下，让外公来接一下！

五

夏星光心里放不下暖被奇怪的电话。她越不接，他就越发不安。

最后，他还是驱车前往小白象湾。不料，在小区门口，就看到暖被和悭悭往外面走来。

夏星光把车停在他们身边，暖被明显是哭过。悭悭看到夏星光，高声大叫：星光叔叔！我妈妈拿剪刀刺姐姐！夏星光吓了一跳，看暖被眼中泪水闪动的样子，知道是真的。

夏星光说，是车款没来的事吗？发这么大脾气？

暖被摇头，把手里的茯苓糕交给悭悭。

暖被：你把这个送给妈妈。

悭悭：那你要在这等我。

暖被点头。悭悭：拉钩！

悭悭拿着茯苓膏飞跑，还不断回头看。暖被的眼泪扑簌簌地流淌，见孩子跑进他们住的楼道，暖被立刻拉开车门说：快走！

夏星光发动汽车，问：怎么回事？

暖被呜咽：我再也不回来了！

夏星光的吉普车在大街穿行。暖被坐在夏星光旁边。夏星光知道自己对不起她，可是，要开口道歉，实在很难，现在，他骨子里在排斥这件事。他实在不想再卷下去了。所以，开了很久，两人都没有说话。而暖被止不住的泪水，从上车开始就没有停止过。现在，占据她脑子的，只有悭悭。

夏星光终于沉闷地说，我确实拿不回你们的钱了。我会在一个月内，把钱赔你们。也许借得顺利，不要那么久。你们不要为这事吵架了。

暖被看着窗外，不说话。

早知道这样，我是不会帮忙的。夏星光说，我很后悔。

我更后悔！暖被哭喊出声，四年前，我为什么要去旖姐家？到哪里不是做保姆，我得到了什么……

夏星光被她呜呜哭得很难过，说，你的伤口还痛吗？

暖被摇头。夏星光：你和她相处那么久，知道她会这样丧失理智地发脾气，你该懂得保护自己。怎么会让剪刀刺到自己呢？

暖被转脸看窗外。夏星光：——喂，你真的不回去了？不干了？

暖被一直看着车窗外，没有说话。

夏星光：要不，我带你去环岛路兜兜风，换个心情吧。

暖被心不在焉，茫然地看着车外，说，不知道恰恰送了茯苓糕跑出来，找不到我们会怎么样？他最怕我不要他……

夏星光没有说话。真是一个可悲的亲情的旋涡，夏星光知道这个旋涡的力量，但他不愿陪这个傻保姆再沉浸下去，他不回答，车子在继续行驶。

暖被动了一下夏星光的手：我们回去……去小白象湾再看看好不好……要是恰恰……暖被看了看夏星光，又掉转目光看车窗外。夏星光在她这怯弱的眼神中，感到了强烈的无助和哀求。夏星光还是执拗地开了一段，最终摇摇头，把汽车狠狠掉头，又飞速开了回去。

吉普车才开过天桥，远远地，还没看到小白象湾的白象标志门，就在通往小白象湾的海峡大道上，看到一个拿着茯苓糕的小男孩，独自站在车流中。显然他还不太明白红绿灯的道理。小小的身子前后，车流滚滚。随便一个司机疏忽，那个小小的身子就可以被碾进车轮下。

暖被惊叫一声，夏星光紧急靠边。车还没停稳，暖被疯了似的扑下汽车。

她冲向车流中央的孩子。许多司机被暖被的疯狂奔跑，吓得紧急刹车，几个司机惊魂甫定，伸头大骂。暖被要抱起恰恰，恰恰竟然拒绝了她。

暖被强制地抱起孩子，恰恰俯身对着暖被肩头咬了下去。

暖被尖叫着,还是抱起了他。恷恷捶打着她,又踢腿挣扎着要下地。过往汽车紧张地不断刹车。夏星光大步过来,一把扛起恷恷。恷恷尖叫着,小腿在猛烈空踢。夏星光把恷恷丢进路边的吉普车里,大吼:你要去哪里?!

　　恷恷拼命跺脚。暖被抚摸他的背,他暴烈地扭着小身子闪开。

　　夏星光说,好了好了,叔叔带你去,你想要去哪里?

　　恷恷哇地大哭出声:我要去找爸爸!

　　夏星光不由酸楚,伸手摸他。恷恷用力打掉夏星光摸他头的手:我有奶奶!我还有爷爷!你们不要我,不要就不要!我找我奶奶爷爷去!

　　暖被紧紧搂抱孩子,大哭:姐姐再也不离开你了……

第十九章

一

暖灶陷入了苦恋。她发现并确认丁医生在躲避她。只要她过去钟点服务,他一定不在家。暖灶为了他,做了多少餐好吃的东西,但是,她就是没有机会和丁医生共进晚餐。丁医生依然是那么温和有礼貌,不回来、晚回来的抱歉电话,也是非常有礼貌。可是,最后,连海童都说,姐姐你走吧,你走了我爸爸就会回家。我不怕。

暖灶越来越生气,回到辛家经常脸色很臭。辛太太说,最近丁皓特别忙啊。

暖灶没好气地说,小二奶又住院,他自然忙了嘛!真不想管他家啦!

辛太太说,你不管,我爸爸我弟弟怎么办?你想把丁皓急死呀。

暖灶:他不是有老婆吗?老婆娶进门就该伺候男人嘛!

辛太太:嗨呀,你又多管闲事了!

剪刀事件之后,小旖摔了一跤,这次住院,时间很短,但暖灶特别生气。好容易这天,丁医生确定回来吃饭,临了又说晚上要去大学上课。暖灶忍无可忍,你要吃地瓜稀饭,我特意煮了,还做了三个新菜——你是不是在躲避我?

丁医生:躲你干吗呀?这一段太忙了。

暖灶:只要我来上班,你就肯定不在。总是我前脚走了,你后脚就回家。我有那么可怕吗?我又没有怎么你,只是想和你说说话!和以前一样!

丁医生笑：对不起，这几天，多亏有你。回头我谢你。

暖灶：你拿什么谢我？吻我还是抱我？

丁医生：我女儿在旁边吗？

海童在自己房间。但是暖灶回答：在！

丁医生立刻挂了电话。

这个晚上，郁闷的暖灶走出丁医生家小区，临上公交车的时候，忽然决定，去医院！丁医生确实在小旖病房。因为有了剪刀事件，小旖更深刻地意识到自己对暖被的依靠，所以，这个晚上，难得她和丁医生聊得很敞开。

丁医生有心帮助她，他说，成先生去世了，一切恩怨都成了历史了。成家妻子的举动，也许是赢了官司的内疚。不管他们行为的初衷怎样，目前，客观效果是好的、是你需要的。你和悾悾，确实是到了绝地。这个你要承认。

可是，就这一点，小旖一点都不退让：那女流氓就是生不出儿子，现在得到我儿子就表示她全赢了。我偏不满足她！

暖灶找到小旖病房，她从病房门玻璃观察口，踮脚看。

里面，丁医生和小旖在交谈。

这一眼，暖灶的血往脑袋上轰，咣地，她把门重重推开。

你不是去上课吗？你不是忙着吗？！她喊。暖灶咄咄逼人。

暖被闻声，湿着手，从小阳台奔进屋，惊讶：姐你干吗？怎么突然……

丁医生竖起指头，嘘了一声：上课临时改期了——你是来看你妹妹吗？

暖灶：我就是来找你的！

丁医生微笑着，转过头对小旖：你再好好想想。人是需要互相帮助的。丁医生开门，为暖灶拉着门。暖灶猛力一跺脚，气呼呼地出去。

暖被和小旖莫名其妙。

丁医生和病人们微笑道别：都睡个好觉。

一出病房的门，丁医生的脸色变得很冷峻。他大步走向电梯。同进电梯的还有其他人，暖灶不断偷偷看丁医生的脸。暖灶有点心虚，声音也低柔下来：我想和你说说话。我觉得你骗我。

丁医生没有回答，出了电梯，他一直往医院大门外走。抬手拦了出租车，暖灶赶紧跟了上去。丁医生为她拉了后车门。暖灶见丁医生脸色不好，在出租车里不敢再吭气。出租车停在茂华小区外面的一个茶馆。

古色古香的茶楼小包间。丁医生和暖灶面对面坐着。茶楼小妹开始泡茶。暖灶偷看着丁医生。丁医生请走了小妹，开始自己动手泡茶。他给暖灶倒上一杯。

丁医生：好了，说吧。你想说什么呢？

暖灶：我很丑吗？

丁医生：不丑，你清秀。

暖灶：你以前说过，后退一百年，大家都是农民对吗？

丁医生点头。

暖灶：谁也没有我更会照顾你，照顾爷爷和海童。

丁医生点头。

暖灶：那你为什么突然冷淡我？不理我了？

丁医生：我确实忙。每次我回不来吃饭，也都跟你说了，怎么是不理你呢？我尊重你。

暖灶：没有！你就是对我不好了。我知道你想什么！

丁医生给她递上茶：既然你闯到医院，我们是该谈一谈了。你心里有疙瘩，是，我也有。我不舒服。那天晚上我不知道怎么回事，实在是喝麻了，怎么个过程我不清楚。

暖灶：你欺负人！！

丁医生沉默良久，说，对不起。

暖灶：可是我什么都不嫌弃你，你二婚头我也不介意。我只想照顾你一辈子。我就是想照顾你！

丁医生：你已经做到了。我们一家很感谢你。

暖灶突然扑上前，紧紧抱住丁医生：我要嫁给你！我就是要嫁给你！

丁医生把她的手从身上拆下。

丁医生：我喜欢你，可能会一直喜欢你，但那不是爱。

暖灶：不是爱？怎么不是爱……

丁医生默然：对不起。不是爱。是我的错。

暖灶：我不要对不起，我要嫁给你！

丁医生：绝对不可能！我不爱你！

暖灶：那你不是喜欢我？！

丁医生：喜欢不是爱。

暖灶：这有什么不一样？！不喜欢怎么会爱，爱了怎么会不喜欢？！

丁医生：喜欢是看到了很高兴，爱是不愿分离，分离了就很难受。

暖灶：不懂！你就是对我好！那就是爱！

丁医生：我如果这样说，那是欺骗你！

暖灶：你是不敢面对现实！你就是爱我！

丁医生：我不爱你，也绝不可能娶你！

暖灶：那好！那我把我们的事，拿去给莉莉、给丁慧、给你领导、给你的朋友们看看！让大家来评评理！

丁医生目光十分困惑。丁医生沉默着。暖灶突然痛哭流涕。丁医生不为所动。

暖灶哭了一阵，抬头看丁医生：你别逼我！我会让你身败名裂！

丁医生：我没有力量阻止你，但我不能撒谎，我不爱你，所以不可能娶你。如果你执意去告，我只能做好准备接受。是我的错。

没想到丁医生这样顽固，暖灶歇斯底里跳起来，掐住丁医生脖子。

暖灶掐得丁医生喉咙咔咔作响。丁医生闭着眼睛厌恶地没有反抗，暖灶心软了，放了手。丁医生连连咳嗽。暖灶住手，悲伤地大哭：城里人真虚伪。

丁医生咳着给她纸巾。茶楼小妹进来，丁医生摆手。小妹连忙退出。丁医生：你希望以后我还是你的朋友吗？暖灶迟疑着点头。

丁医生：这些天，我一直在回忆，我想知道我对你做了什么。说真的，我没有任何记忆。看你的样子，我很内疚也很难受。我不是冷淡你，但我的确想回避你。如果你原谅我，我们一起跨过这段错误，还是朋友。如果不能，你可以把我炒了，再也不要理我了。

暖灶号啕大哭。

二

喜欢保姆，是危险的表达，尤其是对年轻的、有理想的保姆而言。保姆宝典里的忌讳很多，冤枉保姆，也是宝典里不可触碰的天条，谭家三太太就在承受这个可怕的惩罚。不过，她不知道，其实，她是有机会避免的。当时，三太太意外地在自己的睡衣口袋里摸到了耳钉。谭老三就提醒欣喜万分的太太说，搞得鸡犬不宁！赶紧去跟春子、小灯说一声，免得人家不自在。

三太太不干：说什么啊？让保姆们笑话我啊？反正我不追问就是了。

谭老三：你最好马上去说，大家心里都有疙瘩，早点解开好睡觉。听说你那天话说得很难听，连春子也骂了。

三太太：哼，那个贱坯，已经被你妈宠得不知道自己是谁了！你看她骨子里那个傲慢劲，我早都看不顺眼了。敲打她一下，没什么不好。

谭老三：人家一个顶俩、顶仨，中午从来不午睡，家里打理得井井有条。我也很敬佩她。有本事，该她傲慢。

三太太：你敬佩她，她未必眼里有你。这个家里，除了老的，她眼里根本就没有别人，你别看她表面客客气气！

谭老三：你到处树敌干什么？好啦，我劝你下楼去跟她道歉一下，跟小灯那傻丫头也解释一下。

三太太：我知道你要讲她！偏不！警钟长鸣有什么不好？！

警钟长鸣确实没什么不好，三太太不知道，她不认错的时候，保姆小灯正在谭老三夫妇的盥洗台上，挑选三太太的牙刷。三太太也不知道，拿着牙刷的保姆，是犹豫了一下的，但之后，她真的开始用它刷马桶里边黄兮兮的污渍。刷着从来刷不到的小缝隙，黄水直流，恶心得她自己皱起鼻子。

保姆小灯自言自语：天哪，马桶显然干净多了啊！也许会得到表扬呢。刷完，小灯把牙刷冲干净，又仔细看看，确实没有什么痕迹，她再轻轻放回三太太的盥洗杯中。小灯欢快下楼，去找春子。

春子听了皱起半个脸：好恶心啊，你真干了？

小灯：每个缝隙都刷了，黄水直流。

春子恶心得不行，连连摇手。

小灯：以后，她不讲道理，我都刷一遍马桶。

春子：够了够了！那个暖灶的歪门邪道也太多了！

小灯：暖灶说，有多坏的东家，就有多坏的保姆，这叫——以夷制夷。

按常人推理，知识分子家里触犯保姆宝典的情况要少一点。可是，在蒲教授家，外婆外公因为一碗水饺，把保姆天晴气得抓狂。而比较尊重保姆的外公，竟然又把外婆气得离家出走，动静闹得挺大。

天晴就是这样一类保姆，物质条件可以马虎，但非常在意自己的精神感受。对自己是否得到尊重，极其敏感。对于日记被偷看的猜测，本来就令她十分不快。而因为天晴日记上了锁，外婆就不能及时掌握天晴和杨隽的新状况，外婆也很烦躁。

民间高手漫画大赛，杨隽最终夺冠，蒲家大小都前往捧场。杨隽获奖感言也坦率地感谢了他的芳邻模特，可是，面对记者，杨隽竟然羞于表明天晴的保姆身份。天晴接受记者采访时，说自己是保姆，杨隽明显尴尬。这个态度，微妙而严重地伤害了天晴的自尊心。所以，他送了一千元奖金给天晴时，天晴负气拒收。这个事外婆知道，外婆认为天晴当然应该收。之后，杨隽意识到自己欠妥，就向天晴道歉了。两人最终和好如初了，这个新情况，外婆就没有掌握。

杨隽酷爱水饺，每次蒲家包了，都会送他一碗。后来天晴、外婆轮流不喜欢杨隽，杨隽就没得吃了。但现在，天晴又想给杨隽吃了。青椒猪肉水饺，正是杨隽最爱吃的，但天晴要求朝雨认账，说他最爱吃青椒猪肉饺子才包的。

不过，杨隽最终没有吃到这顿饺子。外婆不高兴。先是觉得青椒不好消化，不快；后来发现天晴买的又是现成的饺子皮，更不快；外公偏说，买的皮比擀的好吃，口感滑滑的更好吃！外婆更憋气了。最后，外公因为天晴要大考，天晴洗好切好馅后，就一直劝她去读书，说他和外婆包完全来得及。外婆狠狠踩了外公一脚。

外公镇定自若，执意赶天晴去读书。外婆脸黑得吓人。两老人在厨房边包饺子边拌嘴，天晴被两个顽童一样的老人，吵得无法读书，干脆又过来包饺子。

看天晴进来,外婆又有点过意不去。两手沾着面粉,连忙站起来挡:你去你去!我很快!以前一大家子也是我一个人包的,连买带洗、连包带煮,还盛上桌摆好筷子!他都是吃现成的,什么时候成了高手,呸!

天晴装傻憨笑着,执意洗了手开始包。

最严重的情况是突然出现的。饺子煮好的时候,很多饺子开口了。外婆不动声色地把豁口的大部分舀到天晴的碗里,自己也放了两个。

外公站在外婆后面,一看,拿了筷子,把天晴碗里的破饺子,一个个放进自己碗里。外婆:你干什么!

外公:我就爱吃破的。

外婆气疯了,不动声色地再从外公碗里舀回来,舀进天晴碗里。

外公大叫起来:你怎么回事?我跟你说我爱吃破的,我爱吃皮,你为什么又拿出来?!天晴、朝雨都跑进厨房。

外婆感到没有面子,突然,拿起天晴的碗,狠狠摔在地上。

饺子撒了一地。

外公火冒三丈:你!简直是!我以前不知道你这么自私小气!你简直就是大坏蛋!外婆把漏勺噔地一扔,不干了。

外婆进了自己房间,砰地关上门。这一天,杨隽自然也吃不到楼下的水饺了。当然,这还不是最要命的。

最早发现外婆离家出走的是天晴,大家吃了饭,天晴洗了碗从厨房出来,又到外婆卧室,敲门侧耳听。里面太静了。大家开始有点担心,好容易找到钥匙开门进屋,里面空无一人。那时,已经是晚上八点多了。大家面面相觑,赶紧分头寻找。蒲家人紧急行动,没有吃到青椒猪肉饺子的杨隽也被发动去找,他有摩托,可以跑得更远。

三

外婆最终是谭老三给送回来的。

在华灯璀璨的跨海大桥，谭老三驾车陪一个长发女孩兜风拍夜景，发现一个老太婆在孤独好奇地东张西望。谭老三就减速了下来，伸头喊：阿婆，这个桥上不能步行，危险！知道老太太从茂华小区来，谭老三就请老太婆上车，老太婆兴致勃勃，上车后和谭老三天南地北大聊一气，心情疏朗。老太太玩够了，谭老三就把老太太送回来了，直接送回茂华C区。

逛了一圈的外婆，气也消得差不多了。谭老三一路把老太太哄得非常开心，所以，回家的时候，外婆已经是一副旅游归来的好心情。看大家被她吓得半死，累得要命，外婆感到十分满足，天晴也格外贴心可爱。

这个夜晚，最痛苦的是暖灶。她和丁医生分手回来，摸黑一头扎进自己阳台小卧室就睡了，其实是一夜饮泣。次日起来，辛太太发现她眼如烂桃、神态冷漠倔强，问她却什么也不说。

辛太太狐疑地去上班。暖灶一个人在厨房里，狠狠地剁肉。暖被电话来了。

暖灶：又什么垃圾事？！快点！

暖被：昨晚你怎么了？一直按掉我的电话？你是不是跟丁医生吵架了？那么凶……

暖灶：跟你讲有屁用！

暖被：丁医生人很好啊……

暖灶：那当然，男人哪个不喜欢你那个半死东家！宁愿撒谎，也要陪那只没有头发的狐狸精说话！

暖被：姐，快别这么说！你有什么事，我帮你就是了。到底出了什么事？干吗到医院那么吓人？

　　暖灶：你帮我？你要帮我就辞了工！我就是讨厌你那个小二奶！我巴不得她早点死！你帮！你帮啊！

　　暖被：姐，你别任性了。我这边正焦头烂额呢，那个魏姐姐这周……

　　暖灶：少来！还魏姐姐！什么烂货、蠢货、流氓货，你都叫姐姐！我当你姐姐都丢脸！——别烦我！正忙着！

　　暖被：姐——！暖灶啪地挂了电话。

　　暖被这一周，就像临近死刑。一个要马上得到孩子，一个动辄自杀伤人，夹在中间的暖被，左右煎熬。丁医生看上去也没有劝成小旖，不过，暖灶不来搅局，也许能谈下去。现在呢，暖灶莫名其妙，丁医生也心不在焉，明天下午，魏雅玲要接忪忪走。暖被想来想去，万般无奈，还是求助天晴。

　　天晴果然有个建议：要不，这样吧，你先假装忪忪到我家玩，让成家带回去陪老人过个周末。哄住他们，我们再慢慢想办法。

　　暖被眼睛一亮：行吗？好好的怎么要去你家呢？

　　天晴：忪忪不是喜欢我们朝雨哥哥吗？就说我们这边外公外婆疼他——真是疼爱他。理由你随便编一个，再说，平时你东家不是对小忪忪根本不管不顾吗？

　　暖被眼睛一亮。

　　平心而论，小旖真的是个不称职的妈妈。小保姆随便编出一个理由，她想都不想就同意了。暖被说，前一阵子大雨，家里脏得不行，阳台窗台都是淤泥沙子。这几天，太阳挺好，我想彻底大扫除一次。还有，冬季衣服我们一直没有好好收整晒晒，有的都长霉点了。要不要让忪忪到蒲教授家玩两天？

小旇听得心不在焉，她也没有想这两者之间有什么关系。

暖被继续说，那次找失踪的你，我和悾悾在他们家吃过饭。教授家的外公外婆，都喜欢悾悾。那次，外婆眼睛不好住院，不是还送鱼汤给你吃？外婆老叫悾悾去玩，说现在独生子没玩伴呢。

小旇：爱去就去吧。他在这里也是烦人！

暖被：那明天下午我就带他过去了？

小旇站起来，把电视关了，说，好了，我想睡了。

暖被心花怒放，没有想到，煎熬她多少天的问题，被天晴随便一个建议就解决了。当然，这只是缓和了一下局势。

四

保姆里面，和暖灶最相投的还是小灯。被丁医生拒绝的伤害，暖灶最愿意跟小灯诉说。两人约在小区健身房外见一会。暖灶手里拿着一瓶烧菜红酒、几根葱。小灯嚼着口香糖，牵着堂堂，提着一小袋大蒜头。

小灯：你觉得丁医生对你有感情吗？

暖灶：当然！他说喜欢我。但是他不爱我。

小灯：喜欢和爱，不一样吗？其实也差不多了。

暖灶眼睛一亮：你和我想的一样！不喜欢怎么会有爱？爱肯定就是喜欢。要不然他就是说了假话！通过这事，我觉得城里人很坏、很不老实。

小灯：是啊。他们每一个都不老实。我也觉得。不过，丁医生会不会是没有离婚，不好意思跟你好？

暖灶：我也想到了。所以，我很讨厌他老婆，占着茅坑不拉屎。

实在可恶!

小灯：应该叫她让位!

暖灶：怎么叫？——咦，对啊，要刺激她滚蛋！对，你来打电话！对了！打电话！我有她电话！你来打——她认得出我的声音。

小灯：我打？我说什么呀？我现在都要回去了。春子要我买大蒜头。太晚了，她又啰唆!

暖灶：你这人怎么这么忘恩负义？我是怎么带你做保姆的！现在你出道了，就见死不救恩将仇报？我告诉你，要是你到劳动局岗前培训，起码一千块!

小灯：那……好吧。你要我说什么？对她。

暖灶思忖着：你就说，孙莉莉！你别管我是谁！我就是告诉你，你丈夫已经不爱你了！他已经跟别人上床了！你还不退位吗？！

小灯：这么多句啊？

暖灶：真笨！练习一下。

小灯练习了一遍：孙莉莉！你别管我是谁！我就是告诉你，你丈夫已经不爱你了！他已经跟别人上床了！你还不退位吗？！

暖灶：很好。用你自己的电话打，不能用我的。

小灯掏出电话，有点紧张。

暖灶接过。

暖灶：没事，她看不到你！我拨好，你就开始——暖灶一拨通，立刻塞给小灯。

小灯：啊——那个——

暖灶怒目圆睁地做了个有力的手势。

小灯顿时严厉地：孙莉莉！你别管我是谁！我就是告诉你，你丈夫已经不爱你了！他已经跟别人上床了！你还不退位吗？你别占着茅坑不拉屎！再见!

一说完，小灯赶紧合上电话，拼命拍胸口。

暖灶：再什么见！——她怎么说？！

小灯：我怎么知道？一说完，我就赶紧挂掉啦！

暖灶：笨死啦笨死啦！

小灯要走，暖灶一把拖住：等等！如果她又打电话来追问你是谁，你就说大家一起开会，不知道谁用了你的电话，然后，你就挂掉！千万千万别说你是保姆！听到没有？！

小灯：知道啦知道啦！

春子和小灯在研究春子新买的手机。

小灯：你买手机，就是为了追捕你老公吗？

春子：我绝不放过他！你等着看！

小灯：追查到了怎样？

春子：赔钱！离婚！

小灯电话响了。小灯看了号码，不接。

春子：你接啊！你今晚怎么老不接电话？烦死。

小灯：还是那个丁医生的老婆嘛。她发神经了。

春子：都打了四五个了吧？你不接肯定也不行。

小灯：暖灶叫我别理她。

春子：别理她，又要招惹人家。看看她说什么。事情也是你们挑起的。

小灯：我本来也不爱挑这个事。都是暖灶。她要叫她让贤让位。

春子讥笑：让贤就让到她头上啦？真是不自量力。你们俩别再烦人啦。

小灯嘟哝：好吧，如果再响我就接。

话音未落，手机就响了。

小灯噘着嘴巴接了：喂？

电话里的声音：你到底是谁？你是丁皓的什么人？

小灯：我不是说了，我又不认识丁皓。你莫名其妙地一直打我电话。我不知道不知道！我就是开会的时候，手机放桌子上，可能谁用了我电话啦。

莉莉：你什么单位？

小灯：你管我什么单位，我又不认识你。别再打了。不然我报警啦！

小灯把电话关了。

春子：你说暖灶真的和丁医生有关系？上……床？

小灯：暖灶跟我说的。可是丁医生不能和她结婚。

春子：这个做梦的傻瓜！桃花癫！城里人和你一个保姆怎么可能呢？我早就知道她异想天开。

小灯：那个医生说喜欢她，但是不爱她。

春子：别相信城里人的花言巧语！还有，我根本不相信丁医生会和她上床！医生找什么人不好，找你个小保姆？真是一厢情愿做春梦！

小灯：这样啊……

春子：你也别贱骨头，本分点！让城里人背后笑话，他们骨子里都是看不起保姆的。我劝你电话还是关机，这个游戏别再玩了，万一闹出人命，你逃不了干系！

小灯：不过……暖灶说他们夫妇分居很久啦。

春子：人家分居一百年，和你一个小保姆也没有关系！真是！

小灯：好吧，我本来也不爱管这个闲事。我是看暖灶可怜。

第二十章

一

小白象湾门口，一辆锃亮的蓝车过来。魏雅玲摇下窗子招手。恺恺一看车就兴奋，但看到魏雅玲有点后退。恺恺：不是说去爷爷奶奶家吗？我不坐那个坏人的车。

暖被：她不是坏人。她就要带我们去爷爷奶奶家。

恺恺一上车，立刻就对这辆车发生浓厚兴趣：哇，里面这么好！这是我爷爷奶奶的车，我喜欢，它比以前妈妈的车，比星光叔叔的车，更高级！

魏雅玲：哼，你经常坐星光叔叔的破车吧？

恺恺：星光叔叔的车，不是破，是很酷，你懂吗？它可以爬山，从很深的沟里轰地冲过去。你的行吗？

魏雅玲：傻瓜蛋，我的可以飞起来！

恺恺：哇——！我们飞吧！飞一下！你飞一下！

暖被：路上人太多了。恺恺别吵。

恺恺：就是人多，我们才要飞呀。你飞一下！你飞了，我就可以告诉星光叔叔，你比他厉害！

魏雅玲：够了。别影响我开车！

在紫竹豪苑，恺恺熟门熟路地进了魏雅玲的家，很快和魏雅玲的比他大几岁的两个女儿打成一片了。成老夫妇引暖被到大客厅落座。暖被有点怯怯的。

成老先生：说是那个女孩反应很强烈是吗？

暖被点头。成老太太：她主要是不舍得吗？

暖被：可能，还是斗气。她觉得她有儿子，就是……

暖被看了看刚进来的魏雅玲，不敢说下去，怕她翻脸生气。

成老先生：一开始可能会不习惯，慢慢就想通了。这毕竟是我们成家的根。雅玲说得没有错，万一她不行了，孩子还是要我们抚养的，对不对？

暖被：旖姐主要是觉得她自己什么都没有了。

成老先生：孩子没有丢呀，一样也是她的孩子。还是要做点沟通。钱还有问题吗？

暖被：现在还没有。魏姐姐送了钱过去，我们省一点花，旖姐可能在等那个卖车钱，她还不知道那个记者把车卖给魏姐姐，所以……

成老先生和魏雅玲互相看了一眼。

暖被：那我先回去了。我不能陪在这，家里很多事。要是悾悾不愿在这里睡觉，晚饭后，请你们再把他送回去。

魏雅玲：来了就住下，慢慢就习惯了。这是他的家。

成家奶奶：是啊，我们还要待两天。等他住出感情了，你让他走，说不定还不肯走呢。

几个孩子疯跑不停，现在，薯片筒，已经在悾悾手上了，但他头发上，却多了两个女孩子的蓝红色发卡。

不知三个孩子又为什么追逐打闹，悾悾边吃边跑，呛咳起来。奶奶赶紧叫保姆快拿水给孩子喝。

成老先生：要问问孩子，先跟他说好比较好。

暖被就抓住奔跑疯叫的悾悾。暖被擦着他脑门上的大汗，说，姐姐先回去了，你要是不玩了，现在就跟姐姐走好吗？

恺恺断然拒绝：不！我才刚来。

恺恺转身又要跑。暖被一把抓住。那你什么时候走？

恺恺：姐姐来接的时候。

暖被：明天来接行不行？

恺恺：行！我乖。

暖被放心地走了。她当然想不到，一个大灾祸，就在前面等着她，等着她的老乡朋友们。

丁医生卧室房门紧闭，丁医生在里面午睡。暖灶在厨房弄菜。她把洗菜的水，一盆盆接到卫生间的桶里，准备冲厕所。莉莉一脸憔悴，大步往家里而来，路上有半个哪个孩子扔下的苹果，莉莉一脚踢飞它。

丁医生醒了，听到暖灶在外间忙碌的动静，丁医生不愿意出去，躺在床上看书。暖灶在厨房忙碌。大门突然开了，声音不大。厨房里，暖灶隐约听到门响，侧耳听听，好像没有声息。暖灶从厨房探个头看。莉莉脸色发青地站在门口。

暖灶轻声地：莉莉呀，我说什么人进来了。

莉莉：他人呢？

暖灶嘘起指头：下夜班……

莉莉说话的同时，去拧丁医生卧室的门。门反锁了，莉莉抬腿就踢，没有声音。里面，丁医生有点发怔，以为是暖灶躁狂。他翻了个身，又拿起书。莉莉猛烈转门把子。她抬脚再踢。猛踹。

丁医生在里面呵斥：你疯了！

丁医生起来开门，一看是莉莉，无比惊愕。

莉莉愤怒得满面通红：在里面干什么？你为什么不开门？！丁医生反应不过来。莉莉用力推开他，冲进去看究竟。里面床上什么人也没有。莉莉目光犀利地到处搜查。莉莉有些困惑。丁医生已经走出卧室,颓然坐在沙发上。暖灶恭恭敬敬地倒了水给莉莉。莉莉严肃地挡开:走开!忙你的去!这没你的事!

暖灶诺诺地退回厨房。到厨房,暖灶忍不住窃笑,竖起耳朵偷听。

沙发上,穿着睡衣的丁医生看起了报纸,但脸色很臭。

莉莉:我问你!既然你一个人在里面,你反锁门什么意思?

丁医生:顺手带上的。你说什么意思?

莉莉:保姆不要搞卫生吗?都三点半了,你锁着门人家怎么做?

丁医生:我怎么知道她来了。我昨天一夜没睡。

莉莉:她每天下午来,你会不知道她来?!

丁医生:那你说什么意思?

莉莉:我看你是卧室反锁习惯了!有猫腻惯了!我告诉你,丁皓,我们是说好的,谁到站了,谁下车!我不稀罕你!你别跟我鬼鬼祟祟有来有去地装!让那个女人在后面嘲笑我!

丁医生站起来,进入卧室,莉莉跟了进去。

莉莉:怎么了,心虚了?

丁医生把门关上:你是专门来吵架的是吗?我们都这个距离了,你还这么吵,那就拉倒。你真以为我很稀罕你孙老师,是吗?

莉莉:你当然不稀罕!要不那女人电话打我那,不是凭空造谣了吗!

丁医生:你什么意思?什么电话?

莉莉:你说什么电话?老反锁着门,你说能有什么事?!好事不出门,坏事传千里!什么电话?!你比我更清楚!还装!你的坏名声,都臭大街了,还有脸跟我装!

丁医生开始脱掉睡衣,换穿外衣。

丁医生:我不管你什么电话,你要相信你就按你相信的想法做,我统统奉陪。

丁医生突然拉开门，在门口偷听的暖灶，惊跳而起。

丁医生狠狠地瞪了暖灶一眼，厌恶地皱起眉毛，穿鞋。

暖灶：哎，丁医生，我煮了你的饭……

丁医生摔门而去。莉莉愤怒而落寞地看着。暖灶再次把水端给莉莉。莉莉接了。莉莉回到客厅沙发上坐下。

莉莉：老爸不在，我这里常有什么客人来吗？

暖灶：我不知道，干完活，我就下班走人了。

莉莉：那你都没有碰到客人吗？护士啊，医生什么的。不过这也不一定……

暖灶：我没有留心。现在真有客人，也不要带回家啊，外面很方便招待，吃啊，喝啊，玩的。

莉莉点头：他经常回来吃饭吗？

暖灶摇头：唔……这个，他也是忙吧，哎，你问海童不就清楚了。

莉莉：那你收拾屋子，有没有发现什——算了算了，跟你们这种小保姆，说也说不清。我走啦！这个口算卡片，你给我拿给海童。让她晚上打我电话。

暖灶：好的。哎，你再喝点水吧。

莉莉：我又不是客人！莉莉摔门而出。

暖灶挑起一边眉毛，乐了。但暖灶并没有得意多久，莉莉一走，丁医生突然开门进屋了。他没有按门铃。暖灶忽然感到不安，虽然丁医生脸色沉静。丁医生进了卧室，出来后，他给了暖灶一千块钱。

暖灶：什么钱？

丁医生：你的工资。这一段时间，你辛苦了。

暖灶：哪有这么多钱。我不要这么多钱！

丁医生：听我说，把钱拿着，这是我对一个出色的保姆的奖励和感激。今天之后,请你不要来这里上班了。

暖灶:什么意思?你炒我鱿鱼?!

丁医生点头:你走吧。

暖灶:为什么?!莉莉跟你吵架,和我没有关系!

丁医生:我没有怪你。

暖灶:那你为什么炒我!应该炒人的是我!我不高兴!你欺负人!我不走!

丁医生在玄关鞋柜那里穿鞋,暖灶奔过去拉他的胳膊。丁医生一把挣开。

暖灶:不说清楚你别走!

丁医生:你回去吧。我还有事。

暖灶:你让我跟你姐姐怎么说?你跟丁爷怎么交代?丁医生随手带上门。

暖灶怔了怔,再也忍不住,一屁股坐地,哇地大哭起来。

二

小白象湾,小旖家的阳台上,晒满了被子、枕头。暖被站在阳台上,擦着阳台不锈钢碰窗缝隙里的厚灰。洗衣机里面还有衣物在洗。

小旖听到门铃响,在沙发上喊:暖被!

暖被赶紧爬下阳台。她以为物业又来讨钱,没好气地开了门。

暖灶脸色异常难看地站在门口,脸上隐约有泪痕。

暖被吓一跳:姐!出什么事了?

暖灶径直走入客厅。小旖看她进来,明显不高兴,冷着脸看她,也不叫坐。暖被跟着过来,有点担忧也怕小旖责怪,不断两边看着。

暖灶：我已经把丁医生家的工作辞了，马上，从你这回去，我就去辞老辛家。明天我就回老家。你要不要跟我走？我买你的票，我出钱。

暖被惊叫：姐？你疯了？突然这样，到底怎么啦？！

小旖也被她的脸色和决定镇住了，直愣愣地看着暖灶。

暖灶吼：你走不走？！

暖被：到底发生什么事了？

暖灶：一句话，你跟城里人打交道，最终都没有好结果！

暖被：谁欺负你了，姐？你跟我说呀！

暖灶：你走不走？——还有你，欠我的三千块，还我！

小旖的脸色沉了下来，怒气明显上来了。暖被推暖灶出去。

暖灶打开她的手：钱还我！我要去买火车票！又怒对暖被，你快点说！别因为她在这，你就不敢说真话！走不走？

你莫名其妙，我不走。暖被恼恨地看着姐姐。

当啷！小旖把她的喝水杯砸了：滚出去！我烦啦！

暖灶怒目圆睁：就你这只秃头狐狸！丁医生就是被你糊弄坏了！你还有脸叫我出去，你吃了多少我煲的汤？！三千块还我！

暖被急了：姐啊！你没头没脑的干什么呀！旖姐是病人！走，我陪你下去走走。暖灶的泪水在眼窝里打转。暖被一边给小旖打眼色，一边死死把暖灶推了出去。小旖怒火满腔地瞪着她们走远。

小区绿地上，两姐妹站着。两人脸色都不好。暖被：怎么说，她都是绝症病人。哪有你这样冲到人家家里来发疯的！

暖灶：我受够了！你不跟我回家是你蠢！

暖被：到底发生什么事啦？每次问你也不说，你要人家怎么帮你嘛。

暖灶：鬼话！从来都是我帮你，你什么时候帮过我？我让你离开那个小二奶，你离了吗？

暖被：这事跟她有关吗？你为什么都不干了？辛家对你那么好，丁医生也很喜欢你……

暖灶：别说他！两面三刀！伪君子！

暖被：原来你生丁医生的气呀？

暖灶：我生我自己的气！是我有眼无珠，以为他是个可以信赖的男人！其实狗屁！一个胆小鬼！骗子！流氓！

暖被：你说什么呀！全妇科的人都说丁医生好，医生、护士、病人，还有家属。你！你简直是……

暖灶：他永远也没有胆量娶我！我看透他了！

暖被扑哧一声，笑了。

暖灶：你笑什么？有什么好笑的！他就是个窝囊废！

暖被咯咯直笑。暖灶尴尬：你……

暖被再次大笑，笑个不停。暖灶终于被暖被的笑，搞得也想笑，也有点不好意思。她站起来，使劲捶打她妹妹。暖被躲着，还是笑个不停。

辛太太下班回来，发现暖灶在自己的阳台小卧室收拾什么。辛太太不解，换了起居服到厨房，发现竟然是冷锅冷灶，买的青菜还连根扔在地上。辛太太又惊又怒，奔到暖灶房间。

辛太太：你怎么回事？！不做饭？！

暖灶悲壮地：我要走了！明天上午的火车。我在收拾行李！

辛太太倒吸一口气：你神经病呀！

暖灶：你给我工资结算一下。你弟弟给了我一千。

辛太太再次倒吸气：这是怎么啦？一千？他凭什么给你一千？

撑死了翻倍，钟点也是八百呀。

暖灶：那他就是心里有鬼嘛，他对不起我！

辛太太：先不管他！我不同意你走！你要走，我一分钱也不给。因为你违约了。当时你来的时候，你们家政公司是怎么说的？你必须提前半个月打招呼，而且要等到新保姆来才能走。我一分不给！而且，我还要知道为什么。

暖灶：人家不要我了。突然嫌弃我，也没提前打招呼，嫌弃我，我就走……

暖灶眼圈红了。

辛太太动容：丁皓骂你了？你做错了什么？

暖灶：我有什么错？我就是喜欢照顾他，为了他，我什么都愿意，呜呜……难道这就是我的错……

暖灶泪如雨下。

辛太太恍然大悟：我的天……

辛太太给暖灶送面巾纸。

辛太太：怎么会这样呢？你不会……

暖灶瞪起眼睛：对！我就是想嫁给他！

暖灶劈头一句，有了充分准备的辛太太，还是惊得半天合不拢嘴。

那个……暖灶，你听我说……丁皓这个人，是有妇之夫，他和莉莉是高中的恋人……你怎么那么傻……

暖灶：可他们关系并不好！我是看清楚才出手的，我可怜丁医生。他那么辛苦，老婆都不在身边照顾他！我这么辛苦为了什么，还不是为了丁医生下班舒服点。没想到……哼，根子，恐怕还在暖被那个死东家身上。我怎么比得过那个专门靠男人吃饭的人，她半死不活，也照样勾引男人……

辛太太：别瞎扯了！什么乱七八糟的，我知道丁皓。

暖灶再次悲壮：我一片好心被当成一钱不值的驴肝肺！我知道你们都看不起我，我的无私奉献我的默默付出，都是犯贱！好，我走，我滚回乡下嫁个庄稼汉好啦！我明天就滚！回去就嫁！我金暖灶不是没人要！

　　辛太太笑起来：如果是这个原因，我更不让你走了。婚姻这个东西是讲缘分的。有缘，你在月亮上，丁皓也能找到你。没有缘，再贴也没用。你们肯定没有夫妻缘。这是天注定的。你发疯也没用。不过，我可以跟他说说，他不会辞掉你的。再说，我父亲、海童都离不开你……

　　暖灶：离不开我！他们离不开我有什么用，有人巴不得离我远远的！狼心狗肺……他没有胆量正视现实！

　　辛太太笑得不行：你真想回去嫁个乡巴佬，你嫁好了。我送你嫁妆一份。不过提醒你，去年是谁回家，一回来就哇哇叫说受不了了，乡下那么脏，上厕所、洗澡、吃饭、睡觉，没有一样习惯。是谁呀？！啊？！你现在急吼吼地要赶去嫁人，好，我不拦！只是告诉你，等我这边有了新保姆，你要后悔了，想再回来都没门啦！

　　还有，辛太太说，你借给暖被东家的三千块，一走人家怎么还你啊？

　　暖灶一屁股重重坐在床上。

　　你以为我想走啊，是他没有勇气面对我！他说过他喜欢我，可是，他为什么没有胆量面对现实，还要赶走我……

　　辛太太：回头我跟丁皓聊聊。但他不可能娶你！

　　暖灶：那你要跟他说清楚我的心！

　　辛太太叹了一口气：不过，我们家这头，我可是真心挽留你了，你自己看。我丁慧可不是随便留人的东家啊。你不给面子，我也没办法。

三

恺恺毕竟还小,忽然得到老爷爷和老奶奶无限宠爱,就像突然冒出一对好脾气的活神仙,他想要什么,他们就给什么。他不知道,在紫竹豪苑那两天,他给老人带来了多么巨大的快乐幸福。成老太太连午睡都带着他,一醒来,老人的眼睛就在他身上。

成老先生笑眯眯地:就在这里,不回去了好吗?

恺恺老成地说,不行啊。暖被姐姐会想我的。过一段时间,我们还要陪妈妈一起住院。不行。

成老太太:如果暖被姐姐也过来陪你行吗?

恺恺:那妈妈呢?她也过来住吗?她生病呀要打针呀!

成老太太苦笑。

小家伙看出老人的难过,想了想说,我还会来。明天晚上我看了放焰火再回家,过几天,我又来,好不好?

成老先生摸着恺恺的头。奶奶在给他喂汤。魏雅玲的一对小丫头,已经和恺恺玩得非常好。魏雅玲也不再那么讨厌这个小男孩,恺恺确实太像成剑东了,心情复杂的魏雅玲,一方面嫉妒老人对恺恺细致入微的呵护,一方面对恺恺本身,不像一开始那么排斥了。孩子纯真机灵。成老先生也感觉到了,他们暗暗祈祷,能得到一个和睦美满的结局。

没想到,看上去挺好的开头,在那个大型贸洽会的焰火之夜,全部摧毁了。

那个晚上,茂华小区的保姆们都相约去银月洲看焰火了。天晴本来不想去,考试时间越来越紧,可是,经不住小灯的劝说。现在,大家都知道暖灶寻死觅活地失恋了。小灯说,我们大家陪她宽宽心嘛。

一贯风风火火的暖灶,最迟出现在集合地。没有戴眼镜,也没怎么化妆,表情死样怪气。毛豆蹦蹦跳跳地跑在前面。

看着暖灶,几个保姆在坏笑:看哪,她像个失水的白菜,完全蔫掉了。

暖灶绷着脸。春子笑:我们都是癞蛤蟆,就你非要吃天鹅肉。

天晴:她倒是吃了一口,坏就坏在从此天天想吃了!

暖灶憋了憋,扑哧一声笑了,伸手捶打天晴。几个人嘻嘻哈哈向公交车站走去。暖被没有去,她在陪小旖。按约定,焰火看完后,成家人就会把恅恅送回小白象湾。暗暗绷着弦的暖被,很快就要放松了。

喝着暖被端上的苹果汁,小旖说,恅恅什么时候回来?

暖被:天晴、暖灶她们说要带去银月洲看放焰火。你如果想他,我现在去接吧。

难得我清净了两天,小旖摇头,我倒是在想,那个记者,会不会真黑了我们的钱去干什么?也许人家早都给我们了。

暖被:不会!那个记者人很好。春节那时候,要是没有他,我们水、电、气、电视、电话,什么都停了,你忘了?

小旖:那天不是人家打电话叫他去拿了吗?你看,又是多少天了?

暖被:买车的人,家里好像出了车祸,要赔同车人很多钱。

小旖:是开我的车吗?

暖被:好像是。记者模模糊糊说过。我有这个印象。

小旖嘀咕,他怎么没跟我说,这么大的事……

暖被:可能你病情不稳,他就跟我说了,以为我会告诉你。

小旖:我就是觉得他笨。怎么这种人也会当记者?你再催他一下,你电话打通我来讲。我讨厌用成家的钱!

暖被：夏记者出差了，去温州采访了。昨天去的。

小旖：什么时候回来？

暖被：要一周。回来他会来我们家的。到时候你当面问他。

这个城市的人喜欢放焰火，元宵、贸洽会、中秋，都是他们大放焰火的理由。报纸老早就预告放焰火的时间，人们总是吃了饭，就向放焰火的银月洲聚拢。这成为当地一个盛大交际欢聚活动，现在是外来工在现场越来越多了，城里人都跑自家高楼上看了。

离现场很远，就有许多警察在维持路面秩序。银月湖畔，灯光璀璨，湖水倒映着高楼和各色夜景灯。

到处都是人，拖家带口、扶老携幼，朋友同学，三五成群，小贩子也在其中吆喝推销。成家人开了两辆车去。成家老人也去了，完全是为了陪悾悾，但老人怕人多，一直待在银月洲酒店门口的汽车里没有下来。

成家小姐妹拉着悾悾，欢呼雀跃地跳下车。魏雅玲小姑子家的车已经到了，车上跳下来两个少年，一下车就往湖边跑。一帮孩子，大呼小叫地冲，他们要看焰火从地上发射。

魏雅玲和成家小姑子等几个大朋友，搬来一箱啤酒，围坐在草地上的一个临水石桌的好观看点。一伙人喝着啤酒，聊着大天。

夜空黛蓝。一个个不同颜色形状的焰火在高空绽放，火树银花，金色的瀑布在高空飞流直下。人群中，惊呼惊叫声，波涛一样阵阵轰然而起。

人群阵阵沸腾。魏雅玲和小姑子，根本忘了招呼孩子们。成老夫妇不放心，差遣司机去看顾孩子。魏雅玲说，放心吧！以前看焰火都这样，焰火完了，他们各自都会回到各家的汽车停放处。

跨越湖水的湖西大桥的护栏边，站满了人。暖灶、天晴、春子、小灯一伙站在书法家广场的巨石群边。百顺和两个朋友,在借看一个推销望远镜贩子手里的东西。贩子:看了那么久了,买一个吧,便宜!

百顺:好像调不准焦距。肯定是伪劣产品!

成家小姐妹互相责怪地吵过来的时候,魏雅玲、成家小姑子等几个朋友还在赏焰火喝啤酒。一个小丫头远远地就大喊——成悦把悾悾搞丢啦!和我没关系!另一个也大喊——胡说!悾悾不是去找你了吗?我听到你叫他的!

你才胡说!两个小丫头怕被大人责骂,谁也不认账。俩人互相撕拧起来。魏雅玲跳起来,一人给她们一巴掌。小姐妹顿时哇哇大哭。朋友们都不安地站起来,成老先生的司机走过去告诉成老夫妇。

成老太太一听,要下车,但脚一软,身子在车边就矮了下去。司机冲上前,连忙架住老人。老太太一口气上不来,什么话也说不上了,光摇手。

焰火施放操作台在湖边,湖边也是人潮拥挤的地方。天晴带着朝雨,加上牵着毛豆的暖灶,还有春子、小灯几个,还是站在银月洲跨湖大桥的尾巴上。桥上面已经挤满了人。

一个小男孩在人缝中小声哭喊,细小的嗓子,似乎为人山人海而害怕:姐姐!——姐姐!——

小男孩边叫边看,他撞到了一个人。那人留着马尾巴,是百顺。

百顺一看到哭泣的悾悾,就明白了。百顺动了动同伴,指悾悾:好像是我老板家的亲戚!两人默契地对视一下,不再看焰火,而是分头注意周围的人。

他们确定孩子大人不在附近,百顺到了悾悾跟前。

百顺:我刚刚看到你姐姐的,你要找她吗?

悾悾:是两个姐姐,你都看到了吗?

百顺：当然是两个了。你是她们弟弟吗？

恅恅：是呀。

百顺：那你说姐姐长什么样？

恅恅：成怡姐姐手上有个蓝蓝的发光龙，成悦姐姐穿白裙子。

百顺：没错！那好吧，叔叔带你去叫她们。现在快完了，我们到出口那边去。她们俩在那边。

恅恅：你抱我看看，大人太高了，我什么都看不见。

在百顺背上的恅恅，开始无忧无虑地抬头看焰火。一个巨大的焰火开放，恅恅叫得比谁都大声，噉——我忍不住啦——朝雨回头看了一眼，觉得小身子大招风耳熟悉。但马尾巴驮着恅恅一路过去了。

四

桥面和路口雪亮。丁医生和朋友的车被堵在焰火晚会散场的人流中。忽然，丁医生看见一个黄头发、扎着马尾巴的人，牵着恅恅模样的小男孩。成天在医院出入的恅恅，丁医生太熟悉了，他摇下车窗想喊，百顺和恅恅已经随人流离去，丁医生困惑。正说着，天晴经过被堵的汽车，看到了开了窗的丁医生：丁医生！你也来看焰火啊？

丁医生说，哟，你们都在啊。我办事，被你们堵在这了。是不是暖被也来了？刚才一个孩子很像恅恅。

再见到丁医生，暖灶扭扭捏捏。小灯在掐她的手。还是天晴替她回答说暖被在家照顾小旖来不了。

暖灶：喂，你看到恅恅和谁在一起？我妹妹吗？

丁医生：是个男人，黄头发，扎着马尾巴，干瘦。我按下车窗看，可惜走过去了。不知有没有看错。

朝雨叫起来：是啊！我刚才在大桥那头，也看到一个小孩，坐在一个男人肩上，我当时就觉得那个小孩像倥倥，一对大招风耳。

暖灶和天晴互相看着。

春子已经掏出她的新电话，打给了暖被。没有人比春子对扎马尾巴黄头发的男人更敏感了，她有病态的敏感。

暖被拿起电话就笑，说，春子姐姐，我记住你的新电话了！可是，听着电话，暖被脸色变了，傻了半天，她离开客厅避到厨房。其实，小旖已经睡下了。

春子：我怀疑那孩子可能是被人骗走了。

暖被：不可能吧，那成家人不是要急死了？不会的！

我看不对头。春子的语气非常肯定。

暖灶抢过电话：我就知道成家人不可能安好心！一个这么小的孩子，这里人山人海，踩都被人踩死了，这一家人放心啊？我看他们家就是故意来丢孩子的！

暖被更急了：别胡说！也说不定没丢。等等！我先给魏雅玲打个电话！

暖被说着就放了电话。她立刻拨打魏雅玲的电话，可是，魏雅玲没接。暖被又打。再打，电话依然无人接听。暖被快哭了，她焦急万分。

焰火放尽，数万人的广场，空留下满地垃圾。数十个清洁工在清整现场。还有一辆成家的车子，在草地和树丛山石中来来回回地开。空旷的白鹭洲响起成家小姐妹稚气十足的嘹亮嗓音：——倥倥——回家啦——倥倥——快出来——我们要走啦——倥倥——鬼来啦——

暖被在焦急地等待魏雅玲的音信，所有的保姆在忐忑不安地等待暖被的电话。回到茂华小区，暖被那边还是没有消息，打她电话也一直占线。暖灶说,可能吵起来啦。几个保姆在茂华小区喷泉池边坐下。大家感觉什么大事要发生。暖灶情绪尤其强烈。

暖灶:这一切的根子,就是暖被不该自作主张到成家借钱,现在好了,出大事啦!

天晴说,她去借钱,也是走投无路。暖被的善良,我们都比不过她。

春子:我也觉得暖被好,现在她被大奶二奶两头挤压很难受的。

小灯感慨:是啊,本来都没她的事。如果早走人就好了。

天晴:万一孩子丢了,暖被可能会疯掉。我看她比小旖还爱那孩子。这事,我看我们要有点准备。我感觉不对头。

暖灶:有钱看病没钱死,要她操这么大的心!现在好了,麻烦捅大了吧。我早就说她神经病!一个小保姆逞什么能!自己连电话费都要我来充!

天晴做了个安静的手势,她打通了暖被电话:什么?一直不接你电话?你别慌!嗯,嗯,可能的,现场是很乱,听不到电话,不过现在应该都散差不多了。刚刚还打?——不接?你一联系上,马上给我们电话——等等!

春子拿过电话:暖被!沉住气!暖被已经哭了。她无声地点头。

暖灶说,我敢肯定那孩子被拐走了!散会都快一个小时了。成家故意不接电话!

天晴:看来成家根本不把别人的孩子放在心上。不然,有事没事,怎么也该回个电话吧?

春子看看手机时间:我们先回去吧。免得东家们不爽。

魏雅玲一家从派出所报案出来,成老太太几乎神志模糊,成老先生忧心忡忡,一直沉默。到了紫竹豪苑。几个大人在客厅发呆。成老先生接了个公务电话。

魏雅玲的电话又响了。魏雅玲看还是暖被,烦躁之下关了机。成老太太似乎清醒过来,她瞪着魏雅玲:你这样都不接人家电话,也不是办法啊!

魏雅玲:现在她还不是添乱!

成老太太:万一……悾悾回了家呢?

魏雅玲:笑话!那屁大的孩子回得了家?十有八九就是被人骗走了,那个小畜生又那么贪吃,好骗得很!

成老先生放下电话。他的脸色非常不好看。魏雅玲也感觉到了,她站起来想离开。成老先生:你等一下。我一向不愿意说你什么,你现在一个人也的确不容易。但是,今天晚上,你是有责任的!你根本就不应该让孩子管孩子,不尽监护人之责。现在你不接那边电话,但是,你能逃避多久?你马上把电话打开,万一警察来了消息,你关机找谁?

魏雅玲掏出手机,又开机。手机马上响了。

魏雅玲一看来电号码,面有难色地看着成老夫妇。老人示意她接。暖被欣喜而紧张:魏姐姐!悾悾送回来吧!

魏雅玲:他还要玩呢。你什么事?

暖被心头撞鹿,一时舌头打结,声音小而颤抖:你,你怎么不接电话?!晚会都散了两小时,急死我了!我想……悾悾还好吗?是不是……

魏雅玲:他好!放心!还有别的事吗?

暖被:我跟他说两句吧。

魏雅玲:洗澡去了!让你住过来,你又不干,现在又婆婆妈妈的。你别操心啦,管好那个贱人就是。过几天,我们给你送回去,要是他爱住,再住下去也没关系,反正成家就是他自己的家。魏雅玲把电话挂了。

暖被心里七上八下，她给天晴、暖灶、春子、小灯发了短信：魏说忾忾在他家疯呢，叫我放心。保姆们的短信一下就回了。天晴回的是：要和忾忾通电确认。春子回的是：撒谎！骗人！小灯回的是：那就太好啦。暖灶回的是：放狗屁！你去她家！

黑暗的厨房里，暖被绝望地拨打了丁医生的手机。丁医生说，哦，我是在汽车里看到的，不能肯定。这样吧，公安110指挥中心我有认识的人，我问问他，今天晚上有没有走失小孩的报警，也许能查到。

五

坐立不安的暖被，等来了丁医生的电话。丁医生说，暖被，孩子丢了。成家在白鹭洲派出所报了警，但目前还没有找到孩子。今天晚上丢了两男两女，四个小孩。

暖被顿时泪流汹涌，她滑坐在厨房地上不出声地大哭。不知什么时候，小旖站在厨房门口，看着她。暖被吃惊而慌忙地抹掉眼泪。小旖说，怎么了？你姐又干什么了？！

暖被摇头，你要什么？喝水吗？

小旖说，那你家里出事了？暖被含糊点头。小旖烦了，到底什么事，哭成这样？

暖被说，妈妈……生病了……

小旖转身出去，但又转身回来，看了好一会暖被。暖被的眼泪再度扑簌簌地流。小旖说，你是不是想回家？

暖被索性放声大哭。小旖吓了一跳，忍不住走过去摇晃她，底气不足地嘟哝，我又没有不让你走……只是，下周四，丁医生要我去做个骨头扫描，那谁陪我去嘛……他说，还要准备六七百块钱……

暖被一个劲地哭。小旖被她哭得越来越难过,想到自己的孤单无助,忍不住眼泪闪动,她说,不要哭了……你要走就走吧……

暖被反而慢慢镇静下来,说,我不走,我陪你和悾悾。

小旖难以置信地瞪大眼睛屏住呼吸,眼泪却又莫名其妙地淌了出来。

暖被看得心里一酸,发下狠誓,如果找不回悾悾,她就不活了!

确认孩子丢失,春子就到了谭老太房间。谭老太在床上,旺财趴在床脚。谭老太:不一定是百顺吧,留马尾巴的,不止他一个。

春子:我就是感觉是他。我很担心。暖被已经够惨了,如果悾悾再被人卖了,她会发疯。那个小东家也会垮掉。我觉得事情很严重,所以想听你的主意。

谭老太:报警没有用是吧?

春子:骗了四千块以后,我去那地方几次,都没有找到他。老乡是说,他一直住在那里。但我又怕报了警,找不到人,或者万一他没有拐小孩,警察会骂我们虚报案情。

谭老太:那明天一早叫暖被一起去看看。叫阿仔带你们去。

春子:暖被可能去不了,小东家身边没有人。要不我问她姐姐肯不肯帮忙,我对那个孩子不熟悉。不过她姐姐好像巴不得小旖那一家人统统完蛋,好把妹妹抢回来。我问问试试。

谭老太:那不是还有一个很聪明的姑娘吗?叫什么……

春子:天晴啊,不行,她马上大考。不然,她肯定会去。她那人挺仗义。

第二十一章

一

百顺牵着恽恽在乱哄哄的城乡接合部夜市里走。恽恽皱着眉头。

百顺殷勤地：我们玩玩桌球吧？看，那边有桌球。成怡她们没有你勇敢，不敢坐摩托车。今天晚上看焰火的人，把汽车路都堵住了。她们说要明天过来玩。

恽恽：我也不喜欢桌球，我太小了，不好玩。我要回家。

百顺：我抱你上桌，你撞球。

百顺抱恽恽到桌边，恽恽到桌子上太高，又要下地。杆子太长了，他还是施展不开。恽恽泄气地把杆子扔地上。

恽恽：成怡、成悦姐姐为什么晚上不过来？她们知道我在你这里吗？

百顺：当然知道。我经常在她家。要不我带你去打气球？用枪，太好玩了！气球都打破了，就会送我们玩具。

恽恽：真的？朝雨哥哥送给我过弹弓，我很准！

百顺就蜗居在一个极其简陋的筒子间出租房内。夜深的时候，下班的发廊女进门，就看见恽恽已经睡了，百顺在看DVD。

发廊女扫了一眼恽恽：怎么睡啊？睡地上你又不干！

百顺喜不自禁：嘘，小声点。我们中奖了！我问过了，卖到石狮那边，起码两万，这不大不小的男孩，最值钱。还有一个方案，你肯定爱听——这小子家钱多得要命，在路上等红灯的时候，一辆奔驰在我们旁边，他说他爸爸开的车就是那样的！我的妈，奔驰啊！

卸两个轮子就够我们花两年啦！你同意哪个方案？

发廊女：你怎么联系他父亲？

百顺：正在套他电话呢。这小孩脑子有点不好使，一下说奶奶爷爷也是这样的车，一下说妈妈电话之前被停机，一下说爸爸死了，一下说爸爸在成怡家。脑子可能摔坏过。不过，他给我看这个。百顺展示一张薄薄的作业纸片：实验小学三年四班 成悦 二组小组长、劳动委员 电话86862290。这肯定是他家电话。咳咳！如果联系上，你要多少钱？

发廊女：一百万。

百顺跳起来，简直要哭泣：一百万！一百万！我的妈，你真是狠哪，我和骡子要三十万都不好意思，又商量改成二十万了。

发廊女：开奔驰的人，你要二十万，不是丢他的脸吗！要么就干大的，要么就别干！把孩子还给警察。打电话！先摸摸底也好。

百顺：还没想好怎么说，说不好他们就报警了。

发廊女：要不，就说捡到孩子，有没有酬谢红包，他们如果开价多又干脆，那肯定有戏，可以加码。如果小气，肯定就捞不到多少……

百顺：现在都快一点了，骡子也下楼去睡了……

发廊女：这时候才像坏人电话呀！对方会害怕。今晚就试试水深水浅就是了。我也困死了。

发廊女打着哈欠，从床上抓起肮脏的睡衣，开始更换衣服。

百顺小心翼翼地打了过去，马上又摁掉：等等，我要换一张卡。

百顺抠出手机卡，换了卡后，再次拨打电话。通了。

百顺紧张激动地招手要发廊女靠近来听。这个电话，就是魏雅玲卧室床头柜上的电话。黑暗中，魏雅玲迷迷糊糊皱着眉头：烦死了，才睡着！不是说过几天就给你送回去吗……

魏雅玲有点醒了：你——谁？

百顺变声：我们捡了个四五岁的男孩，叫悾悾。请问你们有没有酬谢⋯⋯

魏雅玲坐直了，把灯打开。

魏雅玲：你谁？怎么有我家电话？

百顺沉声：这不重要。你有酬谢吗？他现在乖乖睡了。他想回家⋯⋯

魏雅玲：你什么意思？

百顺：你不担心吗？你要不要孩子？

魏雅玲：捡了东西就要还。你如果肯送来，我给你报销土费，再给你几百块红包，也不是不可以⋯⋯

百顺：你的孩子怎么这么不值钱啊？几百块！你也说得出口？

魏雅玲：你要多少？

百顺：二⋯⋯不不，一百万！

魏雅玲：去死吧你！魏雅玲暴怒中，扣了电话。忽然，她意识到不对，立刻拨打回去，但是对方电话已经关机了。

一通完电话，百顺就警觉地把电话卡抽出来，换上原来的卡。

百顺：肯定就是姓魏的！这女人，真是一毛不拔！抠门！这小孩到底是她什么人呢？明天，我们再调整便宜点的方案，实在不行，卖了他！

发廊女：先睡吧。明天我要睡晚一点，累死了。

百顺：你先睡，我这看完。我挤一点点床边就行了，为了我们的一百万，我掉下来也愿意。

天刚亮不久，春子和暖灶，就风驰电掣行进在办案追捕的城乡路上。

阿仔奉谭老太之命，做好司机和保镖工作。春子在副驾座。暖灶在后面。

暖灶神采飞扬：要是以前，辛太太肯定不同意我去掺和这种事，但是，她现在觉得丁家人亏欠我。再说，这又是她弟弟发现的敌情，不查清楚她也憋不住。论理，我都可以申请她给我办案经费。

春子笑：说不定你还牺牲了呢。

喂，暖灶说，你怎么会找这样的老公？在城里，闭着眼睛随便摸一个，也比乡下二流子强啊。对了，如果人赃俱获，我们怎么办？

春子：我要他还我们四千块，不然就报警！

暖灶大叫一声：春子！我突然有个好主意。孩子如果找到，我们不告诉成家，如果他们继续撒谎，我们就找他们要人，不给人就给钱！你看怎么样？

暖灶高兴地笑成一团，仿佛已经教训了成家。

暖灶：你也可以照样用报警吓唬你老公，逼他还钱！

阿仔摇头叹息：真是女人哪，好像去买菜讨价还价一样。我心里都担心呢。如果孩子在，最好马上报警。

春子：那我肯定拿不到钱了。他毕竟还是我老公。报警除了丢脸，绝对一毛钱也拿不到。

暖灶：对呀，如果报警，我们的冒险都是为成家冒的，他们坐享其成了。我们有什么好处？

春子凝神思考了好一会，说，这样，阿仔，我和暖灶先进去，孩子在，暖灶马上把孩子抱走，放进汽车，锁好。你马上冲上来，你要凶一点，像个黑社会。百顺那个人欺软怕硬，我知道。我们向他逼钱，不然就报警。

二

半夜那个电话之后,魏雅玲几乎没有睡好。好容易迷糊过去,竟然梦到怔怔被绑匪打死了,小尸体被人用邮包寄了回来。魏雅玲吓得醒来,天刚亮。魏雅玲再无睡意,起来去找老人家。

一贯早起的老人,也整夜无眠。成老太太一直在流泪,她已经后悔自己留住怔怔。不然孩子好好地在妈妈身边,哪里有这个不测。听了魏雅玲说电话,成老先生说,没有听到孩子的声音,还不一定就是。

魏雅玲:他说了孩子名字!我看孩子肯定是在他手上。但是他说一百万,把我气坏了。

成老太太:你为什么不过来叫你爸爸?商量一下总好……

魏雅玲:都半夜一点了,你们早就睡了。

成老太太:谁还能睡得着,你爸爸整夜在翻身……

成老先生摆摆手:他肯定还会再打来,我们要冷静一点。钱的方案也要考虑在内……

魏雅玲:一百万是不可能的!我报警!

成老太太:我们那里就有人家被撕票了……

成老先生:钱肯定有一个商量过程,报警暂时还不能考虑,孩子在人家手上。对方一定会再打来,听听孩子说什么,我们再研究对策。

魏雅玲:别说一百万,一万我都不考虑!

成老太太:你把孩子弄丢了,怎么这个态度……

魏雅玲:我态度很好,我也一夜没睡!我就是不赞成迁就歹徒。警察会抓住他们的!

清晨的城乡接合部,比夜晚沉静,晨风在安静的街角回荡,只有几只狗在灰白色的楼脚移动。阿仔把车停在一栋出租楼的店面外。春子和暖灶径直向楼道走去。看门的老妇女打着哈欠，挡住她们，要登记身份证。

春子飞快地登记了。暖灶在旁边看。两人走上楼梯。

暖灶：你连房号都知道啊。

春子：也是花钱叫老乡弄来的。我偷偷来过两次，没截到。今天是老太太特许，又有专车，做起来就从容了。你看着吧，今天我一定要逮到他！

到一个贴着发黄倒"福"的门口，春子用力敲门，示意暖灶叫人。

暖灶立刻发嗲：百顺！百顺哥！

春子用力敲，暖灶继续叫。

百顺揉着眼睛来开门：吵死，才七点多啊……

百顺看到了春子，春子看到了床上的女人。暖灶也一眼看见了还在呼呼大睡的悾悾。暖灶扑了过去，一把抱起悾悾，转身就跑。

百顺一愣之下，要追。春子抄起鞋架上的高跟鞋，对准百顺的头，使劲打了下去。百顺一声惨叫。春子恶狠狠扑向正在坐起来的发廊女。悾悾完全醒了，在暖灶肩上踢腿挣扎。暖灶力大无穷，跌跌撞撞地冲下楼。悾悾低下头，使劲咬暖灶的脖子。暖灶嗷嗷叫着，狠狠拉扯悾悾的大耳朵。悾悾松了口，哇哇大哭，又要咬人。

暖灶：再动！你再动！救你你知不知道！

悾悾：我在叔叔家等成悦姐姐！我不去你家！暖灶拼命把悾悾搂抱夹住，奔向门口汽车。阿仔一看他们就跳出车，拉门让孩子进去。

暖灶对悾悾喊：警察就要来了！安静，否则连你一起抓。我们上去抓那个人贩子，然后我带你去暖被姐姐那里，懂吗！

悾悾睁大眼睛。暖灶和阿仔锁了车又大步冲进楼。

房间里，一团混战。春子和发廊女撕扯成一团。双方都披头散发,双方都在尖叫。发廊女嘴角在流血,春子衣领扣子都扯开了。百顺在努力使她们分开,结果,两个女人都腾出手打他,还狠狠踢他。百顺嗷嗷叫。

阿仔用力踢门,色厉内荏地大喝一声:公了还是私了?我下面的兄弟要报警!

春子:拐卖人口、重婚罪!你们两个一样都逃不掉!四千块!你先给我吐出来!

发廊女:你是什么东西?!

暖灶冲过去给了她一巴掌:她是他老婆!

百顺的伙伴骡子蹿了进来:快!房东报警啦,快跑!

所有的人都夺门而逃。阿仔跑得比谁都快。春子还想揪住百顺。百顺猛地一挣,把她推倒在地。春子随手抓起塑料小凳子砸百顺,百顺已经蹿了出去。

春子:钱!骗我的钱!

暖灶扭头一看,又冲回去一把拖起春子。

暖灶喊:警察来麻烦就大了。快走!下次再收拾他们!

冲进汽车,阿仔立刻发动。两辆警车和他们交会而过。阿仔开得很快,在人不爱让车的城乡接合部人流中猛按喇叭,极速穿行。车里,春子一言不发。

暖灶和阿仔十分兴奋。怔怔不太高兴,皱着小眉头。

暖灶分别给暖被、天晴、小灯打了电话,也给辛太太打了电话。喜讯挨家传送,各家保姆、东家一阵欢腾。接着姐姐电话,暖被既欣慰又后怕,她眼圈都红了,一直抚摸自己心口。姐,你把电话给怔怔一下。

怔怔很不高兴:说好的,成怡姐姐等一下要来的!我不回家!

暖灶拿回电话,说,我们几个商量了,你现在千万别告诉成家人已经找到了。这样，她就不会再向你讨孩子签协议之类。反过来，你掌握了主动，可以向他们要人了。

春子也拿过电话，说，暖被！是我，你先看看魏雅玲那边怎么说，她要是还不承认孩子丢了，我赞成给她一个教训。悾悾不爱回去，那中午先到谭家吃饭吧。保持联系。

阿仔、春子、悾悾一行人进了谭家大门，小灯、堂堂和旺财率先迎了出来。悾悾一看到狗，立刻神采飞扬了，他热情地跪地招引旺财。旺财立刻对他摇晃着尾巴，过去舔他。悾悾呵呵大笑。

春子：悾悾，快叫谭奶奶。

悾悾：谭奶奶好！这个狗狗我抱它，它会不会咬我？

谭老太笑：你小心点。旺财最喜欢小孩子。

悾悾像小狗一样，趴在旺财身边：旺财，旺财！我是悾悾。

谭老太已经坐在客厅大沙发上。谭老太：来来来，跟我说说详细情况。暖被的姐姐呢？——这孩子不回去吗？

春子：暖灶到B区就下车回去了。悾悾先在这待一下。今天我本来想小孩和钱都要回来，结果一个鸡婆在里面睡觉！气得我……后来警察来了，我们就都跑了。现在人在我们手上，看看成家怎么说。他们要再不承认，我们想教训他们。奶奶你看行不行？

谭老太：我看行！将心比心，人命关天，成家这样为人处世，不教训不行！

三

愁云惨雾笼罩着成家大院。紫竹豪苑的客厅，枯坐着魏雅玲、成老夫妇。魏雅玲很想去公司，但是，她不敢。现在，魏雅玲的手机在玻璃茶几上响,她不接。

成老夫妇互相看着。

保姆端了两小碗汤过来,成老先生接了,成老太太摇头不要。成老太太情绪低落,对魏雅玲的强烈不满,溢于脸上。成老先生也面色凝重如铁。

电话又响了,还是暖被的号码。

成老先生:接吧。

魏雅玲拿起电话,换上不耐烦的口气:什么事?我赶着上班呢!

暖被:恾恾他……

魏雅玲:昨天晚上疯到半夜,孩子们都在睡呢。你放心放心!他要回去我就送他回去。好了,我上班来不及了。再见。

魏雅玲怕烫似的扔掉电话。

成老太太:那个捡走孩子的人,怎么还不打电话呢?

魏雅玲:什么捡小孩,那是诈钱的!

全家人如坐针毡。成老先生手里拿着报纸,根本看不进去。他说,还是没有电话?

魏雅玲:对方可能不知道我的手机。

成老先生:我们打过去呢?

魏雅玲:那个电话一直打不通。我看是专门的作案电话。我们……还是报警吧?

成老先生摇头:不用着急。敢开一百万,就是专业要钱的,不是普通拐卖人口的。要钱,他就一定要再打来的,他还会让我们听听恾恾的声音,表示孩子确实在他手上。也许还打他,让他惨叫。路数就是这样,沉住气。昨天半夜的电话,他只是个试探。他会再打的。

在小白象湾,暖被由内而外的喜悦,让不太会观察人的冷小旖,都觉得奇怪。暖被那张脸，还看得出昨天悲哀导致的青肿和一夜无眠造成的黑眼圈。可是，她眼神已经变得活跃清亮，对小旖也特别温柔细致。

小旖趁势说：我想吃西红柿拌蜂蜜，还有王记核桃酥。

暖被说，好的，好的。你胃口开了就好！不过，蜂蜜没了。吃了饭，收拾完我去买吧。另外，我也想把怔怔接回来，他可能想回家了。

小旖：爱回就回吧，回来也是吵人。西红柿你要买自然熟的，那种外面红里面硬的不好吃。

暖被：我跟对面的阿婆说说，请她有空过来看看你，如果有事，你去她家打我的电话。

小旖：不要叫那个老太婆来，啰唆得要命，又喜欢乱看我东西。你走吧，我没事。

出了门，暖被一溜烟直奔茂华小区的谭家别墅。在公交车上，暖被突然接到丁医生电话。丁医生说，暖灶都告诉我了，怔怔已经没事了是吗？

暖被：是呀！我打你电话，但没有信号。

丁医生：上午两床手术。怔怔没事就好。你们现在打算怎么办？你姐姐很激动，好像要报复成家。

暖被：她一直很气。另外，她也怕怔怔回来了，成家人又要来要孩子，因为小旖还要用他们的钱。

丁医生：那是可能的。你们不要把事情搞复杂了。另外，我打电话是想告诉你，这些事过去就算了，不要让小旖知道了，让她安心康复吧。

暖被：我知道。谢谢丁医生！

整天无聊的谭老太，被保姆这件事激发起一身豪气侠情。她兴致勃发正气沛然。她吩咐春子，发出召集令，让保姆们午休时间务必来谭家开个紧急会议，商讨下面对策。饭后，天晴、暖灶就过来了。

暖被进来时，悾悾还在吃饭，桌上一大堆好吃的，他潦草地跟暖被打了招呼。看悾悾全身毫发未损，暖被使劲抱着悾悾亲了几口。谭老太一直目不转睛地看着暖被，一脸少见的慈祥，简直令春子隐隐吃醋。

这个日后震惊全市的保姆绑架案，就是在这个别墅的中午，形成决议的。

天晴、暖灶、暖被、春子、小灯在谭家客厅沙发围坐一圈。春子在为大家泡工夫茶。群情亢奋，谭老太像个武林盟主。悾悾和堂堂和旺财，一见如故，好得要命。他们把彩色泡沫格子，搭成半人高的房子，轮流住进去。

暖被被谭老太看得很腼腆，说，这次真是谢谢谭奶奶，谢谢春子姐姐。那天晚上……没有你们，我真是不想活了，太吓人了……

暖灶：自己家姐姐就不说谢谢了？我告诉你！我都快被那个野孩子咬断脖子了。丁医生叫我去打狂犬针，几百块呢！你要赔！

谭老太笑：都是有功之臣。你打算怎么办啊，暖被？

暖被：我想把悾悾接回家。我也不打电话骂魏姐姐了，算了，事情就这样结束吧。我想通了，大家都平安就最好了。她不知道悾悾回家，也不会再纠缠我了。就这样算了吧。

暖灶：嚯！你有钱了？不靠成家人了？

暖被摇头：走一步看一步吧。只要旖姐安安稳稳，例行检查没事就好了。

天晴：暖被，你没来的时候，我们几个商量了，可能以攻为守比较好。

暖被一脸困惑。暖灶：就是向成家讨人！主动向她讨。

暖被：那又怎么样呢？

春子：就是以其人之道还治其人之身。她要继续撒谎，瞒天过海，我们就配合她，就当着孩子在她家。她自然心虚……

暖灶：她心里有鬼，我们就可以反过来，向她讨钱，而不是她一直逼你讨孩子。她总共给你们多少钱了？

暖被：一万七了。两万五的车款还没给我们……

暖被不安地看谭老太。谭老太拍拍她的肩头，示意她不要担心。

暖灶：你看，其实她还欠你们的钱呢！还搞得像个大恩人！我说她是个女流氓没错吧？就这样了！暖被，你打电话向她要孩子——现在就打，再给她一个认错的机会。她再自以为聪明，还是不认错，我们就收拾她！

暖被微微皱着脸，有抵制的表情。但席上所有人，包括谭老太在内的人，都殷切地看着暖被。暖被迟疑地掏出电话。谭老太：打吧，匡扶正义、惩恶扬善！

暖被只好拨号。大家都声屏气敛。

四

成家人最想听的是绑匪百顺的电话，最不爱接的是暖被的电话。可是，暖被又来了。电话在魏雅玲手里令人焦心地响着。成老先生看魏雅玲。魏雅玲不接：不是绑匪，还是那个保姆！

听到电话铃响，成老太太从房间闻声过来。成老先生拉住她，摇摇头，表示不是捡孩子的人。成老太太明白是暖被，就自己拿起电话，给魏雅玲。

成老太太：你越不接，人家越担心……

魏雅玲一把抢过：接了说什么？我这么忙的人，不接几个电话很正常。

成老太太：万一那边有什么事……

电话停了。三个人互相看着。成老先生坐了下来。老太太也坐了下来。电话重新响起，一声一声，老人看着魏雅玲。

魏雅玲烦躁地接了：什么事？说！

暖被：恇恇，他……

魏雅玲：你这保姆怎么这么黏黏糊糊？烦不烦人！他想回去自然送他回去，别再打了，我在开会！

暖被放下电话，神态黯然：她不高兴。魏雅玲的态度总是刺激她。她生气了。

暖灶：哼，她不理你是吧？她还有脸生气！真是无耻！

谭老太：她说什么，暖被？

暖被：她说她在开会，说恇恇想回家自然就送他回家。她叫我不要再打了。她烦了。

谭老太：一个字，坏——

春子：那我们怎么办？暖被你同不同意惩罚她？奶奶都同意了。

天晴：要么交出恇恇，要么认错赔偿，否则就将她的军。问题是用什么理由呢？

暖灶：就说东家急病了。让暖被打电话过去，说东家要接孩子回家，一定要回家。成家肯定交不出小孩。我们就跟她闹，她肯定要花钱消灾。

大家都看着暖被，期待她拿起电话。暖被的目光十分畏缩。暖被求饶似的看着谭老太摇头：我不想打，她肯定很凶，也没意义，还是算了吧。

暖灶：什么算了？我们拼死给你抢回孩子，你说算就算了？恇恇差点被人卖掉，你知不知道！我给你讲的道理，你一点都理解不了！你要是算了，姓魏的一旦知道孩子平安，肯定还是要你们给孩子，要不然人家干吗白给仇人钱？再说，这事也是你造的孽，根子就在你，你现在怕了，可是现在怕已经太晚了！

暖被低垂着脑袋。

谭老太：暖被啊，马善被人骑，人善被人欺啊。

暖被：可是……丁医生也说算了，不要闹大，影响旖姐治病。

暖灶：他算什么东西？管我们的事！伪君子！别理他！这么多人在帮你，连谭奶奶都站出来了，你还缩头缩脑！

暖被：她肯定也不会接我的电话了。

暖灶：我最烦你这个窝囊劲！大奶你怕，小二奶也怕，你就是天生的奴才、贱骨头！你以为你是雷锋下凡啊？这些无情无义的女人，根本不记你的好。你告诉大家，小二奶知道成家给钱以来，有没有主动说过一次，要把欠你的工钱还了？

大家都看暖被。

暖被：现在不是特殊情况嘛，还在用钱救命。以后，我自己会向她要的。

暖灶：要个屁！你再告诉大家，白做快半年了，你掏心掏肺做牛做马，还让她起死回生，那小二奶对你说过一个谢字没有？

暖被不吭气。

谭老太说，她都没有提过？

暖被：她说不来这类好听话的，但有那个意思，我懂……

暖灶：你懂个屁你懂！好啦，我替你打！窝囊废！暖被迟疑地拿起桌子上的电话筒。暖灶一把夺过。

魏雅玲放在桌子上的手机又响了。成老夫妇立刻专注地看着她。魏雅玲不情不愿地拿起来，看来电显示，是陌生号码。大家顿时打起精神。魏雅玲轻松地按了通话键扬声器：喂，哪位？

电话里声如洪钟,气势慑人:为什么不接电话!我妹妹和她东家现在都在医院抢救!东家要见她儿子,我妹妹又联系不上你。结果,那东家一大早口吐鲜血被120车送医院抢救了!

魏雅玲蒙了:你谁啊……你……

电话里的声音:冷小旖家!暖被是我妹妹!

魏雅玲茫然无措地看着两个老人。老人不约而同地站起,关切万分地走近一步。电话里的声音:你听到没有?我马上到你家接孩子,他妈妈要看他。我妹妹没空!

魏雅玲说,这个……孩子被他爷爷奶奶,带回泉州了,玩几天才回来。爷爷奶奶非常爱他,他长得和他父亲一模一样……

电话里的声音:你废话少说!马上打电话给泉州,我们要孩子,人命关天,含糊不得!

魏雅玲说,唔,唔,我马上打电话,联系上我就给你说。

电话里的声音:说什么说!那东家吐了好几盆的血,医生说非常危险,现在高危病房,一个晚上就两千块啦。看在孩子的分上,你们总归是一家人,快打二十万块进来救急!

魏雅玲:什么?!魏雅玲大声惊叫起来,很快声音又小了下去,可怜巴巴。我哪里去找这么多钱?二十万,要这么多吗?先给她……五万好不好?其他的钱,我慢慢筹筹看,我们其实闲钱很少……

电话里的声音:那怎么办?现在花钱像流水一样,五万打底都不够,最少要十万,如果抢救不过来,剩下的都是你的!没人要!——这不是我的事,我只负责催你把人家孩子带回来,说不准就是最后一面了!

魏雅玲:啊,那……那好吧,我去借!

电话里的声音:你自己送医院来!带悾悾一起来,也看望病人一下!

魏雅玲：这个……我这几天，几单生意都在谈，非常忙，不骗你。要不，我叫司机先把钱给你们送过去，收到了，你们说一声。这边，我也会催老家的老人，让那孩子早点回来……

　　电话里的声音：那你们什么时候过来？急死人了！

　　魏雅玲看着二老：那明天上午八点吧。

　　电话里的声音：好，八点！我们准时在大门口等！

　　暖灶扔下电话，双臂高举，满脸红光地啊啊狂叫：十万！十万！十万啊——！

　　天晴、春子、小灯都兴奋地站起来。小灯在砰砰砰地拍桌子。悾悾、堂堂在玩耍中，不明就里，看大人兴奋，他们也兴奋地横冲直撞、嗷嗷乱叫。

　　谭老太：很好！明天怎么拿钱？

　　暖灶：那肯定是暖被自己去了。我明天还要去老辛的一个领导家搞卫生，这是老辛的马屁工程，不能请假的。天晴又在赶考……

　　谭老太看暖被面有难色，用力一拍暖被的手。

　　谭老太：这样吧！春子，你陪她去接钱。你办事我放心！

　　小保姆们再次一片欢腾。

　　十万，对在场的每一个保姆来说，都太天文数字了。她们心里都有些震撼，但想想对方理亏在先，加上有谭奶奶正义撑腰，她们就互相鼓舞，反正不是为自己，自己是侠行天下。这个随后震撼市民的五个保姆团伙绑架勒索案，就这样完美出笼了。

　　暖被的电话突然响了，大家猛然肃静下来，都以为魏雅玲要说什么。可是暖被一接电话，脸色就变了：好的！好的！我马上回去！

　　暖被收起电话就奔过去拽悾悾：快，快点！妈妈昏过去了！

　　悾悾挣开手：那她怎么会打电话？我不去。

暖被：是隔壁阿婆打来的。快点！鞋子呢？

悾悾：我不去！我不喜欢住院了。我要和旺财和堂堂弟弟玩！我喜欢谭奶奶家。

谭老太：暖被啊，那你自己先赶回去吧，这里有春子、小灯，放心吧。

五

魏雅玲沮丧至极。成老夫妇也满脸焦虑之色。

成老太太：那女孩本来就是说走就走的绝症病人。唉，我们现在去哪里找孩子，孩子也不知死活。都下午了，那个捡孩子的人，怎么也不来个电话呢？！要钱也要来谈啊！

成老先生：你说孩子是保姆借口借出来的，那万一他母亲知道孩子失踪，搞不好真要出人命。

魏雅玲：我现在愿意给她钱，也是出于这点考虑，花钱消灾吧。不过，十万实在有点舍不得，要不我们先拿三五万吧？

成老先生听她这么说，并不说话。成老太太幽幽地：我们弄丢人家一条命，又算多少钱？话音未落，老太太抽了自己一嘴巴，似乎是恨自己臭嘴不吉利。

成老先生：救人要紧！孩子母亲能平安最好，不然，我们对悾悾的责任就更大了。如果你不管，我会直接插手，不惜任何代价。到时候，你不要后悔。

魏雅玲：我真是后悔！早知道就不要领这个孩子！那个捡孩子的恶棍，如果死要一百万，打死我魏雅玲也没有。

成老先生：你自己看吧。

说着老人就走了出去，留下一个不愿和她多说话的背影。

魏雅玲看着老人的背影，知道这钱就是她自己要出的了。魏雅玲又气又懊丧。做贼心虚，魏雅玲到底不敢亲自去医院。实际，只要她去一趟，什么问题都解决了。可是，就因为心里有鬼，她始终迈不出这一步，成全了几个保姆的算计。

急救病房内，小旖躺在床上，脸色蜡黄。身边是一台替代她肝脏运作的"人工肝"。一个年轻的医生在观察机器的运行。暖被：这是干什么用的？

年轻医生：这叫人工肝，替她的肝脏工作，新陈代谢、排毒。肝脏的事情，它都做。她的肝功能衰竭，转氨酶比正常人高十四倍，幸好来医院来得快。

暖被：是这样。丁医生怎么一直没看到呀？手机也关了。

年轻医生：好像都在卫生局里开会。晚上他就来了。

晚上，暖被在丁医生办公室等到丁医生，把情况都跟他说了。暖被心事重重，低垂着脑袋。

丁医生说，你们几个小保姆的胆子，也真是大啊！但事到如今，也只好走一步看一步了。你姐姐那个争强好胜的个性我知道的。

暖被：我也觉得这样不太好，可是，魏姐姐和悾悾的爷爷奶奶不知怎么想的，明明小孩丢了，非要欺骗我……所以，我心里也有点恨他们……

丁医生：你们还有钱吗？

暖被：入院费一交，就没有多少了。因为我们本来只准备了正常检查的费用。旖姐也以为自己越来越好，以后花钱越来越少……实在不行，夏记者出差回来，可能也会借我们钱……

丁医生：借钱？哦，上次你说过，因为买车人不给他车款，他想赔你们是吗?

暖被吞吞吐吐:是的……实际上,买主就是魏姐姐……

丁医生意外地:怎么!这么冤家路窄?

暖被:夏记者看魏姐姐出的钱多。

丁医生长叹一声:她们两个都知道了吗?

暖被:旖姐不知道。魏姐姐知道了,所以大骂,加上她爸爸车祸,就不肯再付钱了。夏记者很头痛,他们几个打了一架,欠条也被魏姐姐撕了。夏记者和魏姐姐,差不多断交了。他决定自己给旖姐钱。

丁医生不由得摇头:明天一早,对方就送钱来是吗?

暖被点头。

丁医生说,我看现在,你们还真的需要这笔钱了。冷小姐这次动用这么多抢救手段,费用起码上万,那个人工肝,用一次就要好几千块。

暖被吃惊:那,你现在也同意暖灶她们的想法了?

丁医生:我不喜欢,可是,你还有更好的办法吗?我真不知道你们以后,跟那个魏雅玲怎么解释。

暖被默然。她原来希望丁医生会反对的,可是,丁医生并没有反对。暖被心里空空的,怎么想都不安宁,结果,又打了夏星光的电话。

夏星光听了半天不吭气。暖被急:你为什么老不说话呢?明天去门口接钱,我心里真的很害怕呀……

你们都闹到这个份上了,夏星光叹气,钱你还是接吧。我远在温州,帮不了你。唉,这乱七八糟的都是什么事啊!魏雅玲哪里是省油的灯,你们真是……不用脑子做事情……

暖被:夏记者……

夏星光:这样吧,你记着——你一定记清楚,所接、所用的这些钱,你千万账目清楚。你一定要记住,这不是你的钱!你千万别沾一分!

第二十二章

一

医院门口。暖被和春子站在天桥下的报刊亭边。一辆黑色的汽车拐了上来。谭家司机出来了。暖被:来了,这是成老先生的司机。

春子:走啊!发什么愣啊,自然点!

暖被、春子两人向黑色汽车走去。暖被紧张得要抽筋。司机认出暖被,非常温和地点头打招呼,他转身从车里拿出一个牛皮纸包:这里是七万,要不要到车里数一数?

春子:怎么是七万?不是要给十万吗?

暖被看到那么一大包的钱,呆怔怔的。春子冷静沉着。

司机:我不太清楚。这是魏姐从银行提出来交给我的,还没有拆封。要不你们给魏姐打个电话?

春子看暖被。

暖被摇手:不要了不要了,这么多钱,我也不会数。就这样吧。

接钱的时候,暖被一直在微微颤抖。

成家司机:魏姐要求写个收条。

春子:孩子你们又不带来,里面东家都快死了,让她怎么签呢?我们签了又不作数。不如你们带悾悾过来看他妈妈的时候,一起把我们东家的收条带回去。

成家司机看暖被脸色苍白,言语吃力,以为冷小旖那边情势已经非常严重。便说,你讲得也在理,魏姐是说,最好把收据拿回来。要不,你们给魏姐打个电话,说钱收到。暖被在春子的盯视下,打了电话。她似乎嗓子哑涩了。

暖被：魏姐姐，钱很好……七万……收到了……谢谢姐姐。

暖被说得疙疙瘩瘩，春子在旁边大声提醒：问悾悾怎么样了。

魏雅玲在电话里一听春子的话，心里一慌，连声说：收到就好，收到就好。祝她早日康复。魏雅玲就挂了电话。

见司机走远，暖被呛咳一样，哭出了声：天呵……这么多钱啊……太……

春子：你哭什么啊？有毛病啊，我们又没有做亏心事！

暖被：这钱这么重……我害怕……

春子：快走！大马路上！别傻乎乎的！走，先存掉！

春子把紧紧抱住七万块钱的暖被，带进了银行。

暖被和春子一起排在柜台前。暖被突然叫起来，猛烈摇头：不行！我的不行！这不能存我存折，我要拿小旖的存折来！

春子：现在去哪里拿呀！正好排到队了，快点快点！我还要去买无公害里脊肉呢，已经晚啦。

暖被：我不要这个钱！我不沾这个钱！

春子轻轻跳脚：你不是半年多的工资都没拿吗？存你那又怎么样！真是！

暖被：这不一样！反正我不要。

春子：那你抱回去吧。被人抢了你活该！我走了。

暖被：春子！

春子：真是麻烦！那先用你的存活期！之后你再改存东家户头，行了吧！这样就万无一失啦。

春子回去一告诉谭老太，谭老太踌躇满志，觉得自己指挥了一场漂亮战役。谭老太和春子、小灯热烈交谈索钱的巨大成功。春子：

奶奶,说真的,我觉得那七万块,其实有我们的四千块。

小灯:为什么?什么四千块?

谭老太歪着头,目光里有疑惑。

春子:奶奶,你想想,不是你出主意,我们能找到孩子吗?不是我出生入死,能救出孩子吗?而且我还陪暖被那个胆小鬼去接钱。论功行赏,我觉得这七万块里面,应该有我们四千块。

谭老太摇头:我觉得没有道理。

小灯:我也觉得没有道理!

春子随之嘻嘻一笑:开玩笑啦,要真的,我还不向暖被讨了?随便开个玩笑。走,做饭去啦。

而暖灶接到暖被的电话,兴奋得发狂。暖灶卷着裤脚,光脚站在高高的窗台上接电话。但一听十万变七万,她立刻皱起眉头:不是说好十万?

勒索成功的喜悦,在每个保姆那里沸腾。连最宽厚的东家蒲教授,都发现并开始干涉天晴今天反常的电话。

蒲教授:周末考试呀,你今天怎么了?

天晴呵呵笑:我知道,情况特殊。我马上就读书了。

在书房里发愤苦读的天晴,没有想到半年前她种的祸根,正在楼上开花结果。门铃响了。杨隽的哥哥杨睿进来了。

杨隽:你怎么会来?我没饭了。

杨睿:我当然吃过了。路过你这,干脆过来看看。我有个纳闷的事。你把你获奖的作品打开,我想看看你的模特儿,有她本人的生活照吧?

杨隽坏笑:看到美女,就故作科考状。你省省啦,她要可以接近,那也是我近水楼台啊。

381

杨睿：你打开，对，大一点，再大——嗯哼，难怪我觉得报纸上的照片，我眼熟——这真是你的钟点工？

杨隽：报纸上不是说了吗？一个保姆。气质外貌都不像是吗？我告诉你，她就是！

杨睿意味深长：胆子真大！真是张扬自信啊！我当时就觉得她太年轻，不像初中生的母亲。但是，她的谈吐举止，还真像个不凡的另类母亲，我以为她是会保养。

杨隽一脸困惑：你说天晴？

杨睿：我被这个保姆骗了。她冒充学生家长，到办公室和我谈了半天话。我们还相谈甚欢，我相见恨晚。后来她又冒充了一次，我本来想找她谈话，她可能心虚，溜走了。

杨隽先是惊异，突然哈哈大笑。

杨睿也笑了起来：好，我周末会来家访的！

最癫狂的人，还是暖灶。一个电话搞来七万块，让她难以置信，欣喜若狂，她觉得自己简直无所不能。暖灶密集的电话，先刺激了老辛，他说，今天上午她去杨局家，他家里人说卫生做得很干净，就是电话太多了！简直像个女老板。

辛太太：就是！我刚才还说她。今天，一直鬼头鬼脑地打电话，整个中午电话来来去去，太反常了，我很怀疑她在搞什么鬼名堂。是不是要去做生意啊？我中午贴墙偷听了一下，数额还蛮大，什么几万几万的，我看十有八九，是不想在我们这干了。

老辛：为什么？我们对她不好吗？

辛太太诡秘而轻蔑地苦笑：她死活要嫁给丁皓，丁皓怕了，辞了她。她迁怒于我们大家，想撂担子。

老辛：不会吧……咦，什么味道？电胶木！——电水壶烧焦啦！

辛太太站起来，冲进厨房，水壶果然烧焦了。

辛太太高喊：金暖灶！

暖灶从卫生间奔出来，手机还拿在手上。

水壶烧焦了！辛太太厉声，你魂丢了？！没水的干水壶，怎么还在电座上？！

暖灶拿起水壶，苦着脸，牙疼一样地牵起一角嘴巴。

辛太太怒斥：你最近到底在搞什么鬼？前些天哭得眼睛肿，一张脸比大粪还臭。今天整个下午疯疯癫癫地在厕所打电话，魂不守舍，连几百块钱的水壶都烧焦了！扣钱！

暖灶：哎哟，别扣我的钱啊，我们在做一件替天行道的大事！你要扣我钱，就有点不仗义啦。

辛太太：你有什么替天行道的好事！

暖灶：你这就把人看扁了吧？你这东家什么都好，就这点不好，看不起人！我来告诉你这个了不起的事件吧——你可要保守秘密啊！你发誓！

辛太太点头：好，我发誓。

暖灶这个大嘴巴，竟然把这都说了。辛太太难以相信。她越不相信，暖灶就越急于说明白，这样，竹筒倒豆子一样，她把前前后后说了个完全彻底，说得辛太太叹息不止。辛太太表示站在保姆这一边，但是电水壶还是要扣的，五折扣。辛太太真心支持保姆，但是，事情的败露，也就从辛太太的热血沸腾开始了。

二

保姆们策划的这个勒索案子，最不踏实的就是夏星光。一方面，记者见多了一念之差酿大案的实例，一方面他对魏雅玲的秉性，了解得比谁都深。所以，虽然人在温州，心却纠结在几个欲行不轨的保姆这边。想来想去又打暖被电话。知道真的拿到七万，夏星光还是吃惊，问，冷小姐怎么说？

暖被说，还不知道，不知道她……会怎么闹……

夏星光长吁了一口浊气，放下电话开始写稿。可是，没写几个字，他终于又拿起电话打给魏雅玲。他并不清楚自己要说什么，但是，有一点，他想给魏雅玲一个提醒和暗示，既是帮魏雅玲缓解一下压力，也为将来事发，打下一个温和的伏笔。遗憾的是，魏雅玲依然在生他的气，她和三个朋友在茶馆桌子上打牌，一看他的来电显示，就挂掉。夏星光拿着电话，忧虑重重。他不知道这几个疯狂的保姆，如何收场。

煮熟的鸭子飞了，这是百顺及女友和骡子，最为恼火的事。百顺认为春子抢孩子，肯定是以为孩子是他和发廊女的，抢孩子，就是为了要他的钱，春子和恾恾一家，绝对不是一伙的。所以，他们又在商议要把谭老太家的地址，卖给魏雅玲那边。被春子殴打的发廊女，胃口特别大，最低索要五万。

好好，那就先五万。百顺说。这次电话是骡子打的，魏雅玲在吃夜宵。

茶几上电话一响，成老先生立刻接起了电话：喂？

骡子说，找小男孩对吧，我们知道他在哪！

成老先生眼睛看魏雅玲：他在哪？

骡子：他很安全。你打算给我们多少信息费？

成老先生：我们怎么确定孩子是安全的？

骡子：他现在绝对安全！相信我们，就拿十万出来换地址。我们是好心通风报信,不相信就算了。这事和我们无关!

成老先生:怎么换?

骗子:我给你账号,你打钱,我收到钱,再把地址短信发你手机里。

成老先生:如果假信息呢?我要见到人!

骗子:小孩一定在里面,如果不在,你们报警,绝对能顺藤摸瓜,她们是真抢匪。这样吧,你先打我们五万,我地址给你。找到人,或者警察找到人,你再感谢我们五万。行吗?

成老先生:我们商量一下。

骗子:十分钟,这个电话就关机。你只有十分钟!

成老先生放下电话,亢奋而狐疑地介绍了情况。

魏雅玲:骗子!我不相信!

成老太太急切:这是唯一希望,是吗?

成老先生:也许靠不住,但是,万一是真的……

魏雅玲反对的态度,在成老先生的料想中。他背着魏雅玲,还是和骗子联系了。双方商讨了接头取钱的细节。

魏雅玲满脸冒痘子,进了时光倒流纤体美容院,她穿过瘦身部,直接进了洗脸部。一美容师夸张惊呼:哎呀,玲姐!你最近生活肯定没有规律,是不是出差非洲了呀!

魏雅玲没好气:最近真是水深火热,煎熬死了!

美容师:哎呀,多么好的皮肤,我赶紧来救救它。没事没事,找到我你就安全美丽了。魏雅玲躺了下来。美容师:我会给你调些消炎护理效果的火山冰海泥硬膜。哎哟,心疼死我啦!

在瘦身部接待厅,辛太太匆匆进门,两个肥胖的女人,正在等候纤体美容专家辛老师。辛太太开始有板有眼优雅万分地忽悠那两个女人。这就是老板丁慧的日常工作。

洗脸部一排八张美容床，都在淡苹果绿色的清凉光线中，音乐低回。四五张床头都有美容师在忙碌。

最里边的那个床上，魏雅玲做了硬膜，绿色的面膜泥正在慢慢变成白石灰面罩。她躺在美容床上，在若隐若现的芬芳和音乐中，享受着美容小妹在给她按摩护理和修整指甲。邻床也是几个似乎已经在美容师手下睡去的女人。忽然，垂帘一掀，进来一个大嗓门的女人。辛太太紧随而来。

辛太太：天哪，看这美丽的小蛮腰，就猜是你。真想你。怎么这么久没有来护理？

大嗓门：去了趟韩国，累死啦。

辛太太：来来，这张床。09号你过来。——我给你挂包。哦，要不要拿出手机？

大嗓门：手机给我。哎哟，最近真累。早就想过来了。

辛太太：难怪今天脸色好像不太好啊？最近身子不舒服吗？

刚躺下的大嗓门，一下就从美容床上蹦起来。

大嗓门：哇！我气死啦！那个死保姆！以前跟你说的那个天天要涨工资的死保姆，你知道她干了什么？她竟敢偷了我两个钻戒！

辛太太：怎么会？你随便放啊？——你躺下。

大嗓门：哪里？就是出国回来用了没有及时收。我老公还提醒我。那死保姆说，孩子重病了，第二天要赶回老家。我没办法，只好给她结算工资，还给她顺便带了一点水果和绿豆糕什么的。可是，下午她就不辞而别。我老公心细，看她不见了，就去看了我们扔在床头柜抽屉的钻戒，没了！我们马上打那死保姆的电话，她说在街上。我说你看到我戒指吗。她说什么戒指啊！我一放下电话就报警。警察一听六七万块钱也急了，火车站、汽车站到处找。就在火车站，那死保姆被警察截住了。你猜那死保姆怎么说？她竟然还说，我没拿戒指。结果呢，女警察在她短裤的小袋子里把两个钻戒搜了出来！你说说，摊上这样的死保姆，你还有没有命？

辛太太：太要命啦！我家那个保姆，刁是刁，但也不至于这样，最多偷喝我的哈士蟆汤。哎，不过，她妹妹也是保姆，我的天，那真是谁找到谁有福气！给一个病得快死的二奶做保姆，半年没拿工资，还全心全意地照顾那母子。

大嗓门女宾：我不信，辛姐，你家保姆吹牛吧？哪有这样的保姆？

邻床另一个女客：我也不大相信。现在根本就没有好保姆。不偷不抢就是最好的保姆啦。

远床又一女客：辛姐，我们家换了二十多个保姆了，没有一个好东西！

大嗓门：就是，一蟹不如一蟹！

辛太太兴致高涨：我告诉你们吧，我以前就知道这个二奶家的事。最近，二奶的那个，算大奶吧，把二奶儿子弄丢了，还不敢承认，宁愿拿钱给二奶看病，也不敢说自己弄丢了对方儿子。

一女客：怎么会把人家儿子弄丢呢？故意谋害吧？

大嗓门：后来怎么样？

辛太太：真是弄丢了，就是前几天放焰火的那个晚上，大人和大人在一起，小孩管小孩，就丢了。那个大奶想隐瞒真相，硬说小孩在他们家。二奶病重，要看小孩，大奶推说孩子在外地，刚刚才给了二奶七八万块钱，所以，那二奶治病是没问题了。

大嗓门：七八万怎么抵得上一个孩子？

辛太太：哎，你不懂，其实孩子已经在保姆手上了。我家那个刁保姆，就是利用那个大奶想蒙骗二奶的心理，诈她的钱嘛！这不是就诈出了七八万，也等于你两个钻戒啦！不过，人家是救命钱……

辛太太还没说完，最里面一床的魏雅玲，霍地跃起床，脸上结成硬壳的绿白色硬膜,顿时土崩瓦解,哗啦啦地往下掉。她暴怒的脸,就像绿色石膏里蹦出来的怪物的头。

三

魏雅玲狂飙回家,气急败坏地向老人控诉二奶以及暖被诸保姆的恶行。成老先生将信将疑。成老太太直念阿弥陀佛,孩子没有丢就好,菩萨是听到我的求拜了。

魏雅玲大喊大叫:我要报警,让她们统统坐牢去!

成老先生:你再问问暖被吧。那保姆我看不像是有这样心机的人。

魏雅玲:保姆都没有好东西!你不信,也好,咱们也玩一下猫捉老鼠的游戏。你们听着吧!

三人围着沙发中间的茶几。魏雅玲用免提电话打,成老夫妇一起听。

电话通了,暖被的声音:魏姐姐呀。

魏雅玲:这两天你没给我打电话呀!怎么,不要悾悾了?

住院大楼电梯下来了,其他人都一拥而进,手拿电话的暖被,被魏雅玲的意外电话,弄得有点慌乱。电梯关门了,留下她站在那里。

魏雅玲:说话呀!你怎么不说话?!

暖被支支吾吾地:这两天,很忙……旖姐身体不好。悾悾回来了是吗?

暖被没有听出魏雅玲在冷笑,但是她很紧张。魏雅玲:回来了!今天晚上他想见你,你过来!

暖被当场傻了,半天说不出话,之后,干巴巴地说,哦,噢,回来了……

魏雅玲:怎么突然不着急了?你不是急着要看到他吗?你来不来吗?

暖被冒虚汗了：姐姐，你等一下，我问问旖姐，她在发烧……如果她不要我照顾，我就过去……

魏雅玲：我听你声音很紧张。

暖被：没有啊，姐姐……

魏雅玲：那你什么时候来?

暖被：我……我……尽快……暖被慌乱地自己挂了电话。

魏雅玲看着电话冷笑，得意扬扬地巡视电话旁边的人：前面催我要看孩子，现在支支吾吾——这就是你们信任的老实保姆！

成老先生沉吟地：看来真是有问题了。

魏雅玲：不是有问题，是分明就是女流氓！敲诈勒索犯！是犯罪！几个小保姆！差一点把我整疯了。等着吧，我要亲手整死她们！

成老太太一脸喜悦：感谢菩萨感谢菩萨！孩子没事就最好了。

成老先生：这里面发生了什么事呢？孩子难道自己回家了？

成老太太：是菩萨带他回家的，可怜我们那么小的家伙。谢谢菩萨谢谢菩萨！

魏雅玲沉浸在自己的盘算中：哼，看谁玩得过谁！我要让她们统统进监狱！

成老先生：不，别走极端。既然孩子安全，你揭穿她就行了。

魏雅玲：那我的七八万块钱呢?！我决不松手！

魏雅玲这个电话，让暖被简直六神无主，她惊慌了。十万火急，她要立刻去茂华小区，要找靠山们拿主意。她把小旖拜托给一个热心的护工邱姐，立刻奔出医院。

暖被进了茂华小区，直奔谭家。几个保姆都被紧急电话召来，谭老太表情凝重地举行了第二次紧急会议。春子、小灯都围坐在沙发上。暖被垂头丧气、忧心忡忡。

小灯：会是谁走漏了消息呢？奶奶不是说了，严守秘密吗？

春子：怔怔在我们这，出都没怎么出去玩，就算是有人看到他，也不可能知道他是谁。所以，我还是怀疑，魏雅玲狗急跳墙，垂死挣扎地诈我们一下。

谭老太：那好，那我们就将计就计。暖被，我们就去她家看人、要人，看她怎么办！

暖被：可是……我觉得……我感到她是知道真相了。不像是诈我……她那个声音……我觉得她是心里有数了……

暖灶：嗨，不管诈不诈，她手上没有孩子就没有王牌。你就大模大样地过去看小孩。没有是不是？交不出来是不是？那好，我们就反诈她钱，我们就说东家病危，急需要钱。我看再搞她几万没问题！明天我跟你去！我再搞她十万！

小灯：这次又要搞十万？

暖灶：十万！我们一人分两万——噢，我们的大侠谭奶奶也两万！我搞她十二万！

谭老太笑：我是路见不平，一分不要。

暖被猛地站起来，指着暖灶的鼻子：你是想钱想疯啦？！你再敢向成家要一分钱，我就报警！

暖被哭了：人家本来就心里不舒服，你还搞搞，简直像个女土匪、女流氓！

暖灶也站起来，一巴掌打到暖被脸上：窝囊废！大家这么辛苦，不都是为了你吗！你怎么这么没出息啊！

春子、小灯连忙把两姐妹拉开。

暖被哭着转身就往外面跑。谭老太赶紧示意拦下。

天晴过去拉住了暖被。谭老太走了过去，用手搭着暖被：暖被啊你别慌。我这把年纪了,吃的盐比大奶、二奶的饭还多,我还分不出好歹是非?这事我们占理,你别害怕。这样吧,我们先按兵不动,静观事态,反正你医院也正忙着。暖灶这边呢,也先忍一忍。

因为暖被的强烈反对,会议决议暂时以守为攻、按兵不动。散会后,暖灶满腹狐疑地回家,她知道自己泄了密,但又心存侥幸地认为,辛太太不可能把消息捅给魏雅玲,她们不可能有交往。所以,会议上,谭老太和大家分析追查的时候,暖灶不吭气。一回家,暖灶就对辛太太说,我想问你个事。我跟你说我们诈成家大奶的事,你有没有告诉别人?

辛太太心虚地:没有!我跟谁说呀,我吃饱撑的呀!

暖灶:真的没有?

辛太太:那当然。我不是答应你了嘛。我就是跟老辛透露了一点点……

暖灶:你肯定?

辛太太:你神经病!你不相信我,那你下次不要告诉我好啦!

暖灶若有所思:看来是她们几个泄露的,和我无关。

辛太太轻微尴尬:怎么啦?

暖灶:情况对我们不利。那个女流氓好像知道什么了,像是要反扑我们了。暖被很生气,不接我电话。

辛太太:为什么?

暖灶:这人太窝囊,我和她吵架了,我动手打了她。

辛太太:你这个人!那怎么办?

暖灶:我们又开会讨论了,按我的意思,就是直接杀到她家去要人!她有什么证据说孩子在我们这?如果有,叫出证人来!

辛太太吓坏:哎呀,事情不要闹大!差不多就行了。

四

魏雅玲觉得夏星光脱不了干系。这个记者，肯定从头到尾都没有安好心。没有他的参与，几个小保姆绝对不敢干这样的案子！魏雅玲甚至认为，夏星光就是因为借条被撕，讨不到车款，才故意借机勒索。她要马上报警，成老先生却想落实孩子所在，也不想不明不白地撕破脸面，所以，要求先搞清楚情况。

魏雅玲决定先找夏星光。一圈记者围坐在椭圆形大桌子边开会。夏星光的电话响了。主任瞪了夏星光一眼：出去接！夏星光赶紧出去，到走廊。

魏雅玲：星光，晚上我请你吃饭！夏星光很意外，以为有急事。

魏雅玲：怎么，我请不动大记者了？你说，我们之间有没有急事？要不，你是不是心里有鬼？！

夏星光：你要还我车款，扣奖金我都请假去！

魏雅玲：那你来！

约会地点却是老房子洗脚房。在洗脚房的一个大包间，夏星光、魏雅玲等几个朋友，一人坐在一个大沙发上，接受洗脚服务。魏雅玲和夏星光相邻。魏雅玲吃着水果，看着夏星光意味深长地笑。

夏星光：整个晚上你都这样笑，到底笑什么？

魏雅玲：你知道我在笑什么。

夏星光：赖我的车款，还揍了我，你越想越开心。

魏雅玲：我真是不明白，你怎么会和那种女人搞到一起。你能跟我老老实实说一说吗？

夏星光：你说冷小姐吧？没有你想的那么复杂。大桥救她之后我写了稿子，伤害了她。我几乎害死了她。因为过意不去，我就想顺手帮她一下，她的处境确实很糟糕。而且她那个小保姆很让人感动……

魏雅玲：哦，原来你还欣赏那个小保姆！还长得不错。可惜是下人。

夏星光：我是被感动。我还和我们主任说过她，主任也很佩服，我们还准备报道她呢。

魏雅玲：原来如此！原来如此啊夏星光！那小保姆有你这个靠山，应该很能干了？

夏星光：她靠我干吗？她本来就很能干。

魏雅玲：她怎么能不靠你，这个世界上，记者多么呼风唤雨、横行霸道，要不然她一个小保姆能逞什么能？！

夏星光：姐，你骂我呢。可惜我的能力太小了，卖车卖得两头受气，到现在车款还拿不回去。

魏雅玲：夏星光，我佩服你。我真心诚意地佩服你！

夏星光：你真心诚意，就把车款给人家，别让我夹在中间难受。

魏雅玲感叹：夏星光，还想要车款啊？！你们胃口也太大了！还想要车款！你也不怕撑死！

夏星光以为魏雅玲会主动提暖被她们勒索她的事，但是，魏雅玲压根没提，从头到尾她都自以为是地羞辱着夏星光，她其实是在等夏星光坦白说点什么，但夏星光却被她的倨傲自负再度激怒，又见车款没有希望，便趁着一个电话，离去了。

魏雅玲一回紫竹豪苑，直奔成老夫妇房间。老人家都准备睡觉了。

魏雅玲：我要收网了！明天一早就报案！我不再等那个小保姆来演戏了！

成老太太：不要报案吧，悾悾现在人也还没有……

魏雅玲：妈——！你把她们当自己人，人家不把我们当自己人。这么多万诈走了，还一声不吭。心肠太黑！隔天没钱，肯定又要狮子大开口。这是无底洞！

成老先生：她们要瞒天过海是不可能的。你先睡吧。多想想，看能不能私下解决，毕竟我们有错在先，别把事情搞绝了。

魏雅玲：可是，这几万都是我出的钱！血汗钱啊！

成老先生：我明天先了解一下孩子的真实情况，看能不能处理，不行你再报警。

魏雅玲：孩子孩子！你们怎么不考虑我的感受！现在孩子比我的钱安全，你们难道看不出吗？！

魏雅玲扭身而出。

周五的晚上，蒲家真的接到朝雨老师的电话，通知周六来家访。朝雨和天晴在阳台里待着，愁眉不展。天晴说，我想好了，明天跟你老师说实话，认错。

朝雨：认就认，我才不怕。他也不能吃了我们。就是老爸一听可能很受伤。

天晴：关键是你外婆、外公，他们肯定觉得我和杀人犯差不多。我的名声算是完了。算了，你给我记住啊，朝雨，我是为你死的。

朝雨：君子坦荡荡。也没什么不体面的。我们认好错就行了。

天晴：如果老师下午来就好了，我正好去考试，名正言顺地不在场。

朝雨：我觉得你现在不如以前那么胆识过人了！以前我们在老宿舍偷树上芒果、贴臭骂邻居反标，你什么时候怕过？一听到杨睿要来，就跟世界末日一样，真是英雄过气了也！

天晴：你爸爸开明人我不怕，但现在你外公外婆在这，他们的人生观很严肃的，不定还以为我整天假扮你妈，在外面招摇撞骗呢。

朝雨：你就是啊！

天晴打了朝雨一掌，朝雨反击。两人又打得噼里啪啦。这个时候，天晴当然想不到，明天她即使躲过了杨睿老师这一劫，也躲不过更大的一劫。事实上，她半年多努力追求的这一场大考，她压根就参加不了了。在她和朝雨嘀嘀咕咕苦中作乐企图逃避后果的时候，那个灾难，已经张开了阴沉的翅膀。

次日清晨，一辆蓝色的小车，停在派出所外的芒果树前。车门一推，魏雅玲下车急步跨进派出所。

白警官和另一名警察，隔着报警台大窗子，和魏雅玲相对。

魏雅玲很激动：我哪知道！她们都是有预谋的。她们先是让那个四岁的小孩在我这玩，然后小孩就不见了，我以为小孩丢了，非常着急，到处找，还报了警。两天后，那保姆的姐姐就打电话，向我讨小孩，凶得不得了，又说小孩妈妈重病要钱，开口就要十万。因为小孩丢了我不好意思，就给了她钱。结果小孩，早就在她们家啦！

白警官：你给了多少？

魏雅玲：我给了七万。她们敲诈十万！一定要我给。好像那个孩子妈妈见不到小孩就要死了的样子。

白警官：你们两家很熟吗？为什么孩子会在你家？

魏雅玲：我公婆喜欢那个小孩！觉得他像我死去的丈夫。我有个重要情况还没说到，这些保姆敢这么敲诈勒索，一步步有预谋有步骤，主要是有个记者在后面主谋！他叫夏星光。海西晨报的！

白警官站了起来：记者？夏星光？你稍候。

白警官走进派出所早会例会，跟所长低声说话。所长：案值七万？敲诈勒索？记者、保姆策划的？会议室里的警察十分安静专注地看着所长。

所长：小孩现在哪里？

白警官：说就藏在嫌疑人家里。

所长：立刻组织抓捕——等等，记者是哪里的？

白警官：报案人说是海西晨报的，叫夏星光。

所长疑惑地皱起眉头：星光？不大可能吧？他和几个乡下保姆敲诈人家几万块钱？这记者我们教导员和他都很熟，我也见过几次，经常半夜跟我们出现场，很敬业呢。会议桌上，几个警察在交头接耳。所长拿起电话，跟报社一主任打了电话。

报社新闻部主任接着电话：是啊，夏星光是我们部的人。你要找他？这一周他比较辛苦，一周都在温州。前天晚上才回来，是，市宣组织的两地记者交流采访，天天发稿回报社，累坏了。你要有好新闻，我调别的记者给你。什么，我骗你干吗，不信你自己去看报，每天都有他从温州发来的稿子……

所长一手拿电话，一手示意手下去报夹取《海西晨报》。

所长夹着电话，手翻报纸：唔，有能报的新闻我们都会联系海西晨报。所长一言不发地看报纸。报纸上，每一天的确都有星光的报道或图片。所长站起来，手指点着会议桌上的警官人头。几个被点的警察立刻站了起来。

魏雅玲、白警官及两名警察及协警队员若干分别上车。两辆警车风驰电掣。魏雅玲的私家车紧随其后。一行人直扑小白象湾。

五

小白象湾扑空了，没有人。一保安对一彪人马说，好多天这屋里都是黑的。她们欠我们的物业费，我们天天关心她家呢。如果不是逃走，就是去医院了。没别的地方。

魏雅玲醒悟：对了！医院！肯定在医院！

医院妇科住院部大楼。暖被和暖灶在过道里说话。暖被爱搭不理。

暖灶：我都来看你了，你还怎么样啊？还要跪下来求你原谅啊？真是！蹬鼻子上脸！那天我打你其实很轻，我心里的火气比那一巴掌大！我是为你急！

暖被：我不生你气了。你走吧你走吧，在这里吵人。

暖灶：那你为什么不接我电话？我给你电话卡，你为什么不要？是不是真是有钱了？

暖被：你胡说什么？讨厌！拿来吧！

暖灶：什么？

暖被：电话卡！

看到便衣的丁医生从电梯里出来，暖灶、暖被都停止了说话。暖灶呆呆地看着丁医生。暖被欣喜：丁医生回来了！

丁医生看到姐妹俩，迟疑了一下，还是往这边走来。

丁医生：暖灶来了。小旖还好吗？

暖被：做了四次人工肝了，转氨酶下来了。

丁医生：你们的钱……

暖被表情复杂地笑了笑。

暖灶神气地：你以后尽管开好药吧！让医院也多赚点。

电梯门一开，几个警察、协警大步冲了进来。他们的目光在搜索。白警官大步走向护士站。很多病人或陪同人员都驻足看着。暖被一眼看到后面出来的魏雅玲，暖灶也看见了，暖被的手伸向暖灶。暖灶紧紧握住她的手。

魏雅玲没有看到暖被，一行人直奔护士台。丁医生也注意到两姐妹迅速变化的脸色。他一扭头，有点明白了。暖被惊骇地拉住丁医生的衣服，脸色顿时惨白：是魏姐姐……丁医生立刻跑向护士台。

一行警察、协警问明小旖房号，正往这边过来。丁医生张臂阻拦：

这里是病房！一协警见便装丁医生，气势汹汹地打开丁医生的手臂。

白警官：闪开！执行公务！

魏雅玲指暖灶姐妹，大叫：就是她们——！

暖灶：白警官！是你啊！

白警官不睬。魏雅玲扑向暖被、暖灶。暖灶这才转身想逃，两名协警扑了过去，暖灶被按倒在地，按得嘴啃泥，暖灶踢腿挣扎。

暖被扑了上去要帮姐姐，被协警一把扭开。丁医生冲了过去喊，我是医生！

他用外科医生的大力气，一把提开协警，拉起暖灶。两名协警冲上来，抓扭丁医生。其他护士、医生都围了上来。走廊里，更多的病人家属围拢过来。

丁医生：我是医生！这里是病房！不得喧哗！

白警官过去，做了个手势，两名协警松开丁医生。

与此同时，两名警察突然出手，闪电般，一把拧过暖被、暖灶的手，咔地，手铐给两姐妹扣上了。

魏雅玲一指小旖病房，大喊：那个主谋就在里面！

丁医生：请先到我办公室！

白警官：这位医生，我们在执行公务！妨碍公务，我们可以连你一起带走！闪开！

丁医生：这里是刚出重症监护室的病人！如果你们不听劝告，粗暴闯入，惊扰病人，严重后果全部自负！你，他指着白警官，我记住你的警号了，你敢硬闯，我马上就拨打你们赵世伟的电话！

白警官和两个警察互相交换眼神。市局赵局长名字，这么轻易地从丁医生嘴里出来，警察不由投鼠忌器。

白警官点头：好，我尊重你的意见。这两个保姆我先带走！

里面传来冷小旖微弱的声音：暖被——

暖被停下,一名协警狠狠推了她一把。暖灶啐了那个协警一口。很多病人家属议论纷纷。丁医生进了小旖病房。

警察的动作很快,天晴是在她和朝雨迎接杨睿老师的时候被捕的。当时,为了减轻罪过,她和朝雨商量好,到小区路口恭迎老师,抢先认错,避免外公、外婆受惊。

路口,朝雨和天晴一见到杨睿老师过来,就一起鞠躬致意了。虽然有点滑稽,但杨睿看一大一小面貌诚恳,心里也明白了八分。那个谈吐不凡的冒牌的保姆家长,气质依然聪慧淡定。杨睿很庄重地走了过去。

天晴直截了当:杨老师,对不起,上次是我冒充了他母亲去学校。

杨睿:是啊,好像不止一次。

朝雨:老师对不起,是我叫姐姐去的。主要是为了家庭和睦。

天晴:我其实是蒲家的保姆,习惯当他替补监护人。

杨睿一下没有憋住,笑了。

二个人往蒲家而去,杨睿不知自己要跨进什么样的家庭,一个家庭连保姆都这么非常,家长自然不是等闲之辈。这时,警笛声由远而近,一辆警车向C区楼道疾驰而来。天晴、杨睿、朝雨发愣。

过道口,警车一停,警察和协警跳下来。他们直扑正准备进楼道的天晴。

天晴:干什么!干什么!

白警官:上去你就知道了。你的同党都在呢。

天晴:你有逮捕证吗?

白警官:没有。我们只是让你去说说情况。

天晴:我下午考试!我准备了大半年!

白警官:嗯,爱学习是个好习惯!但现在,上去!快点!

天晴被推搡进车子。

杨睿目瞪口呆,木然地看着警车离去。杨隽也赶下来了。

警车直扑A区谭家。车内,天晴骂骂咧咧。我下午就考试!知道我这次准备得多充分吗?这是怎么回事?!

暖灶:怎么回事?真白痴!不就是姓魏的那个女流氓又搞什么鬼!

白警官:住口!统统闭嘴!

白警官在打电话:所长,我们快到最后一个目标!

警车扑向A011谭家别墅。正在指挥两名钟点工搞卫生的春子,听到由远而近的警笛声,思忖了一下,赶紧往谭老太房间去。

谭老太房间,春子说,奶奶,警察好像过来了,你听。

带堂堂和小狗玩的小灯轻蔑地笑:你神经过敏啦。昨天救护车过去,你也疑神疑鬼。

说话间,外面,院子大铁门传来猛烈的敲门声,门铃也响了。大家面面相觑。小灯脸色大变。警察冲出来,警笛仍在转响。左邻右舍的人都出来了。人群中,百顺、骡子纳闷地观察着。

百顺:难道这家是个黑窝?

发廊女:看来计划要推迟了。成老夫妇的车停在树下,奇怪地往这儿走来。

白警官等警察和两名协警冲进院子,开门的阿仔赶紧闪身。魏雅玲也奔了进去。一看魏雅玲,百顺好奇了,他也顺着大门奋力挤上前看热闹。客厅里,谭老太、春子、小灯等,也走了出来。魏雅玲一眼看到悾悾。百顺也瞪大了眼睛。

魏雅玲大喊:看!就那个小孩!

一名警察不由分说,冲上去抱起悾悾。悾悾莫名其妙。

白警官：哪个是春子和修小灯？

修小灯转身往楼上逃，一名协警一个箭步，把她拎小鸡一样拿下。

谭老太走出来：什么事？！

白警官：请她们到我们所里说说情况。没事。她们的同伙都在里面。

魏雅玲一指春子：查她身份证，肯定是她！

谭老太：等等，你们有证件吗？不说清楚我不放人！

白警官示意把悾悾、小灯先弄上车。悾悾不干，推打警察要下地；小灯哭叫起来，使劲往地上赖：我不去，我还在上班！

白警官指指自己的警号：这位老人家，我姓白。小白象湾的段警。你们可以去查。现在是执行公务，请配合。这位是叫春子吧？请跟我们走一趟。

一名协警走近春子。春子被带出院子，走向警车。突然，春子情绪失控，她扑向人群中看热闹的百顺。百顺猝不及防，一下被春子扑倒。

警察、协警一起扑上去，两个都被按住。

春子大喊：浑蛋！你拐了孩子，还竟敢叫来警察！

魏雅玲一愣，也大喊：警察！他们是一伙的！

百顺：和我没关系！我什么也不知道哇！

百顺被拧住。春子被拎起来，她使劲踢打警车，说，浑蛋！你们这帮浑蛋，蠢猪！好歹不分，抓我们干吗？把孩子弄上来干吗！

站在门口的成老夫妇，不知所措。

大街上，警车在疾驰。车内，暖被在警车里看着自己的伙伴，被一个个推进来，连悾悾也进来了，她感到自己做了很大的错事，后悔和恐惧使她止不住眼泪。小灯也一路哭哭啼啼：跟我有什么关系啊,我又没有干什么,我什么主意都没有出,我也没拿一分钱!

天晴:你有没有完啊!到时候说清楚了出去给我们送饭好了!

暖灶:我今天要做苹果瘦肉鱼汤,到现在什么都还没有买!中午饭根本来不及做!

一警察大喝一声:统统给我闭嘴!

白警官冷笑:敲诈勒索,数额巨大,三年以上十年以下。你们就做好准备吧,什么考试、苹果汤,都刑满释放以后再做吧啊!

小灯号啕大哭。

恾恾:姐姐!我们是回家吗?——我要过去!

恾恾在前排,他要挣脱抱他的警察,到后排的暖被那里去。他意外地发现了暖被手上的手铐,惊奇地哭叫起来。

白警官紧皱眉头,一汽车里都是女人哭小孩叫的声音。

第二十三章

一

蒲教授家,蒲教授和朝雨、杨睿、杨隽、外公、外婆,大家都在客厅。这件事,因为蒲教授督促备考,天晴跟他说了一些,朝雨也知道一些。大家在分析事情的后果。

杨睿老师说,如果按蒲老师这样介绍,我看天晴她们几个应该不算犯罪吧?她们都不是为了自己。

外婆:当然不是犯罪!这个女孩子心眼很正,她绝不会去干坏事!

外公:警察也没说她是坏人,你没听朝雨说,是找她们去问问情况。我看没事,可惜她下午考试麻烦了。

蒲教授:我倒是觉得,事情也许没那么简单。否则不会这么兴师动众,警笛一直响。这个样子过来,这不是损害人的名誉吗?所以,警察可能理解得和我们不一样。

杨睿:对了,我有个同学的爸爸在政法委当负责人,我托他问问。

蒲教授:对啊,我有几个政府智囊人员,和高层关系紧密着呢。我们都托人问问。

辛太太在火燎火急地打电话。

丁皓,暖灶她们被抓走啦!小区里的人都在说闲话!丁医生说他知道。

辛太太:你也知道?天哪!你快想想办法呀!这事不算坏事吧?

丁医生：我正在想办法。你安静点。回头我打你电话。

辛太太：丁皓……

丁医生：还有什么？

辛太太：是我大嘴巴，不小心把几个保姆的秘密说出去的，本来，那天一出事，我就想告诉你。那天，那个大奶在我店里，听到我无意中说那事，她简直都疯掉了，吓死人了，我就知道坏事了。唉，我哪里想得到那么巧，她就是那个……

丁医生：姐，已经这样了，你也别多想了。我来办，我救过他们公安局局长的命，我救过公检法好多人。只是现在一直打不通局长的电话。不过，一有好消息，我告诉你。你安心吧。

辛太太放下电话，立刻又拿起，打给老辛：你怎么一直不接我电话嘛！急死人啦！

老辛：开会的时候调振动，忘了调回来了。怎么了？

辛太太：出大事啦！暖灶被抓走啦！她那几个老乡保姆，听说统统被抓起来了！算敲诈勒索什么的。

老辛：是那个她们几个帮小二奶捞大奶钱的事？

辛太太：看你说得那么轻松，她们都是用手铐铐走的！要坐牢了！很严重！

老辛：那不正好，我们换一个保姆就是。反正你又玩不过她。

辛太太：你胡说什么！我就要这个保姆！来两个我都不换！你赶紧想办法，平时你朋友那么多，现在该用一下啦！

海西晨报社。魏雅玲到报社记者办公室，找到了夏星光。夏星光在电脑前赶稿。魏雅玲提着名牌小包，香气袭人，站在他旁边。

魏雅玲：既然警察认为你无辜不抓你，那我给你报猛料。几个贪婪保姆合伙勒索巨款，这个报料怎么样？

夏星光不说话,双手在键盘上嗒嗒嗒飞快打字。

魏雅玲:你不是说,有了新闻线索,就必须采访报道?你不是讲职业道德吗?好,你不要我就给其他报社,我还有报料费!

魏雅玲转身欲走。

夏星光一把拽住魏雅玲。

夏星光:魏姐,这个事情是和我无关,但是,我多少知道一点。在温州我曾经给你打电话,想暗示你这些人没有恶意,想让你安点心,毕竟我们是朋友。可是,你要么不耐烦挂了,要么就不接我的电话。

魏雅玲顿时两眼喷火:夏星光!果然你就是同伙!我猜得没错!警察都被你骗了!哼,关键的时候,你总是背叛我!

夏星光:魏姐,你冷静一点。你知道吗,这事情所有的前提是,你和那孩子最终是一家人,而你错就错在丢了孩子还撒谎!

魏雅玲:放屁!我丢孩子,说不准是她们偷的,是你一手策划的!好你个黑记者!我知道你能搞定警察,但你妄想搞定我!我现在就给每个报社、每家电视台打电话!

魏雅玲摔门而去。报社领导和两名警察愕然站在门口。两名警察是来做询问笔录的。夏星光说了知道的全部情况。

夏星光最后说,我也知道她们不太妥当,可是冷小姐那边确实急需救命钱。这个,你们去医院调查,再查查钱的使用,就清楚了。

警察:我们已经有一路人马在调查这些了。

二

病房门口的大抓捕,还是惊动了小旖,她不吃任何东西,丁医生极力宽慰她,但她认定魏雅玲使坏:姓魏的抓暖被,就是想杀了我。

要死一起死,我找那恶婆算账去!

丁医生:她们几个就是为了你治病,才这样去为你弄钱的。我已经在想办法了。没有什么大不了,放心!

果然,公安局局长的电话打了过来,丁医生接,哦,赵局长,对,是我找你。省厅领导来检查啊?难怪。别别!别对不起。我是着急,非常着急!是这样,有一个女病人,她有一个保姆……

就在五个保姆挨个在派出所审讯室接受审讯的时候,所有的东家也都没有闲着。蒲教授作为名教授,桃李四海,身边还有一群社会贤达,政府机构很多朋友,他的努力,让外公、外婆和杨家哥俩看到了希望。

蒲教授:对,对……这几个保姆绝对没有拿一分钱,嗯,嗯,是这样,哦,这样,就是说没有非法占有的目的,敲诈勒索罪,就不太好认定是吗?老张,太谢谢你了!我想问你,你方便过问一下吗?对,她本来今天下午要考试,已经耽误了……但后面还有科目,对,自考,是不容易……

谭家客厅,也是宾客荟萃。谭老三和三太太亲自给客人泡茶、递水果。

谭老太嘴角发白,义愤填膺地讲话。情况就是这样了,我说一句假话,天打五雷劈!本来他们应该抓我,可能是嫌我太老了!

一客人:如果这样,我觉得可以去协商放人。

另一客人:我看也是,没有主观恶意,也没有明显的威胁和要挟,是对方自己做贼心虚积极给钱的。我看够不上这个罪名。

其他人纷纷点头。

谭老太:你们这一个个,不是政协委员就是人大代表,我从来不麻烦你们。而你们平时只要有需要,我们谭家总是有钱出钱,有力出力,从不推辞。今晚,我请你们,就是想听听你们的意见。我的意见是,我不仅要他们放人,我还要查办警察的贪赃枉法!

一客人:老马已经给他们所里打电话了,听说老吴还叫人跑了一趟。

辛太太焦急万分地看着老辛打电话。老辛一放下电话,辛太太就抱怨他哪里哪里没有说周全。老辛恼了:都给四家大报纸、三家电视台记者说了,还不够啊?现在已经有很多记者赶派出所去了。够了!

辛太太:电台不是跟你关系也很铁吗,那个什么记者还给你们开了个专栏的?电台也要!还有,我觉得你刚才对保姆们的好心和正义感强调得不够。

老辛:他们自己还要去采访的呀!我这是报料而已,大方向而已。人家记者比我们精!我再联系电台好啦!

派出所的所长室。所长和几名办案警察在交谈。白警官举着手机,打着哈欠,疲惫地推门而入。

白警官抱怨:搞死人啦,一伙没文化的保姆,也有这么多说客!过问的、说情的,这警察真是没法干了!到处都是说客电话!

教导员、所长等几名警察相对苦笑。

所长:赵局长都过问了,还有政法委员王书记,个个都要我们认真依法办理——你们那组审问得怎么样?

白警官:事实都承认了。钱倒是都没有拿,听小石说,医院账户和那个病人账户进出数目也都吻合,问题就是,数额很大,也有明显的故意,就是要受害人吐钱出来。

所长：那你觉得能构成敲诈勒索吗？

白警官咕哝：不太典型吧。但那个叫百顺的混混，是有这个动机的，也打了勒索电话。但是，犯罪未遂吧，孩子被这伙保姆给劫走了。

一警察：唔，从主客观要件上分析，我看是不太符合。

教导员：倒是那个"主犯"暖被，真是不简单。挺不容易！我母亲至少炒了七八个保姆，她说天下根本没有好保姆，明天我回去跟她说，她可能以为我在编神话。

一警察：是啊，我们那组审问得都很感动。非亲非故的，真是不可思议地付出，我们也查明东家确实半年没付她工资了。这些钱弄到，她没拿一分钱。电话还是她那个保姆姐姐给她充钱。看来，这几个乡下女孩，还真不是坏人。

一警察：坏人，我看简直是英雄呢！我们这组在医院调查，医生护士都在夸她，连护工都要求释放她。

全体警察笑。教导员：我已经让人去了她们手铐，那小孩回到暖被身边了。

所长：现在你们就明白，一伙没文化的乡下保姆，为什么有那么多人来关心过问，为什么那么多重量级人物，要求我们依法办案了吧？好，既然敲诈勒索没人认为能成立，那赶紧手续办好，放人。对了，把那个混混先留下！

教导员：我叫人去买快餐了，让她们吃了热面条再走。大门口很多"追腥逐臭"的记者，好像全城媒体都来了，都要进来采访呢。我没敢让他们进。

所长：哦，天哪，大家抓紧，越快越好！现在几点？

所长看表，争取十点前走人！

派出所小会议室。暖被、暖灶、天晴、春子、小灯在会议室桌上，大吃面条。几名警察也在吃一样的面条。双方已经不再是审问与被审问的关系。在轻松愉快的氛围中大吃,大家都饿了。

暖被在喂悾悾。悾悾在研究一根橡皮警棍。

春子:如果有辣椒酱就好了,这种海蛎韭菜炒面,一定要配厦门甜辣椒酱。

一警察对一协警:你宿舍不是有一瓶吗?去拿!

协警"好嘞"一声跑出去。

暖灶:我早跟你们说是冤假错案,你们就是听不进!忠言逆耳啊!白警官,我看你们就是太闲啦!

白警官:太闲?我已经一周没有回家睡觉了!太闲?!腰酸背痛,我眼睛都是肿的!我都快尿血啦!

小灯:这样啊?有一种离子保健水,最适合你这种情况了,这是最新科学产品,你每天喝八杯,我们东家的朋友……

春子:你省省好不好?也不看什么地方!

天晴:你们耽误了我的大考,我是不是可以提起国家赔偿?

暖灶:对呀,虽然你们就要放我们,可是,我东家肯定要扣我一天工资,到时候,白警官你赔不赔我三十三块三?

白警官:你跟我们局长说!

三

当晚十点,派出所大门内,众保姆各自签名,领取手机、钥匙等个人用品。教导员把几个小保姆送了出来。

累了一天的悾悾,已经睡着,暖被抱着。

暖被、天晴、暖灶、春子、小灯一一走出派出所大门,才发现全城媒体都在大门外守着。一时之间，闪光灯、摄像机灯、电视话筒，还有电台录音话筒，全部涌了过来。耳边到处是高高低低、七嘴八舌的提问。

暖被怀里的悾悾，被外面的喧腾惊醒，一睁眼，到处灯光刺眼，孩子哇地哭叫起来。

——请问你是暖被吗？

——请问你们怎么想到要钱的？

——无罪释放，有什么感触？

——请问孩子是不是真的遭遇过人贩子？

…………

几个保姆在发蒙，天晴突然一指大门口的一排龙眼树下，几个保姆有如电击一样，都在一瞥之下，激动起来，暖灶眼泪下来了。

龙眼树下，站着她们各自的东家：

辛太太牵着毛豆，老辛站旁边；

丁爷领着海童，丁医生站在旁边；

蒲教授和外公、外婆，朝雨在打出胜利手势；

谭老太和谭老三，三太太抱着堂堂；

骑坐在摩托车上的杨隽；

旁边的一辆破吉普车上，夏星光站在车门边，车里，戴着口罩的小旖坐在副驾座上。

保姆们走向自己的东家，记者们跟围上来。

茂华小区的保姆，就这样一夜成名。

次日，各个报纸头版都是有关五个小保姆涉案的报道。清晨的报刊点，一个路人，挑了份《海西晨报》。

卖报人：对！今天就是这几篇文章好看，五个小保姆不得了哇！一大早我就卖出两百多份啦！

路人付了钱，就把报纸打开。《海西晨报》上，暖被抱着孩子走出大门的照片，就是该报的头版主打照片，光照片几乎一本杂志大；二版"看点"，整版长篇通讯就是《五个侠义保姆，险些涉案救助病危东家》《昨天的获奖保姆模特儿，今天险成阶下囚》，天晴、暖被、小春、暖灶、小灯，照片穿插全文。

拿着报纸边走边看的路人，慢慢走到公交站长椅，坐下来看。

几个等车的人，也围在他后面看。

紫竹豪苑，魏雅玲家雇佣的花匠，一早就把信报箱的报纸取出来。他准备像平时一样，塞到大厅门里。可是，无意中看到都市报封面的照片，咦，这不是来过这里的保姆吗？再翻看里面，花匠就亢奋地大叫大喊起来。

二十分钟左右，成老先生看完了全篇报道，他没有评说，沉静地喝着早茶。老太太戴着老花镜，在吃力地看报纸。成老先生一声不吭。等老太太看完，他命人把报纸送到魏雅玲房间。

魏雅玲从来不会这么早起床的。十多分钟后，魏雅玲拿着报纸，披头散发地冲出房间。

魏雅玲：肯定是那小贱人买通了记者！我也可以叫记者来！

成老先生没有说话，只是把随后又送来的日报、海西晨报、商报，推给媳妇看。那上面的不同版位上，都是好保姆暖被及几个保姆伙伴的报道。

魏雅玲快速一扫，又全部摔下：简直是颠倒黑白！

一家人吃早饭的时候，魏雅玲胃口很差，动辄训保姆：我那天就说现在的橙汁发苦，我要胡萝卜苹果汁！怎么跟你讲话，总是对牛弹琴？！

大嗓门保姆：知道啦知道啦。

成老先生：这事你怎么打算？

魏雅玲：我？管她去死！她爱怎样就怎样好了！

成老先生：你最好仔细看完再想想。这里每一份报纸都有我们成家。我们也是新闻人物了。如果在我们那里，用不了多久，你就会接到很多人的电话，亲戚朋友，关心你的、讨厌你的人，都会打来。你要有思想准备。

魏雅玲：我想好了，七万块，还有之前你们硬要我给的一万七，我要统统拿回来！其他我管她个屁！我吃完饭，就找警察要。这个，他们要给我一个交代！

成老先生：你最好看完每份报纸。看完我们商量一下。

成老先生站起来离开餐桌。

魏雅玲：老爸你……

成老太太：他这几天都没怎么吃饭。唉，冤家宜解不宜结。你爸爸一辈子都是这样行事的。恌恌毕竟也是你的儿子。

魏雅玲把手里的面包，使劲扔回盘子中。

面包弹起来，滚到桌子下。大嗓门保姆轻轻地过来捡起来。

辛家一家人也在看报纸，评说保姆新闻。毛豆说，暖灶姐姐在照片上，很像坏人。

暖灶：胡说八道！坏人有我这么漂亮吗？

辛太太：老辛，以前我们都是看别人的新闻，现在，我们自己也是新闻了！还这么多版、这么多家抢着报道。唉，要是当时没有我，你说，今天这么多的报纸、这么多的版，都登什么呀？

暖灶：还说！你出卖我们，我差点要坐十年牢！十年啊，我的天，出来就是老太婆了。丁医生就是改变主意要娶我，我都出不来了！你是害了我一辈子呀！

毛豆：羞羞羞！真皮厚！

谭家阳光灿烂的阳台。春子在给谭老太读报。

老太太拿着有小旖照片的那张报纸，打断春子：你别说，这个女孩子，还真是长得漂亮。按理，病得半死的人，都是很难看的。

春子：是啊，扎着丝巾，你就看不到她的秃头了。不过，她的脸色很苍白。

谭老太：恺恺不像她。像她就漂亮了。那孩子倒是聪明得不得了，讨人爱。你再往下念——是你们认识的那个记者写的后续报道吗？

春子：是，叫夏星光的。我现在念的是他们晨报的独家后续报道……小旖详细讲述了自己和保姆暖被相濡以沫的生活。少小离家、生性冷漠的冷小姐，说她这是第一次对人敞开心扉。她轻声诉说了自己对保姆暖被的深深敬意和浓厚感情。采访中，冷小姐多次泪流满面。她说自己年轻幼稚所犯的错，没想到最大的承受者，是自己的小保姆……

谭老太指着报纸图片：你先告诉我，这一下，她为什么哭了？

春子：是冷小姐在讲暖被背着她，去恺恺父亲家借钱的事。当时，她大怒之下用刀扎暖被的手臂，她讲到其实她很难过、内心不安，当时，暖被气得跑了。她说到这里，正好被记者抓拍下来。

谭老太：这个照片拍得好，我这样不识字的人看了，都知道里面有大事发生了。这个女孩子怪不得年纪轻轻要得暴病，脾气也太坏了，敢用刀扎人！咦，我们都没有听暖被说过这事。

春子：是啊……她姐肯定也不知道，可能暖被不愿意说。

谭老太唏嘘感慨：你再往下念。

四

　　海西晨报新闻部主任和夏星光站在热线员的电脑后面，看电脑记录。

　　热线员：昨天报纸出来之后，电话就不断地来。很多人是表示支持这些保姆的，很多人骂自己家的保姆很糟糕，还有很多人问暖暖被保姆在哪个医院，要去捐赠钱物什么的，要去看看那对保姆和东家，想表达同情和献爱心。哇，太多了，今天的后续报道一出来，电话都打爆了！

　　主任：星光你继续追踪。那个爱读书的保姆，我看可以采访，上次她当围墙动漫模特儿，你就没有深入采访……

　　夏星光：那个，报案人，也就是那个成家吧，一直打我电话，要求见面，说是有特大报料给我。

　　主任：那你赶紧先采访那边。我要独家！

　　魏雅玲主动地约了夏星光，怕夏星光不理她，她特意到报社去等他。

　　到了咖啡厅，两人面对面坐在摇椅上交谈，夏星光在本子上做记录。

　　他说：我还想问一下，七万块都捐给冷小姐治病，魏姐，你发自内心地这样想吗？不后悔？

　　魏雅玲：你以为我在梦游吗？你已经把我逼到悬崖边了，你还要逼我跳下去吗？！

　　夏星光笑：说真的，魏姐，成董死了，你们之间的恩怨本来就可以了了。你比她有优势，要同情弱者。你们两家和好吧！

　　魏雅玲：是她要打官司啊！是小贱人先告我！

　　夏星光：怜怜父亲是个成熟的男人，非常爱怜怜，车祸发生的时候，他肯定放心不下这个他没有安置好的黑孩子。相反，冷小姐还不太理解自己母亲的身份，她并不在乎孩子。她自己还是个孩子。作为外人，我想，你要是爱过成董，看到他的儿子，你应该也有类似亲情的反应。魏姐，其实，不管你怎么豪放粗鲁，我一直在意你内心深处的柔软和善良。我们毕竟曾经是朋友。

魏雅玲隐约动容：人都走了快一年了，不知道为什么，最近我老是梦到他……

夏星光收起了采访本。魏雅玲叫服务生买单。

夏星光掏出电话：悍马，给你猛料！保姆案受害人成家，得知保姆们的作案动机后，表示要把被勒索走的七万元，全部捐给那个生病的东家。对，对，我刚采访完，独家给你。好了，不谢！继续互通有无！拜！

魏雅玲：你不是说要你们独家？

夏星光：电视台和报纸不冲突。当记者的，我们必须互相关照，携手挣工分过日子！这是悍马电话，你打给他吧。多一份善行宣传多一份爱。

魏雅玲站起来，张开胳膊，做出拥抱的姿态。

夏星光笑笑，双方隔着桌子，终于拥抱言欢。

现在，最不开心的就是天晴。一听说无法补考，她噘着嘴巴恼恨不已。蒲教授在打电话。蒲教授找了自考办的一些朋友，但都没有这个先例。

蒲教授沮丧，放下电话说，没办法，不能马上补考。现在是省自考办的负责人回应了，他什么考试特殊情况都经历了，他说没办法就是彻底没办法了。

天晴郁闷：可是，再等半年考，我还不是忘得差不多了？那我不是白念了？

蒲教授：你哪里白念了？读书就是练气功，你与众不同的气质胸襟哪里来的？你说说看，中国换一个保姆，你说她敢不敢去冒充教授家长，到中学老师那里招摇撞骗忽悠胡侃，只有你敢！只有你敢揽这个瓷器活！

这话天晴听着爽，脑袋偏到一边去，偷着乐了。

一早上班，丁医生就带着当天的《海西晨报》进来了。他白大褂都没有换，直接进了小旖病房。丁医生把报纸送给暖被。

丁医生：小旖，叫暖被念给你听。好事！大好事！

暖被打开报纸，大标题是"成家敬重善良保姆，七万元全部捐给重病东家"。暖被喜悦地惊叫起来。小旖高高扬着自己下巴，开心和傲慢都在里面。与此同时，谭老太在摇椅上，也在听春子读报，小灯站在后面。

春子：事件受害人成家，虽然被勒索七万，但在全面理解了保姆们的善良动机后，愿意放弃对保姆们的任何追诉，不计前嫌，并自愿将那七万块钱，捐赠给病中急需治疗费用的对方东家，成家衷心祝愿她早日康复。

五

做好人的快乐，让魏雅玲感到自己忽然充满爱的幸福。很多朋友、熟人、同学、生意场关系，看了报纸纷纷给她打电话，向她表示敬意。她送成老先生夫妇离去的时候，心里忽然涌起死去丈夫昔日的真情。

司机提着老人的行李，往后车厢放。成老太太在给成怡翻出没翻好的衣领。

成老先生：雅玲，风物长宜放眼量。少个冤家多一条路。希望你好好琢磨这件事，以后你就有经验了。成老先生夫妇的汽车向医院而去。接了电话的暖被牵着悾悾，往大楼停车场跑去。

成老夫妇和司机，都站在汽车旁。老远，悾悾挣开暖被的手，跑向成老太太：奶奶，我想去你家玩，姐姐不让！

成老太太爱怜地抚摸着他，笑得满面泪水。

成老先生示意司机，司机拿出一个厚厚的信封，递给暖被。

暖被本能地推辞：什么？

成老先生：收下吧，暖被，这是一万块钱。是给你个人的。你就当是我们儿子给你的工钱。这孩子，就拜托给你了。今后有什么困难，可以打信封上我们给你写下的电话。

暖被牵着悾悾，拿着信封发怔。老夫妇摸了摸悾悾的头，依次进了汽车。老人跟他们招手，汽车缓缓移动。

暖被和悾悾，跟着他们远去的车，走出了停车场。

正要进医院的夏星光，停下车在后面看着暖被。

在夏星光的后面，在更后面的窗户里，病房里的小旖看着窗外的全部。

图书在版编目（CIP）数据

保姆大人 / 须一瓜著. -- 杭州：浙江文艺出版社，2018.8
ISBN 978-7-5339-5294-5

Ⅰ. ①保… Ⅱ. ①须… Ⅲ. ①长篇小说-中国-当代 Ⅳ. ①I247.5

中国版本图书馆CIP数据核字(2018)第075059号

保姆大人　BAOMU DAREN

须一瓜 著

责任编辑	瞿昌林
装帧设计	MM末末美书 QQ:3218619296
排版制作	苗向伟
责任印刷	朱毅平

出版发行	浙江文艺出版社
网　　址	www.zjwycbs.cn
联系电话	0571-85152727
经　　销	浙江省新华书店集团有限公司
印　　刷	浙江新华数码印务有限公司
开　　本	880毫米×1230毫米　1/32
字　　数	320千字
印　　张	13.25
版　　次	2018年8月第1版　2018年8月第1次印刷
书　　号	ISBN 978-7-5339-5294-5
定　　价	48.00元

版权所有　违者必究

（如有印装质量问题，请寄承印单位调换）